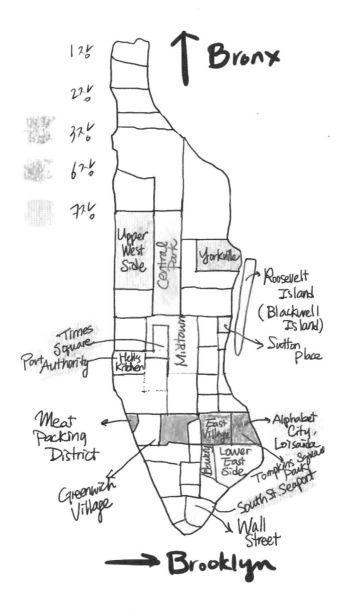

맨해튼 지도 [그림: 황은주]

도시의 유목인―뉴욕의 문화지리학

* 이 저서는 2018년 대한민국 교육부와 한국연구재단의 지원을 받아 수행된 연구임
(NRF-2018S1A6A4A01033794)

도시의 유목인

뉴욕의 문화지리학

황은주 지음

도서출판 **동인**

차례

2부　불안과 고독, 교외의 비-장소들

● ● ●

4장　교외 고딕 문학
셜리 잭슨의 『벽을 통한 길』과 리차드 매티슨의 『줄어드는 남자』　143

5장　비-장소의 지리학
돈 들릴로의 『화이트 노이즈』　183

일러두기

* 이 책에는 다음 논문의 일부 혹은 전체가 수정, 보완, 번역되어 실렸다.

「실제와 상상 사이: 뉴욕의 지하공간과 제니퍼 토스의 두더지 인간들」 2013년 『안과밖』 34호

「리듬, 도주, 소진－〈필경사 바틀비〉와 19세기 뉴욕 사무노동자」 2016년 『미국학』 39.2호

"Heterotopia as a Usable Concept in Literary Studies" 2018년 『미국소설』 25.1호

「셜리 잭슨의 픽션과 여성 고딕 문학의 전통－단편소설과 벽을 통한 집에 나타난 집과 여성의 관계」 2012년 『미국소설』 19.2호

「매티슨의 줄어드는 남자에 나타난 1950년대 남성성의 위기와 상상적 해결」 2014년 『미국소설』 21.2호

"The Geography of Non-places in DeLillo's *White Noise*" 2015년 『영미문화』 15.2호

"Stateless within the States: American Homeland Security after 9/11 and Francis Lawrence's *I Am Legend*" 2015년 *European Journal of American Studies* 10.2

"The Haunting of Bisexual Vampires in New York City as a Capitalist Ecosystem" 2019년 *TOPUS Journal* 4.1

머리말. 도시의 유목인 – 뉴욕과 교외지역의 공간과 문화

공원을 걷다 보면 가끔 ㄱ자로 난 보행로를 놔두고 잔디밭을 가로질러 간 사람들의 발자취가 낸 길을 볼 수 있다. 이 길을 욕망의 길desire path 혹은 욕망의 선desire line이라 부른다.1) 보통 이 표현은 문자 그대로의 의미 이상으로 사용되지 않는다. 하지만 욕망의 길은 그 이상의 것, 즉 공간은 설계한 사람의 의도와 상관없이 이용하는 사람들에 의해 끊임없이 변형되고 전유된다는 점을 시사한다. 좁은 골목길이 아이들에게는 놀이터가 되고, 건물의 벽이며 지하 터널, 심지어 달리는 기차가 그래피티 작가들에게는 화폭이 된다. 지하도를 숙소로, 빌딩의 환기구를 온풍기로 활용

---

1) 팀 크레스웰Tim Cresswell은 욕망의 길이 "인간의 행위주체성은 쉽게 구조적으로 결정되지 않으며, 구조 자체가 행위주체의 반복적인 실천에 의해 만들어진다"는 점을 보여준다고 말한다(67). 여기서 욕망의 길을 만드는 것이 행위주체의 의지라기보다는 "반복적인 실천"에 있다는 점에서, 욕망을 어느 한 개인에게 속한 의지의 문제로 볼 수 없다. 욕망은 오히려 행위주체들 사이에서 반복적인 실천을 일으키게 하는 그 무엇이다.

하는 노숙자들은 또 어떠한가. 2019년 7월 뉴욕에서 갑자기 정전사태가 일자 밀레니얼 합창단은 카네기홀을 나와 길가에서 공연을 했다. 이들이 노래하는 동안 거리는 콘서트홀이 되고, 지나가던 행인은 청중이 되었다. 욕망의 길에 대한 예는 역사 속에서도 찾을 수 있다. 도시재개발의 거센 바람으로 지금은 사라진 종로구 청진동의 피맛골도 조선시대에 고관대작의 행차를 피해 뒷길로 오가던 서민들의 동선을 따라 조성된 상권이다. 주류의 생산과 판매, 소비가 모두 금지되었던 20세기 초반의 미국에서 사람들은 암호를 대야 들어갈 수 있는 스픽이지speakeasy라고 부르는 술집에 모여 술을 마셨다. 밖에서는 보이지 않는 수많은 술집과 밀주의 보급망이 거미줄처럼 퍼져있었고, 국내에서 만든 밀주로도 부족해 뉴욕의 업자들은 이스트강가까지 수 킬로미터에 달하는 비밀 지하통로를 만들어 유럽의 고급술을 들여와 팔았다. 욕망의 길은 이렇게 도시의 견고한 구조물과 엄격한 규칙들 사이를 비집고 굽이굽이, 그리고 켜켜이 뻗어 있다.

나는 이 책에서 지리비평geocriticism이라 부르는 문학 연구와 문화지리학의 학제간적 접근을 통해 지도를 통해서만은 볼 수 없는 욕망의 궤적을 따라 뉴욕과 그 교외지역의 역사와 문화를 재조명하고자 한다. 지리비평은 프랑스의 지리학자 베르뜨랑 웨스트팔Bertrand Westphal에 의해 시작되었다. 지리비평은 "텍스트, 이미지, 문화적 상호작용을 통해, 혹은 그 안에서 재현적 예술이 인간의 공간을 배치하는 방식을 살피는" 학제적이고 지리중심적인 비평방식으로 실재와 상상의 지형이 계속해서 서로를 구성하는 방식에 주목한다(Westphal 6). 이는 웨스트팔이 앙리 르페브르Henri Lefebvre의 공간에 대한 통찰을 문학 분석에 도입한 것으로, 지각된 공간perceived space과 인지된 공간conceived space, 즉 구체적이고 물질적인 공간과 추상적이고 정신적인 공간, 실재하는 공간과 상상 속의 공간이 어떻게 공존하면서 모순과 갈등 속에서 체험된 공간lived space을 만들어 내는지에 주목한다. 다시 말하면, 지리비평은 주어진 공간에서 물리적 환경(지각된 공간)과 그것에 대한 재현물(인지된 공간)이 일으키는 상호작용에 관심을 갖는다. 예를 들어, 뉴욕의 로어이스트사이드Lower East Side는 맨해튼 남동쪽, 차이나타운과 이스트 빌리지 사이에 위치해 있으며, 이민노동자들의 주거지역으로 유서가 깊은 곳이다. (1960년대 이전에는 이스트 빌리지도 로어이스트사이드에 속했다.) 할렘과 나란히 맨해튼에서 가장 늦게 젠트리피케이션이 일어난 동네답게, 아직 남아있는 19세기의 테너먼트(공동주택, 이하 테너먼트로 표기)와 새로 지은 고층의 콘도미니엄 건물이, 오랜 전통을 자랑하는 유대인 델리 가게와 프렌차이즈 식당이 입점한 대형 푸드 코트가 나란히 있다. 하지만 내가 아는 로어이스트사이드는 이러한 물리적 환경에 대한 구체적 자료나 내가 직접 오감을 통해 경험한 것만으로 이루어져 있지 않다. 내 머릿속에선 제이콥 리스Jacob Riis가 찍은 테너먼트의 어둡고 비좁은 실내와 이민노동자들의 흑백사진, 테너먼트의 일상을 과장 없이 담은 제롬 마이어스Jerome Myers의 그림, 재봉틀을 돌리다 잠시 멈추어 창밖을 바라보는 야윈 여자의 옆모습(Edward Hopper의 "East Side Interior", 1922), 앨런 긴즈버그Allen Ginsberg가 자본주의의 신 멀락Molock에게 퍼붓는 저주의 목소리("Howl"), 키스 해링Keith Haring 특유의 유아적이면서도 발칙한 그래피티, 누들즈가 나쁜 짓을 일삼으며 갱스터로 자라난 거친 거리(Once Upon a Time in America), 샐리가 거짓 오르가즘을 연기하던 델리 가게(When Harry Met Sally), 다니엘 데이 루이스와 레오나르도 디카프리오가 쌍칼과 도끼를 들고 싸우던 험악한 거리(Gangs of New York)와 같은 수많은 이미지들이 서로 불협화음을 일으키며 함께 존재하는 것이다.

중요한 것은 실재와 상상의 지리가 서로 어떻게 상호작용하는가이다. 보통 상상의 지형이 실재 지형을 "재현"한 것이라는 일방적인 관계를 상정하지만, 지리비평은 상상의 지형이 어떻게 다시 실재의 지형에 영향을 미치는지에 관심을 갖는다. 이 책의 2장에서 상세히 다룰 리스의 책 『다른 절반은 어떻게 사는가』How the Other Half Lives는 로어이스트사이드 연구에 있어서 가장 중요한 자료 중의 하나다. 그의 사진과 글, 강연은 슬럼지구의 주거환경을 개선해야 한다는 중상류층의 합의를 이끌어냄으로써 개량주의 운동에 박차를 가하고, 테너먼트의 환경 개선을 주요 내용으로 하는 1901년 테너먼트 주택법The Tenement House Act of 1901을 통과시키는 데에도 크게 기여하였다. 이때를 기점으로 채광과 환기 면에서 비교적 나은 새 건물들이 들어서서 이전의 테너먼트와 구별되기 시작했다. 리스는 훗날 뉴욕의 슬럼 없애기 프로젝트slum clearance project를 추진한 로버트 모제스Robert Moses에게 영감을 주었고, 모제스는 지금의 이스트 빌리지 동쪽에 있던 낡은 테너먼트 건물들을 모두 부수고 리스의 이름을 단 빈민임대주택단지를 세웠다. 리스가 찍은 사진 속의 로어이스트사이드는 1984년 『원스 어폰 어 타임 인 어메리카』를 통해 브루클린에서 새롭게 태어났고, 영화 포스터로 유명해진 맨해튼교가 보이는 워터가는 지금까지도 관광객들이 즐겨 찾는 명소가 되었다. 또 다른 예로, 20세기 중엽 긴즈버그를 위시한 시인들과 히피들이 로어이스트사이드의 북쪽에 들어와 살면서 이곳이 반자본주의적이고 반체제적인 반문화 활동의 본거지가 되었고, 사람들이 근처의 "웨스트 빌리지"나 "그리니치빌리지"에 견주어 "이스트 빌리지"라는 이름으로 이곳을 부르기 시작하였다. 70년대의 침체기를 거쳐 80년대에 들면서 이 동네 출신의 예술가들이 사회적 명성을 얻고, 이곳의 반문화적 분위기가 하나의 "스타일"로 소비되면서 다시금 부동산 투자에 대해 관심을 불러일으켰고 더불어 젠트리피케이션이 시작되었다. 이 책의 3장은 이러한 물질적 환경의 변화에 대항해서 등장한 텍스트들이 어떻게 지배 담론에 맞서고 어떤 물적 변화를 가져왔는지 분석한다.

　이렇게 실재와 상상의 지형이 서로에게 영향을 미치며 변화하는 과정을 추적하는 궁극적인 목적은 사람들이 공간에 의해 지배받을 뿐만 아니라, 어떻게 주어진 공간을 변형시키며 그곳에 어떤 의미를 부여하는가, 즉 공간을 어떻게 장소place로 만들어 내는가를 밝힘으로써 육안으로는 보이지 않는 욕망의 길을 찾고자 함에 있다. 팀 크레스웰Tim Cresswell에 의하면 "공간"은 장소보다 더 추상적인 개념으로 "장소-만들기 행위place-making activities"에 의해 "유의미한 위치meaningful location", 즉 "장소"가 된다 (12). 예를 들어 단 하루를 머물다 가는 호텔방일지라도 우리는 옷걸이에 옷을 걸고, 세면도구와 개인용품을 꺼내 나열하고, 노트북을 켜고 좋아하는 음악을 트는 등, 일련의 장소-만들기 행위를 통해 그곳을 나만의 장소로 만든다. 물론 내가 관심을 가진 장소-만들기는 이보다 훨씬 예외적이고 종종 사회의 법과 규범에 도전하는 성격의 것들이다. 그래서 이 책은 이미 나 있는 길로 갈 수 없고, 사회가 정한 규칙대로 살 수 없어서, 머물면 안 되는 장소에 머무는 사람들, 길이 없는 곳에 길을 만들며 가야 하는 사람들, 사회와 법과 제도로부터 때로는 도망치고 때로는 맞서 싸우며 자기의 장소를 만드는 사람들의 이야기로 시작된다. 이 책에서 나는 그들을 "유목인"이라 부른다. 자유롭게 들판을 떠도는 목가적이고 낭만적인 이미지와는 아무 상관 없는 이 "유목인"들은, 돈 없이는 즉각 인간으로서의 존엄성뿐만 아니라 존재 자체를 부정당하는 자본주의의 도시 뉴욕에서 ―패스트푸드 식당에 30분 이상 머물지 말라는 경고문이 붙어 있다든지, 경찰차가 수시로 순찰을 돌면서 노숙자에게 "자리를 옮기라"는 명령move along order을 내린다든지, 공원 벤치에 중간 팔걸이를 만들어서 아무도 눕지 못하게 하고 빌딩 앞에는 뾰족뾰족한 구조물을 설치해서 아무도 발을 들이지 못하게 하는 등, 공공장소에서 노숙자들을 쫓아내기 위한 장치의 예는 수도 없이 많다―제 한 몸 누일 자리를 찾기 위해, 생존을 위해, 존재를 인정받기 위해 필사적으로 길을 찾는다.

뉴욕은 매력적인 도시다. 자본주의의 첨단을 달리는 도시, 패션의 도시, 예술의 도시, 쇼핑의 도시, 화려한 유흥의 도시답게, 뉴욕은 수없이 많은 문학·문화 텍스트의 배경이 되었다. 무엇보다 뉴욕이 매력적인 이유는 이민의 나라 미국에서 오랫동안 관문 역할을 해왔던 도시답게 다양한 인종·종교·문화적 배경을 가진 사람들이 한데 섞여 사는 곳이기 때문이다. 하지만, 다양한 사람들이 한 도시에 "섞여" 산다고 해서 그들이 진정 "섞여" 지내는가 하면 그렇지 않다. 소위 "동네neighborhood"라고 하는 생활권이 계급과 인종의 선을 따라 분포해있고, "엎어지면 코 닿을 만큼" 지척에 살면서도 동네 사이에 보이지 않는 행동반경의 경계가 존재하기 때문이다. 인종차별이 도덕적 결함이 되는 사회에서 (인종차별이 없다는 것이 아니다. 소위 "세련된" 사람들 사이에서 이를 공공연히 드러낼 수 없을 뿐이다) 군이 불편한 과정을 거치지 않아도 부동산 가격이 알아서 "두 개의 도시"를 분리·통제한다. 이 책은 뉴욕, 맨해튼에서 이 "두 개의 도시" 사이에 어떤 일이 일어났는지, 그 경계가 어떻게 변화해 왔는지, 그 와중에 거주취약계층의 사람들이 어디로 어떻게 움직여 갔는지, 그것이 문학과 문화 텍스트를 경유해 어떻게 실재와 상상의 지형이 서로를 바꾸어 가는지에 주목한다.

뉴욕의 "유목인"에 대해 처음 관심을 갖게 된 것은 제니퍼 토스Jennifer Toth가 1980년대 말에서 90년대 초까지 『LA 타임스』의 견습기자로 일하면서 뉴욕의 지하 터널에 사는 노숙자들을 인터뷰한 내용에 기초하여 쓴 『두더지 인간들』*The Mole People*을 읽으면서부터다. 토스가 터널에 사는 노숙자들을 두더지에 비유하는 악의적인 신화를 책 제목으로 사용한다는 것, 실제 상황에 대한 검증 없이 노숙자의 증언을 그대로 믿은 것, 그리고 본인이 극적으로 뉴욕을 떠나야 했던 상황에 대한 기술이 거의 픽션에 가까운 것 등에 대해 비판을 받기는 하지만, 이 책은 1993년 출판된 이후 지금까지도 터널의 노숙자 연구에 있어 가장 중요한 자료 중 하나로 꼽힌다. 1980년대 뉴욕은 경기침체와 주택도시개발부Department of Housing and Urban Development의 예산 급감, 그리고 연방정부 예산 삭감으로 인한 주립정신병원 병상 감축 등으로 인해 노숙자가 전례 없이 늘어났다. 이들 중 일부는 지상의 삶을 포기하고 뉴욕의 지하 터널에 살면서, 소유보다는 점유를, 임금노동보다 구걸을, 생산보다 재활용을 생존의 방식으로 택했다.

뉴욕의 노숙자에 대한 다른 저서에 비해 토스의 책이 갖는 매력은 토스가 애써 객관적으로 보이려고 노력하지 않는다는 점이다. 즉 토스의 글은 본인의 경험과 느낌, 터널 노숙자들의 증언에 바탕을 둔 그 나름의 "진실"에 대한 것이어서 실재하는 공간에 대한 사실적 정보와는 종종 일치하지 않는다. 예를 들어, 그랜드 센트럴 역의 철로를 묘사하는 부분은 물리적 환경에 대한 객관적 자료로만은 알 수 없는 터널 사람들이 체험한 지형을 보여준다.

쎄빌Seville은 터널에서 12년간 살아왔다. 감옥에 있던 시기를 제외하면 성인이 된 이후 쭉 터널에서 살았다고 말해도 될 것이다. 열아홉 살에는 지하철 플랫폼에서 잠을 잤고, 일 년 뒤에는 그랜드 센트럴 역 터미널 플랫폼 아래쪽으로 옮겨갔다. … 매번 거처를 옮길 때마다 그는 터널 더 깊숙이, 땅속으로 들어갔다. *플랫폼 아래에선 역에서부터 손등의 핏줄처럼 퍼져 나간 기찻길을 따라 터널 속으로 들어갔다.* … 쎄빌은 땅속 가장 어두운 곳까지 아래로 더 깊이 옮겨갔다. "한 번 터널에 들어가면, 모든 터널에 사는 것과 같지"라고 반농담조로 쎄빌은 말한다. "터널들은 다 연결되어 있거든. 사람들도 다 똑같아. 노숙자는 노숙자인 거지. 기찻길은 단지 다른 거주지일 뿐이고" (19-20, 필자 강조)

쎄빌이 기찻길을 따라 그랜드 센트럴 역을 떠나는 모습을 묘사하며 토스는 기찻길이 마치 손등의 핏줄처럼 퍼져 나갔다고 묘사한다. 하지만 조셉 브레넌Joseph Brennan은 이것이 실제와 완전히 반대되는 장면임을 지적한다. 즉 그랜드 센트럴 역처럼 큰 기차역에서는 트랙의 모양이 다음의 도면에서처럼 역 내부에서 십여 개의 플랫폼으로 나뉘었다가 기차역을 떠날 때 수렴하기 시작하여 57번가에 이르렀을 즈음엔 4개의 트랙밖에 남지 않는다.

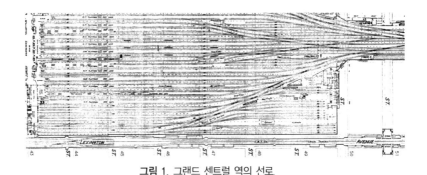

그림 1. 그랜드 센트럴 역의 선로.

[출처: Abandoned Stations, http://www.columbia.edu/~brennan/abandoned/gct61.html]

"손등의 핏줄처럼 퍼져 나간" 트랙은 결국 실재하는 기찻길의 모습을 묘사한 것이 아니라 쎄빌이 지난 12년간 옮겨간 여정을 그의 기억에 기초하여 상상한 것이다. 이런 점에서 이것은 "인지적 지형", 즉 재현의 과정을 거쳐 만들어진 상상의 지형이라 할 수 있다. 쎄빌의 "모든 터널이 다 연결된다"라고 하는 발언을 브레넌처럼 "모든 터널이 서로 다 연결된 것은 아니다"라고 사실에 근거해 반박할 것이 아니라 그 연결의 의미를 은유적으로 이해할 때만 『두더지 인간들』이 그려내고 있는 독특한 지형의 의미를 이해할 수 있다. "손등의 핏줄처럼" 퍼져 나간 기찻길은 한 터널이 또 다른 터널로, 점점 더 깊은 땅속으로 노숙자를 이르게 하는, 시간이 갈수록 점점 더 사회로부터 소외되어가는 그들의 여정을 은유적으로 표현한 것이며 동시에 쎄빌의 발길이 닿은 그 모든 터널에 노숙자들이 널리 퍼져 있다는 것을 암시하기도 한다. 터널 사람들은 지상의 자본주의 사회에서 길을 모두 차단당하고 지하에서 살길을 찾아 도주선을 그리며 나아가는 유목인들이다.2) "손등의 핏줄처럼" 퍼져 나간 그 길이 바로 이들의 욕망의 길이자 도주선이다. 살기 위해 길을 찾고 도망하는 것이다.

이 책의 1부는 미국 자본주의의 중심지인 뉴욕 맨해튼에 사는 노숙자와 빈민계급이 도시 공간과 맺는 관계, 그리고 그들의 거주 문제를 중점적으로 다룬다. 뉴욕은 1825년 이리 운하가 대륙 내부와 뉴욕을 연결하면서 미국-유럽 간 교역의 중심지로 부상하고 인구가 급증하는 한편 도제

---

2) 도주선ligne de fuite은 질 들뢰즈Gilles Deleuze와 펠릭스 과타리Félix Guattari의 개념으로 국내에 처음 "탈주선"으로 번역되면서 어느 주체의 의지로 행해지는 행위인 것처럼 낭만적인 이미지를 갖게 되었다. 하지만, 김재인에 의하면 이는 '탈주'보다는 '도주'에 가까운 개념으로 어쩔 수 없어서 도망가는 것, 길이 없어서 길을 만들며 가야 하는 것으로 "탈주한다"라는 표현보다는 "도주선을 뚫는다"와 같이 표현해야 한다 (94-97).

사회에서 임금노동사회로 이전해가면서 출퇴근 문화가 생겨나는 등, 급속한 변화를 겪는다. 1850년부터 1900년 사이에 뉴욕의 인구가 7배 증가할 만큼 인구가 급속도로 늘면서 노동자계급의 주거환경이 극도로 열악해졌다. 특히 이민노동자들이 모여 살던 로어이스트사이드의 테너먼트가 그 열악한 환경으로 인해 범죄와 질병, 도덕적 타락의 온상지가 되므로 이를 개선해야 한다는 개량주의자들의 목소리가 드높아졌다. 이차세계대전 이후 20여 년간 뉴욕은 탈산업화와 교외화라는 큰 변화를 겪는다. 백인 중산층이 대거 교외로 이동하고 도심에 있던 산업시설들이 모두 시외로 빠져나가면서 1970년대에 뉴욕시가 급기야 파산의 위기에 처하자, 시 정부는 치안과 복지 관련 예산부터 삭감했다. 도심은 급격히 슬럼과 빈곤, 범죄의 장소로 전락했고, 노숙자가 급증했다. 1부는 이런 시대적 상황을 반영하면서 텍스트에서 자본, 공간, 그리고 인간이 맺는 관계를 탐구한다.

1장은 「필경사 바틀비」"Bartleby, the Scrivener"의 바틀비가 반복적이고 지루한 필사 작업으로 대변되는, 자본주의가 노동자의 몸을 길들이는 방식으로부터 벗어나기 위해 도주를 시도하지만 결국은 실패하고 마는 과정을 추적한다. 바틀비는 자본주의가 요구하는 노동의 리듬을 따르지 않고 부동의 자세를 취하며, 아이러니하게도 오피스를 절대로 떠나지 않음으로써 "유목인"이 된다. 1장에서는 바틀비가 어떻게 오피스의 노동 리듬을 교란시키는지, 그가 오피스에서 먹고 자는 행위가 어떻게 변호사에게 위협이 되는지를 앙리 르페브르의 "부정리듬arythmie" 개념을 이용하여 분석한다.

2장은 19세기 말의 뉴욕 테너먼트에 대한, 혹은 테너먼트를 배경으로 한 텍스트들을 서로 비교함으로써 뉴욕 테너먼트를 둘러싼 재현물들이 서로 어떻게 충돌하며 어떤 모순을 드러내는지 밝히고자 한다. 먼저, 뉴욕 테너먼트 연구에 있어서 가장 중요한 문헌으로 꼽히는 제이콥 리스의 『다른 절반은 어떻게 사는가』를 통해 당시의 주류 문화가 바라본 테너먼트의 모습을 살피고, 그가 이끈 주택개량운동house reform movement의 문제점과 리스가 알면서도 회피한 여성의 빈곤 문제를 지적하는 한편, 동시대의 문학 작품에서 어떻게 여성의 빈곤 문제를 다루고 있는지 알아보기 위해 스티븐 크레인Stephen Crane의 『매기: 거리의 소녀』Maggie: A Girl of the Street와 안지아 예지에르스카Anzia Yezierska의 『허기진 마음』Hungry Hearts에 실린 단편소설을 분석한다. 『매기』는 경제적으로 취약한 위치의 미혼 여성에게 개량주의자들이 강조한 중산층의 가치관이 어떻게 구원이 아닌 잔인한 심판의 도구가 되는지를 보여줌으로써 간접적으로 개량주의자들을 비판한다. 예지에르스카의 단편소설은 리스의 저서에서는 찾을 수 없는 테너먼트의 이민 여성 거주자들의 목소리를 통해서 미국문화에 대한 동화에의 욕망과 절망, 회의에 대한 이야기를 들려준다. 리스와 크레인, 예지에르스카의 텍스트들은 같은 시공간을 다루고 있음에도 불구하고 마치 서로 아무 상관 없는 것처럼 거의 항상 따로 논의되어 왔다. 나는 이들이 함께 만드는 불협화음에 주목하여 테너먼트의 이민 노동자, 특히 여성이 이 공간에서 어떤 욕망의 궤적을 그렸는지 추적하고자 한다.

3장은 원래 로어이스트사이드의 일부였지만 지금은 "이스트 빌리지", "로이사이다", 혹은 "알파벳 시티"라고 불리는 동네가 겪은 60-70년대의 쇠락과 80년대 이후 젠트리피케이션의 역사를 돌이켜보고, 80년대 말 시정부가 도시재개발을 본격적으로 추진하려던 시점에 주민들이 거주권을 지키기 위해 벌인 투쟁의 역사를 『빈민을 죽여라』Kill the Poor, 『우리 동네를 사수하라』War in the Neighborhood, 『너의 집은 나의 것』Your House Is Mine을 통해 재조명한다. 1987년 크리스마스를 겨냥해 만들어진 가족영화 『8

번가의 기적』*Batteries Not Included*이 이들의 투쟁을 지지하는 것 같지만 실은 도시재개발을 정상화하고normalize, 인물들 간의 "훈훈한" 관계와 사랑을 통해 "빈곤과 결핍을 낭만화"(Smith 195)한다는 면에서 주거취약계층을 소재로 한 당시의 대중문화를 대표한다면, 이 세 편의 텍스트는 이러한 대중적 재현방식에 대한 저항적 텍스트라 할 수 있다. 일반 독자들에게 많이 알려지지 않아서 한국 독자들에게는 더더욱 생소하겠지만 할렘과 더불어 맨해튼에서 가장 늦게 젠트리피케이션을 겪었고 가장 최근까지 그에 저항해온 동네에 대한 소설, 그래픽 노블, 예술 프로젝트라는 면에서 충분히 재고의 가치가 있는 텍스트들이다.

1부가 이처럼 뉴욕시, 정확히 말하자면 뉴욕시의 다섯 개 구 중 맨해튼을 배경으로 한 텍스트를 중심으로 도시의 주거 문제를 계급, 인종, 젠더의 관점에서 분석했다면, 2부에서는 이차대전 이후 중산층을 위한 이상적 삶의 공간으로 부상한 교외지역을 배경으로 한 문학작품을 통해 견고한 젠더 규범과 윤리(4장), 혹은 소비주의와 재현의 세계(5장)에 갇힌 사람들을 살피고자 한다. 뉴욕에 대한 이야기를 하다 말고 갑자기 교외지역 이야기를 꺼내는 이유는 뉴욕과 교외지역이 불가분의 관계에 있기 때문이다. 도시와 그 주변지역이 완전히 분리된 별개의 공간처럼 여기는 것은, 도심의 빈민계급과 자신을 공간 면에서 일차적으로 분리시킴으로써 심리적으로도 완벽한 분리를 원했던 백인 중산층의 가치관을 그대로 받아들이는 것과 마찬가지다. 도시와 교외지역의 흥망은 데이비드 하비David Harvey나 닐 스미스Neil Smith가 주장한 불평등발전uneven development 이론에서도 볼 수 있듯이 경제적으로 긴밀히 연결되어 있고, 부동산 정책이나 시장에서만이 아니라 문화와 정서의 영역에서도 영향을 받는다. 이차세계대전 이후 자본은 호황기를 맞아 전례 없이 두터워진 중산층과 중산층이 되기 위해 발돋움하는 젊은이들의 요구에 발맞추어 대형 교외 주택 단지 개발 사업으로 몰렸다. 교외로 자본이 집중될수록 도심은 빠르게 쇠퇴하였다. 재정 위기를 맞은 시 정부는 치안과 복지 등 공공서비스 분야의 예산부터 삭감했고, 도심은 마약과 범죄의 소굴이 되었다. 반면에 교외지역은 대중문화를 통해 안전하고 평화로운 가족중심의 삶을 이루기에 가장 이상적인 공간으로 그려졌다. 한편, 도심과 교외를 잇는 고속도로 건설이나 제대군인원호법GI Bill과 같은 정부의 정책적 지원이 교외화에 박차를 가하였다. 2부는 이렇게 아메리칸 드림을 대표하는 이상적 공간이 된 교외지역이 어떻게 불안과 고독의 공간이 될 수 있는지, 나아가 왜 그곳에 공포의 그림자가 드리워지는지, 그럼에도 불구하고 왜 아무도 "유목인"이 되어 저항하거나 도망하지 못하는지 살핀다. 2부는 즉 "유목인"이 살 수 없는 불모의 땅에 대한 것이다.

　　4장은 교외를 배경으로 한 고딕 소설 셜리 잭슨Shirley Jackson의 『벽을 통한 길』The Road through the Wall과 리차드 매티슨Richard Matheson의 『줄어드는 남자』The Shrinking Man을 통해서 교외에 대한 이상적 삶이 악몽으로 변하는 순간에 주목한다. 도시와 달리 같은 생각과 같은 문화를 가진 같은 종류(계급, 인종, 종교 등의 면에서)의 사람들이 모여서 평화롭게 사는 모습을 상상하지만, 그곳은 언제든 차별과 배제, 불신과 폭력의 장소로 변할 수 있다. 『벽을 통한 길』의 배경이 캘리포니아이긴 하지만, 교외 고딕 소설 중에는 가장 일찍 나온 작품이고, 소설에 묘사된 공간이 물론 그 지역의 특수성도 반영하지만 동시에 미국의 교외 지역에서 발견되는 보편적 특성들을 공유한다는 점에서 이 책에 포함시켰다. (이 책의 5장에서 교외라는 공간이 어떻게 구체적 장소라기보다 일종의 보편적 생활양식으로 이해될 수 있는지 자세히 설명하겠다.) 이 소설은 물질주의와 순응주의에 빠져 가족이나 공동체의 필요에 부응하지 못한 채 경제적 번영에 대한 중산층적 이상만을 맹목적으로 좇는 사람들이 가장 "악"하고 공포스러운 존재임을 드러낸다. 『줄어드는 남자』는 집단주의적이고 순응주의적인 사회에서 전통적인 의미에서의 남성성을 위협받는 백인남성이 상상을 통해 스스로를 "구원"하는 이야기다. 이 소설은 당시 "평범한" 직장인에게 요구되었던 조직에 순응하는 사회 윤리가 동질성homogeneity을 지향하는 교외의 삶에 의해 더욱 강화되었을 때 어떤 불안과 공포를 불러일으킬 수 있는지 잘 보여준다. 또한, 주인공의 불안과 공포, 투쟁, 구원과 해방 등 그가 겪는 일련의 과정이 줄어드는 신체와 위축되는 가족 내의 위상, 즉 남성성에 대한 위협에서 비롯되었다는 사실은 당시 교외를 배경으로 한 백인 중산층의 이상적인 삶이 엄격한 젠더 규범에 기반을 두고 있었고, 젠더 규범이 억압적인 만큼 실은 얼마나 사소한 것들에 기대고 있는지 드러낸다.

5장은 마크 오제Marc Augé가 이동, 상업, 여가생활 등을 위한 기능적인 장소로 역사성이나 정체성과는 무관한 장소로서 정의내린 비-장소non-place 개념을 바탕으로 허구의 교외 도시 블랙스미스를 배경으로 한 돈 들릴로Don DeLillo의 『화이트 노이즈』White Noise를 분석한다. 주인공 잭 글래드니와 그의 가족은 쇼핑몰과 슈퍼마켓뿐만 아니라 사적 공간인 집조차도 비-장소가 되어버린 사회에서 오로지 소비자로서만 존재의미를 갖는다. 잭은 독가스 유출사고가 있기 전까지 비-장소에 편안히 안주하여 그 밖을 사고하지 못하다가 유출사고 때문에 언제 닥칠지 모르는 죽음에 노출되면서부터 비-장소의 외부를 감지한다. 하지만, 잭도 잭의 가족도 이미 사회가 설정해 놓은 삶을 벗어날 수 없다. 단순히 슈퍼마켓의 상품진열만 바꿔놓아도 그들은 갈팡질팡 길을 잃고 만다. 오로지 아직 언어의 세계에 편입되지 않은, 즉 아직 사회화가 되지 않은 막내 와일더만이 상처 하나 입지 않고 세발자전거로 고속도로를 가로질러 갈 수 있는 "기적"을 일으킨다. 이 장면이 유목의 가능성을 잠시 보여주기는 하지만 이는 어디까지나 "기적"적으로만 가능한 일이다. 5장의 결말 부분에서는 『언더월드』를 통해 도시와 교외지역의 관계에 대해 생각해보고, 들릴로가 어떻게 예술에서 유목의 가능성을 발견하는지 고찰한다.

3부는 맨해튼을 배경으로 하는 뱀파이어 소설과 영화를 중심으로 도시의 타자와 도시의 실재-그리고-상상적인 지형 간의 관계를 살핀다. 도시는 상상적 내러티브의 단순한 배경이 되는 것에 그치지 않고, 적극적으로 뱀파이어의 상징적 의미를 드러내는 데 사용된다. 드라큘라를 위시한 전통적인 뱀파이어 내러티브에서 뱀파이어의 괴물성은 크게 두 가지로 드러난다. 첫째, 그는 피를 오염시키는 오염원으로 영원히 동화될 수 없는 타자다. 둘째, 뱀파이어는 보통 귀족이나 유산계급으로 그려지는데, 이는 그들의 흡혈이 하층민에 대한 경제적 기생 상태를 상징하기 때문이다. 6장과 7장은 이 뱀파이어의 괴물성이 각 텍스트가 속한 사회·역사적 맥락에 따라 어떻게 다른 모습으로 재현되는지 분석한다. 뱀파이어는 때로는 사회적 타자가 되어 자기 길을 만들어가며 도주하고, 때로는 특권층이 되어 거대한 자본의 "흡혈" 구조를 따라 움직이기도 한다.

6장은 프란시스 로렌스의 2007년작 『나는 전설이다』*I Am Legend*가 9/11 이후의 미국에 대한 알레고리이며, 영화 속의 "괴물"들은 9/11 이후 미국시민, 혹은 합법적인 외국인 거주자로서 누려야 할 권리는 누리지 못하면서 국가의 지배와 통제를 온몸으로 받는 존재를 상징한다고 주장한다. 원작 소설과 두 편의 각색 영화, 그리고 9/11 이전에 쓴 스크립트와 달리, 2007년 영화는 9/11 이후의 미국이 "우리"와 "그들"을 나누는 데 있어 그 어떠한 인종차별주의도 없으며 모든 미국 시민을 똑같이 "우리"로 호출하고 있다는 신화에 부응하여, 흑인 배우를 주인공으로 설정하고 괴물로부터 모든 인종적 타자의 흔적을 지운다. 그러나 사라진 인종적 표지들이 지리적 표지로 암암리에 대체되면서 영화는 9/11 이후 미국에 만연한 "내부의 적"에 대한 두려움과 "외국의" 괴물들에 의해 병든 홈랜드를 되찾고 싶다는 욕망을 드러낸다.

7장은 토니 스콧Tony Scott 감독의 『헝거』The Hunger와 위틀리 스트리버Whitley Strieber가 쓴 동명의 원작 소설을 비교하면서 뱀파이어가 노동하지 않고 소비하며 귀족적 취향을 가진 상류계급의 인물로 그려짐으로써, 어떻게 "산 노동을 착취하는 죽은 노동"(Marx, Neocleous 669 재인용), 즉 자본의 상징이 되는지 밝힌다. 7장은 동시에 미리엄의 양성애가 어떻게 이성애 규범적 사회 질서를 위협하고, 단일 섹슈얼리티의 정체성에도 부합하지 않는 위협적인 퀴어성을 드러내는지 밝힌다. 구체적인 뉴욕의 지리에 바탕을 둔 소설은 숨겨진 자본주의의 생리를 드러내고 비판하는 동시에 이성애적이고 공적인 공간이 퀴어화하는 순간을 통해 이성애 규범적인 공간의 모순을 드러내지만, 구체적인 장소성이 거의 사라진 영화에서는 인물들이 사회적 맥락과 분리되어 홀로 존재하고 자본주의는 소비문화로 축소되며 퀴어한 섹슈얼리티도 자본주의의 소비문화에 종속되고 만다.

2017년 세계 여성의 날 전야, 크리스턴 비스발Kristen Visbal의 "두려움 없는 소녀Fearless Girl"상이 1989년 게릴라 전시 이후 월가의 아이콘이 된 아투로 디 모디카Arturo Di Modica의 "돌진하는 황소Charging Bull"상 앞에 전시되었다. 3.4미터 높이에 3.2톤에 달하는 성난 황소 앞에 당당하게 선 130센티미터의 여자아이는 여성 노동자가 처한 불평등한 현실과 맞서 싸우는 당당한 여성의 아이콘이 되었다. 디 모디카는 소녀상이 황소상의 원래 의미를 훼손한다고 강력히 항의하면서 소녀상을 당장 다른 곳으로 옮길 것을 요구하였다. 즉, 소녀상 때문에 황소상이 마치 월가의 남성중심 폐쇄적 구조를 유지하려는 폭력성을 상징하는 것처럼 되어버렸다는 것이다. 디 모디카는 황소상이 1980년대 증권시장의 폭락에도 굴하지 않는 미국인의 힘과 번영에 대한 희망을 상징하며 소녀상이 오히려 기만적으로 겉으로는 성평등을 지향하는 척하면서 실제로는 작품을 후원한 글로벌 자산 운영 기업State Street Global Advisors의 이익에 복무한다고 주장하였다. 두 작품이 한자리에 서있음으로 인해 작가의 제작의도와 무관하게 황소상의 잠재된 의미가 드러났다. 미국의 "낙관주의"를 상징하는 황소상은 뉴욕이 글로벌 시티로서 주변부의 글로벌화라는 "자명한" 미래를 담보 삼아 주변부를 자유로이 침투하여 글로벌 자본의 배를 불리는 신자유주의적 경로를 함께해 온 역사와 물불 가리지 않고 경제적 호황을 향해 돌진하는 무자비한 자본주의적 에너지를 상징하게 되었다. 소녀상은 동시에 늘 항상 내부에 있어 왔던 여성이라는 "주변부"에 대한 인식을 높이는 역할을 하였고, 여성이 평등에 대한 권리를 주장하기 위해 점유한 그 작은 공간조차 페미니즘을 상업적으로 이용하려는 자들에 의해 오염될 수 있다는 자각을 불러일으켰다. 소녀상은 일 년 뒤에 관광객의 안전을 위해 뉴욕증권시장 앞으로 옮겨졌다. 비록 소녀상이 서있던 자리에 브론즈로 발자국 모양을 만들어 남기긴 했지만, 두 작품 사이의 물리적 거리에 의해 시간이 흐르면서 2017년 두 구조물 사이에 일어난 의미 폭발에 대한 기억도 희미해질 것이다. 공간의 실재와 상상의 지형은 서로 맞물려 끝없이 변화하고, 그때마다 그 공간은 새로운 "장소"로 만들어진다.

사진 1. 돌진하는 황소상과 두려움 없는 소녀. [출처: Anthony Quintano, "Fearless Girl Statue by Kristen Visbal New York City Wall Street", 2017. www.flickr.com. CC By 2.0]

사진 2. 2018년에 뉴욕증권시장 앞으로 옮겨진 "두려움 없는 소녀" [사진: 황은주]

뉴욕은 끝없이 새로 만들어지고 수없이 많은 모습을 가졌다. 이탈로 칼비노Italo Calvino의 『보이지 않는 도시들』Invisible Cities에서 마르코 폴로는 쿠빌라이 칸에게 자신이 여행 중에 보고 들은 도시에 대해 이야기한다. 소설의 마지막에 가서야 쿠빌라이 칸도 독자도 그 모든 이야기들이 실제로는 하나의 도시 베네치아에 대한 것이었다는 사실을 알게 된다. 칼비노만한 이야기꾼이 못 되는 나는 이 책을 거꾸로 시작한다. 이 책은 뉴욕과 그 교외지역에 대한 것이다. 나는 지금부터 이 도시가 얼마나 다른 얼굴을 가졌는지 하나씩 이야기를 해나가려 한다. 고층 건물 사이로 난 가로세로 격자무늬의 길을 따라 질서정연하게 움직이는 사람들 이외에, 스스로 길을 만들어가는 "유목인"들의 이야기와 그들의 행로에 따라 거듭 다시 만들어지는 도시 공간에 대한 이야기다.

1부

공간과 자본, 노동, 계급

1장

리듬, 도주, 소진

멜빌의 「필경사 바틀비」와 19세기 뉴욕 사무노동자

한병철은 『피로사회』에서 오늘날 신자유주의적 자본주의는 성과주체가 스스로를 착취하는 방식으로 작동하며 이 시대의 고유한 질병인 소진증후군은 "다 타서 꺼져버린 탈진한 영혼의 표현"(27)이라고 말한다. 이런 시각에서 그는 「필경사 바틀비」"Bartleby, the Scrivener"를 "탈진의 이야기"(64)로 읽는다. 성과주체는 규율과 강제보다는 자유와 탈규제의 원칙에 따라 자기 자신을 뛰어넘기 위해 끊임없이 노력하는 주체다. 한병철은 바틀비가 우리 시대의 성과주체와 달리 19세기 규율사회에 속한 "복종적 주체"(57)이며, 따라서 과도한 자기긍정에 따른 피로와 우울을 알지 못한다(58)고 한다. 그럼에도 그가 바틀비를 탈진한 노동자의 대표적인 예로 드는 것은 과중한 노동으로 완전히 소진된 사람을 상징하는 데 바틀비만한 인물이 없기 때문일 것이다. 막다른 벽을 마주하고 선 바틀비의 창백하고 야윈 모습은 끝없이 반복되는 무의미한 노동으로 지쳐버린 한 사무노동자의 우울한 초상 그 자체다.

그러나 간과하지 말아야 할 것은 「필경사 바틀비」의 배경이 되는 19세기 중엽 뉴욕 사회가 한병철의 주장처럼 온전한 규율사회가 아니었다는 점이다. 1825년 이리 운하Erie Canal가 개통한 이래 뉴욕은 급속도로 성장하였다. 뉴욕으로 몰려든 인파 중 사무노동자는 세 번째로 큰 직업군을 차지했으며, 젊은이들은 자립이라는 이상과 자수성가의 꿈을 간직한 채 중산층의 대열에 오르기 위해 낮은 임금과 강도 높은 노동을 자발적으로 견뎌냈다.3) 「필경사 바틀비」에 나타나는 대로라면 소설 속 필경사들은 언제든 해고당할 수 있는 불안정한 위치에 있었을 뿐 아니라 성과에 따라 서로 다른 급여를 받았다. 필사본 100단어당 4센트를 받는 급여체계에서 그들에게는 쉬지 않고 일을 해야 할 이유가 분명히 있었다. 또한 상사가 일을 시킬 때마다 꼬박꼬박 "하지 않기를 선호합니다would prefer not to"라고 대답하는 바틀비를 복종적 주체라고 보기 어렵다. 한병철은 바틀비가 성과주체가 겪는 자책과 자학을 경험하지 않는다는 점(57)에서 성과주체가 아니라고 주장한다. 하지만 바틀비의 내면에 대한 정보가 극도로 제한된 상태에서 그가 성과주체가 겪는 일련의 감정들을 겪지 않는다고 말하는 것은 불합리하다. 그가 겪은 감정을 직접적으로 증명할 증거가 충분하지 않기 때문이다.

분명히 「필경사 바틀비」는 19세기 중엽 뉴욕 어느 사무노동자에게 일어난 탈진의 서사다. 그러나 나는 한병철이 논의하지 않은 부분, 즉 19세기와 우리 시대의 노동환경을 비교하여 단절로 설명되지 않는 연속적 측면을 밝히고자 한다. 변호사가 자신의 위선을 가리기 위해 사용한 온정주의적 화법과 바틀비의 불행과 죽음에 대해 내린 모호하고 철학적이며 추상적인 해석을 넘어서, 도제제도에서 임금노동제로 넘어가던 시기에 사

---

3) 당시 뉴욕의 일반 사무노동자의 생활상에 대해서는 러스키Brian Luskey의 저서 참조.

무노동자들이 처한 노동과 주거환경의 변화가 빚어낸 문제들에 주목하고
자 한다.4) 「필경사 바틀비」는 오늘날 막대한 계급차이를 가져온 자본축적
이 금융과 부동산 투자를 통해 가속화되고 대학교육을 받지 못한 평범한
사무노동자들의 중산층 진출이 어려워지기 시작한 바로 그 시점을 배경으
로 한 이야기다. 다시 말하자면, 「필경사 바틀비」는 19세기 중반 미국의
자본주의 팽창이 만들어낸 새로운 생활과 노동의 리듬, 도시의 리듬에 적
응하지 못한 사람이 더는 견디지 못하고 달아나지만 막다른 벽에 부딪히
고 만다는 피로와 소진의 서사다. 과도한 노동의 리듬, 그로 인한 소진과
도주에 관한 서사를 제시한다는 점에서 이 이야기는 우리와 상관없는 먼
옛날의 이야기가 아니다. 바틀비의 견고한 침묵을 깰 수 없다면 그의 몸
이 만드는 소리를, 그가 만드는 파격의 리듬을 들어보자는 것이 이 글의
취지다.

1_ 리듬

『리듬분석』은 앙리 르페브르Henri Lefebvre의 마지막 저서로 사후에 출
판되었다. 르페브르가 『일상생활비판』과 『공간의 생산』에서 공간의 사회
적 생산과 전유가 일상세계의 존재양식에 미치는 영향을 분석하였다면,
『리듬분석』에서는 리듬이라는 개념을 통해 공간연구에 시간의 차원을 도
입하였다. 리듬분석의 출발점이 되는 세 개의 가설은 다음과 같다.5) 첫째,

---

4) 당시 임금노동 시장의 확대와 도시 주거환경의 변화에 대해서는 블랙마Elizabeth
   Blackmar 1-13, 183-212 참고. 노동환경과 계급갈등 문제에 대한 멜빌Herman Melville
   의 태도에 대해서는 폴리Barbara Foley의 논문 참고.
5) 이하 세 개의 가설에 대해서는 르페브르 203-07 참고.

일상의 시간은 시계로 양화된 단조로운 시간이 짧은 리듬의 반복을 부과하는 선형적 과정과 우주적, 세계적, 자연적인 것에서 비롯된 순환적 과정의 대립적 통일 과정으로 측정된다. 둘째, 시간과 시간의 사용을 둘러싸고 격렬한 싸움이 벌어진다. 셋째, 양화된 시간은 "무엇무엇 하기"를 위한 시간들로 분할되고 구획되며 그 사이에 위계질서를 만든다.6) 그중 노동을 위한 시간이 위계질서의 기준이 되며 그 때문에 다른 리듬이 교란되는 경우가 종종 생기고, 이렇게 자연적인 리듬이 사회-경제적인 이유들, 혹은 다른 복잡한 이유로 변형되는 과정에서 "몸의 박탈dépossession du corps" (205) 문제가 발생한다. 르페브르는 인간도 "활동-휴식-오락"의 리듬에 따라 "동물처럼 조련되며dressé"(132), 서구는 그 리듬과 "조련-동일화-단순화되고 유형화된 차이"(139)의 모델을 통해 타자들을 길들이려고 시도해왔고, 그 모델을 빠져나가는 이들에게만 "길이 펼쳐진다"(139)고 말한다. 내가 주목하고자 하는 부분은 바로 그 모델을 "빠져나가는" 사람들이다. 이들은 "조련"에 실패한 주체들로 대립적 통일과정을 거친 조화로운 리듬eurythmie에 균열을 내고 부정리듬arythmie을 만드는 자들이다.

「필경사 바틀비」에서 묘사된 월가의 한 법률사무소는 자본주의가 사무노동자에게 부과한 일상의 리듬을 관찰하기에 좋은 무대다. 멜빌이 묘사한 당시 노동의 일상은 반복적인 노동의 선형적 리듬과 신체의 순환적

---

6) 르페브르는 이 측정 가능한 시간의 범주 외에 명상과 놀이의 시간처럼 우리에게 충만함을 주는 "전유된approprié" 시간 개념을 소개한다(208). 이 시간은 시간을 잊어버린 시간이다. 이는 "무엇무엇 하기"로 분할되지 않는, 선형적 시간의 계산에 포함되지 않는 시간이다. 문제는 자본주의가 사람들로 하여금 시간을 전유하여 시간에 대해 잊어버릴 수 있도록 놔두지 않는다는 점이다. 자본축적은 생산부터 소비에 이르기까지 모두 시간의 소비를 전제로 하고 있기 때문이다. 우리에게는 그럴 "여유"가 없다.

리듬이 부딪치면서 생기는 갈등을 특징으로 한다. 터키와 니퍼즈는 일요일과 매일 점심시간을 제외한 하루 대부분의 시간을 지루하고 반복적인 필사 작업으로 보낸다. 필사 작업의 리듬은 하루 종일, 매일 지속된다는 점에서 선형적이지만 단어를 하나씩 베끼는 노동 행위 자체는 짧은 리듬의 반복으로 만들어진다. 이 선형적 리듬은 각 개인의 몸이 갖는 순환적 리듬, 즉 심장박동, 장의 연동운동, 매일 조금씩 늦어지는 세포 재생의 리듬 등을 포함해서 개인의 몸이 생존을 위해 필요로 하는 모든 신체적 기능이 복합적으로 만드는 몸의 리듬이 노동의 리듬에 적응하기를 요구한다. 터키와 니퍼즈는 이러한 적응과정에서 몸이 드러낼 수밖에 없는 고통의 징후들을 오전·오후 교대로 보임으로써 사무실에 그 자체의 리듬을 부여한다. 터키는 점심시간이 지나고 나면 "석탄을 가득 넣은 크리스마스의 벽난로처럼 활활 타올랐고, 계속 빛을 내다가"(535) 퇴근할 무렵이 되면 점차 사그라지는데, 매일 뜨는 태양처럼 규칙적으로 이것이 반복된다. 그의 얼굴이 붉게 타오르는 오후면, 서류에 잉크 얼룩을 남기고 시끄럽게 구는 등 변호사에게 성가신 존재가 된다.

> 그는 의자로 삐거덕거리는 불쾌한 소음을 내기도 하고, 모래상자를 엎지르기도 하고, 펜을 고치다가 조급하게 산산조각으로 쪼개 놓고 벌컥 화를 내면서 그 잔해를 바닥에 내던져 버리기도 했다. 벌떡 일어나 책상 위로 몸을 구부리고 서류들을 아무렇게나 상자에 집어넣기도 했는데 그처럼 나이가 지긋한 사람의 행동으로는 보기 안쓰러울 정도였다. (535)

터키는 아침에 멀쩡하게 앉아서 일하던 의자가 오후엔 거북하기 짝이 없다는 듯 자꾸 움직이고, 주의력이 떨어져 실수가 잦아지며 그럴 때마다 짜증이 나서 바닥에 조각난 펜을 내던지는 등 크게 해롭지 않은 한에서 돌발적 행동을 하는 것이다. 변호사는 그런 터키가 안쓰럽다고 말하지만 그렇다고 해서 터키에 대한 인간적 배려를 보이는 것은 아니다. 그가 실제 바라는 것은 터키의 효용성이 극대화되는 오전 시간에만 터키가 사무실에 나와 일을 하는 것이다. 그가 넌지시 오전에만 근무할 것을 권유했을 때 터키는 자신이 변호사의 "오른팔"(536)이며 오후에도 열심히 일해야만 한다고 말한다. 급기야 터키가 만든 잉크 얼룩에 대해 변호사가 책망하자, 터키는 얼룩 한두 개 때문에 반백인 자신을 몰아세우지 말아 달라고 간청한다.

사무 공간에서는 무엇보다 노동의 리듬이 우선이다. 그 공간에서 선형적인 노동의 리듬과 순환적인 신체의 리듬이 불일치하는 것은 필연적이다. 노동의 리듬과 억지로 타협한 고통받는 몸을 책상 앞에 묶어두는 것은 바로 임금, 성과에 따른 급여다. 터키의 몸은 오후에 오전과 똑같은 노동 강도를 견딜 수 없다고 표현하고 있다. 하지만 그가 변호사의 권유대로 오후 일을 그만둔다면 술값과 말쑥한 옷차림을 동시에 감당할 수 없을 만큼 적은 수입이 그나마 더 줄어들 것이다. 베껴 쓴 단어 수에 따라 보수를 받는 한, 그에게는 그의 몸이 요구하는 고유한 리듬을 따를 여유가 없다. 니퍼즈가 흉을 본 것처럼, 터키는 술을 사 마시느라 얼마 안 되는 급여를 다 써버리곤 한다. 그의 음주나 과체중도 필경사로서 하루 종일 노동하는 그의 몸이 업무의 단조로움과 지루함에 보이는 반응으로 볼 수 있다. 길고 지루한 노동의 리듬에 술과 매운맛의 생강과자로 짧고 강렬한 리듬을 보충하는 것이다. 1페니에 6-8개씩 파는 과자를 수십 개씩 우두둑 우두둑 게걸스럽게 씹어 먹으면서 끊임없이 일하는 터키의 모습은 신체의 다른 필요를 충족시키지 못해서 생기는 욕구불만을 드러낸다.

니퍼즈의 경우는, 변호사의 설명에 따르면 "야망과 소화불량의 희생자"다. 그의 "야망"은 하인과 노동자에 이어 당시 뉴욕시 노동인구의 세 번째를 차지했던 사무노동자들 대부분이 품었던 희망과 일치한다. 즉, 그는 변호사가 되거나 언젠가는 자신의 법률사무소를 열겠다는 포부를 드러낸다. 니퍼즈가 법률 문서의 원본 작성처럼 전문적인 업무를 넘본다든지 정치에 참여하고 치안재판소에서 약간의 업무를 보기도 한다는 사실은, 그에게 필사가 다음 단계에 이르기 위해 어쩔 수 없이 거치는 단계이며 니퍼즈가 그 이상을 원하고 있다는 점을 보여준다. 그러나 당시 시대 상황을 고려할 때, 니퍼즈의 욕망은 헛된 것이었다. 법률사무소에서 오래 일한다고 해서 변호사가 될 수 있는 것이 아니었기 때문이다. 실제로 당시 각 분야에서 사무노동자들이 맡았던 주 업무가 필사였고 그들은 많은 시간을 의미 없이 반복적인 작업을 하며 보내야 했다.7) 남아 있는 당시 사무노동자들의 일기문을 보면, 필사가 얼마나 지긋지긋한 일이고 그것 때문에 정작 성공을 위해 필요한 다른 훈련을 받을 시간이 없는 것에 대한

---

7) 당시 법률사무소에서 필경사로 근무했던 조나단 힐Jonathan Hill의 1841년 일기만 보아도 의미 없는 노동으로 시간을 보내는 것에 대한 공허함과 불행과 가난밖에 보이지 않는 미래에 대한 불안을 발견할 수 있다.

> 또다시 아무 소득이 없는 하루를 보냈다. … 언제까지 이런 상태로 살아야 하나? 나를 쉴 새 없이 짓누르고 효과적으로 머리를 쓰지 못하게 만드는 이 우울한 악몽으로 영원히 고통받아야 하나? … 언제 떠나갔는지도 모르게 시간이 너무 빨리 스쳐가고 내 젊은 날들이 나더러 서두르라고 재촉한다. 이제까지의 내 삶은 텅 비어 있다. 도대체 무엇을 내가 스물세 해를 산 결실이라고 내보일 수 있을까? 아무것도 없다! … 사방 둘러보아도 내가 마주치는 것은 불행과 가난뿐이다. (Augst 212-13 재인용)

불만들이 드러나 있다. 소설 속에서 니퍼즈는 젊은 축에 들지만 19세기 중엽 뉴욕에서 근무한 사무노동자의 60-70퍼센트가 25세 이하였다는 점을 고려하면(Luskey, "Introduction"), 그는 곧 자립을 할 수 있느냐 마느냐의 기로에 놓여 있다. 변호사의 추측대로 니퍼즈가 "고객"이라 부른 자가 실은 채권자고, "부동산 권리증서"라 말한 것이 청구서라면(537), 니퍼즈도 터키처럼 만년 사무노동자로 늙어갈 가능성이 높다. 그가 늘 필사와 같은 소모적 노동으로 많은 시간을 보내는 데다가, 돈을 모으기는커녕 채권자가 쫓아다니고 종종 사무실로 청구서가 날아올 만큼 씀씀이가 크다면, 조만간 (그가 법대에서 교육을 받았을 경우) 변호사로 개업을 하거나 (대학교육을 받지 않았을 경우) 다른 변호사와 동업을 할 형편이 절대 못될 것이기 때문이다.

니퍼즈가 보여주듯이 19세기 중엽 사무노동자들이 부르주아 계급에 속하게 될 가능성은 급격히 줄어들고 있었다. 이광진은 「필경사 바틀비」의 인물들이 "부르주아 계급에 속해 있거나 아니면 속하기를 열망하는 사람들의 집단으로서 블루칼라와는 확연히 구분되었던 화이트칼라 노동자"(254)이기 때문에 이 소설을 부르주아 계급에 대한 비판으로 읽는 것에 회의적이다. 사무노동자들이 화이트칼라 노동자인 것은 분명하나 당시에 그들 모두가 부르주아 계급에 속한 것은 아니었다. 글을 읽고 쓰는 능력이 보편화되면서 뉴욕에는 사무노동자들이 넘쳐났고, 단순한 사무능력을 가진 사람들의 경쟁력이 급락했다. 대학을 나와 더 나은 직급으로 올라갈 수 있는 일부 화이트칼라 노동자를 제외한 나머지는 영원히 저임금·단순노동에 만족하고 살아야 할 운명에 처해 있었다. 러스키는 당시 사무노동자의 평균 임금에 대해서 연 200달러부터 650달러까지 학자마다 의견을 달리하고 있어 정확히 알 수 없지만, 대부분 상당히 낮은 임금을 받고 살았을 것이라고 추정한다(chapter 1). 당시 뉴욕에서 근무하는 사무노동자의 85퍼센트 이상이 미혼이었고 60퍼센트가 하숙집에 살고 있었는데, 그들 소득의 대부분이 숙식문제를 해결하는 데 사용되었다(Luskey, "Introduction"). 어느 사무원이 『트리뷴』*Horace Greeley's Tribune*에 보낸 편지에 따르면 그의 연소득 200달러 중 156달러가 하숙비로 쓰였고 생존을 위한 최소한의 경비만 지불하고 살았지만, 1년 뒤엔 64불의 빚만 남았다(Luskey, chapter 1). 이처럼 극단적인 상황이 아니라 할지라도 니퍼즈도 쉬지 않고 노동해야 할 조건에 처해 있음이 분명하다.

니퍼즈도 노동의 선형적 리듬에 억지로 맞추느라 고통받는 신체의 징후들을 드러내는데, 터키와는 정반대로 오전에 신경질적으로 행동하다가 오후가 되면 차분해진다. 그의 몸이 겪는 고통은 책상에 대한 그의 끝없는 불평에서 찾아볼 수 있다.

니퍼즈는 굉장히 솜씨가 좋음에도 불구하고 결코 탁자를 자신에게 꼭 맞게 고치지 못했다. 나무 조각과 온갖 받침, 두꺼운 종잇조각들을 받쳐 보았고 마침내는 얼룩진 서류를 접은 조각으로 정교하게 맞춰 보려는 시도까지 했다. 그러나 어떤 방법도 소용이 없었다. 그는 등을 편하게 하려고 탁자의 뚜껑을 턱에 가까워질 만큼 뾰족한 각도로 세우고 네덜란드 주택의 가파른 지붕을 책상으로 쓰는 것처럼 거기서 필사를 하더니, 그렇게 하면 팔에 피가 통하지 않는다고 단언했다. 탁자를 허리춤까지 낮춰서 그 위에 상체를 구부리고 글을 쓰면 등이 쑤셨다. 요컨대 문제는 니퍼즈가 자신이 뭘 원하는지 모른다는 것이었다. 아니, 그가 진짜로 원하는 게 있다면 그것은 필경사의 탁자를 아예 없애버리는 것이었다. (536-37)

어떤 방법으로도 탁자가 불편하게 느껴지는 것은 탁자가 몸에 맞지 않아서가 아니라 사람의 몸이 종일 책상에 앉아 남의 글을 베껴 쓰고 있도록 만들어져 있지 않기 때문이다. 팔에 피가 통하지 않거나 등이 쑤시는 것을 멈추는 유일한 방법은 변호사 말대로 탁자를 아예 없애는 것뿐이다. 니퍼즈의 소화불량, 이를 득득 가는 소리, 나쁜 안색, 탁자의 높이와 팔과 등의 통증에 대한 불만은 자본주의의 선형적 리듬과 타협한 그의 몸이 사무실의 질서를 크게 훼손하지 않는 한에서 소극적으로 드러내는 고통의 증상들이다.

이 상이한 저변의 리듬들을 읽어내는 것은 이들의 상사이자 소설의 화자인 변호사다. 그는 마치 오케스트라를 지휘하는 사람처럼 터키와 니퍼즈를 배치하고 조율한다. 변호사가 바틀비를 고용한 것은 바틀비가 오전과 오후에 서로 번갈아가며 불편한 신체적 징후를 보이는 두 필경사를 보완할 지속적이고 꾸준한 노동의 리듬을 사무실에 가져올 사람처럼 보였기 때문이다. 그가 바틀비에게서 가장 마음에 들어 한 점은 바틀비의 "차분한sedate"(538) 성격이었는데, 이는 터키와 니퍼즈가 간신히 유지하고 있는 불안한 균형상태에 바틀비가 안정감을 더하기를 기대했기 때문이다. 특히 변호사가 바틀비의 덕목 중 가장 중요하게 여기는 것이 "그가 늘 사무실에 있다"(543)라는 점에서 바틀비에 대한 그의 기대치를 알 수 있다. 변호사가 일을 묘사할 때 선호하는 어휘들, 예를 들어 "빨리quick", "재빨리swift", "꾸준한steady" 같은 단어들 또한 이를 증명한다. 노동의 선형적 리듬에는 "빨리quick", "재빨리swift"와 같은 단어로 표현될 수 있는 짧은 반복의 리듬이 필요하지만, 바틀비가 가져올 "꾸준한steady" 시간의 지속도 필요하다.

한동안 바틀비는 쉴 새 없이 필사를 해서 법률사무소에 지속적인 선형적 리듬을 부여한다. 그는 마치 필사를 위해 태어난 기계처럼 묘사된다.

처음에 바틀비는 어마어마한 양의 필사를 했다. 마치 오랫동안 뭔가 필사할 것이 굶주렸던 것처럼 내 서류를 게걸스럽게 해치우는 것처럼 보였다. 소화를 시키기 위해 잠시 쉬는 일도 없었다. 그는 햇빛과 촛불에 의지해 필사를 하면서 밤낮으로 일을 했다. 그가 기분 좋게 근면함을 발휘했다면 나는 그의 헌신이 매우 기꺼웠을 것이다. 그러나 그는 말없이, 창백하게, 기계적으로 글씨만 계속 썼다. (539)

바틀비의 동기가 무엇인지 알 수는 없지만 그는 먹고 소화시키고 휴식을 취하는 몸의 모든 기본적 리듬을 무시한 채 쉬지도 않고 밤이나 낮이나 일만 했다. 변호사는 먼 훗날 복사기가 대체할 노동을 예견이라도 하듯 조용히 기계적으로 업무를 수행하는 바틀비를 바라보며 "값진 [자를] 획득valuable acquisition"했다며 흡족해한다(543). 특히 바틀비가 사무실에서 살고 있다는 사실을 깨닫기 전까지 그는 바틀비의 부동성motionlessness, stillness을 바틀비의 가장 큰 덕목으로 여긴다. 변호사는 항상 제자리에서 같은 속도로 쉬지 않고 글을 베껴 쓰는 바틀비를 그의 책상 가까이에 두어 원할 때마다 언제든 그를 부를 수 있도록 배치한다. 그러나 터키나 니퍼즈가 고통의 증상을 번갈아가며 드러낼지언정 "임금노동자로서 자신의 위치를 받아들이고"(Marx 99) 노동의 리듬과 타협한 것과 달리, 바틀비가 노동을 거부하면서 사무실의 리듬이 깨지기 시작한다.

2_ 도주

바틀비가 사무실의 리듬에 변화를 가져온 것은 변호사가 "수동적 저항passive resistance"(541)이라 부르는 거절이 시작되면서부터다. 종일 지속되는 필사와 점심시간을 기준으로 해서 터키와 니퍼즈가 교대로 보이는 피로한 신체의 징후들, 변호사의 간헐적인 호출과 검토 작업, 일하는 틈틈이 지루함을 달래기 위한 군것질 등이 만들어내는 일상의 리듬에 바틀비는 "하지 않기를 선호합니다"라는 선언으로 균열을 낸다. 바틀비가 만든 네 통의 필사본을 원본과 대조하기 위해서 사무실의 모든 직원—심지어는 진저넛Ginger Nut까지—이 모여서 "한 번만 검토하면 네 통이 끝나"(540)는 효율적인 방식으로 일을 처리하려는 상황에서도 바틀비는 협조하지 않는다. 이 때문에 결국 나머지 사람들끼리 어렵게 서류를 검토하게 된다. 그 서류들이 바틀비의 필사본이었으므로 검토 또한 실은 바틀비의 일이며, 다른 필경사들이 그의 필사본을 함께 검토하는 것은 바틀비의 "일을 덜어주는labor saving"(540) 것이다. 필사본을 함께 검토하는 작업은 일의 효율성을 위해서 서로 품앗이를 한다는 전제하에 따로 받는 보수 없이 진행하는 것이므로, 그 자리에 바틀비가 빠진다는 것은 극히 "상식에 어긋나는"(541) 일이다. 바틀비는 그들의 상식으로 이해할 수 있는 합리적인 이유를 제시하지 않은 채, 효율성을 전제로 돌아가는 사무실의 리듬을 방해해서 동료들에게 "불편한 이물감"(이명호 244)을 준다. 사무실의 리듬에 항상성과 지속성을 가져다주리라고 믿었던 바틀비의 부동성은 원활한 흐름을 막는 걸림돌이 되기 시작한다.

바틀비가 사무실에 들여오는 부정리듬은 바틀비가 체제를 교란시키기 위해 일부러 만든 것이 아니다. 이는 그가 자본의 선형적 리듬을 더는 견디지 못하고 도망치는 과정에서 생겨날 수밖에 없는 부산물이다. 르페브르는 부정리듬을 서로 다른 리듬들이 결합하면서 만드는 조화로운 동맹의 리듬과 반대되는 개념으로 "시간, 공간, 에너지의 전개과정 속에서의 분열을 전제"로 하는 분쟁의 리듬(196), "리듬의 흐트러짐"(225)으로 정의한다. 변호사가 바틀비에게 기대했던 안정과 지속의 리듬 대신, 바틀비의 부동성은 효율성을 우선시하는 사무실의 리듬과 자본주의의 필요에 따라 당시에 비교적 새롭게 시작된 출퇴근 문화의 리듬을 흐트러뜨린다. 이명호는 바틀비가 취하는 부동의 자세, 그의 '무심無心'이 "외부의 압도적인 힘으로부터 가까스로 자신을 방어하려는 자의 위축된 감정"에 가까우며 이런 "소극적이고 불투명하고 위축된 감정이야말로 자본이 거대한 리바이어던으로 군림하는 고도로 관리화된 후기 자본주의 사회에서 주체가 경험하는 감정의 실상에 근접한다"고 말한다(220). 바틀비 저항의 수동성이 "우울과 혐오가 결합된 복합감정"(220)에서 비롯한다는 이명호의 주장에 굳이 동의하지 않더라도 바틀비가 저항의 주체로서 체제에 맞서겠다는 뚜렷한 자의식을 보이지 않는 것은 분명한 사실이다. 바틀비에게서는 심지어 그가 도망치고 있다는 자의식조차 찾아볼 수 없다. 그는 그럴 수밖에 없기 때문에 그러는 것이다. 그런데도 바틀비가 이를 마치 "선택"의 문제인 양 말하는 것이 이 소설의 가장 큰 아이러니다. 그가 도망하기로 "선택"한 것이 아닌 것처럼, 가고자 하는 곳이 어디인지 이미 알고 도망하는 것이 아니다. 또한 그가 가는 길이 그로 하여금 막다른 벽에 이르게 하리라는 것도 바틀비는 알지 못한다. 그는 무엇을 향해 도망하는 것이 아니라 그가 지금 속한 그 무엇으로부터 도망치기 위해 길이 없는 곳에 길을 만들어야 할 운명에 처해 있다. 바틀비는 변호사가 요구하는 노동을 제공하는 대가로 머물고 있는 사무실이라는 공간에서 변호사의 호출에 응하지 않는 한, 그리고 그가 해야 할 일을 하지 않는 한 자신의 존재를 정당화할 그 어떠한 법적 근거도 가지고 있지 않다. 그에게 처음부터 선택할 권리는 아예 없다. 그렇기에 바틀비의 "하지 않기를 선호합니다"라는 선언은 그 표현이 몹시 어색한 것 이상으로 말이 안 되는 선택이다. 이는 길이 없는 곳에 길을 내야만 실현 가능하다. 아니, 그 말을 하는 것 자체가 길이 없는 곳에 발을 들이는 행위다.

　나는 이런 맥락에서 바틀비의 수동적인 저항이 들뢰즈와 과타리가 말한 "도주fuite"이고 바틀비가 월가의 "유목인nomad"이라고 생각한다. 들뢰즈와 과타리가 말하는 유목인은 흔히 그 단어가 떠올리게 하는 낭만적이고 목가적인 이미지와 완전히 다른 것이다. 유목인은 이미 만들어진 길(파인 홈)을 따라 움직이는 사람과 반대되는 개념으로, 파인 홈을 가로질러 가면서 그것을 매끄럽게 만드는 존재들이고 그가 지나가는 길이 바로 "도주선ligne de fuite"이다. 김재인에 의하면 들뢰즈와 과타리의 이론이 한국에 처음 소개될 당시 이 개념이 "탈주", "탈주선"으로 번역되면서 마치 주체가 체제를 전복할 의지를 가지고 혁명적인 궤적을 그리는 것처럼 잘못 소개되었다고 말한다.8) 즉, 김재인은 "도주"가 더 알맞은 번역어이며, 도주하는 이들은 어쩔 수 없어서 도망가는 것이라 말한다. 길이 없어서 길을 만들며 가야 하니 "도주선을 뚫는다"와 같은 표현이 더 적확하며, 이는 어느 주체의 의지로 행해지는 행위가 아니라는 것이다. 바틀비는 필경사로서의 삶을 견디지 못하고 더 이상 자본주의가 촘촘히 짜놓은 홈들을 따라 움직일 수 없었기에 그로부터 도주하려는 유목인이다. 여기서 "도주"라는 개념은 도망과 저항을 모두 포함한 개념이다. 바틀비가 노동을 거부하는 행위는 단순히 노동 자체로부터 도망하는 것이 아니라 자본의 선형적 리듬을 강요하는 체제로부터 도망하는 것이며, 따라서 그 리듬

---

8) 도주선에 대한 이하 설명은 김재인 91-106 참조.

을 교란시키고 체제의 모순을 드러내는 저항의 행위다. 모든 혁명적인 존재들이 그러하듯이, 유목인은 도주선을 뚫지 못하고 실패할 위험에 항상 노출되어 있다. 바틀비도 모든 퇴로를 차단당한 채 더 툼즈The Tombs라 불리는 감옥에서 죽음을 맞이한다. 그의 공식적 죄목은 부랑이지만 그의 진짜 죄목은 리듬의 교란이다.

사무실에서 효율적으로 노동하는 일상의 리듬을 깨는 것만으로도 큰 잘못이지만 바틀비가 의도치 않게 훼방을 놓은 또 다른 리듬이 있다. 그것은 바로 출퇴근의 리듬이다. 임금노동을 중심으로 한 사회 개편과 도시의 부동산 개발과 임대사업을 중심으로 한 자본의 축적이라는 거대한 흐름에 가장 중요한 기반이 된 것은 매일 출퇴근하는 노동자들의 일상이 만드는 리듬이었다. 소설의 배경이 되는 19세기 중엽은 도제제도가 거의 해체되고 공적인 공간과 사적인 공간의 구별이 분명해져서, 임금노동자들이 직장으로 출퇴근하는 삶의 방식이 보편화되기 시작한 시기이다.9) 19세기 초반 뉴욕은 심각한 주택난을 겪는데 이는 인구가 급증한 까닭이기도 하지만, 켈리Wyn Kelley에 의하면 당시 부동산 개발이 자본가들의 재산 증식을 위한 투자 위주로 이루어졌기 때문이다(25). 이때 부동산 투자와 집세로 부를 축적하는 사람들과 집세를 감당하느라 저축이 불가능한 사람들 간의 격차가 급격히 벌어지게 된다.10) 개발업자들이 급증하는 노동자를 위한 주거지를 개발하는 대신 중상류층을 겨냥한 건물을 주로 짓고, 이 바람에 노동자들은 기존의 건물을 여러 방으로 나누어 만든 좁은 아파트

---

9) 이와 같은 사회 변화에 대해서는 Blackmar 1-13, 183-212 참조. 사적인 공간과 공적인 공간의 분리, 뉴욕의 주택난과 멜빌의 작품 간의 연관성에 대해서는 Kelley 187-233 참조.

10) 당시 뉴욕의 임금노동자들이 부동산으로부터 소외된 현상에 대해서는 Montgomery 104-14 참조.

에 세를 들어 사는 경우가 많았다.11) 따라서 노동자들이 겪는 주택난이 심화되었고 형편없는 환경에도 상당한 금액의 집세를 지불해야 하는 경우가 많았다(Blackmar 7). 화이트칼라 사무노동자의 경우도 주택난 문제에서는 예외가 아니었다. 낮은 급여를 받는 사무노동자들, 특히 타향 출신이거나 이민을 온 사무노동자들의 주거환경은 육체노동을 하는 사람들과 마찬가지로 열악하였다(Luskey, chapter 5). 아무 연고도, 일정한 주거지도 없이 아이러니하게도 자본가들의 부동산 투자를 돕는 일을 주로 처리하는 사무실에서 먹고 자는 바틀비의 "엄청난 가난his poverty is great"(545)은 당시 부동산 정책의 모순과 자본의 탐욕을 노정할 뿐만 아니라, 수입의 대부분을 숙식비로 바로 지출함으로써 자본의 빠른 순환과 축적에 기여하는 임금노동자들의 운명으로부터 그가 벗어나 있음을 시사한다.

자본주의의 리듬이 공적인 공간과 사적인 공간, 노동의 공간과 휴식의 공간 구분에 기초하여 24시간을 주기로 노동력을 재생산한다면, 바틀비의 도주에서 주목할 점은 그가 그런 자본주의의 리듬을 무시하고 사무실에서 24시간 생활한다는 점이다. 변호사가 이 사실을 알고 처음에는 동정심을, 나중에는 두려움과 거부감을 느끼면서도 이를 묵인한 것은 바틀비가 여전히 그에게 유용한 사람이었기 때문이다. 도제제도하에서 고용인들을 먹이고 재우던 것에 비하면 바틀비가 사무실에 머무는 것이 그에게 거의 아무런 손해를 끼치지 않았고, 바틀비는 여전히 쉬지 않고 기계처럼 필사를 하는 착실한 직원이었기 때문이다. 그러나 바틀비가 더는 필사를 하지 않기로 결심하면서부터 노동공간에 대한 점유권 문제가 발생한다. 노동을 거부하자 바틀비에게는 더 이상 그 공간을 점유할 법적 근거가 없

---

11) 이와 같은 개발 전략으로 인한 노동계급의 주택난에 대해 Blackmar 183-212 참고

어진다. 따라서 변호사는 바틀비가 "월세를 낸 것도, 세금을 낸 것도, 건물을 소유한 것도"(551) 아니면서 도대체 무슨 권리로 자신의 사무실에 있는 거냐고 따진다. 변호사는 바틀비가 자신보다 "더 오래 살아남아 자신의 사무실에 대한 소유권을 주장할지도 모른다"(553)고 상상한다. 사실 변호사 자신도 건물주에게 세를 내고(당시의 관례로 볼 때 건물주 또한 지주로부터 땅을 대여했을 것이다)12) 일정 기간 동안 사무실을 사용할 수 있는 점유권을 가진 것에 불과하다. 그런데도 바틀비가 소유권을 주장할지도 모른다는 두려움을 갖는 것은 변호사 자신도 자신의 점유권을 소유권처럼 여기는 오류를 범한다는 사실을 드러낸다.13) 바틀비가 사무실을 자기 집처럼 차지하고 사는 것에 대해 변호사가 그토록 거부감을 가지게 된 것은, 그가 항상 무의식적으로 "내" 사무실이라고 부르던 그 공간이 실은 진정 자신의 것이 아님을 바틀비가 상기시키기 때문이 아닐까? 혹은 어쩌면 그는 부동산 관련 법무를 봐주고 있는 지주들과 자신을 동일시하면서−변호사는 대부호인 고 존 애스터John Astor를 존경해 마지않는다−자신이 마치 사무실을 소유라도 한 듯 착각하고 있는지도 모른다. 자본주의의 리듬은 공간을 분할하여 용도를 나누고 여러 단계에 거쳐 세를 걷고, 점유할 권리를 돈으로든 노동으로든 사지 않은 사람을 가차 없이 내쫓는 방식으로 이윤을 극대화한다. 사무실을 점유한 바틀비는 바로 이 부동산 시장의 리듬에도 위협을 가한다.14)

---

12) 이와 같은 관례에 대해서 Blackmar 9-10 참고.

13) 켈리는 변호사에게 사무실의 소유권이 있지 않기 때문에 변호사와 바틀비가 같은 공간을 두고 머무를 권리를 갖기 위해 경쟁하는 관계라고 말한다(202).

14) 이리 운하의 건설과 각종 사업에 대한 세금 혜택으로 재정적자에 시달리던 뉴욕주는 부동산세를 만들어 세수입의 주요 원천으로 삼았고, 각 도시들이 자체적으로 경찰력을 소유할 수 있도록 허락하였고 뉴욕시 소속 경찰이 생기면서 부랑자 단속

바틀비는 계급투쟁에 앞장선 투사가 아니라 도망하는 자다. 그가 유목인인 이유는 비록 종국적으로는 막다른 벽 앞에서 스러질지언정 그가 길을 만들려고 시도했기 때문이다. 표면상 바틀비의 도주선은 그의 내면으로 향한 것처럼 보인다. 일을 거부하고, 움직이기를 거부하고, 동료와 대화조차 거부하며, 사무실 구석에 있는 자신의 은신처로 숨고, 급기야 먹기를 거부하는 그가 길을 내고 있다고 말하는 것이 무리인지도 모르겠다. 그러나 그는 분명 길이 없는 곳에 길을 만들고 있다. 그것이 그 유명한 "하지 않기를 선호합니다"라는 표현, 들뢰즈와 과타리식으로 부르자면 "바틀비의 공식"이다. 들뢰즈는 「필경사 바틀비」에 관한 논문에서 바틀비가 사용하는 비문법적인 표현이 가져오는 언어의 탈영토화에 주목한다. 이들에 따르면 이 표현은 긍정도 부정도 아니다. 즉, 바틀비의 공식은 선호하는 것도 선호하지 않는 것도 모두 삭제해서 아무것도 지칭하지 않으면서 결국 "아무것도 없음을 위한 의지가 아니라, 의지가 아무것도 아닌 상태로 되어가는not a will to nothingness, but the growth of a nothingness of the will" 것을 보여준다(71). 들뢰즈는 이처럼 언어의 탈영토화에 주목하여 「필경사 바틀비」를 소수 문학minor literature으로 읽는다.15) 이 점에서 변호사가 바틀비를 내쫓아야겠다고 본격적으로 결심하는 계기가 다른 직원들이 바틀비의 표현을 사용하기 시작했기 때문이라는 점은 의미심장하다. 사무

등 적극적으로 부동산사업을 돕는 역할을 맡게 되었다(Montgomery 65, 84).

15) 들뢰즈, 과타리에 의하면 소수 문학은 "상수적이고 등질적인 체계constant and homogeneous system"로서 "권력과 지배"의 형태를 취하는 다수 언어major language를 소수적으로—즉 체계 안에 변수와 이질성을 도입하는 창조적인 방식으로—사용함으로써 언어를 탈영토화시키는 문학이다(A Thousand Plateaus 105). 소수 문학에 대해서는 들뢰즈, 과타리의 A Thousand Plateaus 100-10, Kafka: Toward a Minor Literature 16-27 참고.

실이라는 공간은 "선호"의 논리로 조직된 공간이 아닌데 직원이 하나둘씩 "선호"라는 단어를 사용하기 시작할 때, 그 의도가 바틀비처럼 노동의 거부에 있지 않지만 변호사는 위험을 감지한다. 그 자신이 자본가는 아니지만, 자본의 축적을 돕는 대가로 중산층의 삶을 유지하며 피고용자들을 관리하는 중간자적 입장에서 그는 그의 직원들이 행여 현재의 삶 이외에도 다른 선택이 있을 수 있다는 생각을 갖기 원하지 않는다. 그로서는 선호한다는 말이 모두를 완전히 전염시키고 그의 안전한 삶을 위협하기 전에 바틀비를 제거해야만 했다.

3_ 소진

바틀비는 복종적 주체나 성과주체가 아니라 들뢰즈·과타리적 의미에서 유목인이며 그의 도주는 소진으로 끝맺는다. 그의 소진은 노동의 리듬이 신체의 리듬에 강요하는 타협이 노동자의 몸에 폭력으로 작용할 수 있음을, 이는 블루칼라 노동자에게만이 아니라 화이트칼라 노동자에게도 해당이 된다는 점을 시사한다. 바틀비는 몹시 야위었고 기운이 없으며 간혹 멍하니 빈 벽을 바라보고 있다. 변호사로 하여금 바틀비가 밤낮 어두운 사무실에서 필사를 하느라 눈이 일시적으로 먼 것이 아닌가 생각하게 할 만큼 그의 눈은 "흐릿하고 게슴츠레dull and glazed"(548)하다. 그는 분명 소진증후군을 겪는 사람처럼 보인다. 그는 터키처럼 시끄럽게 굴며 실수를 해대거나 니퍼즈처럼 불평을 해대지 않지만 동료들과 대화를 나누거나 그들을 오래 대면하기도 힘들 만큼 지쳐있다. 변호사의 질문에 그는 늘 짤막하게 답하거나 심지어는 침묵하고, 몇 마디 나누기도 전에 재빨리 자신의 "은신처"로 돌아가 버리곤 한다. 그는 극도의 피로감으로 아무것도 할 수 없는 상태에 빠진 듯 보인다. 거식 또한 소진증후군의 증상 중 하나라는 점을 감안할 때, 그가 사무실에서 생강과자와 치즈로 연명하다가 급기야는 아무것도 먹지 않게 되는 것 또한 그의 피로감을 증명한다.

바틀비가 말없이 몸으로 드러내는 사무노동의 피로한 현실을 가리고, 그의 절박한 도주를 낡은 인도주의와 추상적 언어로 포장하여 이해하기 힘든 어느 한 개인의 불운한 역사로 일축해 버리는 것은 바로 변호사다. 변호사는 자신이 바틀비를 이해하려고 노력했으며, 여러 번 그를 도우려고 애썼다는 사실을 드러내기 위해 소설 속에서 자신이 베푼 관용과 자비의 순간을 상세히 묘사한다. 그러나 그의 시선은 늘 그 자신을 향해 있어서 바틀비의 고통을 보지 못하고 그의 피로를 이해할 수 없다. 그가 자신을 도제제도의 온정주의적인 장인paternalistic artisan과 같은 사람으로 바라보고 또 그렇게 그려내려고 애쓰고 있지만, 어디까지나 그는 자신의 이익을 우선시하는 고용주일 뿐이다.16) 그는 터키와 니퍼즈가 박봉에 시달리는 것을 알면서도 보수를 더 올려줄 생각은 절대 하지 않는다. 터키의 행색이 남루해서 사무실을 방문하는 고객들에게 나쁜 인상을 줄까 봐 자기가 입던 코트를 주지만 그 옷을 입은 뒤로 터키가 방자해졌다면서 "귀리

---

16) 노동의 소외라는 관점에서 「필경사 바틀비」를 분석해온 마르크스주의적 비평은 변호사의 이러한 이중성을 비판적으로 바라보았다. 예를 들어 레오 마르크스Leo Marx에 의하면 변호사는 "실용주의적practical"(93)인 사람으로 바틀비의 불행에 마음의 동요를 일으킴에도 불구하고 바틀비가 "쓸모없기useless"(93) 때문에 그를 내쫓는 (혹은 떠나는) 것이다. 한편 이와 정반대로 해석하는 비평가도 있다. 예를 들어 야블런Nick Yablon은 변호사를 사라져가는 도제사회의 "유물remnant"(118)로 파악하며 이 작품을 도시적인 모더니티를 상징하는 바틀비로부터 변호사가 소외되는 과정으로 읽는다. 그러나 변호사가 바틀비에게 제시한 모든 도움의 수단이 결국 바틀비를 자신으로부터 일단 떼어놓기 위한 임시방편에 지나지 않다는 점에서 그를 온정주의적 장인으로 보기는 힘들다.

를 많이 주면 오히려 말에게 해가 된다"(537)고 말한다. 이는 노동자들에게 지나친 "풍요는 해가 된다"(537)면서 낮은 보수를 정당화하는 '사장님'의 모습에 다름 아니다. 바틀비에 대해서도 마찬가지다. 그는 바틀비의 노동거부의 근본적인 원인을 찾기보다 그를 도울 수 없는 자신의 불능을 정당화하는 것이 우선이다. 바틀비가 사무실에서 살고 있다는 사실을 처음 깨달은 뒤, 변호사는 바틀비가 "타고난 치유 불가능한 (정신)이상의 희생자victim of innate and incurable disorder"이며 그가 바틀비의 몸에 자선을 베풀 수는 있지만, "고통을 겪는 것이 바틀비의 몸이 아니기 때문"에 그를 도울 수 없다고 말한다(537). 그의 말대로라면 고통을 겪고 있는 것은 바틀비의 "영혼"이며, 그는 그 영혼에 가 닿을 수 없다(537).

바틀비가 "타고난" 장애 때문에 그의 영혼이 고통을 겪고 있다는 해석은 바틀비의 소진한 몸의 존재 자체에 대한 전면적 부정이다. 이는 분명 그의 사무실에 와서 밤낮으로 과중한 노동을 하다가 시작된 증세인 것을 부정하는 것이며, 동시에 그가 바틀비를 도울 수 있는 형편이지만 돕지 않은 것을 정당화하는 발언이다. 그가 이해할 수도, 가 닿을 수도 없는 영혼의 문제로 바틀비가 고통을 겪었어야만 그가 바틀비를 방치한 것이 면죄부를 받게 되는 것이다. 그는 사실 여부를 확인할 수 없는 소문에 근거해 바틀비가 배달 불능이 된 우편물을 모아 태우는 일을 했었으며, 해고를 당했고, 그래서 변호사의 사무실에 이르렀으며 바틀비가 변호사를 위해 일을 시작했을 때 그는 이미 죽음으로 질주하는 편지들의 우울함에 잠겨 있었다고 말한다. 이는 바틀비의 우울이 그 전 직장에서 시작된 일이므로 자신에게는 책임이 없다고 말하는 것과 마찬가지다. 이야기가 "아, 바틀비여! 아, 인간이여!"(558)와 같은 탄식으로 끝나는 것은 끊임없는 단순노동으로 소진한 바틀비 몸의 물질성을 부정하는 것이다.

바틀비의 영혼이 타고난 장애로 고통받고 있다는 변호사의 해석은, 일하지 않는 자는 영혼이 병든 것으로 생각하여 게으름을 죄악시하고 부랑자들을 범법자로 구속하던 당시의 가치관을 반영한다.17) 게으른 자들에게 세금을 사용할 수 없다는 시민들의 반발로 공적인 빈민구제사업이 중단되면서 그 일을 사적 기관들이 맡게 되고 부동산개발업자들과 상점주인들의 요구로 경찰들이 부랑자를 단속하면서 감옥에는 부랑자들이 기하급수적으로 늘어났다(Montgomery 68). 1846년 기록에 의하면 3개월 만에 뉴욕에서 4,241명의 부랑자가 감옥을 거쳐 갔다(Montgomery 64). 바틀비를 내쫓을 방법을 궁리하던 변호사가 바틀비를 부랑자로 신고할 가능성을 떠올리지만 이내 포기한다. 꿈쩍도 않는 바틀비를 "방랑하는 자wanderer" (553)라고 부를 수도 없고, 자신이 모아둔 돈으로 스스로를 부양하고 있으니 "스스로를 부양할 분명한 수단이 없는 자"(553)라는 부랑자의 정의에도 합당치 않기 때문이다. 바틀비가 종국에 감옥으로 끌려간 것은 그가 부랑자여서라기보다 그가 일하기를 거부하여 더는 머무를 권리를 상실한 장소에 계속해서 머물렀기 때문이다.

이사한 뒤에도 전 사무실과 건물을 떠나지 않고 남아 있는 바틀비를 설득하기 위해 찾아간 변호사는 바틀비가 뭔가를 하거나 그에게 어떤 조치가 취해지는 두 가지 방법만이 남았다고 말한다(555). 변호사가 여러 가지 가능성을 권해보지만 바틀비는 다시 필경사로 일을 하는 것도, 포목점에서 점원으로 일을 하는 것도, 바텐더가 되거나, 시골을 돌아다니면서 수금을 하거나, 유럽을 가는 상류층 자제를 동반하는 일도 모두 거절한다. 눈여겨보아야 할 것은 그가 "저는 까다롭지 않습니다 am not particular"

---

17) 일하지 않는 것을 범죄시하던 당시의 사회 분위기와 경찰력을 동원한 부랑자 단속에 대해선 Montgomery 83-89 참고.

(555)라고 말하는 것과 달리 어떤 일도 그의 마음에 들지 않는다는 점이다. 그가 특히 까다롭거나 변호사가 생각하는 것처럼 그의 정신이 이상해서가 아니라, 글을 읽고 쓰는 능력 외에 특별한 기술이 없는 일반 사무노동자가 택할 수 있는 몇 안 되는 직업 중에는 하고 싶은 일이 없기 때문에 선택할 수 없는 것이 아닐까? 변호사를 답답하게 만드는 것은 바틀비가 각각의 제안을 거절하면서 대는 이유가 서로 모순되기 때문이다. 예를 들어서 한 곳에 갇혀 있는 게 싫어서("too much confinement" 555) 포목점 점원 일을 하지 않겠다고 하면서, 동시에 가만히 있고 싶기 때문에("I like to be stationary" 555) 유럽에 가는 것도 거절하는 식이다. 여기에 대고 변호사는 화를 참지 못하고 "그럼 계속 가만히 있게"라고 소리를 지르지만, 바틀비가 한 곳에 갇혀서 밤낮으로 문서를 베끼는 지루한 일을 반복하는 업무로 완전히 소진되었다고 생각하면, 갇혀 일하는 것도 싫지만 동시에 꼼짝하고 싶지 않은 것이 이상하지만은 않다.

지금까지 살핀 바와 같이 「필경사 바틀비」는 19세기 중엽에 뉴욕의 사무노동자들이 겪었던 노동·주거 환경의 변화를 바탕으로 당시의 생활과 노동의 리듬, 도시의 리듬에 적응하지 못한 한 사람의 도주 과정을 그린다. 바틀비의 "하지 않기를 선호합니다"라는 선언은 도제제도에서 임금노동제로의 이행, 금융과 부동산 투자를 통한 자본축적의 가속화, 반복적인 단순 사무 노동의 선형적 리듬에 의한 "몸의 박탈", 그리고 일과 휴식의 완전한 분리를 통해 직장에서 신체의 순환적 리듬을 철저히 배제하도록 요구하는 출퇴근 문화와 같은 사회적 변화에서 비롯된 것이다. 작품에서 바틀비가 이동해 가는 공간의 궤적은 자본주의 사회의 리듬과 조화를 이루지 못하고 부정리듬을 가져오는 존재를 사회가 소진시키는 과정을 따른다. 바틀비는 "사무실에서 사무실 바깥으로, 사회의 바깥(교도소)으로,

그리고 마침내 삶의 바깥(죽음)으로 추방"(이명호 226)당한다.

이 궤적은 한 존재가 더 이상 자본주의가 인정하는 방식으로 존재할 수 없게 되었을 때에도 그 존재 자체를 지울 수 없기 때문에, 점점 삶의 외곽으로 밀려나고 마는 추방의 양식으로 그의 몸이 완전한 소멸을 향해 소진되는 과정을 그린다. 비록 그 마지막에 감옥의 두꺼운 벽이 막아섰고, 더는 도망할 곳이 없다 해도 바틀비는 끝까지 자본이 요구한 양자택일의 선택을 거부한다. 감옥 마당에 떨어져 사방으로 줄기를 뻗어나갈 수 없음에도 불구하고 부드럽게 돋아난 잔디 씨앗(558)처럼, 바틀비는 소실점에서 벗어나 화폭 밖으로 달아나버린 그림 밖의 풍경을 우리에게 가리키고 있다. 복사기가 필경사의 업무를 대신한 지 이미 반세기가 훨씬 넘었다. 바틀비의 이야기는 먼 과거의 이야기지만, 그는 우리로 하여금 후기자본주의 사회에서 과중한 노동의 리듬에 적응하도록 조련당한 사무노동자의 피로와 소진 문제가 어제오늘의 문제가 아님을 깨닫게 한다. 이것이 우리가 바틀비의 죽음을 온정주의적 탄식으로 마무리한 변호사의 이야기를 넘어서, 멜빌이 전하는 바틀비의 도주와 소진의 의미를 물어야 하는 이유다.

2장

개량주의와 테너먼트의 여성들

제이콥 리스의『다른 절반은 어떻게 사는가』, 스티븐 크레인의
『매기: 거리의 소녀』, 안지아 예지에르스카의『허기진 마음』

문학에 나타난 월가 최초의 불법 거주자 바틀비는 부랑자로 체포되어 감옥에서 삶을 마감했다. 바틀비의 운명이 예고라도 하듯 19세기 내내 유럽 이민과 국내 인구의 이주로 뉴욕의 인구가 급격히 증가하면서 빈곤층과 무연고자의 주거 문제가 심각하게 대두되었다. 특히 이민자의 대부분이 테너먼트라 부르는 공동주택에 모여 살면서 인구 밀집 지역의 치안과 위생 문제가 심각한 상태에 이르렀다.

제이콥 리스에 의하면 19세기 말 당시 법은 테너먼트를 "셋 혹은 그 이상의 가구가 한 건물에서 따로 요리를 해먹고 살거나, 혹은 한 층에 두 가구 이상이 살면서 요리를 하고, 복도와 계단, 마당 등을 공동으로 사용하는 집"으로 정의하였다(19). 하지만, 이 법적인 정의로는 리스가『다른 절반은 어떻게 사는가』(이하『다른 절반』)에서 범죄와 전염병, 도덕적 타락의 온상지라고 주장한(6) 슬럼지구의 좁고 더러운 테너먼트 건물을 떠올리기 힘들다. 전형적인 테너먼트의 모습은 다음과 같다.

거리에 면한 4층에서 6층가량의 벽돌건물에 1층에는 보통 술집이 있어서 세입자들의 편의를 위해, 그리고 금주법이 시행되는 일요일에도 장사를 할 수 있도록 쪽문을 냈다. 한 층에 네 가구가 살고, 각 가구에는 침실로 사용되는 어두운 작은 방이 한두 개, 가로 12피트 세로 10피트 크기의 거실이 있다. 계단이 보통은 어두운 우물처럼 집 한 가운데로 나 있고, 각 가구가 칸막이로 나뉘어 있어서 전혀 바로 통풍이 되지 않는다. 건물의 뒷마당에는 종종 3층 정도의 다른 건물이 있고 한 층마다 두 가구가 살고 있다. (Riis 19)

1890년의 자료에 의하면 125만 명이 넘는 사람들이 이와 같은 테너먼트에 살고 있었다(Riis 204). 기존의 오래된 건물 내부에 얇은 칸막이를 대서 여러 가구가 살 수 있도록 하였을 뿐 다른 시설은 그대로 둔 채 관리와 보수를 소홀히 했기 때문에 대부분의 테너먼트는 안전이나 위생 문제에 있어서 몹시 열악한 상태였다. 특히 창문을 따로 내지 않아서 건물 내부는 몹시 어둡고 환기가 되지 않았으며 전염병에 아주 취약한 구조를 갖고 있었다.

　테너먼트는 급격한 도시화와 산업화의 산물로 19세기 중엽에 저소득층의 주택 수요가 갑자기 늘면서 마구잡이로 생겨났으며 주로 맨해튼 14번가 아래, 지금의 이스트 빌리지를 포함한 로어이스트사이드에 밀집해 있었다. 이민자들이 값싼 임대료를 찾아 이곳으로 몰려들었고, 자연스럽게 같은 민족끼리 같은 건물, 같은 골목에 모여 살았다. 웨스트 사이드(7번애비뉴를 따라 32번가에 이르는 지역)에 먼저 자리를 잡고 살던 흑인들은 유럽에서 이민 온 백인들이 같은 건물에 살기를 기피했기 때문에 멀리 북쪽의 요크빌과 모리사니아로 옮겨 갔다(Riis 114). 센트럴 파크의 동쪽에 위치한 5번 애비뉴의 부촌과 테너먼트가 밀집한 맨해튼 남쪽의 슬럼구역은 서로 크게 멀지 않은 위치에 있었고 둘 사이에 어떠한 물리적 장벽도 없었지만 서로 다른 계급에 속한 사람들은 거의 "격리segregation"되었다고 할 수 있을 만큼 왕래가 없이 완전히 분리된 공간에 살고 있었다. 부촌에 살던 건물주들은 보통 관리인을 따로 두고 있어서 세입자들을 직접 대면하는 일이 거의 없었다. 시간이 흐름에 따라 각 집단의 주요 거주지가 뉴욕과 그 교외지역을 포함한 뉴욕의 생활권 전역에 걸쳐 계속해서 바뀌었지만, 계급과 인종/민족의 선을 따라 공간이 분할되고 서로 다른 집단 간의 교류가 제한적이라는 사실은 지금까지도 변함이 없다.

이 장에서는 19세기 뉴욕 테너먼트 연구에 있어 가장 중요한 문헌으로 꼽히는 리스의 『다른 절반』를 통해 당시의 주류 문화가 바라본 테너먼트의 모습을 살피고, 동화주의assimilation를 표방한 리스가 테너먼트의 환경 개선을 주장하며 주택개량운동을 이끄는 과정에서 드러낸 건축결정론 architectural determinism의 문제점과 특히 그가 빈곤층의 여성 문제에 대해 알면서도 회피한 점을 지적하고자 한다. 이어서 동시대의 문학 작품을 통해 리스의 책에서 잘 드러나지 않는 여성의 존재를 부각시키고 그들이 일하고 먹고 자던 공간, 걷던 길, 꿈과 절망에 대해 살펴보고자 한다. 스티븐 크레인의 『매기: 거리의 소녀』(이하 『매기』)는 중산층의 가치관과 생활방식을 테너먼트 주민에게 전도하겠다는 개량주의자들에 대한 비판이자 경제적으로 가장 취약한 위치의 미혼 여성에게 중산층의 가치관과 그들의 삶에 대한 동경이 어떻게 구원이 아닌 잔인한 심판의 도구가 되는지를 보여준다. 마지막으로 안지아 예지에르스카의 『허기진 마음』을 통해서 리스의 동화주의적 가치관이 애써 외면한 이민 여성들의 삶을 조명하고자 한다. 예지에르스카의 반자전적 단편 소설들은 유대인 이민 여성들이 미래

를 향해 품었던 꿈과 삶의 고단함에 대한 한탄, 이민 오기 전에 미국에
대해 품었던 환상과 실망의 이야기를 전한다. 예지에르스카는 어린 나이
에 폴란드에서 이민을 온 유대계 여성작가로, 평생 주변인으로 머무를 수
밖에 없었던 그의 삶을 반영이라도 하듯 그의 작품에는 동화에의 욕망과
회의, 절망이 혼재한다.

　『뉴욕의 역사 아틀라스』The Historical Atlas of New York City의 테너먼트
섹션을 펴면 "뉴욕의 슬럼"이라는 제목의 지도가 있다.18) 맨해튼의 테너
먼트 지구를 갈색으로 표시한 이 지도는 슬럼이 있던 7, 12, 16, 18구ward
각각의 인구수를 제시하고, 지도 바로 옆에 그중 한 블록을 확대해서 얼
마나 건물이 조밀하게 붙어 있었는지 자세히 보여준다. 이 지도는 테너먼
트의 위치와 인구 분포를 한눈에 보여주지만 당시 사람들이 그 안에서 무
엇을 느끼고 생각했는지, 어떤 삶을 살았고 어떻게 움직여 갔는지는 알려
줄 수 없다. 나는 이 지도 위에 당시의 문화 텍스트들이 만들어낸 서로
다른 지형들을 하나씩 포개 놓음으로써, 서로 연결되어 있지만 하나의 이
미지나 의미로 수렴될 수는 없는 얼기설기하고 산만한 욕망의 지도를 그
려보고자 한다.

---

18) Homberger, 110-11. 언제의 상태를 반영한 지도인지 정보가 없지만, 구 테너먼트
　　주택법Tenement House Act of 1879을 따른 테너먼트와 맨해튼교를 짓기 위해 1909년에
　　없앤 슬럼지역이 지도에 공존하는 것을 볼 때 1879년과 1909년 사이의 지도로 리
　　스가 테너먼트 관련 자료를 수집하고 강연을 하고 책을 쓰던 시기와 대체로 일치
　　한다는 사실을 알 수 있다.

1_ 리스의 개량운동과 동화주의

리스가 주도한 개량운동은 저소득층의 이민 집단을 계도하여 미국의 주류 문화에 동화시키고 그들이 가지고 있는 모든 위험 요소로부터 사회를 보호하기 위해 제일 먼저 테너먼트의 환경부터 개선할 것을 주장하였다.[19] 『다른 절반』 이전에도 오랜 기간에 걸쳐 테너먼트에 대한 저서들이 출판되었지만 리스의 책처럼 출판하자마자 베스트셀러가 된 경우는 처음이었다.[20] 리스는 동화주의적 태도나 인종차별적 발언에 대해 후대의 비평가로부터 비판을 받아왔다. 하지만 자유방임주의가 지배적이던 당시에 그의 강연과 저서가 저소득층 이민의 열악한 생활환경에 대해 크게 사회적 관심을 불러일으켰고, 1901년 테너먼트 주택법을 만드는 데에도 중대한 영향을 미쳤다는 점에서 『다른 절반』는 역사적으로 매우 중요한 자료다. (1901년 이전에 지어진 테너먼트를 "Old Law tenement", 이후의 테너먼트를 "New Law tenement"라 부른다). 로이 루보브Roy Lubove는 리스

---

19) 리스는 실제로 중·상류층의 독자를 설득하기 위해 그들이 저소득층에 대해 가지고 있는 두려움—즉 범죄, 전염병, 도덕적 타락 및 계급갈등에 의한 폭동 등—에 호소했다.

20) 다니엘 치트롬Daniel Czitrom이 지적한 것처럼 리스 이전에도 40년에 걸쳐 테너먼트에 대한 다양한 기사가 발표되었다. 19세기 중엽에는 주로 멜로드라마틱한 방식으로 테너먼트 주민의 개인적 삶과 불행에 초점을 맞춘 기사가 발표되었고(Czitrom 49), 19세기 후반으로 접어들면서 사실주의적인 접근이 유행을 했다. 1884년 펠릭스 애들러Felix Adler의 강연과 1884-85년에 찰스 F. 윈게이트Charles F. Wingate가 쓴 일련의 기사들에 나타나듯이 테너먼트 주민은 더 이상 고유한 얼굴과 이름과 목소리를 가진 개인이 아니라 도시 빈민 집단의 일원일 뿐이었다. 리스도 이들처럼 개인적인 접근을 피함으로써 독자가 테너먼트 주민과 안전한 심리적 거리를 유지한 채 그들을 관찰할 수 있도록 했지만 애들러와 윈게이트의 급진적인 사회 변화 요구에는 동조하지 않았다(Czitrom 60-81).

가 그보다 앞서 테너먼트의 개량을 주장한 사람들에 비해 큰 영향력을 가질 수 있었던 이유를 "토착민주의nativism가 만연하고 자유이민정책에 대한 회의가 일어나던 시기"에 덴마크 이민인 리스 본인이 누구보다도 훌륭한 미국인으로 동화하는 예를 보여줌으로써 "미국의 위대함의 근간이라고 미국인들이 항상 믿어왔던 가치들[개인주의, 전원적 삶]을 다시금 확인시켜 주었기"(61) 때문이라고 말한다. 사실 리스는 누구보다도 이민이 미국 문화에 동화해야 한다는 확신을 갖고 있었고, 테너먼트의 열악한 환경이 이를 방해하고 있다고 믿었다(Lubove 62).

루보브의 논의에 따르면 『다른 절반』에서 리스가 특히 중국인과 유대인에 대해 비판적인 이유는 그들이 가장 미국문화에 동화되기 어려운 집단으로 보였기 때문이다. 리스는 그의 책에서 중국인과 유대인 모두 돈만 밝히는 이교도로 진정한 기독교 신자로 개종하기 불가능하다고 여긴다. 그는 중국인은 "돈이 되는 일이라면 뭐든지" 한다고 말한다(73). 또한 "여러 해에 걸쳐 꾸준히 관찰한 결과 이 세대에 존 차이나맨John Chinaman을 개종시키려는 노력은 모두 실패할 것이고 아마 다음 세대에도 별 희망이 없을 것"이라고 말한다(73).

하지만 리스 본인조차 이 의견이 꾸준한 관찰보다는 편견에 의한 것임을 알고 있었다. 뉴욕역사박물관이 소장한 1890년 초판에는 리스 본인이 훗날 책을 다시 낼 경우를 위해 수정하고 싶은 내용을 적은 노트가 있다. 여기서 리스는 "여러 해에 걸쳐 꾸준히 관찰한 결과"를 펜으로 지우고, "[사람들이] 받아들이든지 말든지 놔두자Let it be taken them [sic] for what it is worth"라고 썼다가 다시 지우고, "아니! 시간이 말해주겠지No! Let it stand off [sic] in Time"라고 써넣었다.[21] 리스는 특히 중국남자들이 중국여자

21) 1901/02년 스크리브너Scribner에서 재출간을 할 때, 이유는 알 수 없으나 일부 어색

의 부재로 인해 백인여성을 아편으로 유혹해서 그들을 "노예"로 만들어 버리는 것을 가장 큰 문제로 여겼다(78-79). 그래서 중국인들이 결코 미국에 도움이 되지 않는 사람들이라고 생각하면서도 그들을 쫓아내는 대신, "문을 더 활짝 열어 … 부인을 데려와야만 입국이 가능하도록" 제도를 개편할 것을 주장하였다(81). 이러한 제안은 중국인들의 동화가 불가능하다고 판단한 것만이 아니라 아예 동화가 불가능하도록 타자화의 기제를 늘리자는 주장이나 마찬가지였다. 그들이 노동력으로 제공하는 경제적 서비스는 이용하되 사회·문화적 측면에서는 그들이 미국사회로부터 철저히 격리되어야 한다는 것이다.

리스는 러시아와 폴란드에서 이민 온 유대인들도 미국에 동화가 불가능하다고 판단하고 "이 두 인종은 절망적일 만큼 서로 다르지만 한 가지 공통점이 있으니 그들이 어딜 가던 그럴 수만 있다면 자기들의 슬럼을 끌고 간다는 점"(24)이라고 말한다. 그리고 "돈을 신으로 모시는Money is their God" 유대인들이 악착같이 돈을 모아 부를 축적한다고 해도 절대 미국 문화에 동화되지 않을 것임을 단언한다(83). 이어서 "바닥에서 출발한 다른 나라 이민들은 사다리를 올라갈 때 새로운 출발을 한다"(24)면서 그들과 비교해 유대인을 낡은 관습에서 벗어나지 못하는 열등한 존재로 비하한다. 하지만 리스는 앞서 언급한 중국인에 대한 묘사와 마찬가지로 1890년 초판에서 이 문장을 펜으로 지웠다. 유대인이 다른 이민과 달리 미국 문화에 동화되기 어렵다는 자신의 단언에 대해 실은 자신이 없었음을 알 수 있다.

실제로 불과 몇 년 사이에 리스는 유대인에 대한 태도를 완전히 바

한 영어 표현을 고친 것 외에 리스 본인의 1890년 수정안을 거의 반영하지 않았다. 이미 베스트셀러가 된 책을 굳이 수정함으로써 본인의 권위를 손상시킬 필요가 없다는 판단에서 그리하였으리라고 추측할 뿐이다.

꿰서 그들이 미국화의 가능성을 누구보다 많이 가지고 있다고 말하기에
이른다. 1896년에 발표한 「뉴욕의 유대인」"The Jews of New York"에서 동유
럽 출신의 유대인을 옹호하는가 하면, 1902년에는 『슬럼과의 전쟁』The
Battle with the Slum에서 모든 이민 중에 유대인만이 "과거" 없이 미국에 도
착하여 "등을 질 나라도, 잊어야 할 관계도" 없이 "자신의 집이라고 부를
수 있는 곳, 자기 나라를 갖고 싶은 열정적인 갈망으로 불타"고 있으며
따라서 미국에 대한 애국심으로 공공선을 위해 협조하리라고 주장한다
(192). 심지어 1911년 유대인에 대한 강연 원고에서는 그들이 기독교로
개종하든 하지 않든 상관없이 훌륭한 미국인으로서 나라에 기여할 수 있
다고 말한다.22) 비록 이디쉬Yiddish를 쓰고, 유대교를 믿어도, 그들이 테너
먼트의 비인간적인 환경에서 벗어날 수만 있다면, 그래서 미국이 그들의
조국이 되어 그 불타는 갈망을 쏟게 한다면 그들은 훌륭한 미국인이 될
것이라고 단언한다. 결국 리스에게 있어 모든 문제의 열쇠는 테너먼트라
는 환경이 쥐고 있었다.

　　"건축결정론"은 "공간적 환경이 사회적 합의, 매일의 행위, 그리고
그곳에 사는 사람들의 정치적 지위를 결정한다"고 보는 관점을 말한다
(Marcus, Klimasmith 2 재인용). 리스는 환경이 개인의 행동에 영향을 미
치기 때문에 테너먼트의 환경을 개선하면 범죄와 질병, 도덕적 해이와 같
은 문제들이 해결되리라고 믿었다. 하지만 리스를 비롯한 개량주의자들은
테너먼트에 무질서와 일탈을 가져온 것이 건축의 문제가 아니라 가난이었

---

22) "크래스크노프 박사가 다른 사람들에게 봉사하기 위해 사는 삶보다 더 큰 영광은
　　없다고 하셨죠. 우리도 마음을 다해 그 말씀과 함께할 것입니다. 사실 그는 유대
　　인이건 기독교인이건 간에 하느님과 하느님의 충실한 종에게 봉사하는 것이므로,
　　그의 나라를 위해 봉사하는 훌륭한 미국인이 될 것입니다"("On Jews", The
　　Papers of Jacob Riis, microfilm, Box 5, Reel 4, 미국국회도서관).

음을, 테너먼트 건물이 모든 문제의 원인이라고 말하는 것은 결국 결과를 원인으로 바꾸어 부르는 행위임을 보지 못했다. 아무리 테너먼트를 다시 짓는다 해도 가난을 양산하는 사회 구조가 바뀌지 않는 한, 가난한 테너먼트 주민들이 빈곤에서 벗어날 수 없다는 사실을 그들은 보지 못했다. 그들은 빈부의 격차, 상류층의 저소득층에 대한 착취 구조, 즉 가난이라는 현상을 둘러싼 큰 구조적 문제의 해결 없이 상류층 사람들의 선의와 자선에 의해서 테너먼트의 환경을 개선한다고 해서 빈곤 때문에 생겨난 제반의 문제들이 해결될 수 없다는 것을 인정하지 않았다. 리스는 "테너먼트의 가난, 슬럼, 고통은 전례 없던 성장에 따른 무질서와 인구과밀의 결과이고, 메트로폴리스의 거대함으로 인해 흔히 발생하는 벌"(146)이라고 말한다. 그의 논리에 의하면 도시의 성장이 무질서와 인구과밀을, 무질서와 인구과밀이 가난, 슬럼, 고통을 만든다. 즉 리스에게 있어 가난은 결과이지 원인이 아니다. 하지만 테너먼트의 주민들이 그곳에 머물러 살 수밖에 없는 이유는 가난 때문이지 도시가 성장했기 때문이 아니다. 도시가 저소득층을 양산하고 유지하는 방식으로 부를 축적하고 성장했기 때문이다.

훗날 1930-40년대에 뉴딜정책에 따른 연방정부의 지원으로 슬럼을 철거하고 대규모의 고층 공공주택단지를 지었지만 저소득층의 삶의 질이 더 높아지지는 않았다는 사실이 이를 증명한다.[23] 오히려 이전 거주 가구 수에 대비하여 저소득층이 입주해서 살 만한 가구 수가 줄어서 실제로는 많은 빈민이 맨해튼 밖으로 "쫓겨" 났다. 눈에 거슬리는 빈곤을 보이지 않는 곳으로 걷어냈을 뿐이었다. 그 일환으로 1949년 완공된 공공주택단지를 "제이콥 리스 하우스"라고 부른 것에서부터 드러나듯이, 20세기 뉴

---

23) Samuel Zipp의 *Manhattan Projects: The Rise and Fall of Urban Renewal in Cold War New York*, 79-100 참조.

욕과 주변지역의 (재)개발에 깊이 관여한 로버트 모제스Robert Moses는 리스를 슬럼 철거의 선구자로 내세운다. 모제스는 리스가 "끝없는 노력으로 도시의 부스럼[슬럼]"을 쓸어내는 데 "직간접적으로" 기여한 사실을 칭송하고 그를 "이상적인 미국인"으로 호명함으로써 자신의 도시 재개발 계획을 리스의 "위대한" 개량주의 전통 속으로 편입한다("The Living Heritage of Jacob Riis").

사실 리스가 테너먼트 환경 개선을 위해 가장 노력을 많이 쏟은 부분은 학교와 공원의 설립이었다. 1897년 멀베리 벤드의 낡은 테너먼트를 철거하고 공원을 세운 것도 아이들이 공원에서 뛰어놀아야 나쁜 길에 빠지지 않는다고 믿었기 때문이었다. 그는 아무도 올바른 삶에 대해 가르쳐주지 않을 경우 소년들이 나쁜 길로 빠지기 십상이라고 걱정한다(136). 소년들에게 집은 "이름뿐인" 공간으로, "수많은 다른 사람들과 함께 머무는 닭장 속의 방 한 칸"(136)에 지나지 않아서 아이들에게 필요한 어떤 훈련도 시켜주지 않았고, 길에서 돈을 구걸하다가 행여 소년원에 잡혀가기라도 하면 거기서 나쁜 아이들에게 온갖 몹쓸 짓을 다 배우게 될 터였다(136). 리스는 그들이 미래에 투표권을 쥘 유권자라는 사실을 항상 염두에 두고 있었으므로(135), 그들이 무지와 게으름, 범죄의 세계에 빠지기 전에 그들을 구원해야 한다는 사명감을 가지고 있었다. 리스가 세운 공원에 정말 아이들이 와서 놀고, 그래서 그 아이들이 훌륭한 미래의 시민으로 자라났는지는 알 수 없지만, 뉴욕의 모든 슬럼지구 중에서도 가장 오래되고 열악한 멀베리 벤드의 주민들이 테너먼트를 철거한다고 해서 더 나은 환경으로 이사했을 리가 만무하다. 리스는 빈민의 구걸에 대한 "진정한 치료real remedy"는 그것의 "원인", 즉 테너먼트를 제거하는 것(190)이라고 믿었지만 그가 결과적으로 내쫓은 사람들은 그보다 더한 궁핍에 빠졌을 것이다. 또한 리스는 어린이들을 구원해야 할 사명에 대해 말하면서 그 "어린이들"을 "소년"으로 한정하고 있다. 여성에게 아직 참정권이 없던 시기임을 감안하더라도 테너먼트의 비인간적이고 비위생적인 환경에서 아이들을 구제해야 한다는 인본주의적 사명에조차 여자아이들이 빠져 있다는 사실은 놀랍기 그지없다.

사실 『다른 절반』에서 리스는 이상하리만치 테너먼트에 사는 여성들에 대해 과묵하다. 그가 아무리 점잖을 떠는 빅토리아시대 사람이고 그가 겨냥한 독자가 "공공심을 가진 부유한 기독교 신사"(Czitrom 118)라 하더라도, 그는 여성 문제에 대해 지나칠 만큼 도덕적인 태도로 일관하며 문제해결에 대해 전혀 관심을 보이지 않는다. 그가 여자들에 대해 아무 말도 하지 않는 것은 아니다. 문제는 그가 빈곤층 여성이 겪는 문제에 대해 알면서도 여성 개개인의 도덕관념에 책임을 전가해버린다는 점이다. 리스는 『다른 절반』의 20장 "뉴욕의 일하는 소녀들"을 여성노동연합 Working Women's Society의 임금 성차별에 관한 보고서를 인용하면서 시작한다. "남자들의 임금은 살기 위해 필요한 최소금액 이하로 떨어질 수 없지만 여자의 임금에는 그런 제한이 없다. *치욕의 길*이 항상 열려있기 때문이다. 어떤 여자도 판매원의 낮은 봉급으로는 정말 꼭 필요한 것도 없이 살아야 할 만큼 다른 사람의 도움 없이 살 수 없다. ⋯ *결국 많은 경우에 악에 의지할 수밖에 없다*"(176 필자 강조).

그러나 리스는 어쩔 수 없이 "치욕의 길"을 선택한 "많은" 여성의 이야기가 아니라 이러한 어려운 환경에서 굶주리고 쇠약해져서 결국 소녀들의 집(Girls' Homes: 갈 곳 없는 소녀들을 위한 자선 기관)을 찾는 이야기나 다락방에서 뛰어내려 목숨을 끊는 한이 있어도 정조virtue를 지키는 이야기만을 전한다. 평생 레이스를 떠서 간신히 살아온 두 늙은 자매의 정직한 삶을 칭송하고 그들이 더는 일을 할 수 없게 되어 "굶어 죽거나 빈민구제소"에 갈 일만 남았다(180)고 말하면서도, 그들을 위한 그 어떤 해결 방법도 제시하지 않는다. "다 늙어서 … 그늘에 앉아 [죽을 날을] 기다리면" 되는(180) 그들은 더 이상 리스의 관심사가 아니다.

문제는 "치욕의 길"을 택한 "뜨거운 피를 가진" 젊은 여자들이다(180). 리스에 의하면, 이 "죄의 딸들"이 성매매의 길로 빠져든 것은, 여성 노동자에 대한 심각한 임금차별 그리고 그들의 절대적 빈곤 때문이 아니다. 리스는 "실크로 만든 고운 옷"의 유혹에 넘어간 소녀들의 도덕적 경박함과 정직한 노동을 기피하는 "게으름"(123), 그리고 그들의 "뜨거운 피"(180)를 탓한다. 앞서 리스 본인이 "많은 경우에 악에 의지할 수밖에 없다"고 한 것이 무색하게, 리스는 "비뚤어진 길을 가는 여자가 아주 드물며" 대부분의 일하는 여성들이 "용감하고, 지조 있고, 진실하다"고 말한다(180). "자부심이 강한 만큼 용감한" 노동 계급의 여성들, "미국의 소녀들"은 "결코 훌쩍대는 일 없이, 불평하지 않고 자기 자리를 받아들여서, 식사비용을 줄이던지 매일 먹는 양을 줄여서라도 원하는 독립적인 생활을 하려고 최선을 다한다"(182)고 말한다. 그는 언젠가는 "서서히 더 나은 날이 올 것"이라는 기약 없는 희망의 말로 노동계급의 소녀들에 대한 글을 맺는다(182).

결국 리스는 여자 노동자가 최소한의 생계유지도 힘들 만큼 적은 임금으로 인해 성매매를 하게 되는 현실을 방관하고, 그 문제의 해결을 개개인의 도덕 문제로 만들어, 가난에도 굴하지 않고 묵묵히 현실을 받아들이고 언제 도래할지 모르는 미래의 안정을 위해 허리를 졸라매고 살라는 해결책 아닌 해결책을 제시한다. 테너먼트의 환경 개선으로는 해결할 수 없는 계급과 젠더가 얽힌 차별의 구조적 문제 앞에서 그는 비겁하게 도망한다. "치욕의 길"(176)을 택한 "죄의 딸들"(123)은 테너먼트의 열악한 환경에도 불구하고 "사랑스럽고 순결한 소녀들"(121), 그리고 "말 그대로 돼지주둥이에 보석처럼, 진실한 아내와 충실한 어머니"의 "순수하고 더럽혀지지 않은 여성성"(121)과의 대비를 통해 여성 개개인의 도덕의 중요성을 강조하기 위해 잠시 등장할 뿐이다.

2_ 여성에게 집이란 없다—『매기: 거리의 소녀』

『다른 절반』이 나온 바로 다음 해에 크레인이 집필을 시작한 『매기』는 테너먼트의 "진흙 웅덩이에서 피어난"(Crane 16) 소녀의 이야기다. 매기는 리스의 표현을 빌리자면 "사랑스럽고 순결한 소녀"(92)로 시작해 "치욕의 길"을 걷다가 "죄의 딸"(94)로 삶을 마감한다. 사랑하는 남자에게 버림받고 가족에게조차 외면당한 미혼 여성이 성매매의 길로 들어서고 결국 자살한다는 (1893년 초판의 경우 매기가 살해를 당했을 가능성도 제시한다) 자연주의적인 플롯을 따르고 있다. 이렇게 『매기』를 전적으로 테너먼트라는 환경이 한 소녀의 운명을 결정한 서사로 읽는다면 이 소설이 환경결정론적인 리스의 생각과 건축결정론적인 개량주의의 사고를 반영한다고 할 수 있을 것이다. 하지만 크레인은 미약하나마 매기 스스로 운명을 결정하는 순간을 포함하고, 테너먼트의 재건축으로는 해결할 수 없는 저소득층 여성의 취약한 삶에 대해 구조적인 문제를 제기하고 있다. 무엇보다도 개량주의자들이 이들에게 주입하고자 한 중산층적인 가치관이 현실에 맞지 않을 뿐만 아니라 그것을 무조건 수용했을 때 오히려 독이 되고 있음을 보여준다.

소설에서 주인공 매기만큼이나 중요한 비중을 가진 것이 있다면 테너먼트 공간 그 자체다. 더럽고 무질서할 뿐 아니라 폭력이 일상이 된 이 공간은 가정으로서의 기능을 제대로 수행할 수 없다.

> 스토브의 불빛이 벌거벗은 방바닥과 여기저기 금이 가고 더러워진 회벽, 그리고 부서져 뒤집혀있는 가구에 붉은빛을 드리웠다. 바닥 한 가운데에 엄마가 드러누워 있었다. 방 한구석에는 아버지의 몸이 의 자에 축 늘어진 채 널브러져 있었다. 그 앞으로 몰래 다가서면서 아 이는 부모를 깨울까 하는 두려움에 몸을 떨기 시작했다. (Crane 12)

아이들은 술에 취해 폭력을 일삼는 부모들이 잠들어 있는 부엌을 피해 침 실에 숨고, 부모들 곁에 있는 스토브에서는 지옥의 화염처럼 "붉은빛"이 새어 나와 황폐한 실내를 붉게 물들인다. 비록 매기의 가족들이 "지옥에 나 가버리라"고 서로에게 소리를 질러대지만, 이 장면은 지옥이 먼 데 있 지 않다는 것, 바로 지금 사는 집 자체가 "지옥"임을 단적으로 보여준다. 이 장면은 리스를 비롯한 당시의 개량주의자들이 테너먼트 개혁의 모델로 삼았던 중산층의 가정환경과 선명한 대조를 이룬다.24)

중산층의 주택은 19세기 말까지도 빅토리아 시대의 가정적인 삶에 대한 이상을 여전히 추구하면서 "도시화를 '차단하도록' 디자인되었다" (Bryden and Floyd 12). 프라이버시와 청결함을 위해서 집은 공적 공간 과 사적 공간으로 분리되었다. 클라인버그S. J. Kleinberg에 의하면, "주택설

---

24) 리스는 중산층이 중시하던 프라이버시와 청결함을 테너먼트에서도 누릴 수 있도록 테너먼트를 새로 지을 것을 제안했다(Weinstein 206). 프라이버시와 청결함은 서 로 완전히 분리된 개념이 아니다. 잉가 브라이든Inga Bryden과 쟈넷 플로이드Janet Floyd가 관찰하였듯이, 프라이버시는 "다른 신체들의 더러움과 악취로부터의 보 호"(12)를 의미하기 때문이다.

계 관련 도서들은 가족의 생활공간을 집의 나머지 [공적] 공간들로부터 격리시킬 것을 강조"(148)하였고 "외부인은 철저하게 공적 공간으로 정해진 공간에만 제한되어 가족의 개인적 공간을 침범하지 않도록 조심스럽게 통제되어야만" 했다(149). 중산층 가정의 프라이버시와 청결을 방해할 수 있는 모든 가능성들이 건물 정면의 우아한 계단과 현관과 같은 장치들로 차단되었다. 현관은 "손님이라고 주장하는 사람들을 평가해서 집안으로 들일 가치가 없다고 생각될 경우 돌려보내는 테스트 존"으로 기능했다(Halttunen 160). 가족이 손님을 맞이하거나 여흥의 시간을 보내는 응접실과 거실 같은 "집의 '얼굴'"(*Godey's Lady's Book*, Halttunen 160 재인용)이며 집에서 가장 "공적인" 공간조차도 현관에서 한 번 걸러진 손님들에게만 입장이 허락되었다. 서로 다른 계급 간의 접촉을 최소화하기 위하여 하인들은 따로 낸 계단을 이용하였고(Kleinberg 149), 부엌과 식료품 저장실은 음식 냄새나 노동 계급과 연상되는 일상잡사와 불결함이 집의 다른 공간까지 이르는 일이 없도록 잘 숨겨두었다.

　　테너먼트는 이러한 중산층 집의 이상과는 거리가 멀었다. 소음과 냄새가 복도를 따라 거침없이 이동했고, 모르는 사람도 각 아파트의 현관문만 열면 부엌이자 식당이며 거실이었던 사적 공간으로 바로 들어올 수 있었다. 한정된 공간밖에 없는 테너먼트의 주민들은 부엌에서 일하고, 요리하고, 식사를 했으며, 겨울에는 부엌의 스토브가 유일한 난방 수단이었으므로 그곳에서 잠을 자기도 했다. 개량주의자들에게는 그러한 삶이 경제적인 문제라기보다 건축상의 문제로 보였고 그래서 가난이 아니라 건물 자체가 문제이기라도 한 것처럼 개혁에 있어 대부분 테너먼트의 재건축에 집중하였다.25) 다니엘 치트롬Daniel Czitrom은 개량주의자들이 "모델 테너먼

---

25) 클리마스미스에 의하면, 개량주의자들이 "도덕적 타락을 테너먼트의 삶과 연상시

트를 둘러싼 관심과 기독교적 박애에 대한 간절한 호소로, 실은 뉴요커들이 어떻게 테너먼트로 돈을 벌고 있었는지 자세히 살필 마음이 없다는 사실을 은폐했다"(43)고 말한다. 즉, 그것은 위선과 자기이해관계 때문에 비롯된 고의적 무지willful ignorance였다. 그들은 테너먼트를 재건축하여 주민들에게 중산층의 가정생활에서 가장 중요하게 여기는 프라이버시와 청결함만 부여하면 범죄, 질병, 도덕적 타락 등의 모든 문제가 해결될 것처럼 말했다.26)

『매기』의 주 무대가 되는 럼 앨리Rum Alley는 테너먼트의 현실에 맞지 않는 중산층의 가치관과 생활양식을 강요하며 슬럼지구의 재개발을 요구하는 개량주의자들의 몰이해와 계급이기주의에 대해 비판하기 위해 크레인이 만들어낸 실재-와-상상의 공간이다.27) 크레인 자신도 중산층 출신

켜 이해하고, 도시의 가장 가난한 동네의 상태를 개선하고 그곳의 삶을 구제할 가능성을 제시한 건축결정론에 생기를 불어넣었다"(91). 특히 리스는 본문에서 설명한 도시화에 대한 중산층 가정의 반응을 그대로 반영하여 "[테너먼트를 거리로부터] 분리하는 것이 가정환경을 위험한 외부의 영향으로부터 구하는" 길이라고 보았다(Klimasmith 91).

26) 한편, 최근의 테너먼트 연구는 리스가 중산층과 상류층 독자들을 설득하여 개량주의자들을 지지하도록 하기 위해서 의도적으로 테너먼트의 실제 상태를 무시하고 테너먼트의 상태나 청결도가 전반적으로 얼마나 나쁜가에 대해 지나치게 과장했다는 것을 드러낸다. 데이빗 워드David Ward는 "당시의 많은 증언에 의하면 대부분 건물주나 도시 당국의 관리에 맡겨졌던 건물의 외양이 더럽고 형편없었던 것에 반해, 주민이 직접 관리한 각 유닛의 내부는 깨끗했다"(116)고 말한다. 와인스틴Weinstein은 테너먼트의 주민들이 프라이버시와 청결에 대한 감각을 가지고 있었다는 것이 "다른 절반을 타자"로 구성하려는 [리스] 스스로의 노력에 반하는 것이기 때문에 받아들일 수 없었을 것이라고 추측한다(206). 리스가 추구하는 개혁을 위해 테너먼트의 주민들은 중상류층과는 완전히 "다른" 절반의 인구로, 그리고 그들의 공간은 영원한 "타자의" 공간으로 남아야 했다.

27) "실재-와-상상의 공간real-and-imagined space"은 에드워드 소자Edward Soja가 만든 개

으로 테너먼트 문화에 있어 외부인이지만 책을 통해 지식을 얻는 것에 그치지 않고 바워리Bowery의 주점을 드나들고, 노숙자를 위한 싸구려 간이 숙박소에서 밤을 보내는가 하면, 성매매 여성과 인터뷰를 하는 등 테너먼트에 대한 직접적인 경험을 얻고자 노력했기 때문에 테너먼트 내부 사정에 대해 비교적 잘 알고 있었다. 이러한 직접적인 경험이 『매기』의 테너먼트를 만들어 내는 데에 중요한 재료가 되었다. 소설에서 각 장소에 대한 세밀한 묘사는 실재에 충실한 반면, 매기의 집이 있는 럼 앨리는 바워리와 미드타운을 합쳐 놓은 상상의 산물이다.28) 스탠리 워트하임Stanley Wertheim은 럼 앨리가 바워리에 있지 않고 크레인이 1892년에 살던 미드타운의 동쪽에 있다는 점을 지적하고, 『매기』의 지형에서 이스트강, 블랙웰섬, 콘서트홀(이들은 소설에서 "불규칙한 모양의 홀"이나 "유쾌한 홀"과 같이 실제의 이름이 아닌 장소의 특성에 따라 이름 불리었다), 텐더로인 같은 주요 지형지물들의 위치가 모두 잘못되었다고 말한다. 하지만 뉴욕에 살면서 평판이 나쁜 장소에 남달리 관심이 많아 그곳을 자주 드나들던 크레인이 위치를 모두 혼동했을 리 없다. 크레인이 바워리, 블랙웰섬, 텐더로인과 같은 장소들을 한데 모아 압축하여 매기의 동네를 개량주의자

넘이다. 소자는 르페브르가 『공간의 생산』The Production of Space에서 물질적 세계를 "지각된 공간perceived space"으로 부른 것을 "실재 공간real space"이라 부르고, "인식된 공간conceived space", 즉 물질적인 세계에 대해 우리가 생각한 공간을 "상상된 공간imagined space"이라고 부른다. 이 두 가지의 공간이 상호작용을 일으켰을 때 실재-와-상상의 공간이 만들어진다.

28) 크레인이 살던 미드타운의 아파트에서는 이스트강과 블랙웰섬Blackwell's Island이 내려다보였다. 당시 블랙웰섬에는 다양한 교정 시설들이 있어서 연상 작용에 있어서 미드타운보다 오히려 바워리에 더 가까웠다. 럼 앨리라는 이름은 리스가 『다른 절반』에서 음주가 테너먼트 동네의 가장 큰 문제 중 하나임을 지적하기 위해 쓴 "럼주의 통치The Reign of Rum"라는 챕터에서 왔을 가능성이 높다.

들이 개탄해 마지않던 열악한 테너먼트의 원형으로 만들어 냈다고 보는 것이 더 적절하다.

　테너먼트의 공간적 환경이 모든 인물들의 행위에 큰 영향을 미친다는 점에서 『매기』는 개량주의자들의 건축결정론을 따르는 것처럼 보인다. 하지만 크레인은 테너먼트의 주민들이 끔찍한 건축물의 희생자라고 주장하는 개량주의자들과는 거리가 멀다. 도날드 파이저Donald Pizer 말대로 "크레인은 나쁜 주거환경이 아니라 테너먼트 주민들의 도덕이 삶에 잔인한 결정적 영향력을 미쳤다는 것을 강조하고자" 했다(191). 매기를 그녀의 집으로부터 쫓아낸 것은 건축물이 아니라 매기의 남자관계에 대한 엄마의 맹렬한 비난이다. 소설에 악당이 있다면 그것은 건축이 아니라, 그들의 삶이 중산층의 그것과 전혀 다른 성적 지형에 놓여있음에도 불구하고 매기의 엄마가 맹목적으로 받아들이고 매기에게 강요한 억압적인 도덕률이다. 크레인은 성매매가 아니고선 경제적으로 독립할 수단이 없는 소녀에게 중산층의 가치를 강요하며 집에서 쫓아냈을 때 어떤 일이 생겨나는지 보여준다. 당시 남녀관계에 대한 중산층의 엄격한 도덕에 반해 테너먼트에서는 "혼전 성관계에 대한 금기"가 크게 없었다(Gandal 51)는 점을 고려하면, 피터와 데이트를 즐기고 집에 늦게 돌아온 매기를 "타락"한 여자 취급하여 집에서 내쫓는 엄마의 반응은 몹시 과장되어 있다. 실제로 엄마가 상상한 성적 "타락"은 매기가 집에서 쫓겨나 전적으로 피터에게 의지해 살 수밖에 없는 상황이 되고 나서야 일어난다.

　술주정뱅이인 엄마가 매기에게만 강요하는 "체면respectability"이나, 임신한 애인을 둔 오빠 지미의 혼전 관계에 대한 이중적 잣대, 동생의 안위보다는 이웃이 그들을 "이상하게 볼 것queered"(40)을 더 두려워하는 그의 비겁함, 그리고 관음적인 이웃들의 인정사정없는 감시 등을 통해서 크레인이 진정 비판한 것은 당시 개량주의자들이 테너먼트 주민들을 계도하기 위해 제시한 중산층의 도덕이다. 매기의 엄마 메리는 매기가 피트와 혼전 관계를 가졌다며 매기에게 술주정을 부린다. "맥 존슨, 넌 악마에게 가버린 거야. 네가 악마에게 가버린 걸 너도 알지. 그래, 가족들의 얼굴에 먹칠을 한 거라고, 빌어먹을. 그러니까 이제 나가서 그 희멀건한 자식이랑 가버려, 둘이 같이 지옥에나 가버리라고, 빌어먹을. 넌 없는 게 나아. 지옥에 가서 거긴 얼마나 네 맘에 드는지 함 봐라"(30). 메리와 지미가 가족의 "불명예"와 "체면", 혹은 "이상하게 보이는 것"에 대해서 지나치게 신경을 쓰는 것은 당시 중산층의 도덕적 수사법을 반영한다.

매기의 엄마가 고집하는 준엄한 성도덕은 분명 시대착오적인 것이었다. 19세기 말 노동계급의 젊은이들은 남성과 여성 간의 불평등한 임금체계와 급속히 발전하는 소비문화에 대한 반응으로 "한턱내기treating"라는 하위문화를 만들어냈다. 캐시 파이스Kathy Peiss에 의하면 19세기 말에 노동계급의 소녀들은 남자들보다 훨씬 적은 임금을 받았기 때문에 여가 시간에 놀고 즐기고 싶으면 남자들에게 의존해야 했다. 남자들이 내는 "한턱"에 성적으로 보답하는 여자들을 "자선 소녀들charity girls"이라 불렀으며, 이들을 "신여성New Woman의 노동계급 버전"이라고 볼 수 있다(Peiss 6). 처음 피트가 "자, 쇼에 데려가 줬으니 이제 키스를 해줘"(24)라고 말했을 때, 한턱내기의 문화에 대해 전혀 모르는 매기가 피트의 요구를 거절하자 피트가 "깜짝 놀란 표정"으로 어이가 없다는 듯이 "낮은 숨을 뱉은 것"(24)은 이와 같은 교환이 피트에게 아주 자연스러운 일이어서 거절당하리라고는 전혀 기대하지 못했음을 보여준다. 매기는 "'체면'과 '난잡함promiscuity'이라는 중산층의 이원론적 범주 사이"(Peiss 109)에서 균형을 잡으려 애를 쓰지만 결국 엄마의 부당한 심판과 잔인한 처벌에 걸려 넘어지고 만다.

　매기의 불행의 시작은 당시에 미혼 여성이 집을 떠날 수 있는 유일한 방법이 자기보다 더 경제적으로 안정된 남자와의 결혼뿐이었던 당시의 사회 현실에 있다. 매기는 피트를 따라 지옥과도 같은 집을 떠날 수 있기를 꿈꿨다. 매기에게 피트의 옷차림이 가장 매력적이었다는 점은 매기가 그를 미래의 배우자로 점찍은 데에 있어 경제력이 가장 중요한 조건이었음을 드러낸다. 비싼 옷차림은 결국 개인의 외모를 돋보이게 하는 것 이상의 것, 즉 피터의 벌이가 꽤 괜찮다는 것을 드러내기 때문이다. 매기는 피터가 자신을 현재의 삶에서 끌어내어 "자신이 경험해온 모든 것들로부터 멀리 떨어져 있다는 것만으로도 장밋빛으로 물들어" 보이는 "그곳"으로 데려가 주리라 믿었다(39). 매기가 가장 원한 것은 피터도 돈도 아닌, 바로 그 집으로부터의 "거리distance"다. 매기는 피터가 어두운 현실에서 그녀를 구원하여 "머나먼 나라"(19)로 데려갈 수 있다고 믿었고 자신의 미모를 이용해 피터의 마음을 얻기로 결심한다. 매기에게 잘못이 있다면 피터가 그녀에게 더 나은 삶을 제공할 능력도, 그럴 의지도 없다는 것을 일찍 알아차리지 못했다는 것이다.

　통상 집이 개인에게 감정적인 지원의 장소, 그리고 물리적 위험과 폭력으로부터의 피난처로서 기능한다면, 매기가 집에 대해 느낀 지배적 감정이 수치심과 경멸감이었다는 사실은 그녀가 심리적으로 항상 집이 없는 것이나 마찬가지인 홈리스homeless 상태였다는 것을 시사한다. 매기의 엄마가 집에서 나가라고 말하자 매기는 집에 있게 해달라고 엄마에게 매달리지 않는다. 매기는 "그릇과 가구의 잔해로 덮인 방에 누워 몸부림치는 엄마를 한 번 바라보고"는 말없이 떠나버린다(31). 엄마가 "이런 [반듯한] 집안에, 나 같은 [훌륭한] 엄마를 두고도 [매기가] 그런 나쁜 길에 빠진"(40) 것에 대해 한탄할 때 독자는 아이러니를 느끼지 않을 수 없다. 가족에게 폭력적인 주정뱅이 메리를 중산층 규범의 수호자로 그려냄으로써 크레인은 중산층의 도덕을 웃음거리로 만들고, 물정을 모르는 개량주의자들이 중산층의 가치관을 전파하여 빈민의 도덕적 "타락"을 막을 수 있으리라 믿었던 그 "순진함"을 비판한다.29)

크레인의 테너먼트는 중산층의 관점에서 볼 때 극단적으로 이질적인 장소로 누구라도 떠날 수만 있다면 떠나고 싶은 곳으로 그려진다. 리스가 비위생적이고 프라이버시가 없다고 비판한 여느 테너먼트처럼 매기의 집은 이웃의 관음증적 관심에 노출되고 병과 도덕적 타락에 취약하여 중산층의 주거지에 대한 기준과 첨예한 대조를 이룬다. 공적인 공간과 사적인 공간이 잘 분리되지 않고, 소리와 냄새가 자유롭게 복도를 따라 이동하고 거리로 넘쳐나는 등, 소설에서 처음 묘사되는 장면에서도 주거공간의 취약성이 분명히 드러난다.

> 결국 그들[지미와 그의 아버지]은 기우뚱한 건물에 난 열두 개의 끔찍한 출구로부터 거리와 배수로로 수많은 아기들이 쏟아져 나오는 어두운 골목으로 들어섰다. 초가을의 바람이 자갈 길로부터 노란 먼지의 소용돌이를 일으키며 창문에 부딪쳤다. 긴 빨랫줄에 걸린 옷들이 비상계단에서 펄럭였다. 모든 불행한 장소에는 양동이와 빗자루, 걸레, 그리고 빈 병들이 있었다. 거리에선 어린 것들이 놀거나 서로 싸우거나 찻길에 멍청히 앉아 있었다. 빗질도 안 한 머리에 옷을 아무렇게나 입은 억센 여자들이 난간에 기대어 남의 험담을 하거나 미

---

29) 메리 존슨을 묘사하는 데 있어 크레인이 패러디와 아이러니를 사용한 것에 대해서는 Giamo, 134-35 참조.

친 듯이 소리를 지르며 싸웠다. 야윈 사람들이 잘 뵈지 않는 구석에 무엇엔가 항복이라도 하듯 이상한 자세로 앉아 파이프 담배를 피우고 있었다. 요리 중인 수천 가지의 음식 냄새가 거리로 흘러나왔다. 건물은 그 뱃속에서 쿵쿵대며 돌아다니는 인간의 무게로 몸을 부르르 떨며 삐걱거렸다. (13)

소설에서 거리street는 공적 공간과 사적 공간의 경계를 무너뜨리고 테너먼트의 일부인 것처럼 묘사된다. 중산층에서는 집이라는 사적 공간에서 보호받았을 유아, 여자, 노인들이 이곳에서는 모두 거리에 나와 있다. "빗질도 안 한 머리에 옷을 아무렇게나 입은" 여자들이 험담을 하고 소리를 지르며 싸우는 모습은 프라이버시가 없다는 것이 여자들에게 어떤 부정적 영향을 미치는지 보여준다. 길에서 싸우거나 찻길에 앉아있는 아이들은 언제 닥칠지 모르는 위험에 항상 노출되어 있다. 창문을 누렇게 덮은 먼지는 테너먼트의 삶을 지속적으로 위협했던 폐결핵을 연상시킨다. 이 장면에서 아이러니하게도 가장 생생하게 살아 움직이는 것은 건물 그 자체여서 마치 거대한 괴물처럼 "뱃속"의 인간이 움직일 때마다 몸을 떨고 소리를 낸다.

크레인이 재구성한 이 실재와 상상이 만나는 공간에서 벌어지는 일종의 도덕극morality play은 중산층의 집에 대한 패러디다. 이 도덕극에서 엄마는 미덕virtue을, 딸은 악덕vice을 상징하며, 집은 일종의 지옥이, 그리고 이웃들은 관객이 된다. 피트에게 버림받고 갈 곳이 없어진 매기는 집에 돌아가려고 하지만 그녀가 받은 것은 오직 경멸과 모독뿐이다. 이웃들은 매기의 집 문간에 모여들어 쇼가 곧 시작되기를 기다린다.

엄마가 야단스럽게 큰 소리로 비아냥대는 바람에 럼 앨리 사람들이 매기네 문간에 모두 모여들었다. 여자들은 복도에 서있었다. 아이들이 법석을 떨며 앞뒤로 뛰어다녔다.

"무슨 일이야? 존슨네가 또 난리를 피우나?"

"아니! 매기가 돌아왔어!"

"뭔 소리야?"

열린 문틈으로 호기심에 찬 눈들이 매기를 쏘아보고 있었다. 아이들은 극장의 맨 앞줄에 앉기라도 하듯 방까지 들어와 매기를 뚫어지게 바라봤다. 여자들은 심오한 철학이라도 가진 듯 고개를 끄덕이며 서로 바짝 기대어 소곤거렸다. 한 아기가 모두가 바라보는 대상에 대한 궁금함을 참지 못해 슬금슬금 옆으로 다가가 뜨거운 난로라도 만지듯 조심스럽게 매기의 옷에 손을 대자 아이 엄마가 경고 나팔 같은 소리를 지르며 앞으로 뛰쳐나와 아이를 잡고는 소녀[매기]에게 분개한 시선을 던졌다. (48)

문틈을 가득 메운 눈들이 호기심에 가득 차서 매기를 바라보고, 아이들은 "극장의 맨 앞줄"을 차지한다. 악덕에 대한 교훈을 위해 아이들도 볼 수 있는 "쇼"지만 엄마들은 매기의 악덕이 전염될까 두려워하기라도 하듯 아이들이 매기에게 너무 가까이 가거나 만지지 못하도록 주의한다. 심지어 자신의 바람둥이 오빠에게조차 매기는 가까이해서는 안 되는 오염원이다. 매기가 오빠의 이름을 부르며 가까이 다가서자 그는 "경멸에 찬 표정을 지으며 황급히 뒤로 물러선다"(48). 이는 지미가 이 도덕극에서 자신이 미덕의 편에 서는 것에 대해 이미 자기정당화를 마쳤다는 것을 시사한다. "그의 이마는 미덕으로 빛이 났고, 그가 혐오감으로 매기에게서 거둔 손은 오염에 대한 공포"(48)를 드러냈다.

안과 밖의 경계가 불분명하고 가구 간의 프라이버시가 거의 없는 테너먼트 건물에서 오염물질이라도 되듯 매기 주변에 바로 생겨난 보이지 않는 경계는 바깥세상으로부터의 오염−위생상의 문제뿐만 아니라 도덕의 측면에서도−을 차단하기 위해 집 안에서 공적인 공간과 사적인 공간을 엄격히 나누었던 중산층의 집을 패러디한 것이다. 실세로 테너먼트는 중산층의 덕목이 지배적인 공간이 아니어서 성에 대해 훨씬 관대한 도덕을 가지고 있었고, "타락한" 여자들에 대해서도 너그러운 편이었다. 티모시 J. 길포일Timothy J. Gilfoyle은 "여성의 저임금 때문에 아마도 19세기에 뉴욕의 5-10퍼센트에 해당하는 젊은 (15-30세) 여성이 성매매 경험"을 해보았을 것이라 추측한다. 길포일은 또한 기혼여성조차 경제적 필요 때문에 성매매를 하는 경우가 있었다고 말한다. 19세기 중엽 이후 맨해튼에서 사창가가 사라지면서 테너먼트에서 성매매가 이루어지는 경우가 많았다. 테너먼트의 실제 거주자들은 『매기』에서처럼 "체면"을 위해 "집home"의 안과 밖을 구분하고 선과 악의 경계를 분명히 그을 수 없었다. 즉, 이 소설의 배경은 테너먼트지만, 비판의 대상은 테너먼트의 주거 환경을 개선하여 프라이버시와 청결한 환경을 제공하고 자신들의 가치관을 전파하여 이곳 주민들의 도덕적 타락을 막겠다는 중산층 개량주의자들이다.

처음부터 매기에게 집이라곤 없었다. 그곳은 온갖 방법을 동원해서라도 벗어나고 싶은 "지옥"일 뿐이었다. 여자 혼자서는 경제적으로 독립할 수 없는 사회 구조 안에서 언제든 집을 잃을 수 있었다는 점을 고려하면 그는 항상 이미 "거리의 소녀"였다. 그러나 이것이 매기가 테너먼트에 사는 저소득층이었기 때문에 일어난 일이었을까? 중산층, 상류층의 독신 여성들은 이러한 위협으로부터 자유로웠을까? 계급을 막론하고 여자라면 결혼을 해서 한 가정의 안주인이 된다는 단 하나의 미래만을 꿈꾸도록 만들어진 사회에서 여성에게 집은 어떤 의미를 갖고 있었을까?

이디스 워튼Edith Wharton의 『기쁨의 집』The House of Mirth은 테너먼트의 "다른 절반"과는 반대의 화려한 삶을 영위하는 뉴욕 상류사회 사람들 이야기를 다룬 소설이다. 상류사회의 코드를 너무나 잘 알면서도 그와 타협하지 못해서 막다른 길에 다다른 릴리 바트Lily Bart의 이야기는 상류사회의 여성이라고 해도 홈리스 상태에 놓일 가능성으로부터 자유롭지 않다는 것을 보여준다. 그들에게 집이라는 것은 사회의 코드에 따른 교환을 통해 획득해야 하는 전리품, 혹은 사회자본을 늘리기 위해 소비하고 전시해야 하는 재산일 뿐 영혼이 쉴 수 있는 공간이 아니다. 상류사회에서 밀려나 추락에 추락을 거듭하다 결국 모자가게에서조차 일을 할 수 없게 된 릴리는 쇠약한 몸을 이끌고 거리를 헤매다가 자신이 한때 베푼 자선으로 목숨을 건진 네티 스트러터Nettie Struther를 만난다. 애인에게 버림받고 몸과 마음이 모두 병든 네티와 결혼함으로써 조지가 그녀를 "구원"하였듯이 누군가의 도움으로 매기가 거리를 헤매지 않아도 되었더라면, 그래서 결혼을 하고 자리를 잡았더라면 매기도 아마 네티와 같은 모습이 아니었을까? 한 번도 진정한 "집"을 가져보지 못하고 늘 "뿌리를 뽑힌"(274) 채 살아왔다고 느꼈던 릴리는 네티의 테너먼트 부엌에서 처음으로 가정의 안온함을 느끼고 위안과 휴식을 구한다.

부엌 안은 따뜻했고, 네티 스트러터가 성냥으로 테이블 위의 가스버너에 불을 붙이자, 몹시 작지만 거의 기적처럼 깨끗한 부엌이 릴리의 눈에 들어왔다. 잘 닦아 윤이 나는 무쇠 스토브의 측면으로 불빛이 반짝였고, 그 곁에 놓인 유아용 침대에는 잠으로 평온하던 얼굴에 이

제 막 불안감이 일기 시작한 표정의 아기가 앉아 있었다. (Wharton 326)

『기쁨의 집』에서 네티의 부엌은 앞서 리스와 크레인이 묘사한 테너먼트와는 너무나 다른 곳이다. 그곳은 "따뜻"하고 "기적처럼 깨끗"(270)하며, 릴리에게 "삶이 지속된다는 것을 처음으로 경험"(275)하게 한다. 실제로 네티의 테너먼트가 소설에서 유일한 진짜 "집home"이다. 그곳에서 아이는 배를 채우고, 지친 손님[릴리]이 쉬어갈 수 있다. 워튼이 이상적으로 묘사한 테너먼트의 부엌은 "가정의 중심이 되는 화로hearth"를 지닌 공간으로서의 기능을 잃어버린 상류사회의 부엌과 대조를 이루면서 상류사회의 위선을 폭로하고, 매기와 다를 바 없이 갈 곳을 잃고 외로이 죽음을 맞이한 릴리의 삶을 통해 미혼여성에게 결혼 이외의 다른 대안적 미래를 제시하지 않는 남성 중심적 사회를 고발한다.

3_ 테너먼트 바깥의 세상을 꿈꾸다
─『허기진 마음』에 나타난 동화주의의 허상

1920년대 초반 잠시 유명세를 타다가 문단에서 사라진 예지에르스카는 리스나 크레인에 비해 많이 알려지지 않았고 플롯이나 문체의 단순함으로 인해 문학적 가치를 크게 인정받지도 못했다. 하지만 그녀의 단편소설은 리스나 크레인과 달리 내부자의 시선으로 바라본 테너먼트의 이야기를 전하고 있어서 테너먼트 연구에 있어 필수적인 텍스트다. 예지에르스카는 게토 거리의 "지저분한 추함"(95)을 부정하지 않았지만, 그렇다고 테너먼트에 사는 사람들을 아무 생각이 없는 환경의 희생자로 그려내지도 않았다. 리스가 그린 전염병의 온상인 부엌과 매기네의 폭력과 무질서가 지배하는 부엌, 네티의 작지만 깨끗하고 아늑한 부엌과는 달리 「잃어버린 '아름다움'」"Lost 'Beautifulness'"에 나오는 한나의 부엌은 이민 여성의 꿈과 희망, 그리고 좌절과 절망이 깃든 공간이다. 늙은 이민자 출신의 세탁부 한나는 단골고객인 프레스톤 부인의 하얀 페인트를 칠한 부엌에 감탄하여 자신의 삶에도 약간의 "아름다움"을 가져올 수 있기를, 그래서 1차 대전에 참전한 아들이 돌아왔을 때 자랑스럽게 새로 사귄 친구들을 집에 초대할 수 있기를 소원한다. 남편에게 왜 남의 집에 돈을 쓰냐는 핀잔을 들으면서도 한 푼 두 푼 모은 돈으로 마침내 페인트를 사서 벽을 모두 칠한 날 그녀는 이웃들을 모두 끌고 와 자랑한다.

> 항의하듯 손을 흔들어대며 그들은 모두 한나 헤이예가 이끄는 대로 숍킨 씨의 뒤를 따랐다. 어둡고 악취가 나는 테너먼트의 복도를 지나, 비뚤어지고 곧 무너질 듯한 계단을 딛고, 줄을 지어 삼층으로 올라갔다. 한나 헤이예가 집 문을 열자 그들은 모두 놀라움과 기쁨으로 탄성을 질렀다. "오! 오!" 그리고 "와! 와! 정말로! 정말로!"
> "구석구석에서 금빛이 나네!"
> "축젯날 같아!"
> "하도 빛이 나서 불도 안 켜도 되겠어!"
> "나에게도 저렇게 멋진 부엌이 있었으면!" (33)

모두 감탄해 마지않는 한나의 부엌은 그녀가 일을 하고 생활을 하는 장소일 뿐만 아니라 프레스톤 부인의 표현에 의하면 "아름다운 것에 대한 사랑으로 가득 차서 어떤 방식으로든 그것을 표현해야만 하는 사람"인 "예술가"(35)의 작업실이다. "어둡고, 악취가 나는 테너먼트"로부터의 피난처이며, 새로 흰색 페인트를 칠해서 빛이 나는 그녀의 부엌은 리스가 묘사한 질병, 범죄, 도덕적 타락의 온상지로서의 테너먼트가 아니라, 가난한 삶으로부터 스스로를 일으켜 세우기 위해 밤낮 열심히 일하는 이민자의 집이다. 아들이 주류 문화에서 소외된 이민자의 삶이 아니라 유대인 공동체 밖에서 만난 친구들과 당당히 어울려 지낼 수 있도록 한나는 누구에게도 부끄럽지 않은 공간을 만들어주고 싶은 것이다. 하지만, 남편이 걱정하던 대로 세를 들어 사는 남의 집에 돈을 들이는 일은 "낭비"일뿐 아니라 결국 한나를 곤경에 빠뜨린다. 주인이 깨끗해진 집을 핑계로 계속 집세를 올리자 한나는 법정에서의 싸움도 불사하지만 패소하고 빗속에 길거리로 쫓겨난다.

「잃어버린 '아름다움'」은 일차적으로 집주인의 탐욕과 세입자에게 불리한 당시의 사법체계에 대해 비판을 가하고 있다. 하지만 이보다 더 중요한 것은 프레스톤 부인과 한나의 관계를 통해 드러나는 도시빈민문제에 대한 개량주의적 접근의 한계다. 프레스톤 부인은 한나에게 미국 내에서는 모든 사람이 동등하다며 민주주의의 가치를 전파하고, 한나도 프레스톤 부인이 "다른 부잣집 안주인들과는 달라서 자신을 진심으로 대한다"(34-35)고 말한다. 한나가 프레스톤 부인에게 자꾸 집세를 올리는 집주인에 대해 한탄하면서 바란 것은 프레스톤 부인이 "정의"(38)의 실현을 위해 그녀의 편에 서주는 것이지, 자선이 아니었다. 그래서 한나가 집주인이 마치 자기를 "구석에 몰아넣고 '돈을 내놓지 않으면 쥐어짜 죽여 버리겠다'"고 말하는 것 같다고 말했을 때(39) 프레스톤 부인이 돈을 쥐여주자 한나는 격분한다. 프레스톤 부인은 자신들이 한겨울에 "딸기와 크림을 먹을 때 한나는 몇 달을 끼니도 거르며" 살았다는 사실에 죄책감을 느끼면서도 "하룻밤 사이에 모든 질서를 바꿀 수는 없어요. … 법이 공정하지는 않지만 지금 우리가 가진 것은 그것뿐이에요. 우리에게 시간을 줘요. 우리는 젊은 나라예요. 아직 배우고 있고요. 우리는 지금 최선을 다하고 있어요"(39)라고 말한다. 프레스톤 부인이 "우리"라는 단어를 사용하는 데 있어 때로는 한나와 같은 저소득층을 포함하고("우리가 가진 것은 그것뿐이에요") 때로는 포함하지 않는다는 것("우리에게 시간을 줘요")을 유념해야 한다. 법이 공정하지 않다 해도 상류층과 하류층 "우리" 모두 그 법을 따를 수밖에 없지만, 법을 개선할 권력이 있지만 그러기 위해 시간이 필요한 것은 "우리" 상류층이다. 그렇다면 이어서 나오는 "우리"의 "젊은 나라"는 누구의 것인가? 이 "우리"가 과연 한나를 포함한 가난한 이민 노동자들을 포함한다고 볼 수 있을까?

한 번에 모든 것을 바꿀 수 없으니 서서히 개혁을 해나가야 한다고 설득하고 타이르며, 법과 제도를 개혁하기보다는 개인적으로 자선을 베푸는 프레스톤 부인의 태도는 바로 도시빈민문제에 대한 개량주의자들의 전형적인 태도를 반영한다. 이어서 한나가 "당신도 집주인 편을 드는 건가요? 아아. 알겠어요. 당신도 어딘가에 관리인에게 맡겨둔 건물이 있나 보군요"(40)라고 말하자 프레스톤 부인은 아무 답도 하지 못한다. 한나는 이 순간 아마도 자신을 "예술가"(34)라고 불렀던 프레스톤 부인이 실은 자신이 부인의 비싼 옷을 누구보다도 잘 세탁해 준다는 것 이상의 의미가 아니었음을 깨달았을지도 모르겠다.

한나의 주인에 대한 "복수"와 뼈아픈 깨달음은 테너먼트의 주민들을 무지한 환경의 희생자로만 보는 사회적 통념에 복잡성을 부여한다. 이 이야기는 우리로 하여금 리스의 사진 속에서 누더기로 둘둘 감은 아기를 부여안고 넝마가 담긴 자루 틈에 앉아 퀭한 눈으로 허공을 바라보는 이민 여성의 모습에서는 발견할 수 없는, 꿈꾸고 실망하고 분노하고 슬퍼하는 살아있는 한 사람을 대면하게 한다. 집에서 쫓겨나기 전날 밤, 한나는 스스로에게 "이게 미국이란 말이야? 이걸 위해서 우리 애비[Aby: 군에 간 아들]가 싸우고 있는 거라고? 여러 나라에서 수많은 사람들이 오랫동안 그토록 염원하고 기도를 바쳐온 나라, 미국이 모두 꿈이었단 거야? 꿈에서 깨보니 다시 러시아 황제 치하의 그 어두운 시대로 돌아와 버린 건가?"(41)라고 묻는다. 미국 민주주의에 대한 희망과 동화주의의 꿈이 모두 산산이 부서지는 순간 한나는 분노에 차서 도끼로 페인트를 벗겨내고, 바닥을 뜯어내고, 천장에 대고 가스에 불을 켜서 하얗게 칠해놓은 천장을 새까맣게 그을린다. 하지만 한나의 이야기는 단순히 동화주의에 대한 회의로 끝나지 않는다. 무엇보다도 한나를 가슴 아프게 한 것은 한때 애지중지하던 것들을 스스로의 손으로 모두 파괴한 것과 그 행위로 인해 결국 자기 손으로 자신의 영혼을 죽였다는(42) 사실이다. 한나가 원상태로 돌려놓은 테너먼트의 부엌이 리스와 매기가 그려낸 테너먼트의 부엌과 다를 바 없겠지만 그곳은 한때나마 한나가 테너먼트의 어려운 삶에 약간의 "아름다움"이라도 들여오고자 자신의 영혼을 다해 가꾸었던 곳이며 같은 미국인으로서 사회에 기여하며 살아가겠다는 꿈을 꾸던 공간이며, 이제는 좌절된 꿈과 잃어버린 자신을 애도하는 공간이다.

한편 「기름진 땅」"The Fat of the Land"은 테너먼트의 가난하지만 이웃 간에 정을 나누는 삶과 부촌의 부유하지만 외로운 삶을 대조함으로써 리스와 크레인이 그려낸 비인간적인 공간과는 사뭇 다른 테너먼트를 보여준다. 딜란시가의 테너먼트에서 이웃집에 사는 한나 브리너와 펠즈 부인이 환기갱을 사이에 두고 나누는 정다운 대화는 리스의 렌즈를 통해 본 테너먼트와는 전혀 다른 풍경을 전한다. 비좁은 공간이 두 인물로 하여금 서로 물건을 빌려주고 꿈과 걱정거리에 대해 솔직한 대화를 나누는 등 친밀함을 가능하게 한다. 20년이 지나 둘이 다시 만났을 때, 펠즈 부인이 여전히 같은 동네에 살면서 남편의 실업으로 가난에 허덕이는 반면, 애들이 여섯이나 되어 고생하던 한나는 성공한 아이들 덕분에―심지어 막내아들은 어린 시절 살던 동네에 테너먼트 건물을 한 채 소유하고 있다―리버사이드 84번가의 아파트에서 풍요로운 삶을 누린다. 좋은 집에서 비싼 옷을 입고 세련된 음식을 먹지만, 한나는 말이 통하지 않는 동네에서 입에 맞지 않는 음식을 먹으며 자기를 무시하는 하인의 눈치를 보는 것이 괴롭다. 또한 미국 문화에 완전히 동화되어 자신을 부끄럽게 여기는 아이들로부터도 소외감을 느낀다. 한나는 딜란시가의 시장에 가서 딸이 냄새가 난다며 집에 못 사들고 오게 하는 생선을 산다. 돈이 없는 것도 아니면서 악착같이 생선값을 깎으며 기쁨을 느끼는 그녀의 모습에서 우리는 동화 불가능한 고집스러운 이민 여성을 발견한다. 결국 생선 때문에 딸과 말다툼을 하고, 한나는 "리버사이드 아파트의 대리석으로 만든 무덤에서 나와 게토의 옛날 집으로 도망"치지만 펠즈 부인의 춥고 쥐가 들끓는 비좁은 집에서 불편한 침대에 누워 하룻밤을 보낸 뒤 자신의 몸이 이미 편안한 환경에 익숙해졌기 때문에 다시는 과거로 돌아갈 수 없다는 것을 깨닫는다(95). 자기도 모르게 이미 "기름진 땅"에 길들여진 것이다.

「기름진 땅」은 사실 이민의 미국화 과정에서 가장 심하게 타자화되었던 이민 1세대 어머니와 미국인으로 자라난 아이들 간의 갈등을 다루고 있다는 점에서 흥미롭다. 카트리나 어빙Katrina Irving은 개량주의자들이 이민의 미국화에 적극적으로 나서던 19세기 말에서 20세기 초에 미국화 운동에 있어서 가장 특별한 대상이 이민 1세대 어머니였다고 말한다. 그도 그럴 것이 성인 남자나 어린이에 비해 이들은 미국화가 주로 이뤄지는 기관(학교, 공장, 감옥 등)의 네트워크에 속하지 않은 경우가 많았고, 개량주의자들은 인종 차이를 가정에서 재생산하는 데에 어머니의 역할이 크다고보았기 때문이다(71). 그들은 남녀 역할 구분이 분명한 중산층 가정을 모델로 하여 이민자 출신의 어머니들에게 바람직한 어머니상을 가르치고자했지만(73) 일을 하지 않는 어머니가 거의 없는 상황에서 이 모델은 이민여성의 실상에 전혀 맞지 않았고 개량주의자들은 이민자 어머니들을 늘의심의 눈초리로 보았다(82). 「기름진 땅」에서는 비록 한나가 미국문화에동화되는 것과 거리가 멀어서 이디쉬를 쓰고 미국 음식도 싫어하지만 그녀의 아이들이 모두 부유하고 세련된 미국 시민으로 자라나 개량주의자들의 걱정을 무색하게 한다. 문제는 한나가 자녀들과 어떤 감정적 유대도가질 수 없다는 데 있다. 그녀의 "미국 아이들"은 모두 그에게 "타인strangers"이 되고 말았다(94). 그녀가 새로 뿌리를 내린 "기름진 땅"은 외롭고 슬픈 곳이다.

4_ 결론-테너먼트의 노래

엘리요컴 준서Elyokum Zunser가 이디쉬로 쓴 1891년 노래 "황금의 땅Di Goldene Land"은 어릴 적에 말로만 듣던 황금의 땅으로 이민을 온 유대인이 테너먼트의 열악한 환경과 가난한 삶에 대해 실망한 이야기를 전한다.

그들은 아침부터 밤까지 서서 일하지.
입술은 바짝 마르고 핏기가 없어.
이 사람은 일 센트를 더 벌려고 아이를 희생시키고

저 사람은 집세를 못 내서 집에서 쫓겨났지.

집에는 가난뿐이야.
아이들은 학교를 못 다녀서
무식하고 멍청하지
그런데 너는 여길 "황금의 땅"이라 부르네

뉴욕 다운타운을 한 번 봐봐
공기가 어디서부터 오염되는지
테너먼트는 사람들로 꽉 찼네
통에 든 정어리들처럼

[중략]

노동자의 시간은 헤엄을 치네
그의 땀이 만든 강에서
바쁠 땐 일하고, 일이 없을 땐 굶고
항상 자기 "일자리"를 잃을까 두려워하지

누군가 기계에 찢겼어
가죽 일 하던 사람인데 이젠 다리가 없지
이 사람은 발이, 저 사람은 손이 없어
그런데 너는 여길 "황금의 땅"이라 부르네.30)

---

30) 이상은 "황금의 땅"에서 테너먼트에 관련된 부분만 발췌·번역한 것이다. 전 곡의

테너먼트의 가난한 이민자들이 열악한 환경에서 고된 삶을 산 것은 분명하지만 그들을 옥죄인 것은 가난이지 더럽고 비위생적인 건물 그 자체가 아니었다. 어디서든 집세를 내고 살 수만 있으면 다행이었다. 이 노래에서도 드러나듯이 테너먼트 사람들에게 가장 위협적이었던 것은 적은 보수와 장시간의 노동, 고용주에게 유리한 법체계로 인한 고용 불안정과 산재의 위험, 집에서 쫓겨나는 것이었다. 리스를 비롯한 개량주의자들은 이들이 중산층 이상의 인구에게 범죄와 질병, 도덕적 해이를 가져올 수 있다는 점을 강조하며 자선을 통해 그들의 주거 환경을 개선하고 중산층의 가치관을 전파하여 점진적으로 문제를 해결하고자 했다. 하지만 그들은 근본적인 문제는 건축이 아니라 다른 절반의 사람들에 대한 착취 없이는 불가능한 중상류층의 축재와 그것을 떠받들고 있는 거대한 자본주의적 구조였음을 보고도 보지 못한 척했다. 준서는 이어서 노래한다.

> 하지만 저기 살고 있는 부자들이 있네
> 그들이 왕국을 전부 가졌지
> 유럽에서 왕자가 있었다면, 미국엔 부자가 있네
> 둘의 힘은 똑같아.

> [중략]

> 그의 힘과 말은 얼마나 위대한지.

이디쉬 버전과 영어 버전은 다음의 웹사이트에서 찾을 수 있다. "'Di Goldene Land' Performed by Paul Lipnick." *The Yiddish Song of the Week*. 14 Nov. 2018. An-sky Jewish Folklore Research Project. 28 July 2019. https://yiddishsong.wordpress.com/tag/new-york/

그의 권위는 주머니에서 나온다네.

그는 어떤 사회적 위치에도 해당되지 않아.

그에겐 이곳이 바로 "황금의 땅"이지.

개량주의자들이 보고도 보지 못한 것, 혹은 보지 않은 것이 테너먼트에 사는 가난한 노동자들에는 너무나 분명한 매일매일의 현실이었다. 처음부터 너무나 불공평한 게임에 뛰어든 이들이 살던 테너먼트라는 공간은 비좁고 비위생적인 곳이었지만 당시 주택난을 겪고 있던 뉴욕에서 그나마 그들이 감당할 수 있는 유일한 거주지를 제공했고, 이민자들은 그곳에서 공동체를 형성해서 서로 돕고 때론 반목하면서, 자신의 이권을 위해 목소리를 내고자 노력하고, 환상과 실망, 절망을 반복해가며 버티고 살아남았다. 그곳은 자신의 생존권을 사수해야 할 마지막 전선이었고, 그곳에서마저 쫓겨난다는 것은 인간의 기본 권리인 살 권리, 존재할 권리마저 뺏기는 것을 의미했다.

백 년도 더 지난 2013년, 빌 드 블라지오Bill de Blasio 시장은 뉴욕의 심각한 빈부격차와 그로 인한 제반 사회 문제 해결을 선거 공약으로 내세우면서 뉴욕을 "두 개의 도시"라고 불렀다. 하지만 이 "두 개의 도시"는 이미 19세기에 그 형태를 모두 갖췄다. 가난한 이민 노동자들이 만든 상품과 그들의 서비스를 이용하고, 그들이 낸 집세로 배를 불리면서도, 뉴욕의 중상류층은 가깝고도 먼 그들만의 공간에서 다른 "절반"의 가난한 뉴욕시민들과 거의 마주치는 일 없이 살았다. 리스가 『다른 절반』을 출판하면서 테너먼트의 범죄, 전염병, 도덕적 타락 및 폭동의 위험이 중상류층의 삶에 심각한 문제를 초래할 수 있음을 상기시켰다. 리스와 그의 영향으로 힘을 얻은 개량주의자들은 건축결정론에 의해 테너먼트 환경을 개선함으로써 중산층의 가치관을 확산하여 하층민을 교화하는 것을 목표로 하였고 실제로 테너먼트의 물리적 환경을 개선하는 데 많은 영향을 미쳤다. 하지만, 건축결정론은 문제의 근본적 원인인 빈곤이나 이민 여성의 차별 문제를 간과하였다. 크레인의 『매기』는 문제의 핵심을 외면한 건축결정론적 관점에 문제를 제기하고, 『매기』와 예지에르스카의 『허기진 마음』 모두 경제적으로 가장 취약한 입장에 놓여있던 여성 문제를 드러냄으로써 19세기 말에서 20세기 초반의 뉴욕 테너먼트의 문화 지형을 다층적으로 제시한다. 돈 많은 남자를 만나서 테너먼트를 벗어나는 꿈을 꾸든, 그 안에서 아름다운 공간을 만들어내고 미국 문화에 동화되는 꿈을 꾸든, 이 이야기에 등장하는 테너먼트의 여자들은 주어진 삶의 밖을 꿈꿨고, 허락된 경계선을 넘었다. 이들의 운명도 어쩌면 바틀비와 크게 다르지 않았다. 길이 없는 곳에 발을 들인 여성은 매기처럼 죽임을 당하거나, 한나처럼 거리로 쫓겨났다.

3장에서는 이들과 같은 사회적 타자들이 자신의 목소리를 내고 불법 점유운동을 벌이는 20세기 후반의 뉴욕을 조명하고자 한다. 자신의 길을 만들어 나아가야만 하는 이들의 운명은 결코 순탄하지 않다. 그러나 그렇다고 해서 멈출 수 있다면 처음부터 길을 뚫지 않았을 것이다.

3장

로이사이다의 젠트리피케이션과 거주권 투쟁
『8번가의 기적』, 『빈민을 죽여라』, 『우리 동네를 사수하라』,
『너의 집은 나의 것』

19세기 중엽 이후 급증한 이민 노동자의 주택 수요 때문에 만들어진 로어이스트사이드의 테너먼트는 2장에서 살핀 바와 같이 그 열악한 주거 환경에도 불구하고 성공의 꿈을 안고 갓 미국에 도착한 수많은 이민자들에게 중요한 삶의 터전이 되었다. 독일인, 이탈리아인, 아일랜드인, 유대인, 중국인 등 다양한 사람들이 이곳을 거쳐 갔다. 그들은 돈이 모이는 대로 브롱스나 브루클린으로 떠났고 나중에는 도심에서 멀리 떨어진 교외지역까지 이동해 갔다. 3장에서 나는 그들이 떠나고 버려진 도심 공간, 특히 "알파벳 시티"라고 부르는 동네를 채운 푸에르토리코 출신의 주민과 도시형 자립 주거자(homesteaders, 이하 홈스테더로 지칭), 불법점유자(squatter, 이하 스콰터로 지칭), 그리고 노숙자들이 젠트리피케이션에 대항해 벌인 투쟁과 그 과정에서 드러난 일련의 갈등을 살피고자 한다.

지리적으로 이곳은 맨해튼의 동남쪽, 미드타운과 로어이스트사이드 사이에 위치한다. 북쪽으로는 이스트 14번가, 남쪽으로는 하우스턴가, 서쪽으로는 애비뉴 A, 동쪽으로는 이스트강으로 둘러싸여 있다. 뉴욕의 모든 동네가 저마다의 역사와 사연을 가지고 있지만, 이 동네만큼 자본주의에 대한 저항의 긴 역사를 가진 곳은 드물다. 동네 이름부터 이곳의 뿌리 깊은 저항문화와 이마저 다시 이윤 창출의 수단으로 흡수하려는 자본 간의 긴장 관계를 반영한다.

　"알파벳 시티"라 불리는 이곳은 여러 개의 명칭을 갖고 있다.[31] 1960년대 초반까지는 로어이스트사이드라고 부르는 이민 노동자 주거구역의 일부였다. 1960년대에 히피 저항문화의 중심지가 되면서 사람들이 이곳을 근린의 웨스트 빌리지, 그리니치빌리지에 견주어 "이스트 빌리지"라고 부르기 시작했고 이 동네에서 가난한 이민노동자들의 이미지를 지우기 원했던 부동산업자와 개발자들이 가장 선호하는 이름이 되었다. 한편 50년대부터 이 동네에 들어와 살기 시작한 푸에르토리코 출신의 주민들이 "로어이스트사이드"를 자기들 식으로 발음하면서 "로이사이다"라는 이름이 붙었다. 1970년대에는 자본이 도심에 대한 투자를 회수하면서 집주인들이 건물을 유기하거나 보험금을 노리고 자기 건물에 몰래 불을 놓는 일이 많았다. 또 뉴욕시가 재정위기를 겪으면서 치안과 소방 예산을 축소하자 이곳은 삽시간에 범죄와 마약의 온상지가 되었다. 그래도 버려진 동네에 남은 라틴계 주민과 불법점유자들, 그리고 활동가들이 자본주의의 횡포에 맞서 이곳을 지켰다. 그들은 정원을 일구고, 주민센터를 만들고, 전기와 수도, 난방이 끊긴 채 허물어져 가는 건물을 보수하면서 척박한 토양에 자생적으로 뿌리를 내렸다. "알파벳 시티"는 가장 늦게 나타난 명칭으로 1980년대 초에 서서히 젠트리피케이션이 시작될 무렵, 종전의 마

31) 명칭에 대한 자세한 설명은 Christopher Mele의 *Selling the Lower East Side: Culture, Real Estate, and Resistance in New York City* (Minneapolis: U of Minnesota P, 2000), x-xiii 참고.

약과 범죄로 점철된 이미지를 벗기 위해 알파벳순으로 정한 거리 명칭을 따서 만든 이름이다. 백인들이 버리고 간 도심을 지킨 "로이사이다"의 주민들에게 이 이름은 낯설고 불온한 것이었다.

3장이 젠트리피케이션에 대한 저항의 역사와 문화텍스트 간의 관계를 다룬다는 점을 고려하여 작가가 특별히 어느 명칭을 선별해서 사용한 경우를 제외하고 나는 이곳을 "로이사이다"라고 부르겠다. 로이사이다는 개발자와 부동산업자들이 가장 꺼리는 이름이고 또한 외부인에게 가장 낯선 명칭일 뿐 아니라 그 이름이 어디서 왔는지 아는 사람은 더욱 드물다. 도로 표지판의 "애비뉴 C"를 "로이사이다 애비뉴"로 바꿨지만 아무도 불러주지 않으므로 의미 없는 이름이 되었다. 아무도 불러주지 않는 이름은 사라지게 마련이다. 이곳의 젠트리피케이션이 완성되어 갈수록 그 이름과 함께 로이사이다의 기억도 사라질 위험에 처해있다. 이곳을 제3세계화시키고 타자화하는 데 기여한 뿌리 깊은 인종차별의 역사와 폐허로부터 시와 음악을 만들어내고 정원을 가꾸며 자립을 꿈꿨던 사람들에 대한 기억을 담은 이 이름을 우리는 기억해야 한다.

댄 초도코프Dan Chodorkoff의 소설 『로이사이다』는 각각의 명칭이 서로 다른 정치경제적 입장을 반영하는 단적인 예를 제시한다.[32] 소설에서

---

32) 이 소설의 구체적인 시간적 배경은 분명하지 않다. 하지만 50대 50 교차보조프로그램50-50 Cross Subsidy program이 소설의 주요한 갈등 요인이 되고 있다는 점을 보았을 때 1980년대 말부터 90년대 초반의 이야기일 것으로 추측한다. 1970년대에 세금을 체납한 건물들이 모두 시의 소유가 되면서 뉴욕시가 이 동네의 가장 큰 지주가 되었고, 뉴욕시는 80년대부터 그동안 방치해둔 시 소유의 부동산을 처리하여 재정 마련과 도심재개발이라는 두 개의 목적을 동시에 달성하고자 했다. 뉴욕시는 민간투자를 독려하기 위해 개발자에게 파격적인 세금혜택을 줄 뿐만 아니라 교차보조프로그램처럼 궁극적으로는 젠트리피케이션을 부추길 수밖에 없는 기만적인 정책을 세웠다. 이 프로그램의 자세한 내용에 대해서는 Mele 259-62를 참고.

정부가 공동체 정원을 허물고 그 자리에 중·저소득층 가구를 위한 고층 건물을 지을 계획을 발표하자 주민들은 대책 마련을 위해 회의를 연다. 푸에르토리코 출신, 펑크족 청년, 그 밖의 다른 다양한 민족에 속한 저소득층 주민들 틈에는 80년대 초반부터 이곳에 살기 시작한 여피young urban professionals도 섞여 있다. 본인을 투자분석가라고 밝힌 한 백인 남자는 "땅의 용도는 시장market에 맡기라"고 주장한다. 그에 의하면 "알파벳 시티는 모든 사람을 위한 공간"이며 "개발자가 이 동네를 개발하기 위해서 자기 자본을 투자하는 위험을 기꺼이 감수한다면, 그에게는 이윤을 남길 권리가 있다." 그로서는 젠트리피케이션 때문에 지대가 올라서 "집세를 낼 수 없는 사람들은 다른 데로 이사하면 그만"일 뿐이다. 지속적인 투자 중단disinvestment과 보험금을 노린 방화에 의해 폐허가 되어버린 동네를 살리기 위해 정원 가꾸기 운동에 앞장섰던 페드로 치코Pedro Chico는 자신이 사는 곳은 "알파벳 시티가 아니라 로이사이다"라며 바로 맞받아친다. 1950년대 이후 성공의 꿈을 안고 뉴욕으로 이주해온 푸에르토리코 출신 주민들은 도시의 탈산업화로 인해 구직난을 겪으면서 도시가 필요로 하는 값싼 서비스 인력으로 소비되었고, 앞서 이곳을 거쳐 간 유럽 출신 이민들처럼 중산층으로 성장해서 이곳을 벗어나지 못했다. 하지만 그들은 60년대와 70년대에 걸쳐 오랜 세월을 로이사이다의 주민으로서 공동체를 이루고 살아왔다. 이들은 80년대에 뉴욕의 증권시장이 되살아나면서 이곳에 하나둘 들어와 살기 시작한 여피족들을 경계의 눈초리로 바라보았다. 같은 시간, 같은 공간에 존재했지만 이곳 주민들은 로이사이다와 알파벳 시티로 나뉘어 서로 다른 세상에 살고 있었다.

　　1988년의 톰킨스스퀘어 공원 폭동부터 2003년 당시 남아있던 열 채의 스콧이 합법화되기까지 주거권을 지키기 위한 다양한 형태의 운동과 저항이 있어왔다.33) 도시형 홈스테딩 프로그램urban homesteading program은 1970-80년대에 시 정부가 오랫동안 부동산세를 체납한 건물들을 압수했지만 재정 위기로 인해 일일이 관리를 못 하면서 생겨난 무단점거 문제를 해결하기 위해 마련한 프로그램이다. 도시가 건물을 무상으로 제공하는 대신 개인이 자비로 건물을 개·보수하고 스스로 운영하는 방식으로, 홈스테딩 프로그램에 참여하려면 "집을 필요로 하면서" 동시에 자비로 "보수할 수 있는 [재정적] 능력"을 가져야 했으므로 실제로는 저소득층이 아닌 중간 소득을 가진 사람들에게만 소규모로 진행되었다(von Hassell 21). 이 장에서 분석할 조엘 로즈Joel Rose의 『빈민을 죽여라』Kill the Poor에 나오는 홈스테더들은 화재로 인해 거주불가 판정을 받은 집을 집주인으로부터 헐값에 산 경우여서 일반적인 도시 홈스테딩 프로그램과는 구별되지만, 그들이 적어도 자기 지분을 살 정도의 구매력을 가지고 있었던 만큼 완전히 저소득층은 아니라는 점에서 일반적인 홈스테더들과 비슷하다. 소설은 건물의 합법적 소유자인 홈스테더와 집세를 내지 않고 사는 세입자, 즉 스콰터 간의 갈등을 중점적으로 다루면서 계급만이 아니라 인종이 어떻게 중요한 갈등의 축으로 작동하는지 보여준다.

　한편, 스콰터는 홈스테더와 달리 불법으로 무단점거를 하고 살지만 홈스테더처럼 같은 건물에 사는 스콰터끼리 함께 건물을 보수하고 운영한다는 면에서 그들과 크게 다르지 않은 경우가 많았다. 80년대에 젠트리피케이션으로 인해 지대 격차rent gap, 즉 "잠재적 지대 수준과 현재의 토지 사용 중에 실현된 실제 지대 사이의 차이"(Smith 65)가 커지면서 이 구역의 부동산 투자가치가 늘어나자, 시 정부가 개발자들에게 개발을 맡기고 건물에서 스콰터들을 퇴거시키는 과정에서 이들의 거주권, 점유권을 둘러

---

33) "스콰"은 사람들이 무단으로 점유해서 사는 건물을 일컫는다.

싼 투쟁이 본격적으로 시작되었다. 세스 토박먼Seth Tobocman의 그래픽 노블 『우리 동네를 사수하라』War in the Neighborhood는 스쾃터와 더 나아가 노숙자들이 시 정부와 벌이는 "전쟁"을 방불케 하는 투쟁의 역사, 그리고 인종, 계급, 젠더 차이로 인한 그들 내부의 갈등 문제를 기록한다.

그림 2. "젠트리피케이션은 계급 전쟁이다. 맞서 싸워라Gentrification is class war, fight back." 1988년 톰킨스스퀘어 공원의 폭동을 시작으로 젠트리피케이션에 맞선 주민들의 투쟁이 본격화되었다. [그림: 황은주]

거주권을 둘러싼 투쟁이 가두시위와 점유운동의 형태로만 존재했던 것은 아니다. 재현의 영역에서도 젠트리피케이션과 그에 대한 저항이 치열하게 맞부딪쳤다. 70년대 말-80년대 초반에 시 정부가 개발을 통해 세수입을 증가시킬 것을 염두에 두고 예술가 지원사업이라는 명목하에 이곳에 로프트를 지었고 갤러리들이 하나둘 들어서면서 젠트리피케이션이 시작되었다. 개발자들은 로이사이다가 가진 기존의 부정적인 이미지를 지우고 중산층의 구미에 맞도록 이곳을 예술가, 펑크, 퀴어 등의 다양한 하위문화가 만들어내는 아방가르드한 장소, 즉 하나의 "스타일"로 포장했다(Mele 220-30). 크리스토퍼 멜은 바스키아Jean-Michel Basquiat나 해링Keith Haring 같은 그래피티 작가들이 인기를 모으고 소호와 53번가의 갤러리로 진출하면서 이스트 빌리지가 문화엘리트층에게 매력적인 곳이 되어버린 사실에 주목한다(232). 결국 "예술, 유명인, 공간의 상업화가 이스트 빌리지 하위문화의 풍경을 바꾸었다"(Mele 232). 한편 모든 예술가들이 자본에 포섭되어 스스로를 기꺼이 상품화한 것은 아니었다. 젠트리피케이션과 예술상품의 공모 관계에 강력히 거부하는 일군의 예술가들은 자신의 예술을 통해 저항했다. 이 장에서 소개할 『너의 집은 나의 것』Your House Is Mine과 같은 길거리 포스터 전시와 도록 출판 프로젝트는 그러한 저항운동의 일례다.

3장에서는 『빈민을 죽여라』, 『우리 동네를 사수하라』, 『너의 집은 나의 것』과 같은 로이사이다를 배경으로 한 텍스트에서 젠트리피케이션의 과정이 재현되는 양상을 분석하고 이들이 내는 저항의 목소리에 귀를 기울일 것이다. 세 텍스트가 출판된 시기가 정확히 일치하지는 않지만 세 작품 모두 젠트리피케이션이 본격적으로 일어났던 1980년대 후반-1990년대 초반을 배경으로 한다. 이 텍스트들 모두 광범위한 독자층을 갖지 못한 까닭에 큰 파급 효과를 일으키지는 못했다. 게다가 한국의 독자들에게는 아주 생소한 텍스트들일 것이다. 그러나 맨해튼에서 젠트리피케이션에 맞서서 가장 오래, 지속적으로 저항을 해온 동네의 역사와 소수의 목소리를 담고 있는 텍스트라는 점에서 이들에게 관심을 기울일 필요가 있다. 특히 이 텍스트들은 "빈곤과 결핍을 낭만화romanticization of poverty and deprivation"(Smith 195)하는 당시의 대중문화와 크게 대조를 이룬다.

하지만 당시 외부인들이 로이사이다의 젠트리피케이션 문제를 접하는 통로가 극히 제한적이었던 점, 그리고 세 편의 텍스트가 이러한 대중적 재현방식에 대한 저항이기도 하다는 점을 고려하여, 『8번가의 기적』 Batteries Not Included을 동시대에 발표된 대중문화 텍스트의 일례로 제시하고자 한다. 이 영화는 같은 조건을 가진 다른 영화들에 비해 비교적 많은 관객을 동원했고, 1987년에 발표되어 시기적으로도 이 장에서 다룰 다른 저항적 텍스트들과 가장 가까울 뿐 아니라, 로즈가 자신의 소설 속에서 그 제작과정을 중요한 소재로 사용하기도 했다. 저항적 텍스트 분석에 앞서서, 『8번가의 기적』을 통해 대중문화가 어떻게 로이사이다의 젠트리피케이션 과정을 정상화하고normalize, 빈곤과 결핍을 낭만화하는지 살펴보겠다.

1_ 『8번가의 기적』 - 대중문화와 빈곤의 낭만화

『8번가의 기적』은 원래 스티븐 스필버그Steven Spielberg가 만들던 『어메이징 스토리』 시리즈의 한 에피소드로 기획되었으나 스필버그의 제안에 따라 매튜 로빈스Matthew Robbins가 스크린플레이를 쓰고 감독을 맡아 만든 판타지 영화로 1987년 겨울에 상영되었다. 상업적으로 크게 성공하지는 못했지만 로이사이다를 배경으로 한 영화 중에는 비교적 많이 알려진 영화다. 중간중간의 코믹한 장면부터 훈훈한 결말까지 크리스마스 가족 영화로 흠잡을 데 없는 영화지만 도시재개발이 저소득층의 삶의 근간을 위협하는 폭력적 현실에 대해 기적을 통한 상상적 해결을 제시했다는 점이 문제다. 또한 영화는 카를로스라는 라틴계 인물을 다루는 데 있어 대중문화가 로이사이다를 소비하는 전형적 방식을 따르고 있다. 즉, 제3세계를 방불케 하는 로이사이다의 범죄와 폭력의 중심에 라틴계 인물들을 배치하고, 이들을 주류 문화와는 영원히 화해 불가능한 타자들로 그려낸다. 한편 메이슨과 마리사의 관계는 스미스가 지적한 "빈곤과 결핍을 낭만화"(195)하는 대중문화의 기만적 태도를 단적으로 보여준다.

영화는 애비뉴 C와 D사이, 8번가에 있는 815번지 건물을 주 무대로 한다.34) 이 낡은 테너먼트 건물 주변은 이미 철거 작업이 한창 진행 중이다. 815번지에는 평생 이곳에서 식당을 운영한 라일리 씨 부부(프랭크와 페이)와 건물 관리인인 전직 권투선수 해리 노블, 바람처럼 왔다가 바람처럼 떠나는 음악가를 연인으로 둔 만삭의 여인 마리사 에스테발, 그리고 악담을 퍼부으며 떠난 여자 친구 때문에 낙심한 무명 화가 메이슨 베일러가 남아있다. 인근의 모든 주민들이 이사를 가고 815번지만 섬처럼 남자, 개발자는 이 고집스러운 주민들을 쫓아내기 위해 동네 건달 카를로스와 그의 패거리를 고용해서 날마다 이들을 으르고 협박하며 폭력을 서슴지 않는다. 시 정부로부터 받은 허가가 곧 만료할 상태에 이르고 마음이 급한 개발자는 급기야 몰래 사람을 보내 건물을 불태운다. 그러나 이 다섯 명의 주민들에게는 든든한 원군이 있으니 바로 무엇이든 원상태로 복구하는 능력을 가진 비행접시 모습을 한 외계인들이다. 화재로 인해 더는 살 수 없게 되어버린 건물을 외계인들이 밤새 새 건물처럼 완전히 복구한다. 영화는 사방에 고층 건물이 들어서고 분수대를 포함해 깔끔하게 조경까지 마무리한 거리 한복판에 변함없는 모습으로 동그마니 남아있는 815번지를 롱샷으로 보여주면서 끝난다.

---

34) 번지수는 다르지만 사방이 공터인 장소를 찾아 실제 이 위치에 가건물을 세우고 영화를 촬영했다. 영화의 엔딩 장면에서처럼 마천루로 둘러싸여 있진 않지만 젠트리피케이션이 거의 완성 단계에 이른 2021년 현재 이 블록은 새 건물들로 빈틈없이 차있다.

『8번가의 기적』은 주인공들이 직면한 두 개의 현실과 그 사이에서 일어나는 갈등을 주요 내용으로 하고 있다. 메이슨과 그의 (곧 헤어질) 여자친구 파멜라의 말다툼에서 공존하는 두 개의 현실이 분명히 드러난다. 또한 파멜라의 "아무도 현실을 원하지 않는다"는 선언은 앞으로 펼쳐질 비현실적 플롯에 대한 복선이 된다.

파멜라: 메이슨, 난 문 때문에 그러는 게 아니야. 너 때문이라고. 이곳에 푹 빠져있는 너 말이야.

메이슨: 무슨 소리야? 난 여기가 좋아.

파멜라: 물론 그렇겠지. 여긴 낡아빠진 데다 우울하니까.

메이슨: 그게 현실reality이야!

파멜라: 메이슨, 지금은 80년대야. 아무도 더는 현실을 좋아하지 않는다고!

메이슨: 아주 고맙군. 네가 어떻게 그걸 아는데?

파멜라: 네가 그렇게 말했잖아. 네가 도대체 어딜 향해 가고 있는지 모르겠다고. 분석해체주의나 신-기하학적 하드에지 그림을 그릴 수도 있었지. 하지만 아니, 넌 이스트 빌리지의 앤드류 와이어스가 되어야만 했어.35) 아버지에게 돌아가서 밴이나 렉브이? 그게 뭐였지? 아무튼 그런 거나 팔라고.

메이슨: RV야.

파멜라: 아무튼 제발, 여길 벗어나!

---

35) Andrew Wyeth(1917-2009). 펜실바니아와 메인주의 풍경과 사람들을 사실주의적으로 그린 미국 화가.

자세히 들여다보면 이 대화 속엔 두 개의 "현실"이 있다. 파멜라가 아무도 현실을 좋아하지 않는다고 말할 때는, 아마도 아무도 낡고 우울한 동네를 좋아하지 않는다는, 즉 새롭고 깨끗한 환경을 선호한다는 말 이상을 의미하지는 않았을 것이다. 따라서 동시에 어쩌면 메이슨이 정의내린 현실과는 반대되는 "현실", 즉 젠트리피케이션이 진행되고 있는 80년대의 신자유주의적 "현실"을 받아들이라는 조언일 것이다. 영화는 이렇듯 두 개의 현실 사이에 놓여있다. 폐허 속에 남아있는 낡은 건물들과 그곳을 떠나면 더는 갈 곳이 없는 가난한 주민들의 현실과, 수단과 방법을 가리지 않고 그들의 삶의 터전을 잠식해오는 젠트리피케이션이라는 현실이 그것이다. 로빈스는 "우리가 이 이야기를 만들 때, 나는 우리가 맨해튼의 실제 상황을 그렇게 가까이 다루고 있는 줄 몰랐다. 나중에 스크린플레이를 쓰고 조사를 하면서야 로어이스트사이드에서 전쟁을 치르고 있다는 사실을 깨달았다. 주민들은 오래된 건물들을 지키고 개발자들이 들어오지 못하게 하며 동네의 원래 모습을 그대로 유지하기 위해 싸우고 있었다"고 말한다("Production Note").

영화는 첫 번째 의미의 현실을 지키기 위해 끝까지 건물에 남고, 두 번째 의미의 "현실"과는 당당하게 맞서 싸운 주인공들의 편을 들어줌으로써 표면적으로는 젠트리피케이션을 비판하는 듯 보인다. 하지만, 이 두 현실 간의 갈등을 판타지를 통해 해결함으로써 두 가지 문제를 야기한다. 첫째, 영화가 만들어지고 있던 80년대 후반은 주민들이 젠트리피케이션과 "전쟁"을 한창 치르고 있던 중이다. 외계인들이 베푼 "기적"이 아니고서는 처음부터 질 수밖에 없는 싸움이었다는 플롯은 실제 투쟁 중인 사람들에게 고무적이지 못하다. 두 번째, 영화는 처음부터 815번지 건물과 그 주민들에게만 초점을 맞추고 있기 때문에 815번지가 살아남은 것이 해피엔딩이며, 마지막 장면에 고층 건물들 한가운데에 버젓이 남아있는 815번지가 청중에게 훈훈한 기쁨을 줄지는 모르겠으나, 젠트리피케이션이 완전히 끝난 로이사이다의 말끔한 외양은 메이슨이 사랑했던 "낡고 우울한 현실"과는 거리가 먼 것이다. 815번지를 뺀 나머지가 모두 젠트리피케이션의 현실에 흡수되었다면 이를 해피엔딩이라고 해서는 안 될 것이다. 그러나 이 영화는 청중으로 하여금 815번지 주민들의 "승리"에 환호하며 그들의 생존을 해피엔딩으로 받아들이도록 유도한다. 결국 거짓 승리와 상상적 해결이 거주권을 실현하기 위해 매일 투쟁해야 하는 로이사이다의 실제 주민들이 처한 현실로부터 청중의 눈을 가린다.

이 영화에서 가장 흥미로운 인물은 개발자가 고용한 동네 건달 카를로스다. 카를로스는 비록 815번지 주민을 괴롭히는 악역을 맡았지만 근처 빈 건물에 살고 있는 같은 동네 주민이며 성공해서 그 동네를 "뜨겠다"는 야망을 가진 라틴계의 젊은이다. 악역을 맡았지만 치매에 걸린 라일리 부인이 오래전 죽은 아들 바비로 오해하고 자꾸 아들처럼 대해서 같은 패거리로부터 놀림을 받기도 하고 외계인들 때문에 골탕을 먹고 겁에 질려 도망을 가기도 하는 우스꽝스러운 역할이다. 카를로스가 주민들을 내쫓는 데 거듭 실패하자 영화 중반에 개발업자가 방화범을 고용하면서 카를로스는 드디어 악역에서 벗어나는데, 다른 주민들이 모두 집을 떠나 있는 동안 집에 불이 나자 라일리 부인을 구하기 위해 급기야 목숨을 걸기도 한다. 카를로스는 불이 났음에도 문을 걸어 잠그고 방으로 숨어버린 라일리 부인을 살리기 위해 그녀의 아들인 척 연기를 하지만, 부인은 이제 그가 자기의 아들이 아니라는 사실, 아들이 오래전 죽었다는 사실을 깨닫는다. 다음 날 카를로스가 꽃다발을 들고 병원을 찾자 라일리 씨가 아내의 기분을 돋우기 위해 카를로스를 아들이라 부르며 반가이 맞이한다. 하지만 이미 제정신이 돌아온 라일리 부인은 울음을 터뜨릴 뿐이다. 화해를 바라고 찾아온 카를로스는 꽃다발을 휴지통에 내던지고 스크린에서 영영 사라진다. 갈등이 해소되고 모두가 화해하며 해피엔딩을 맞는 가족영화에서조차 카를로스와 라일리 부부 사이에 화해의 기적은 일어나지 않는다.

실제로 영화에서 카를로스의 인종적 배경에 대해 언급하는 일은 없다. 다만 그의 전형적인 라틴계 이름과 스페인어를 주고받는 그의 패거리들이 그가 "로이사이다"의 가장 전형적인 주민임을 암시할 뿐이다. 그러한 그가 우스꽝스러운 악역을 맡다가 잠시 영웅적인 역할을 하지만 끝내 815번지 사람들에게 받아들여지지 못하고 사라진다는 사실은 대중문화가 로이사이다를 어떻게 소비하는지 잘 보여준다. 로이사이다 하면 떠오르는 범죄와 폭력의 이미지를 라틴계 주민에 대해 투사함으로써 라틴계에 대한 선입견을 반복·강화시키는 한편, 이 동네의 가장 오랜 주민으로서 끝까지 그곳에 머물 권리를 주장하는 사람을 아일랜드 계열의 이름을 가진 라일리 씨 부부로 설정함으로써 젠트리피케이션의 보복주의적revanchist 성격을 드러내고 있기 때문이다. 라틴계 주민들이 동네를 차지하기 훨씬 전부터 이미 그곳에 살고 있었던 백인들이 그들이 떠난 뒤에 폭력과 범죄, 빈곤과 마약의 나락으로 떨어진 도심을 다시 탈환한다는 보복주의적 담론이 라일리 씨 부부의 선량하고 무해한 얼굴 뒤에 숨어 있다.36) 바로 그들이 진정한 도심의 원주민이며 카를로스 같은 인물은 절대로 그들의 아들을 대신할 수 없고, 그들 사이에 화해란 있을 수 없다. 815번지에 살고 있는 마리사 역시 라틴계 주민이지만, 흑인인 해리와 함께 주민의 인종 구성에 있어 구색을 맞추기 위한 역할에 지나지 않는다. 게다가 1980년대에 미혼

---

36) 보복주의적 도시에 대해서는 Neil Smith의 *The New Urban Frontier: Gentrification and the Revanchist City*, 206-27 참조.

모를 "복지 여왕welfare queen"이라 매도하며 사회 복지 예산 감축을 꾀했던 레이건 정부를 고려할 때, 곧 비혼 출산을 앞둔 마리사와 그녀를 버리고 간 이기적이고 책임감 없는 애인은 라틴계 이(주)민에 대한 부정적 고정관념을 강화시키기만 할 뿐이다.

한편, 『8번가의 기적』은 메이슨과 마리사의 관계를 통해 "빈곤과 결핍을 낭만화"(Smith 195)하고 당시 로이사이다의 주민들이 처한 경제적 현실로부터 관객의 눈을 가린다. 마리사는 메이슨의 예술을 높이 평가하고, 메이슨은 마리사와 곧 태어날 아기를 돌볼 것을 약속함으로써 둘 사이에 사랑이 싹튼다. 메이슨의 예술에 실제로 그만한 가치가 있는지, 메이슨이 마리사를 돌볼 능력이 있는지, 그리고 과연 실제로 돌볼 것인지는 전혀 중요하지 않아 보인다. 두 사람 모두 뚜렷한 직업이 없는 상황에서, 외계인이 건물에 일으킨 기적처럼 두 사람에게도 기적이 일어나거나, 혹은 가난과 결핍이 두 사람의 사랑에 아무런 장애가 되지 않거나 방법은 두 가지뿐이다.

『8번가의 기적』 이외에도 주거취약계층의 "빈곤과 결핍을 낭만화"하는 대중문화의 예는 이곳저곳에서 찾을 수 있다. 예를 들어, 거친 거리의 삶에도 불구하고 따뜻한 인간미를 잃지 않은 여성 노인 노숙자의 "구원" 이야기를 다룬 『스톤 필로우』Stone Pillow, 1985, 버려진 건물의 옥상에 사는 십 대 노숙자들이 마약상과 겪는 갈등을 극복하고 음악과 춤, 우정과 사랑이 있는 옥탑방의 삶을 되찾는 『루프탑』Rooftops, 1989이 있다. 타마 야노비츠Tama Janowitz가 1986년에 출판한 단편소설집을 영화화한 『뉴욕의 노예들』Slaves of New York, 1989은 뉴욕의 비싼 월세 때문에 남자친구의 "노예"와 다름없는 삶을 사는 주인공의 자립 과정을 코믹하게 그린 영화로, 이스트 빌리지에 사는 예술가들의 가난하지만 자유로운 삶이 피상적으로 그려진다. 물이 줄줄 새고 난방이 끊긴 아파트에서 추위를 견디며 살아도, 밤이면 파티와 여자가 끊이지 않고, 아무도 자신의 예술의 진가를 알아주지 않아도 참고 기다리면 빛을 보는 날이 반드시 오며, 모자를 디자인하는 주인공 외에는 가난에 대해서 아무도 불평하는 법이 없고, 몇 달째 집세를 못 내서 아파트에서 쫓겨나도 항상 어딘가 갈 곳이 있게 마련이고, 친구의 배신에 의한 우정의 위기는 고백과 용서가 무색할 만큼 쉽고 가볍게 극복된다.

2_ 젠트리피케이션과 홈스테딩
-『빈민을 죽여라』에 나타난 계급과 인종 문제

저널리스트이자 로어이스트사이드의 문예지『C와 D사이』Between C&D 의 편집·발행인인 조엘 로즈의 소설,『빈민을 죽여라』는 1988년에 출판되었고, 2003년에 앨런 테일러Alan Taylor 감독에 의해 영화로도 만들어졌다. 다소 과격한 이 제목은 사실 펑크락 밴드 데드 케네디스Dead Kennedys 가 1980년 출시한 앨범에 실린 노래에서 따온 것이다. 데드 케네디스는 "능률과 발전efficiency and progress"을 위해서 자본과 정치적 권력이 결탁하여 "보기 싫은 슬럼"과 "무직의 주정뱅이들"을 "청소"하는 현실을 "중성자탄"에 비유하여 당시 미국사회를 풍자한다. 중성자탄 덕분에 빈민들이 모두 죽어서 슬럼이 깨끗해지면, 더는 사회복지를 위해 세금을 내지 않아도 되니 좋고, 세상이 더 넓고 안전하고 놀기 좋아질 테니 다 같이 기뻐하며 밤새 춤추고 놀자는 것이다. 이 노랫말은 곧 연방 정부가 복지정책을 대폭 축소하고 신자유주의적 정책을 본격적으로 도입하여 빈부 격차가 더욱 벌어지고 적자생존의 사회 진화론적 논리가 지배하게 될 1980년대의 암울한 현실, 로즈의 소설의 배경이 되는 바로 그 현실을 예견한다. 특히 소설의 배경이 되는 로어이스트사이드는 19세기부터 온갖 이민자들이 섞여 살았던 까닭에 종종 인종의 "용광로"에 비유되곤 하지만, 『빈민을 죽여라』는 인종이 이곳의 주민들 사이에 얼마나 뿌리 깊은 차별 기제로 작동하는지 그것이 그들 사이를 어떻게 갈라놓는지 보여준다. 특히 소설은 홈스테더와 스콰터 간의 갈등을 통해 시스템 자체가 조장하고 부추긴 하층계급 내부의 갈등을 전면화한다.

로즈의 『빈민을 죽여라』는 주인공 조우 펠즈Joe Peltz가 아내가 받은 보상금으로 로이사이다의 가장 동쪽, 즉 애비뉴 D보다 한 블록 더 동쪽으로 난 가상의 애비뉴 E에 집을 사면서 일어난 일련의 사건들을 통해 80년대 젠트리피케이션 문제를 중점적으로 다룬다. 조우는 고메즈Gomez 부부가 지난 3년간 홈스테딩을 해온 1872년에 지어진 테너먼트 건물의 가장 큰 지분—여섯 개 유닛을 합해서 만든 가장 큰 아파트—을 사면서 고메즈 부인의 뒤를 이어 조합의 회장직을 맡는다. 모두 여섯 명의 조합원을 두고 있는 EAT CO(E Avenue Tenant's Corp)는 310번지와 312번지 두 채의 건물을 소유하고 있다. 312번지에는 세입자들이 여럿 살고 있어서, 8년 전 아파트에 들어와 살기 시작한 푸에르토리코 출신의 카를로스 데헤주스Carlos DeJesus 가족의 유닛을 제외하고는, 매달 월세 수익을 올리고 있다. 조합의 회장으로서 조우가 직면한 가장 큰 문제는 주민들을 선동해서 임대료 거부 운동을 도모하는 사회사업 전공의 대학원생 부치Butch와 집세를 단 한 번도 낸 적이 없는 데헤주스다. 로즈는 조우가 제시한 현금을 챙기고 임대료 거부 운동을 그만둔 부치의 위선적 행동을 통해 이론적이고 이상주의적인 차원에서 도모한 사회 운동의 유약함에 대해 비판한다. 소설 내내 부치는 겉으로는 대의명분과 사회 정의를 외치지만 궁극적으로는 자기 이익을 도모하는 치사한 인물로 그려진다. 소설에서 가장 큰 비중을 차지하는 인물은 역시 거듭되는 월세 독촉에도 눈 하나 깜짝하지 않고, 조우를 비롯한 모든 조합원들을 적대시하는 데헤주스다. 그는 레슬링 선수 경력이 있는 데다 덩치가 크고 좋아서 조합원들이 그를 모두 싫어하면서도 겁이 나서 함부로 대하지 못한다. 그에게 집세를 독촉해야 하고 그에 대한 다른 주민들의 불평·불만을 해결해야 하는 입장에 있는 조우에게 그는 여간 골칫거리가 아니다.

소설이 일인칭 화자 주인공 시점을 취하고 있기 때문에 소설을 읽기 시작하는 시점에서 독자는 모든 사건을 조우의 관점에서 바라보기 마련이다. 조우를 비롯한 조합원들이 데헤주스에 대해 늘어놓는 불평과 그의 험악한 인상과 말투 때문에, 데헤주스가 모든 갈등의 원인이라고 생각하고, 심지어 그와 그의 가족만 떠나주면 모든 문제가 해결될 것이라고 생각하기에 이를지도 모르겠다. 하지만 소설을 차츰 읽어나가면서 독자는 젠트리피케이션이 시작된 이후의 상황이 데헤주스에게 얼마나 부조리한 것인지를 깨닫기 시작한다. 처음부터 데헤주스에게 불리하게 돌아갔던 시스템의 편파성과 그가 처한 불공정한 상황이 급기야 그의 아들 세군도Segundo의 죽음에서 절정에 이른다. 결국 "빈민을 죽이라"는 소설의 제목은 단순히 상징적인 차원에서 슬럼을 없애고 삶의 질을 개선하자는 젠트리피케이션의 구호를 대신한 것이 아니라, 슬럼 제거가 말 그대로 빈민을 "죽이는" 잔혹한 권력 행사임을 고발하기 위한 것이다.

말브 반 해쎌Malve von Hassell에 의하면 도시 홈스테딩 프로그램은 처음부터 그 목적에 있어 갈등의 요소를 포함하고 있었다(23). 시 정부는 "슬럼구역을 안정시키고, 빈 주택을 재활용하며, 도시의 세수입을 늘리려"는 목적으로 프로그램을 추진했지만, 홈스테딩 활동가들은 "동네의 주택

공급에 대한 통제권을 얻고, 해당 지역에서 권한을 가지고 정치적으로 활동하기 위한 지지 기반을 창조"하는 목적을 가지고 있었다(23). 즉, 활동가들의 의도와 정반대로 시 정부는 "정치적으로 예측불가능한 스콰팅 운동"(21)을 길들여서 궁극적으로 젠트리피케이션을 도모했던 것이다. 반 해썰은 존 몰렌코프John H. Mollenkopf의 말을 빌려 홈스테더들이 "노동가치sweat-equity"를 인정하는 저항이데올로기를 통해 "자본주의 생산 외부의 공간을 창조"하는 데 기여하였으나 결국 홈스테딩이 젠트리피케이션의 준비 단계가 되어버리고 만 것은 아닌가 하고 반문한다(34).

반 해썰의 질문에 답이라도 하듯 로즈의 소설은 홈스테더와 기존의 주민, 특히 스콰터와 가지는 갈등을 구체적으로 드러내고, 특히 그것이 개개인의 삶에서 어떠한 형태로 경험되었는가를 보여준다. 조우를 비롯한 조합원들과 데헤주스 간의 갈등은 개인의 잘잘못과 시시비비에 의해 생겨난 갈등이 아니라 사회적 원인에서 비롯된 것으로, 이 소설에 진정 악당이 있다면 그것은 조우나 데헤주스가 아니라 홈스테더의 계급 상승 욕망을 부추기고, 스콰터의 원망과 분노를 키우며, 홈스테더와 스콰터를 이간질하는 시스템이다.

조우와 조합원들의 "보복주의적" 태도는 점점 줄어드는 이용 가능한 도심 공간을 서로 차지하겠다고 벌이는 계급투쟁의 기저에 실은 인종차별주의가 깔려있다는 사실을 드러낸다. 아직 조합원은 아니지만 세든 유닛을 사기 위해 매달 돈을 내고 있는 네그리토Negrito를 제외한 조우와 조합원들은 모두 백인으로 저마다 본인이 그 공간을 차지할 권리와 정통성을 가졌다고 주장한다. 나아가 그들이 이 동네를 "다시" 살기 좋은 공간으로 만들어야 할 의무를 가지고 있다고 생각한다. 특히 조우는 이 동네가 자기 가족이 미국에 처음으로 "뿌리"를 내린 장소이기 때문에, 범죄와 마약으로부터—실은 반세기 이상 늦게 들어와 살기 시작한 푸에르토리코 사람들로부터—그곳을 되찾는 일을 가족에 대한 의무이자 당연한 권리로 받아들인다. 독자는 소설의 첫 문단부터 곳곳에 조우의 가족사가 남아 있는 이 동네가 범죄와 마약으로 망가질 대로 망가진 상태에 빠진 것을 목격한다.

> 우리 집 바로 맞은편에 있는 데이케어에 우리 딸이 다닌다. 세 개의 문을 지나면 우리 할머니가 결혼식을 올린 사원이 있다. 여섯 개의 문을 지나면 우리 할아버지가 하시던 양복점이 있던 곳이다. 거기 길 건너편에서 우리 엄마가 태어났다. 지금은 그 건물이 없다. 다 타버렸기 때문이다. 할머니께서 그토록 할아버지 자리를 내가 물려받기 원하시던 그 사원은 다 털렸다. 지붕은 내려앉고, 유리창은 다 깨지고, 정문은 자물쇠로 잠겨있다. 나중에 뉴욕 검찰 총장이 된 루이 레프코비츠의 바지를 다려주시곤 하던 할아버지 가게가 지금은 마약 상인들이 녹색 벽돌 계단에서 마약을 파는 아파트 건물이 되었다. (1)

1903년에 헝가리에서 미국으로 건너온 할머니는 이곳에서 할아버지를 만나 결혼하고 아이를 낳아 키우다가, 1937년 브루클린으로, 이어서 1951년 다시 교외의 린브룩으로 이사를 갔다. 의사와 변호사가 많이 살아서 "닥터의 거리"라고 불렀던 애비뉴 E를 수십 년 만에 다시 방문하던 날, 할머니는 스산하고 황폐한 거리 풍경에 놀라며 "여긴 내가 알고 있는 미국이 아니야"(1)라고 말한다. 조우의 할머니와 어머니는 기억 속의 모든 것들이 사라지고 심지어 사원도 버려진 현실에 눈물을 흘린다. 조합원들을 처음 만나는 날 조우는 "다시 이곳으로 이사를 오는 것" 그래서 자기 "가족이 살던 곳에 살고, 같은 길을 걷고, 같은 건물들을 지나치면서" 자신의 "뿌리와 연결되는 것"이 본인에게 중요하다고 설명한다(36). 하지만, 그곳을 벗어나기 위해 발버둥 치며 살았던 날들을 잊은 듯 이 거리에 대해 느끼는 그들의 향수는 자기모순적이다. 조우의 삼촌의 기억 또한 서로 상충되어 조우가 다시 회복하고자 하는 그 과거라는 것이 실은 불완전한 기억들의 조합일 뿐이라는 점을 드러낸다. 삼촌은 옛날이나 지금이나 그 동네가 한 번도 "지옥구덩이"(14)가 아닌 적이 없었다며 조우의 할머니(자기 어머니)가 그곳을 빠져나오기 위해 얼마나 열심히 일했는데(15) 왜 다시 그곳으로 이사를 가느냐고 회의적 반응을 보이다가도, 그곳이 "참 아름다운 블록이었다"(63)고 추억한다.

처음부터 가족의 "뿌리"를 원래 그것이 시작된 자리에 다시 내리는 것이 조우가 로이사이다로 이사 온 중요한 이유였는지는 분명하지 않다. 그보다는 아내와 딸을 둔 백인남성으로서, 로이사이다에서 보기 드문 본인의 존재를 정당화하기 위해 처음 만나는 사람마다 할머니가 원래 이곳에 살았다는 이야기를 하면서 2차적으로 더해진 대의명분일 것이다. 데헤주스에게도 자기의 정통성을 내세우기 위해 대뜸 할머니 이야기를 꺼낸다. 조우가 자기를 건물에서 내쫓기 위해 아파트에 일부러 불을 냈다고 믿는 데헤주스가 손해배상 청구를 위해 변호사를 대동해 조우를 만나러 온 날, 데헤주스가 자신을 "집주인새끼"(2)라 부르며 욕하자, 조우는 뜬금없이 자기 어머니가 바로 이 동네에서 태어났고, 할머니가 1903년에 이 거리에 처음 도착했다고 말한다(3). 데헤주스는 바로 "그래서 그걸 다시 돌려받으려고!And you want it back"라고 받아친다. 데헤주스의 변호사가 끼어든다.

"백인들만 같이 살고 싶다는 거지."

"누구, 내가?"

"당신은 푸에르토리코 사람들에 대해 편견이 있어."

"이봐요, 난 그런 말 한 적 없어요. 어쨌든 당신들이 백인에 대해 편견이 있는 거야." (3)

그리고는 자기가 인종차별주의자가 아니라는 것을 정당화하기 위해—마치 그것이 그가 푸에르토리코 사람들을 같은 미국인으로 여기고 있다는 것을 증명이라도 할 수 있는 것처럼—길게 가족의 이민사를 늘어놓는다. 하지만 바로 이어지는 동네에 대한 묘사는 그의 인종차별적 편견을 드러낸다. 본인이 인종차별주의자라는 말을 들을 때마다 극구 부정하지만, 그의 마음속에 푸에르토리코 사람들은 "정말 미국인이 아니"(146)다. 또한 조우는 아내에게 동네 풍경이 "남미"를 연상시킨다고 말함으로써(4) 그가 푸에르토리코를 미국의 일부로 인정하지 않을 뿐 아니라, 라틴계 주민들 때문에 동네가 황폐해졌다고 믿고 있다는 점을 시사한다. 조우의 관점에서 동네가 이렇게 제3세계처럼 변한 건 정부가 마약과의 전쟁을 선포하면서 건물을 여럿 철거했기 때문이 아니라 공터에 임시로 거처를 만들고 동네를 떠나기를 거부하는 "남미 사람들" 때문이다. 카드보드지와 철판으로 만든 가건물들이 들어서고, 가판대에서 "남미" 음식을 파는 이곳을 바라보는 조우의 마음이 편치 않다. 스페인어로 쓰인 정육점 간판을 보고 이곳이 자기가 『포스트』지에서 읽은 인육을 팔았다는 가게가 아닌가 하는 이야기를 아내 애너벨에게 꺼냈다가 『포스트』는 쓰레기라는 핀잔만 듣는다(4). 딸 콘스탄스를 공립유아원이 아니라 "백합처럼 흰" 벨마유아원에 보내는 이유는 콘스탄스가 빈민아파트에 사는 가난한 아이들, 흑인, 푸에르토리코 아이들과 같은 곳에 가기 원하지 않기 때문이다(5). 조우는 사실 벨마의 아이들이 흑인, 아시아인, 혼혈, 우루과이인, 라트비아인 등 다양한 인종으로 구성되어 있는 것을 알고 있지만 적어도 그 아이들이 모두 "미국인"이므로 괜찮다는 결론에 도달한다(6). 즉, 그가 원하는 것은 콘스탄스가 극빈층의 아이들 특히 "미국인이 아닌" 푸에르토리코 아이들과 한데 어울려 지내지 않는 것이다. 푸에르토리코에서 1940년 이후에 태어난 사람은 누구나 미국 시민권을 갖게 되었다는 점을 고려할 때 이는 분명 인종차별적인 반응이다.

독자는 동시에 조우가 자신의 인종차별주의적 성향에 대해 자기합리화를 하는 과정 또한 목격한다. 인종차별에 대해서는 도덕적 비난을 받지만 각자의 경제적 이익을 도모하는 것은 오히려 덕목으로 여기던 당시의 시대 상황을 반영한 것이다. 조우는 원칙적으로 인종차별주의에 반대하며 그것이 옳지 않음을 알고 있다고 말한다(213). 그가 데헤주스의 아파트에 불을 지른 것은 데헤주스의 말처럼 조우가 "푸에르토리코 사람들을 싫어하기"(213) 때문이 아니며 다만 아내의 보상금 덕분에 이제 막 발을 들이게 된 중산층으로서의 자기 자리를 지켜야 하기 때문이라는 것이다. 혁명을 하든 말든 자기는 상관 안 한다고 말하면서 "유일한 문제는 나는 적어도 내가 지금 갖고 있는 것을 계속해서 지키고 싶다는 것이다. … 나를 정확히 중간에만 둬라. 반은 내 위로, 반은 내 아래로"(215). 하지만 애비뉴 E를 "재탈환"함으로써 중산층으로서의 위치를 계속 지키겠다는 그의 결의는 인종차별주의와 무관하지 않다. 조우는 애초에 고메즈 부부가 왜 데헤주스에게는 조합에 가입하라고 권유하지 않았는지 원망하면서도 데헤주스를 자신과 동등한 인격으로 대우하지 않는다. 아무 변화를 가져오지 않는 이 "원망"은 조우 자신이 인종차별주의자가 아니라는 것을 증명하면서도 어떠한 행동을 취하지 않아도 되도록 돕는 편리한 핑곗거리에 지나지 않는다.

로이사이다의 인종관계에 대한 조우의 내적 독백은 그가 서로 다른 인종 간의 평화로운 공존에 대해 환상을 갖고 있지 않다는 것을, 결국 누군가가 사라져야만 문제가 해결될 것이라는 그의 믿음을 보여주는 동시에 보복주의가 얼마나 확고히 인종차별주의와 결합되어 있는가를 드러낸다.

> 이 동네는 사람들이 뭐라고 믿든 간에 단 한 번도 용광로였던 적이 없다. 이곳은 아마 사람들이 처음 서로에게 익숙해지는 용광로의 전 단계pre-melting pot겠지만 그들이 대부분 해낸 거라고는 끓어 넘치는 것뿐이다. 실제로 그 수가 많지 않기 때문에, 유색인종들이 이 동네를 위협하는 일이 더는 없을지라도, 지금 우리 모두 그들을 미워하고 두려워한다. 우리는 맞서 싸우는 법을 배우고 있다. 가난한 사람들이 점점 더 줄어든다. 우리는 그들의 언어를 더 이상 듣지 않아도 된다. 한때 이곳은 세계에서 가장 인구밀도가 높았던 곳이었다. 지금은? 그들 모두 다 어디로 갔을까? 어디 다른 곳으로 갔겠지, 이봐, 아마 당신네 동네로 가지 않았을까? 그들이 몰려오니까 조심들 하라고! (213-14)

여기에서의 "우리"는 "유색인종colored people"과 "가난한 사람들poor people"의 위협에 맞서 싸우고 그들을 내쫓을 사람들이다. 젠트리피케이션이 완성되는 날, "우리"는 더 이상 이방인의 언어를 듣지 않아도 되고, "그들을" 조심할 필요도 없어질 것이다. 인종의 용광로라는 은유로부터 사라지는 빈곤층으로, 빈곤층에서 다시 인종문제로 사고가 미끄러지면서 유색인종과 가난한 사람들을 동급으로 취급하는 조우의 사고방식은 보복주의가 단순히 일반 시민들의 삶의 질을 높이기 위한 환경정화 운동이 아니라는 점을 드러낸다. 보복주의에 기반을 둔 젠트리피케이션은 일상의 편의를 위해 사회적 약자들을 이중 삼중으로 타자화시키고 그들의 생존권을 위협하는 것조차 서슴지 않는 가혹한 과정이다.

한편, 뮤위Mewie가 "우리가 여기에 먼저 왔어"(176)라고 말할 때의 "우리"는 310번지, 312번지의 소유권을 합법적으로 획득한 조합원들을 일컫는다. 이렇듯 소설에서 "우리"의 의미는 누가 무엇을 염두에 두고 사용하는가에 따라 달라진다.

> "바로 그거야", 대그마Dagmar가 말한다. "이게 다 동네 게릴라 전쟁에 대한 거라고. 우리 모두 이 쓰레기 같은 자식들과 싸워서 우리를 지켜야지. 안 그랬다간 이놈들이 우릴 싹 다 밟고 다닐 테니까. 조우, 누가 먼저 여기에 왔는지 기억해. 우리가 먼저 왔다고. 나, 당신, 그리고 당신의 가족들yours." (118)

대그마는 조합원이 아니지만 조합원이 되고 싶어 하는 유대계 세입자다. 아마도 같은 건물의 오랜 세입자인 판도라의 딸, 델릴라—판도라는 원주민으로 지금은 푸에르토리코 사람인 파코와 함께 살지만 델릴라의 아버지는 백인 카우보이였다—와 결혼하면서 이곳에 살기 시작했으리라 추정된다. 재미있는 것은 그가 "우리"라고 부르는 사람들의 무리에 대그마 자기 자신, 조우, 그리고 조우의 가족을 포함하고 있다는 사실이다. 조우는 조합의 회장이지만, 310번지와 312번지 홈스테딩에는 가장 늦게 합류한 사람이다. 그런 그가 데헤주스보다 "먼저" 이곳에 왔다고 말하는 근거는 단한 가지, 조우의 가족이 조부모 시절부터 이 동네에서 살았기 때문이다. 대그마가 말하는 "우리"에 판도라와 델릴라가 포함되지 않는다는 사실도 흥미롭다. 개인사로만 본다면 판도라와 델릴라가 그들보다 "먼저" 이곳에 살기 시작했기 때문이다. 델릴라Delilah는 자기가 어릴 때 동네에 유대인 소년이 하나도 없었고("no bar mitzvah boys around"), 동네에 아이라고는 자기 혼자뿐이었다가 어느 날 스페인어를 쓰는 가족이 하나 이사를 오더니 그들이 "마치 메뚜기처럼" 몰려온 것을 기억한다(229). 이 모든 상황을 종합해볼 때 대그마의 "우리"는 "유대인"을 일컫는 말에 다름 아니고, "먼저"라는 말은 바로 푸에르토리코 사람들이 "메뚜기처럼" 몰려오기 이전, 따라서 로이사이다가 존재하지도 않던 시절, 로어이스트사이드에 유대인들이 자리를 잡고 공동체를 이루어 살던 머나먼 그 옛날을 일컫는다.

앞서 말했듯이 로이사이다가 이차대전 이후 급격히 쇠락하고 푸에르토리코 사람들이 슬럼에서 벗어나지 못하게 된 것은 도심의 탈산업화, 교외화, 도심 부동산에의 투자 중단, 연방정부의 사회 복지 예산삭감 등의 여러 가지 정치 경제적 환경 변화에 따른 것이다. 하지만 이전에 이곳을 거쳐 간 유럽 이민들의 성공 신화는 푸에르토리코 사람들에 대한 인종차별주의와 결합하여 로이사이다의 마약과 범죄, 빈곤의 희생자를 바로 그 원인으로 지목하게 하는 결과를 낳았다. 조우의 삼촌이 소문으로 접한 로이사이다의 모습이 이를 잘 반영한다. 삼촌은 "푸에르토리코 사람들이 로어이스트사이드에 오면서 어떻게 사는 줄도 모르고 짐승처럼 집이랑 아파트, 자기가 사는 데를 돌보지 않아서 전에 우리가 살던 동네가 이젠 거친 서부처럼 변했다"(63)고 들었다고 말한다. 보복주의는 바로 이러한 인종차별주의적 소문에 힘입어 그 힘을 발휘한다. 로이사이다의 쇠락이 푸에르토리코 사람들 탓인 것처럼, 조우와 조합원들은 310번지, 312번지의 모든 문제가 데헤주스 때문이며 그만 제거한다면 뮤위가 장담하되 "가장 완벽한 건물"이 될 것이라 믿는다(175).

로즈가 소설에서 젠트리피케이션을 환영하여 적극적으로 이익을 추구하고 강력하게 보복주의적 목소리를 높이는 백인 중산층의 대변인으로 설정한 인물은 흥미롭게도 예술가 스파이크Spike다. 예술이 이 지역을 상품화하는 데 크게 기여한 사실과 무관하지 않은 선택일 것이다. 스파이크는 최근 전위적인 작품으로 인기를 얻어 많은 돈을 벌었고, 자기가 산 다섯 개의 유닛을 합쳐서 아파트를 리모델링할 계획을 가지고 있다. 그는 자기가 낸 돈이 "자라고, 자라고, 또 자라는 것"을 보고 싶다며 그것이 바로 "자본주의"라고 말한다(246). 한편, 마약 문제를 퇴치하기 위한 동네모임에서 "이곳은 우리 동네입니다. 우리는 그걸 되찾기 원합니다. 되돌려 받을 것을 요구합니다"(199)라고 말해서 박수갈채를 받는다. 하지만 독자는 그가 이 발언을 통해 로이사이다를 "마약 상인들"로부터 되찾아 안전한 동네로 만들자는 취지로 한 발언이 아니라는 사실을 곧 깨닫는다. 스파이크는 이어서 전국이 피트니스에 미쳐서 모든 백인 중산층이 밖에 나가 조깅을 하는데 자기들도 공원을 노숙자와 도둑으로부터 되찾아야 한다고 주장한다(199). 스파이크는 모임의 원래 목적에서 벗어나 "백인 중산층"의 삶의 질을 높이기 위해 도둑과 노숙자를 공적 공간인 공원에서 몰아내야 한다고 주장함으로써 백인중심주의와 계급이기주의가 당시 보복주의의 근간을 이루고 있다는 사실을 드러낸다.

조우도 스파이크의 말을 듣고 "시민들"이 공원을 되찾아야 한다는데 동조한다(199). 스파이크의 "백인 중산층"이 조우의 "시민들"로 치환되는 과정은 보복주의가 작동하는 방식을 거꾸로 보여준 것이다. 즉, 이것이 "시민"의 삶의 질을 높이기 위해 다른 시민의 공적 공간 이용을 제한

하는 보복주의의 민낯이다.37) 이어서 조우는 얼마 전 뉴스에서 본 센트럴 파크에서의 강도 살인 사건과 열여섯 살 소년의 검거 사실을 떠올린다. 그 소년과 데헤주스의 아들 세군도의 공통점이라고는 나이뿐인데도 조우는 세군도의 머그샷을 찍는 상상을 하며 이렇게 말한다. "여기는 우리 땅이야, 쓰레기 같은 새끼. 알겠어?" 그리고 바로 "뉴욕은 항상 이민 온 사람들 때문에 문제New York City's always had this problem with immigrant people" 라는 생각을 한다. 세군도를 범죄자로 상상하는 것, 그에게 이 "땅"에 대한 권리가 없다고 말하는 것, 그를 이민자라고 부른다는 것(푸에르토리코는 미국령으로 엄격히 말해서 푸에르토리코 사람들은 이민이 아니다) 모두 그의 인종차별주의적 편견에 기반을 둔 것이다. 세군도를 잠정적 범죄자로 간주하여 그의 머그샷을 머릿속에 그려보고, 미국 영토에서 세군도의 존재를 부정하는 것은, 조우가 뮤위가 함께 세군도가 아주 힘이 센 상대와 복싱 경기를 하다가 맞아 죽는 상상을 하며 즐거워하는 장면만큼이나(197) 끔찍하다. 소설의 결말 부분에서 보복주의적 젠트리피케이션의 희생양으로 세군도가 죽는다는 설정은 이미 텍스트 안에서 반복적으로 상

---

37) 1988년 시 정부는 노숙자를 쫓아내기 위해 톰킨스스퀘어 공원의 야간 이용을 제한하기로 결정했다. 이에 스쾃터와 공동체 활동가들이 노숙자와 연대하여 저항하였고, 경찰의 과잉진압으로 인해 그 유명한 톰킨스스퀘어 공원 폭동이 시작되었다. 과잉진압 장면이 뉴스로 알려지면서 비판 여론이 일자 톰킨스스퀘어 공원의 야간 이용 금지를 취소하였다. 하지만 뉴욕의 다른 공원에 모두 야간 입장을 제한하면서 톰킨스스퀘어 공원으로 갈 곳을 잃은 노숙자들이 모여들었고 일명 "텐트 시티"가 생겨났다. 하지만 이도 오래가지 않았다. 결국 1991년에 재조경 공사를 핑계로 공원을 1년간 폐쇄하고, 1992년 새로 개장하면서 밤 12시부터는 공원 이용을 금지하고 경찰을 배치하여 철저히 단속하기 시작했다. 톰킨스스퀘어 공원을 둘러싼 투쟁의 역사에 대해서는 Janet Abu-Lughod의 *From Urban Village to East Village: The Battle for New York's Lower East Side* (Oxford: Blackwell, 1994)를 참고.

상되어진 것이다.

　거의 모든 사건이 홈스테더이자 집주인homeowner인 조우의 관점에서 기술되기는 하지만『빈민을 죽여라』는 직접인용을 통해 다른 인물들의 관점을 제시함으로써 "집주인"이 되어버린 홈스테더들과 그들의 변화를 부추긴 시스템을 비판하고 있다. 조우의 숙적인 데헤주스의 경우가 가장 좋은 예가 될 것이다. 데헤주스의 입장에서 조우를 비롯한 조합의 백인 홈스테더들이 서로 자기가 "먼저" 이곳에 살기 시작했다며 자신을 내쫓고 동네를 "재탈환"하려는 계획은 실로 불공평하고 부조리한 일이다. 그는 동시에 조우와 조합원들이 생각하는 것처럼 염치를 모르는 동네 건달이 아니라 푸에르토리코 주민들로부터 인정받는 사람이다. 홈스테더들이 3년 전에 집을 사면서 그에게 집세를 요구하기 훨씬 전부터 데헤주스는 집주인이 오랫동안 건물을 유기해서 전기와 물이 나오지 않고 난방도 되지 않는 그 집에 들어가 살고 있었다. 마약중독자들의 소굴이 되어버린 그 집을 손전등과 야구방망이 하나로 지켜낸 데헤주스는 악의로 집세를 안 내는 것이 아니라 젠트리피케이션에 맞서 싸우는 스콰팅 활동가의 면모를 보인다. 데헤주스는 정부로부터 집세 용도로 받는 복지수당이 있어 집세를 낼 수 없는 상황이 아님에도 불구하고 그의 "아파트가 사람이 살기에 적합하지 않기 때문에"(210) 절대로 집세를 낼 수 없다고 말한다. 조합원들의 눈에는 그가 그저 통제 불가능하고 위험한 동네 건달일 뿐이고 따라서 그가 악의적으로 집세를 떼어먹는 것이라고 생각하지만, 데헤주스는 집세를 내지 않음으로써 일종의 "시민의 권한을 행사act of civil disobedience"하고 있는 것이다(Neculai 142). 세군도는 불만에 차서 인종차별이 아니고서는 설명할 길이 없는 차이, 즉 홈스테더들이 바라보는 데헤주스와 푸에르토리코 공동체 내부에서 그가 차지하는 위치의 차이에 대해 말한다. "거리에서 카를로스 데헤주스는 중요한 인물이에요. 체육관에서도 모두들 그를 알고요. 그는 TV에도 나와요. 4번가에선 아무도 그에게 시비를 걸지 않아요. 사람들은 그를 그 자체로 존중한다구요. 그런데 자기 사는 건물에만 오면, 바로 자기 집에서, 그가 8년이나 산 바로 그 집에서 백인들이 그를 바퀴벌레처럼 취급한다니까요."(157).

소설에서 로즈가 조합원들과 데헤주스 간의 갈등을 통해 자기 이익에 눈이 먼 집주인이 되어버린 홈스테더만을 비판하고 있는 듯 보이지만, 실제 비판의 대상이 되고 있는 것은 개인이 아니라 이들을 갈등 상황으로 몰고 가는 시스템이다. 카탈리나 니컬라이Catalina Neculai에 의하면 『빈민을 죽여라』는 홈스테딩이 "하층계급 내부에 [즉, 노동계급과 극빈층 사이에] 갈등을 일으켜서 주거 공간을 위한 투쟁에 있어 그들의 힘을 약화"(125-26)시키는 시스템에 대해 비판을 가한다.[38] 소설이 조우나 데헤주스 어느 한 편을 무조건적으로 비판하거나 옹호하고 있지 않다는 점을 볼 때 이러한 니컬라이의 접근은 타당하다. 도시 홈스테딩 프로그램은 처음부터 시 정부가 예측과 통제가 불가능한 스콰터들을 견제하기 위해 경제적으로 자립 능력이 있는 일부 주민들로 하여금 스스로 도시 개발을 하도록 유도했던 것으로 처음부터 그 기획 내부에 갈등의 요소가 있었다. "빈민을 죽이라"는 제목의 메시지는 어찌 보면 하층계급 사람들끼리 서로 죽이게 두라는 뜻이 아닐까.

이렇게 시스템이 스스로를 "중산층"으로 여기는 집주인과 더한 가난에 빠져드는 극빈층으로 갈라놓은 하층계급 내부 구성원들 간에 화해와

---

38) 소설에서는 니컬라이가 지적한 대로 홈스테더와 스콰터 간의 갈등이 전면화되면서 홈스테딩의 부정적 측면만 부각이 되지만, 실제로 도시 홈스테딩 프로그램은 스콰팅 운동에 중요한 모델이 되면서 로이사이다 공동체에 긍정적 영향을 미치기도 했다.

연대의 가능성이 남아있을까? 소설은 고메즈 부부의 아들 베니Benny와 세군도의 관계를 통해 "그렇지 않다"고 말하는 듯하다. 소설 초반에 베니와 세군도는 라이벌 관계로 사이가 나빠서 늘 다투지만 세군도가 저소득임대 아파트로 이사를 가면서—즉, 자기 신분에 맞는 곳으로 거주지를 바꾸면서—친한 친구가 된다. 하지만 둘의 친분이 계급과 인종 차이를 넘나드는 연대의 가능성을 보여주기도 전에 세군도는 죽음을 맞는다. 자기가 "쫓겨난" 건물의 주인들이 벌이는 옥상 파티에 초대된 날, 데헤주스가 길거리로부터 이 아이러니한 장면을 올려다보는 와중에 세군도가 베니를 따라 옆 건물로 건너뛰다가 추락하고 만다. 누가 봐도 분명히 사고사지만, 세군도의 죽음은 여러 가지 상징적 의미를 갖는다. 먼저, 베니의 친분 때문에 초대받지 못할 파티에 초대받은 세군도가 죽는다는 점에서 하층계급 내부의 분열이 영영 회복 불가능하리라는 것을 암시한다. 둘째, 건물에서 건물로 건너뛰는 것이 베니에게는 "놀이"지만 세군도에게는 죽음을 가져오는 추락사건이 되면서, 자본주의 시스템 안에서 극빈층은 뛰어넘을 수 없는 치명적이고 깊고 넓은 신분의 차이를 상징적으로 보여준다. 집에 불이 났을 때, 세군도가 왜 하필 건물에 딱 하나 있는 푸에르토리코 가족의 집에 불이 나서 그 집만 탔는가 하고 물은 적이 있다(183). 누구든 사고로 옥상에서 떨어져 죽을 수 있지만, 이 소설에서 그것은 세군도여야만 했다. 앞서 말했지만, 조합원들이 이미 여러 번 세군도의 비극적 운명, 죽음을 상상하며 즐거워해 마지않았던가. 세군도의 죽음은 중산층 이상의 사람들이 자기와 "상관없는" 일로 여기고 멀리 떨어져서 스펙터클로 소비할 수 있는 종류의 죽음, "빈민"의 죽음을 상징한다.

옥상은 조합원들이 동네에서 벌어지는 "스펙터클"을 멀찍이서 바라보는 일종의 "극장"이다. 세군도가 죽던 날 옥상에서 파티가 벌어지게 된 것도 그날 저녁 스티븐 스필버그가 『8번가의 기적』을 찍기 위해 동네에 임시로 세운 건물을 불태우기로 되어 있었기 때문이다. 경찰이 동네에서 마약 단속을 할 때면, 조우와 뮤위는 옥상에 올라가서 시장이 이 동네에서 "헤로인, 코카인, 크랙을 완전히 소탕"하고 이곳을 "점잖은 사람들 decent people"이 살기에 "안전한" 곳으로 만들겠다는 약속을 제대로 지키는지 지켜보기라도 하듯 구경한다(274). 아이러니하게도 조우는 옥상에서 젠트리피케이션 때문에 바뀐 동네 풍경을 바라보며 "슬픈 일"이라 여긴다(273). "모든 것이 너무 조용해. 동네의 모든 색깔이 사라졌어. 기타도, 마라카도 없이, 도미노 두는 소리와 쿨맨 아이스크림 트럭 주인이 '헬라도!' [스페인어로 아이스크림이라는 뜻] 하고 외치는 걸 빼곤 너무 조용해"(273). 동네가 너무 조용해서 슬픈 것도 사실이고, 『8번가의 기적』의 줄거리를 들으면 개발자보다는 집에서 쫓겨날 위기에 처한 사람과 먼저 동일시가 되는 것도 사실이지만(275), 조우는 이미 안전한 자기의 오층 집 옥상에 멀찌감치 떨어져서 동네에 일어나는 일들을 스펙터클로 소비할 뿐이다. 세균도처럼 지붕에서 지붕으로 건너뛰는 위험한 곡예 따위는 하고 싶지도, 해야 할 이유도 없다.

　로즈는 소설 말미의 상당 부분을 『8번가의 기적』 촬영에 대해 할애하면서 대중문화, 특히 셀럽 문화가 젠트리피케이션에 미치는 영향을 비판한다. 화자인 조우가 적극적으로 영화촬영을 기뻐하고 환영한다는 점에서 로즈는 직접적인 비판보다 간접적인 방식을 택한다. 소설에 나타난 제작과정에서 두 가지 중요한 특징을 발견할 수 있다. 첫째, 당시 지역주민들이 영화를 찍기 위해 8번가에 가건물을 세우는 것이 뉴욕 주택 문제를 배려하지 않는 처사라며 반대시위를 벌였다는 사실AFI Catalog이 소설 속에서는 전혀 언급되지 않는다. 스필버그가 영화 찍는 것을 조우가 적극 환영하듯이, 오히려 동네 사람들에게 영화 촬영이 일종의 재미있는 사건, 혹은 데헤주스가 단역을 맡게 된 것처럼 고용 기회를 창출하는 유익한 기회로 그려진다. 또한 스필버그가 공터를 이용하게 해준 보답으로 동네에 어린이 놀이터를 만들고 나무를 심겠다는 약속을 단순히 그의 선의로 (AFI 카탈로그에 의하면 그것은 주민들의 반대를 달래기 위한 대책이었다) 해석한다. 80년대 초반에 이미 바스키아나 해링 같은 그래피티 작가들이 유명인이 되면서 이스트 빌리지에 갤러리 붐이 일었던 것을 경험한 이 동네 주민들이 대중문화가 부동산 시장에 미칠 영향을 모를 리 없다. 가난한 동네 주민이 기적적으로 부동산업자를 물리치는 영화의 플롯과는 별개로, 그리고 스필버그가 기부한 놀이터와 포플러나무들로 동네가 더 말끔해지는 것까지 고려하지 않더라도, 스필버그 같은 유명 감독이 이 동네에서 범죄영화가 아닌 어린이를 위한 SF 영화를 찍었다는 사실만으로도 "이스트 빌리지"나 "알파벳 시티" 같은 이름만으로는 청산이 어려운 "로이사이다"의 오명을 벗는 데 도움이 될 것이었다. 더구나 놀라운 것은 이 영화의 감독이 스필버그가 아니었다는 데 있다. 『8번가의 기적』의 실제 감독 로빈스는 소설에서 철저히 은폐되고 제작 프로듀서였던 스필버그가 영화 제작의 전 과정을 지휘하고 있는 것으로 그려진다. 로즈는 스필버그를 전면화함으로써 셀럽 문화와 젠트리피케이션의 공모관계를 비판한다. 조우가 전에 동네에 촬영을 하러 온 모습을 본 것만으로도 친근한 느낌이 드는 폴 뉴먼의 이름이 붙은 샐러드드레싱을 사 먹는 일화도 이를 뒷받침한다(273).

3_『우리 동네를 사수하라』 - 망각과의 전쟁

1999년에 초판이 나온『우리 동네를 사수하라』는 1988년과 1995년 사이에 로이사이다에서 스콰터와 노숙자들이 주거권을 두고 벌인 투쟁 이야기를, 실제로 스콰에 살면서 투쟁에 참여했던 토박먼 자신의 경험과 당시의 사진, 다큐멘터리, 인터뷰를 바탕으로 쓴 그래픽 노블이다.『빈민을 죽여라』가 로이사이다 내부의 인종문제와 시스템이 부추긴 하층민끼리의 갈등을 주로 다루었다면,『우리 동네를 사수하라』는 스콰터와 노숙자가 주거권을 지키기 위해 시 정부와 경찰력에 맞서서 투쟁한 역사를 잊지 않기 위해 기록으로 남기는 한편, 저항주체들 내부에 분열을 가져오는 성차별적이고 인종차별적인 이데올로기에 대한 반성을 담고 있다. 토박먼의 작품에 등장하는 스콰터들은『빈민을 죽여라』의 데헤주스와는 달리 그들이 건물을 무단으로 점거하고 있다는 사실 말고는 그들이 살고 있는 건물이나 이웃과 맺는 관계 면에서 홈스테더에 더 가깝다. 즉, 각 스콰마다 내규가 조금씩 다르긴 하지만, 일반적으로 건물을 보수하고 유지하기 위해 매달 "집세"를 내고 정해진 시간만큼의 노동을 기부하며 건물과 관련한 주요 결정은 주민회의를 거쳐야 한다. 건물을 소유한 조합원들에 대한 데헤주스의 "저항"이 단발적이고 개인적인 차원에서 그친 것과는 대조적으로, 이들은 비상연락망까지 만들어가며 젠트리피케이션과 철거에 조직적으로 맞서 싸웠다. 그들의 상대는『빈민을 죽여라』에서처럼 건물주 개인이나 조합원들이 아니라 시 정부와 경찰력, 그 힘을 업은 개발업자들을 포함한 거대한 시스템이었기 때문이었다. 투쟁을 위해 연대를 맺은 스콰터와 노숙자, 활동가들이 맞서 싸워야 할 대상은 그것뿐이 아니었다. 그들은『우리 동네를 사수하라』의 2016년판 서문을 쓴 톰슨A. K. Thompson이 "내면의 악마inner demons"라고 부른 바로 그것, 즉 시스템이 오랜 세월에 걸쳐 그들 내부에 심고 부추긴 인종차별주의와 성차별주의 같은 파시즘적 요소와도 싸워야 했다. 토박먼의 작업이 탁월한 지점은 그가 저항의 주체를 영웅시하지 않았다는 것, 그들 내부의 갈등과 반목을 통해 인종차별적이고 성차별적인 이데올로기 문제를 지적하고 그들 투쟁의 내적인 한계를 숨김없이 드러내었다는 데 있다.

『우리 동네를 사수하라』의 책머리에 실린 "부인성명Disclaimer"은 공권력을 가진 사람들이 상습적으로 사실을 왜곡하는 현실을 비판하기 위한 준비작업으로 토박먼이 이 책을 통해 벌이는 "망각에 대한 전쟁war on forgetting"(Thompson 11)이 얼마나 중요한가를 반어적으로 드러낸다. 토박먼은 그의 책이 "역사나 전기문, 사회학"과 같은 학문적 글쓰기도, 법정에서 증거물로 제시될 수 있는 "사실적" 진술도 아니며, "예술작품일 뿐"이므로, "정치가, 변호사, 뉴스 미디어, 지방검사, 건축조사관, 소방대장, 경찰홍보담당관, 항소법원판사"처럼 "거짓말을 하면 안 되는" 전문가 집단에게 사실적 진술을 맡기겠다고 말한다(12). 하지만 이 발언은 어디까지나 반어적인 것으로 토박먼은 『우리 동네를 사수하라』에서 그들의 거짓을 낱낱이 밝힘으로써 사실을 알려야 할 의무를 진 전문가 집단이 실제로는 사실을 왜곡하고 있음을 비판한다.

토박먼이 "부인성명"에서 나열한, 소위 진실을 말할 책임을 가진 권력의 자리에 있는 사람들은 기만적인 정책을 수행하고 수호하며 거짓을 퍼뜨린다. 『우리 동네를 사수하라』의 1장은 50대 50 교차보조프로그램을 내세워 중저소득층 주택 건설을 핑계로 주민들이 폐허를 일구어 만든 에덴 정원을 철거한 사건을 비판한다. 50대 50 교차보조프로그램의 경우, 개발자에게 세금 혜택을 주면서 건물의 50퍼센트를 중저소득자를 위한 임대아파트로 보급하는 대신, 나머지 50퍼센트는 시가대로 판매할 수 있도록 하되, 8년이 지나면 건물주는 아파트 전체를 시가대로 공급할 수 있어서 결국은 젠트리피케이션이 일어날 수밖에 없는 기만적 정책이다. 또한 저소득층주택을 굳이 에덴 정원이 있는 자리에 짓기 위해 정원 철거를 강행함으로써 주택 공급을 원하는 사람들과 정원을 지키고자 하는 사람들 사이에 갈등을 가져와 공동체 내부에 분열을 초래했다. 토박먼의 그림 속에서 시 정부와 개발자는 머리에 뿔이 달린 악마의 모습이거나 건물을 칭칭 감은 채 독니를 드러낸 뱀의 모습을 하고 있다. 1988년 톰킨스스퀘어 공원에서 일어난 폭동을 다룬 2장은 스티브라는 인물이 자기에게 폭력을 행사한 경찰을 고소한 뒤, 끝까지 포기하지 않고 법정 다툼을 계속한 끝에 보상을 받는다는 에피소드를 담고 있다. 시민에게 무자비하게 폭력을 행사한 경찰들만이 아니라 법복을 입고 단상에 앉은 판사도 같은 돼지의 모습을 하고 있어서 그들이 한통속임을 나타낸다. 『우리 동네를 사수하라』내내 "거짓말을 하면 안 되는" 판사는 공공연하게 시 정부의 편을 든다. 결국 1991년 톰킨스스퀘어 공원 폭동 이후 강행한 공원 폐쇄와 근처 공터에 세운 노숙자들의 임시거처를 모두 철거한 것도 이 동네의 "폭력을 멈추기"(289) 위해서라고 뱀의 혀를 가진 딘킨스 시장이 말하지만, 시장이 1991년 폭동 이전에 철거팀과 이미 계약을 맺었다는 사실을 볼 때, 이것은 모두 노숙자와 스콰터를 내쫓고 궁극적으로 젠트리피케이션을 이루기 위한 계략이었다(278). 토박먼은 폭동의 발단이 된 폭력 경찰들과 바닥에 쓰러져 피 흘리는 십 대 소년을 체스판에 그림으로써, 처음부터 폭동을 일으킬 목적으로 경찰들이 폭력을 행사했고 동네 사람들이 "그들이 만든 덫에 걸렸다"고 주장한다(289).

1991년의 톰킨스스퀘어 공원 폭동을 "백인 펑크 아나키스트의 위협"(278) 문제로 기사화한 뉴스미디어의 예를 비롯해서 토박먼은 미디어가 사실을 왜곡·은폐하는 현실을 비판한다. 특히 10장에서는 1995년 5월 줄리아니 시장의 집권기에 이스트 13번가에 있는 세 개의 스콴에서 강제 퇴거가 있던 날 존 펜리John Penley, 크리스 이건Chris Egan, 스캇 씨볼트 Scott Seabolt가 찍은 사진을 실었다. 모두 뉴스 미디어를 통해서는 볼 수 없는 사진들이다. 이 책의 표지에도 등장한 탱크 모양의 차량 사진은 거의 초현실적으로 보인다. 토박먼은 이 차량이 "시위하는 사람들에게 겁을 주고 줄리아니 정부의 터프가이 이미지를 강화하기 위해"(320-21) 사용되었다고 말한다. 낡은 자전거 헬멧을 쓰고 손에는 망치를 쥔 채 놀고 있는 유아 셋의 사진 위로 토박먼은 다음과 같이 적는다.

> 퇴거 때의 사진이 극적인 만큼 그것들은 또한 기만적이다. 뉴스 사진에서 우리는 경찰이 그들과 기꺼이 맞서 싸우려는 사람들과 대치 중인 장면을 본다. 대부분 젊은 남자들이고, 대부분이 백인이다. 하지만 이곳에는 모든 인종에 속하는 어린이와 그 부모와 조부모들이 살고 있었다. 직장과 가족이 있는 사람들, 수백만의 다른 뉴욕사람들과 별다를 바 없는 사람들이었다. (323)

뉴스미디어를 통해서는 이곳이 주민들에게 무엇보다도 가족을 위한 집이었다는 것, 경찰들이 군홧발을 끌고 다니며 엉망으로 만들어놓은 방바닥은 한때 "부모가 아이들을 위해 정성 들여 페인트칠을 했던 곳"(323)임을 알 길이 없다. 토박먼은 이처럼 사실을 왜곡·은폐하는 대중매체를 비판하고, 공식적인 역사와 기록으로부터 영영 사라질지 모르는 스콴터와 노숙자가 주거권을 놓고 벌인 사투의 역사를 남긴다.

그림 3. 13번가의 강제퇴거가 있던 날 씨볼트가 찍은 사진에는 대중매체에 의해 비가시화된 스쾃의 어린이들 모습이 담겨있다. [그림: 황은주, 원사진은 Tobocman 323]

　토박먼은 로이사이다 주민의 상황을 주류의 역사가 강요하는 침묵과 망각에 맞서서 끝없이 싸워야 하는 피식민자들의 그것에 비유한다. 재개발을 꾀하는 자본과 결탁한 공권력의 폭력에 의해 삶의 터전을 짓밟힌 로이사이다 주민들은 "영국의 지배를 받은 아일랜드 사람들, 보호구역에서 전통을 이어가고 있는 미국 원주민들"(287)과 마찬가지로 침묵과 망각에 맞서서 끝없이 싸우며 오랜 식민의 역사 속에 살아남았다. 토박먼은 "팔과 팔을 엮어 노숙자들의 텐트를 둘러싸고 보호하던 사람들"에 대한 기억이나 공원에서 보낸 일상의 시간처럼, 작지만 소중한 것들을 시키기 위해 싸운 버드Bird의 희생에 대한 기억을 잃어버리고 권력을 가진 자들이 "만들어낸 버전의 실제"를 믿는 순간, "우리들은 진정 패배한 것이다"라고 말한다(287).[39) 공식적인 역사가 로이사이다 주민의 입을 막고 기억을 방해한다면 토박먼은 이에 끊임없이 맞서 싸워야 한다고 주장한다. 이것이 바로 "기억에 대한 전쟁"이며 예술이 곧 이 투쟁을 위한 무기가 된다. 이 장의 마지막 부분에서 논할『너의 집은 나의 것』도 토박먼과 함께 이러한 문제의식을 공유한다.

　『우리 동네를 사수하라』는 로이사이다의 젠트리피케이션을 위해 거짓을 옹호하고 사실을 은폐하며 기억을 왜곡하는 권력을 비판하는 동시에, 시스템이 오랜 세월에 걸쳐 인간 내면에 심어놓은 성차별적이고 인종차별적인 이데올로기가 저항주체들 간에 갈등과 반목, 내부의 분열을 가져온 사실에 대한 뼈아픈 깨달음을 담고 있다. 토박먼이 살던 스콧에서 저스티스Justice, 스코치Scorch나 테리Terry처럼 마약 복용에 대해 의심만 받아도, 증거가 발견되면 더욱 가차 없이 쫓겨나는 흑인에 비해, 백인인 레이즈Rage와 유러피안European, 그리고 그의 남자친구 앤디Andy가 여러 가지 규칙을 어김에도 불구하고 쫓겨나지 않고 누리는 특권에 대해 토박먼은 좌절한다. 토박먼의 친구인 젠Zen은 흑인이면서 백인 중심으로 운영되는 스콧에 받아들여지고 쫓겨나지 않기 위해서는 "모범시민model citizen"이 되어야만 하는 어려움에 대해 토로한다(263). 성차별은 일상의 대화에서 일어나는 미세한 차별적 발언이나 행동microaggressions부터 전 남자친구가 스토킹을 하면서 가하는 신체적인 위협, 그리고 그것에 대한 이웃들의 소극적인 대처방식 문제에 이르기까지 다양한 예를 통해 제시된다. 토박먼은 이데올로기적 편견으로 이들을 조종하는 시스템을 "머릿속의 경찰"(264-65)로 형상화한다. 해골의 모습을 한 "머릿속의 경찰"은 각 인물

---

39)『우리 동네를 사수하라』에 등장하는 스콰터와 홈리스들은 토박먼을 제외하고는 모두 닉네임으로 불린다.

의 머리로부터 나온 전선들이 연결된 기계 앞에 앉아 멀리서 이들의 생각을 통제하고 있는 것으로 그려진다. 각자의 머릿속에는 자기만의 생각이 들어있지만, 그것은 다른 집단 혹은 다른 개인에 대한 편견 혹은 사회로부터 습득한 가치관으로 채워져 있다. 토박먼은 다양한 사람이 모여서 함께 운동을 일으켜보고자 했지만 "그 어떠한 경찰력보다 강력"하게 "머릿속의 경찰"이 그들을 억압했다고 말한다(265). 이것은 한순간에 이루어진 것이 아니라 "여러 세대에 걸쳐서" 시스템이 "사람들이 힘을 모아 저항하지 못하도록" 그들을 조종해왔기 때문이다(265).

토박먼이 그려낸 스콰터, 노숙자, 활동가들은 이러한 제약에도 불구하고 사회가 부여하는 질서에 저항하면서 자기의 길을 만들어간다는 면에서 "유목인"이라 할 수 있다. 이 책의 서론에서 설명한 것처럼 유목인은 이미 만들어진(파인) 홈을 따라 움직이는 사람, 즉 사회가 부여한 규율에 따라 사는 사람과 반대되는 개념으로, 파인 홈을 가로질러 가면서 그것을 매끄럽게 만드는 존재들이고 그가 지나가는 길이 바로 "도주선"이다. 도시에 유목인이 있다면 토박먼이 그려낸 스콰터와 노숙자, 활동가들이 바로 그러한 존재다. 이들은 도심의 "공터에 정원을 가꾸고, 교차로에 불을 놓는다"(330). 그들은 "버려진 건물을 집으로 삼고, 골목 모퉁이를 해방구로 전환시킨다"(331). 토박먼 특유의 선이 굵은 목판화 같은 그림 속에서 한 남자가 버려진 건물 입구를 막아 놓은 장벽을 해머로 부수고 건물로 들어간다. 그는 삶을 통제하는 시스템의 홈으로부터 벗어나서 길이 없으면 길을 만들고, 입구가 없으면 입구를 내면서 나아갈 길을 찾는 도시의 유목인이다.

그림 4. "머릿속의 경찰" (Tobocman 264-65)

도시의 유목인—뉴욕의 문화지리학

그림 5. 콘크리트 블록으로 입구를 막은 집을 뚫고 들어가 살 곳을 찾는 스쿼터의 모습이 길이
없는 곳에 길을 만들어 나아가는 유목인의 모습을 연상시킨다. (Tobocman 331)

4_ 젠트리피케이션과 저항예술－『너의 집은 나의 것』

『너의 집은 나의 것』이라는 프로젝트의 제목은 찰즈 디킨즈가 『미국
여행 노트』(1842)에서 사용한 표현으로 『빈민을 죽여라』의 작가 로즈가
디킨즈의 책에서 제목이 나오는 부분을 발췌해서 실었다. 이 발췌문은 디
킨즈가 당시 로어이스트사이드 중에서도 이민자들이 가장 많이 살고 위험
하기로 유명한 파이브포인츠 동네를 보고 받은 인상을 적은 것으로, 거의
거리에 나다시피 한 공동주택의 위태로운 상황을 기록한 것이다. "너의
집이 나의 것"이라는 표현은 즉 사적인 삶과 안전이 보장되지 않는 주거
환경을 비꼬는 말이다. 그러나 1992년의 로이사이다에서 이 표현은 전혀
다른 의미로 전환되어서 소유가 아닌 점유가 소유의 근거가 될 수 있다는
의미를 얻는다. 낡은 건물을 유기한 소유주가 아니라 오랫동안 그 건물에
머물면서 관리하고 보수한 점유자가 그 집에 살 권리를 양도받아야 한다
는 의미로 사용되기 때문이다.

제목에서 이미 짐작할 수 있듯이 『너의 집은 나의 것』은 로즈의 『빈민을 죽여라』에서처럼 젠트리피케이션과 관련된 문제를 여러 각도에서 조명하면서 토박먼의 『우리 동네를 사수하라』처럼 로이사이다에서 사라진 것들이 잊히지 않도록 기록하는 임무를 스스로에게 부과한다. 『빈민을 죽여라』의 스파이크의 경우처럼 예술은 상품이 되고 예술가들은 젠트리피케이션의 물꼬를 트는 역할을 하기도 했지만, 동시에 『너의 집은 나의 것』에서 볼 수 있는 것처럼, 일군의 예술가들에게는 예술이 "저항의 수단"("Foreword", 『너의 집은 나의 것』)40)이자 "무기weaponry"가 되었다("Manifesto"). 『너의 집은 나의 것』 프로젝트에서 예술은 투자와 소비의 대상이 아니라 신자유주의, 시 정부, 자본에 대한 비판과 저항의 수단이 되었다. 『너의 집은 나의 것』은 앤드류 카스투리치Andrew Castrucci와 나디아 코엔Nadia Coen이 1988년의 톰킨스스퀘어 공원 폭동을 기리며, 33명의 예술가들이 1988년에서 1992년 사이에 제작한 포스터를 1992년에 거리에 전시한 프로젝트의 이름이자, 포스터를 관련 기사와 시 등과 함께 엮어서 150부 제작한 권당 무게가 16파운드에 달하는 책의 제목이다. 이후 1993년에 28페이지의 흑백 타블로이드판으로 추가 제작되었다. 이 프로젝트에는 『빈민을 죽여라』의 작가 로즈와 『우리 동네를 사수하라』의 작가 토박먼을 비롯하여 산드라 "레이디 핑크" 파바라Sandra "Lady Pink" Fabara, 데이빗 바녀로비치David Wojnarowicz, 안톤 반 달렌Anton Van Dalen, 존 페크너John Fekner 등의 거리미술 작가들이 참여하였다.

이들이 무엇보다 거리예술에 주목하게 된 이유는 그래피티 작가들의 관심이 판매가 아니라 영역 표시claiming territorial boundaries에 있기 때문이

---

40) 이하 『너의 집은 나의 것』에서 인용되는 글의 경우, 각 기사나 작품의 작가 이름 혹은 제목만 괄호 안에 적고 모음집 제목은 생략하겠다.

다. 도심의 게토에 갇혀서 다른 방식으로 자기를 표현할 방법이 없는 그들에게 그래피티는 "자기표현의 원천"이며 "정체성의 도구"다("Foreword").41) 하지만, 이 프로젝트의 진정한 의의는 "영역표시"와 "자기표현"에 있지 않다. 각각 150부씩 33개의 포스터를 실크스크린으로 제작해서 도시 곳곳에 전시함으로써 도시 전체가 이들의 갤러리가 되었다. 도시 공간을 그 원래의 용도로부터 벗어나게 만드는 동시에, 오래전 예술품을 사고파는 상점이 되어버린 갤러리의 벽을 넘어서 예술이 더 이상 투자와 판매의 대상이 되지 않는 전시를 기획함으로써 이 프로젝트에 참여한 사람들 또한 예술계의 유목인이 되었다. 포스터는 주택, 마약, AIDS 문제와 관련된 사회 저항적 주제나 동네 어린이들의 안전 문제 개선에 대한 요구 등의 다양한 메시지를 담고 있지만 모두 자본의 편을 드는 신자유주의 정부에 대한 비판과 저항적 태도와 민주주의를 지향하는 가치관을 공유한다. 도시 주택문제와 직접적으로 관련된 것들의 예를 들자면, 먼저 카스트루치가 제작한 50대 50 교차보조프로그램에 대한 1988년의 반대 집회 공지 포스터가 있다. "잘못된 방향The Wrong Direction"이라는 제목의 이 포스터는 50대 50 교차보조프로그램이 에드 카취Ed Koch 시장과 개발자들이 시가 소유한 부동산을 사유화하기 위해 세운 책략이며, 실질적으로는 "홈스테딩의 중지"를 의미한다는 메시지를 담고 있다.42) "민주주의"

---

41) 그래피티가 저항적 예술이 될 수 있는 것은 같은 책에 실린 "그래피티와 그노티시즘"에서 조나단 리이크Jonathan Leake가 주장하듯이 그래피티는 그 "계속해서 변화하는 특성" 때문에 "예술"이라는 일정한 형식에 끼워 맞출 수 없고, 그래피티 작가들이 "살아가는 방식ways to live"이기 때문이다.

42) 여기에서의 "홈스테딩"은 앞서 말한 도시 홈스테딩 프로그램보다 광범위한 개념으로서의 홈스테딩이다. 합법적인 홈스테딩은 아니지만 빈 건물을 불법 점유한 스콰터들도 자신의 집을 스스로 보수·유지·운영한다는 점에서 자신들이 홈스테딩을 하고 있다고 생각하는 경우가 대부분이었다.

그림 6. 데이빗 바녀로비치, "민주주약" (1990)

라는 제목을 가진 바녀로비치의 1990 포스터는 죽음의 신처럼 긴 낫을 든 민주주의가 "일"하는 모습을 담고 있다. 지폐가 스와스티카 모양을 그리며 타오르고 있는 태양 아래로 민주주의가 낫을 휘두를 때마다 사람들이 스러진다. 그들로부터 튀는 핏방울에는 "살인을 일삼는 경찰, 인종차별주의, 집 없음homelessness, 의료보험 없음, 부패한 정치가, 동성애혐오, 성차별"과 같은 단어들이 적혀있다. 즉, 바녀로비치의 포스터는 자본주의가 지배하는 세상에 창궐하는 모든 억압과 차별을 민주주의의 이름으로 처단하고 사회보장제도를 확장해서 노숙자와 보험문제를 해결해야 한다는 메시지를 전한다. 뉴요리칸 예술가인 후안 산체스Juan Sánchez는 "나의 집은 어디에 있나?¿Dónde Está Mi Casa"라는 제목의 1990년 포스터에서 "나의 집, 나의 나라는 어디에 있나? 우리는 어디로 가는가?"라는 질문을 던짐으로써 사람들로 하여금 정체성과 장소의 관계에 대해 생각하게 한다. 즉, 산체스는 미국인이지만 미국인이 아닌, 이민도 이주민도 아닌 경계인으로서 젠트리피케이션에 의해 위협받는 주거 공간 "홈"만이 아니라 통상 "홈"에 비유되곤 하는 "내 나라"가 과연 무엇인지, 이런 위태로운 삶 속에서 앞으로 어딜 향해 가야 하는지 묻고 있다.

『너의 집은 나의 것』은 거리에 전시를 했던 포스터 외에도 불릿스페이스Bullet Space를 중심으로 모인 활동가와 작가들의 논평과 시, 기사 등을 통해 극빈층을 더욱 심한 빈곤상태에 몰아넣고, 공적인 공간을 없앰으로써 "벽과 경계선의 도시city of walls and boundaries"를 만들어 그들을 정치적으로 무력화시키려는 시 정부와 자본을 비판한다("Foreword").43) 카스트

---

43) 인류학자이자 구술역사가인 에이미 스테어체스키Amy Starecheski가 2009년 7월 19일 프랭크 모랠즈Frank Morales를 인터뷰한 내용에 의하면, 도시재개발은 빈곤층을 분산시켜서 정치적으로 무력화시킨 뒤, 다시 노숙자보호소에 모아두고 집중·통제하기 위한 것이다. 오랫동안 로어이스트사이드에서 노동계급과 빈민이 밀집해 살았던 까닭에 역사적으로 항상 이 지역 주민들은 지배계급의 경계 대상이었고 정치적으로 힘을 발휘할 수 없도록 다양한 방법을 통해 견제되었다. 예를 들어 1920년의 금주령도 19세기 말부터 20세기 초에 이민노동자들이 모여 집단행동을 조직하지 못하도록 그들이 주로 만나던 술집beer garden을 없애기 위한 하나의 방편이었다(Catlin, "The Bitter Aftertaste of Prohibition in American History"). 불릿스페이스는 1985년에 스쾃 운동의 일환으로 시작되어 2002년에 합법화된, 이스트

루치와 코엔이 쓴 "서문"은 재개발로 인한 경제적 압박으로 인해 주민들이 동네를 떠나면서, 결과적으로 "소수민족과 운동에 활발히 참여하는 노동계급의 비옥한 공동체가 뿌리 뽑히는" 상황이 되었음을 개탄한다. 카스트루치와 코엔은 이어서 "집을 만드는 것보다 파괴하는 데 더 전념하는 지주"인 뉴욕이 부동산 투기를 조장한다고 비판하면서 이러한 상황에서 예술이 강력한 저항의 수단이 되어야 한다고 주장한다. 이들은 분명 예술을 통해 변화를 가져올 수 있다고 믿었고, 젠트리피케이션이 이미 막을 수 없는 현실이 되어버린 시기에조차도 그 현실을 바꾸기 위해 끝까지 노력했다. 변화를 가져올 수 있는 "마지막 세대"("Foreword")라는 위기의식 때문이었을까? 카스트루치와 코엔은 자기들이 "집이 없는 사람보다 버려진 건물이 더 많음"에도 불구하고 더 많은 돈을 집세로 지불해야만 하는 1990년대의 새로운 세계질서가 모든 것을 지배하기 전에 "변화를 가져올 수 있는 마지막 세대"라고 말한다("Foreword").

토박먼의 작품과 마찬가지로 『너의 집은 나의 것』도 모든 사라진 것들과 사라져가는 것들을 기록하고 보존하려는 의식을 갖고 있다는 면에서 "망각과의 전쟁"을 치르고 있다. 코스타 구니스Kostas Gounis와 카스트루치가 쓴 "사라짐Disappearances"은 현대 사회가 가난을 범죄화하고, 노숙자를 보호소나 병원, 감옥 같은 곳으로 보내서 다른 사람들의 눈에 띄지 않게 만드는 현실을 비판하는 글이다. 그들은 특히 "마약과의 전쟁"이 로어이스트사이드 공동체를 모두 싸잡아 혐의자로 취급하고, 로어이스트사이드

3번가에 위치한 예술전시공간이다. 이 장에서 다루게 될 『너의 집은 나의 것』 프로젝트도 이곳에서 시작·수행되었다. 『너의 집은 나의 것』에 실린 불릿스페이스의 "선언문"에 의하면 불릿스페이스라는 이름이 원래는 "Bullet Black"이라는 마약 브랜드 이름에서 왔지만 "예술이 무기가 된다는" 의미로 전용해서 사용하게 되었다고 한다.

자체를 "범죄화"한다며 『너의 집은 나의 것』이 "도시가 포용적 공동체가 아니라 대립의 장an arena of confrontation임을 상기"시키고, "모든 사라진 것들을 기록하고 우리의 존재에 대해 증언하는" 프로젝트임을 밝힌다 ("Disappearance").

『너의 집은 나의 것』은 일련의 저항적 시도 싣고 있다. 뉴요리칸 (Nuyorican: 푸에르토리코 출신의 뉴욕 사람을 일컫는 말) 시인 페드로 피에트리Pedro Pietri의 시 "낡은 건물들The Old Buildings"은 뉴욕시가 주민들을 쫓아내고 건물을 철거한 이유가 주민들이 서로 조화를 이루며 살고 있었기 때문이라고 말한다. 뉴욕시가 철거를 강행한 것은 "사람들이 함께 살고 사랑하고 호흡하는 것을 보는 것만큼 정부가 두려워하는 것이 없었기 때문there is nothing/that frightens/this government more/than seeing people/living and loving/and breathing together/so they decided to/demolish the buildings"이다. 주민의 단결만큼 정부가 두려워하는 것이 없기 때문에 철거를 강행했다는 시인의 주장은 동시에 주민의 단결을 촉구하는 것이기도 하다. 빔보 리바스Bimbo Ribas는 영어와 스페인어를 섞어서 시를 씀으로써 뉴요리칸으로서의 정체성을 드러내는 동시에 독자를 바이링구얼로 한정시키는 효과를 내고, 뉴요리칸 문화의 혼종성을 강조하였다. 그의 시 "로이사이다"는 로이사이다를 사랑하는 여인에 비유하고 인종 간의 화합을 찬양한다. 비록 마약 문제가 있는 공원과 놀이터긴 하지만 로이사이다의 젊은이들에게 이곳은 희망의 장소even your drug infested/pocket parks, playgrounds/where our young bloods/hang around/waiting, hoping that/one day they too will/get well and smile again"이며, 다양한 인종에 속한 사람들이 놀라울 만큼 완벽하게 섞여 살면서 그들 모두 로이사이다 "당신"을 사랑한다고 시인은 노래한다 "Increible/la mezcla, la perfecta/una gente bien decente/de to'as razas/que estiman/que te adoran/… A ti, mi hermosa, Loisaida". 시인은 마지막 연에서 사랑하는 로이사이다의 건물들이 불에 타는 것을 막아야만 한다고 호소하며 시인 자신의 사랑을 고백하고 있어 로이사이다와 로이사이다의 공동체를 향한 시인의 애착과 사랑을 느낄 수 있다.[44]

이상 살핀 바와 같이 『너의 집은 나의 것』은 거리전시와 출판 작업을 통해 예술이 거주권을 둘러싼 저항의 수단과 무기가 될 수 있는 가능성을 보여주었다. 그러나 스스로도 자신이 변화를 가져올 수 있는 "마지막 세대"임을 인정했듯이 이들도 로이사이다에 몰려오는 젠트리피케이션의 거센 바람을 막을 수는 없었다.

5_ 결론

『8번가의 기적』, 『빈민을 죽여라』, 『우리 동네를 사수하라』 모두 비슷한 시기에 한 동네에서 일어난 일을 다루고 있다. 『8번가의 기적』이 기적에 의한 해피엔딩을 통해서 청중으로 하여금 로이사이다의 실제 주민들이 처한 현실을 보지 못하게 하고, 빈곤과 결핍을 낭만화하는 문제를 야기한다면, 『빈민을 죽여라』는 보복주의적이고 인종차별적인 젠트리피케이션 과정을 비판하고 재개발 덕분에 중산층으로의 진입을 꾀할 수 있게 된 홈스테더와 스콰터 간의 갈등 구조를 보여준다. 『우리 동네를 사수하라』는 스콰터와 노숙자의 관점에서 삶의 터전을 지키려는 투쟁의 역사를 전하는 동시에 같은 편에서 싸우면서도 인종차별주의와 성차별주의를 극복하지 못해서 맞닥뜨린 투쟁의 한계에 대해서 성찰한다. 『너의 집은 나의 것』은 앞의 세 텍스트보다 뒤늦게 있었던 전시·출판 기획이지만, 카스투

---

44) 로이사이다에서 시 정부와 개발자는 스콰에서 주민들을 쫓아내기 위해 몰래 방화를 사주해서 건물을 일부러 훼손시키는 일이 잦았다.

리치가 1988년부터 준비를 하고 포스터를 모으고 있었던 것, 같은 동네의 재개발과 노숙자 문제를 중요한 소재로 다루었다는 것, 로즈와 토박먼이 모두『너의 집은 나의 것』프로젝트에 참여한 것들을 고려할 때, 다른 두 텍스트와 함께 예술을 통한 저항의 예로 볼 수 있다. 이들 모두 스콰팅 운동을 지지하며, 젠트리피케이션이 기존의 주민들을 점점 몰아내는 현실을 비판하고 있다.

앞서 토박먼의『우리 동네를 사수하라』가 생존을 위해 자기의 길을 만들고, 집이 없는 곳에 집을 구해야 하는 유목인의 이미지를 형상화하고 있다고 말했다. 그들이 전쟁을 불사한다면 그것은 살길을 마련하기 위한 것이었다. 1980-90년대에 스콰터들은 살고 있는 건물이 철거되는 것을 막기 위해 필사적으로 싸웠다. 토박먼이 그려낸 이와 같은 "전쟁"에 일시적인 승리의 순간이 있기는 했지만 궁극적으로『8번가의 기적』과 같은 기적은 일어나지 않았다. 건물은 불타고 철거되었으며, 노숙자들은 공원에서 영영 쫓겨났다. 2003년, 여태 철거되지 않은 몇 채 안 남은 스콰들이 합법화되었지만, 시가 거의 무료로 건물을 제공하는 대신 스콰터들은 은행에서 융자를 받고 전문 인력의 도움을 받아서 안전기준을 통과할 만큼 건물을 완벽하게 보수해야 했기 때문에 결국 집주인이 되는 동시에 빚더미에 앉게 되었고(Starecheski 41), 젠트리피케이션으로부터 동네를 사수하겠다는 투쟁의 결의도 대부분 사라졌다. 결국 시 정부와 개발자는 젠트리피케이션의 목적을 이루었고, 2021년 현재 불릿스페이스, 되찾은 도시 공간 박물관Museum of Reclaimed Urban Space 같은 전시 공간이나 뉴요리칸 시인 카페Nuyorican Poets Cafe, 동네 예술가가 세운 조형물들이 서있고, 태양광을 이용해 필요한 전력을 충당하고 음식물 찌꺼기를 이용해 퇴비를 만드는 등 활동가들이 환경운동을 실천하는 공동체 정원과 같은 일부의 장소들을 제외하고는 오랜 투쟁의 흔적을 찾기 힘들다.45) 이것이 바로 우리가 아직도 로즈의 『빈민을 죽여라』나, 토박먼의 그래픽 노블, 『너의 집은 나의 것』과 같은 프로젝트를 읽고 기억해야 하는 이유다. 2016년 『우리 동네를 사수하라』의 재판 서문에서 톰슨이 토박먼의 작업을 "아카이빙"에 비유하면서 지적한 것처럼, 이들은 "망각에 대한 전쟁"을 하고 있다(11). 토박먼이 말한 것처럼 "자기가 누구인지, 무엇을 의미하는지 알려주는 이야기"(287)가 있을 때에만 지속적인 투쟁이 가능하기 때문이다.

---

45) 김재인에 의하면 빛은 "자본주의 사회가 작동하는 핵심 홈"으로 유목인은 이 빛으로부터 "도망치는" 자들이다(93). 노숙자와 스콰터는 오랜 세월에 걸쳐 로어이스트사이드/로이사이다에 그들의 해방구를 만들고 자본주의에 포섭되지 않는 삶을 위한 투쟁을 해왔지만, 시 정부가 그들에게 집을 거의 무상으로 주는 대신 막대한 빛을 지게 해서 그들을 결국 자본주의 시스템으로 끌어들이고, 그래서 결국 그들이 "자발적으로" 부동산 시장에 예속되었다. 스테어체스키는 『우리가 잃은 것들』 *Ours to Lose*에서 "불법 스콰터들이 빛을 진 집주인으로 바뀌고, 판매가 불가능한 문제 많은 건물들이 저소득층을 위한 주택으로 바뀌"면서 어떻게 시가 원하던 대로 젠트리피케이션의 목적을 달성했는지, 이러한 변화 속에서 스콰터들이 어떤 심경과 태도의 변화를 경험했는지를 기록한다(23).

2부

불안과 고독, 교외의 비-장소들

4장

교외 고딕 문학

셜리 잭슨의 『벽을 통한 길』과 리차드 매티슨의 『줄어드는 남자』

이 책의 1부에서는 뉴욕 도심을 배경으로 한 여러 텍스트들을 통해 도시의 주거 문제를 계급, 인종, 젠더의 관점에서 분석해보았다. 2부는 질병, 범죄, 도덕적 해이 등 온갖 사회악의 근원으로 여겨지던 도심과 대조적으로, 백인 중산층이 안전하고 행복한 가족 중심의 삶을 꾸리기에 이상적 공간으로 여겨지던 교외지역을 배경으로 한 소설을 살펴봄으로써, 더 넓은 시각에서 20세기 중엽 미국 문화의 상상적 지형을 그려보고자 한다. 당시 대중문화에서 이상적인 공간으로 그려졌을 뿐만 아니라, 실제로 많은 인구가 교외지역으로 이동했고, 지금까지도 교외지역이 미국인들이 가장 선호하는 주거지라는 점을 고려할 때, 문학작품에서 종종 그 유토피아적 기획의 실패를 드러낸다면 이것은 무엇을 의미하는가?

이차대전 이후로 1980년대 초반에 이르기까지 쇠락할 대로 쇠락한 뉴욕의 도심은 같은 시기에 급속도로 진행된 미국의 교외화suburbanization와 불가분의 관계에 있다. 노화된 도심의 건물과 시설의 개·보수에 대한 투자 대신, 전후 호황기의 자본은 전례 없이 두터워진 중산층과 중산층이 되기 위해 발돋움하는 젊은이들의 요구에 발맞추어 대형 교외 주택 단지 개발로 옮겨갔다. 교외로 자본이 집중될수록 도심의 쇠퇴는 가속화되었고, 3장에서 살핀 바와 같이 버려진 도심 공간에는 푸에르토리코 사람들을 비롯한 라틴계 후발 이(주)민과 노숙자, 그리고 가난한 예술가들이 남았다. 교외가 그렇게 급속도로 성장할 수 있었던 데는 연방정부의 역할이 적지 않았다. 먼저 고속도로를 만들어 인구 이동을 용이하게 만들어주었다. 예를 들어 1955년에 건설한 브롱스 횡단 고속도로Cross Bronx Expressway는 근방의 이탈리아계, 유대계 주민들이 모여 살던 동네의 생태계를 단시간에 파괴함으로써 브롱스를 슬럼화시켰지만 뉴저지와 맨해튼 북부, 브롱스 남쪽, 그리고 롱아일랜드를 연결시킴으로써 교외화에 혁혁한 공을 세웠다. 정부는 또한 전쟁터에서 돌아온 젊은이들에게 참전용사지원법The Serviceman's Readjustment Act of 1944을 제정하여 주택 마련을 위한 저금리 융자와 세금 혜택을 베풀었고, 전원의 쾌적하고 가족적인 삶은 곧 모든 젊은이들이 꿈꾸는 미래의 이상이 되었다.46) 하지만 평화롭고 안락한 교외의 삶에 대한 이상을 안고 교외로 이사를 간 젊은이들은 종종 이상적 꿈이 악몽으로 변하는 순간을 경험하였다.

이 장에서는 셜리 잭슨의 『벽을 통한 길』과 리차드 매티슨의 『줄어드는 남자』처럼 교외를 배경으로 한 고딕문학에서 교외의 이상적 삶에 대한 꿈이 악몽으로 변하는 순간을 포착하고자 한다. 버니스 머피Bernice M. Murphy가 "교외 고딕suburban gothic"이라고 이름 붙인 고딕 문학의 하위 장르는, 통상 미국에서 이차대전 이후 급속도로 이뤄진 교외지역화 때문에

---

46) 이차대전에 참전한 군인들이 사회에 다시 적응하는 것을 돕기 위한 법안으로 소위 제대군인원호법G.I. Bill이라 일컫는다.

일어난 갑작스러운 생활양식의 변화에 대한 불안을 드러내는 문학 및 영화, 드라마 등을 일컬으며 20세기 중엽부터 존 치버John Cheever, 매티슨, 글로리아 네일러Gloria Naylor 등의 작가들이 이 장르에 해당하는 소설을 썼고『스텝포드 와이프』The Stepford Wives, 『어메리칸 뷰티』American Beauty, 『위기의 주부들』Desperate Housewives 등의 다양한 영화, 드라마가 발표되었다.

1950년대 센서스에 따르면 미국 인구의 33퍼센트가 교외지역에 거주하고 있었으며 1990년 센서스에 따르면 41.1퍼센트, 2000년에는 전 인구의 43퍼센트가 교외지역에 거주하였으므로 교외 고딕을 다수의 백인 중산층이 겪어온 불안과 공포를 반영하는 대표적인 장르로 이해할 수 있다. 교외 고딕에서 교외지역에 위치한 집은 행복한 삶에 대한 처음의 약속과 달리 여러 가지 사회 문제가 드러나는 공포의 장소가 된다. 행복한 삶에 대한 꿈과 무시무시한 악몽은 마치 동전의 양면처럼 같은 현실이 가진 두 개의 얼굴이다. 머피는 교외 고딕에서 발견할 수 있는 상호 모순적인 측면들에 대해 다음과 같이 말한다. 교외지역은 "더 나은 삶을 위한 유토피아적인 배경"인 동시에 "감금과 불행"의 장소이며, 교외지역은 "비슷한 생각을 가진 사람들과 함께 살 기회"를 주지만 또한 "무비판적인 순응과 물질주의"의 장소가 될 수도 있다(3). 그리고 교외지역은 "건전한 가족 관계, 재산의 소유, 건강한 공동체를 향해 미래를 건설하고 더 좋은 동네로 이사하게 만드는 자료의 보고"인 한편, 언제든 한 가정을 빚과 재정 문제에 빠지게 할 위험요소를 안고 있다(3). 또한 그곳은 "가정 문제와 폭력의 번식처, 유아성애자와 아동살해자들의 사냥터"가 될, 그래서 "가장 위험한 위협이 내부에서 발생할" 위험을 안고 있는 장소이기도 하다(3). 이상 머피가 제시한 상호모순적인 이항들의 리스트는 교외지역을 이상적인 삶의 장소로 만드는 바로 그 조건들 자체에 악몽의 원인 또한 있다는 것을 드러낸다. 교외 고딕 문학은 이차대전 이후 주류문화가 제시한 이상적 조건에 맞지 않거나 체제에 순응하지 않는 자들에게는 약속한 유토피아가 결코 도래하지 않는다는 것, 그래서 그들에게 교외지역은 악몽의 공간이며 유목 불가능한 불모의 땅일 뿐이라는 것을 보여준다.

1948년에 출판된 잭슨의 첫 소설 『벽을 통한 길』은 비록 1936년을 배경으로 하고 있지만 잭슨이 집필하던 당시에 일반이 대규모의 교외화에 대해 느낀 공포와 불안을 반영한다. 보통은 교외의 삶에 대해 삶의 양식과 가치관이 비슷한 사람들끼리 이웃이 되어 평화롭게 사는 모습을 상상하지만 그곳은 언제든 차별과 배제, 불신과 폭력의 장소로 변화할 가능성을 가지고 있고, 장소의 폐쇄적 특성 때문에 그것의 부정적 효과는 더욱 증폭된다. 교외 고딕 문학으로서의 『벽을 통한 길』은 대규모 교외화에 따른 물질주의와 순응주의에 빠져 가족이나 공동체의 진정한 필요에 부응하지 못한 채 경제적 번영에 대한 중산층적 이상만을 맹목적으로 좇는 사람들을 비판하고 있다. 이 소설에서 교외지역은 잭슨의 다른 후기 고딕 소설에 나타난 집들처럼 그 안의 거주자를 집어삼키고 가두며 그들의 꿈을 악몽으로 바꾸고 그들의 가슴에 잠재한 악을 풀어놓는다. 한편, 『줄어드는 남자』는 교외지역을 배경으로 1950년대 남성의 혼돈과 갈등, 욕망과 좌절, 자아의 상실과 상상적인 자아의 회복을 다루고 있다. 이 소설은 지상과 지하라는 두 개의 공간을 시간 차이를 두고 나란히 병치시키는 특수한 구조를 통해 사회 윤리, 가정적인 남성masculine domesticity이라는 이상, 그리고 집단주의적, 순응주의적 삶이 지배적인 지상의 세계와, 생존을 위한 처절한 투쟁이 벌어지는 거친 개인주의가 지배하는 남성적 세계를 대조시킨다.47) 전통적 의미에서의 남성성, 가장으로서의 위상이 위협받는 교외

---

47) 마가렛 마쉬Margaret Marsh에 의하면 "가정적인 남성성"은 19세기 말-20세기 초에

의 삶에서 고딕적 상상은 남성성을 재확인시켜줄 모험의 세계를 제공한
다. 그러나 오로지 상상 속에서만, 그리고 무한히 줄어들어야만 마침내 자
신을 구속하는 (교외의) 집으로부터 벗어날 수 있다는 설정은 당시 백인
중산층 남성이 겪었던 무력함과 두려움을 잘 보여준다.

1_ 『벽을 통한 길』에 나타난 실재-와-상상의 공간

국내에 보통 「로터리」의 작가로만 알려진 셜리 잭슨Shirley Jackson은
생전의 인기와 명성에도 불구하고 오랫동안 비평계의 관심을 받지 못했
다. 하지만 21세기에 들어 ≪미국 라이브러리≫ 시리즈가 잭슨의 중·단
편 소설을 모아 결정본을 발간한 사실이 증명하듯 잭슨의 다른 작품들도
21세기에 들어 다시 비평가의 주목을 받기 시작했다. 이는 물론 "타고난
이야기꾼"(Friedman 77)인 잭슨이 지금 읽어도 재미있을 만큼 뛰어난 이
야기들을 지어냈기 때문이지만, 잭슨의 재발견은 미국 여성 문학에 있어
암흑의 시대라고 불릴 만큼 남성 작가로 점철된 20세기 중반의 미국문학
사를 다시 쓰는 중요한 작업의 일부로 더욱 그 의미가 크다. 특히, 잭슨의
작품은 고딕적 기제를 통해 이차대전 이후 급속도의 경제 성장과 보수화
를 경험한 미국 사회의 번영과 안정 이면에 감추어진 사회적 불만과 불안
을 여성의 관점에서 그려내고, 보수적이고 남성중심적인 사회를 비판하고

교외지역에 거주하는 중산층 남성들에게서 비롯된 삶의 모델로, 가정생활에 관심
을 가지고, 이이들의 교육에 참여하며, 아내를 삶의 동반자로 대하는 새로운 남성
상을 제시한다(167). 비록 19세기 말에 이미 태동되었지만 가정적인 남성성이 이
상적인 남성상으로 일반 대중에게 보편화된 것은 이보다 훨씬 뒤인 이차대전 이
후 교외화가 광범위하게 일어나고 중산층이 확대되면서부터다.

있다는 점에서 반드시 재평가되어야 할 작가다.

잭슨의 고딕 소설에서 공간은 핵심적인 기능을 담당하고 있다. 잭슨의 "집 소설"이라 불리는 세 편의 소설, 『해시계』The Sun Dial, 『힐 하우스의 유령』The Haunting of the Hill House, 『우리는 언제나 성에 살았다』We Have Always Lived in the Castle는 주인공이 "보호"와 "감금"의 양가적 의미를 가지는 집과의 관계 속에서 겪는 불안과 공포를 다루고 있다. 견고하게 지은 집이 그 안에 머무는 사람을 보호하는 것이 아니라 서로를 반목하여 죽고 죽이게 만들고(『해시계』, 『우리는 언제나 성에 살았다』), 외부와 단절된 고립의 삶을 살게 하며(『해시계』, 『우리는 언제나 성에 살았다』), 죽는 한이 있어도 그곳을 떠나지 못하게 만든다(『힐 하우스의 유령』). 잭슨은 세 편의 소설에서 모두 작품의 배경이 되는 집의 구조를 주도면밀하게 배치하고 묘사하며 공간이 주인공을 지배하기에 이르는 과정을 상세히 그리고 있다. 잭슨의 첫 소설인 『벽을 통한 길』은 잭슨이 "집 소설" 이전에 어떻게 공간이 공포의 요소들을 갖게 되는지 다양한 방식을 실험해 본 일종의 실험실 역할을 한 텍스트라고 볼 수 있다. 재미있는 점은 이 작품이 잭슨의 일부 단편소설을 제외하고는 유일하게 교외를 배경으로 하고 있다는 점이다. 이후의 작품에서는 교외에서 지방의 외딴 마을로 배경이 바뀌면서 공포의 사회적 요인만이 아니라 심리적이고 때로는 초자연적인 요소들이 부각되었다.

머피는 교외 고딕 문학의 가장 대표적인 작품으로 『벽을 통한 길』을 꼽았다. 지나치게 많은 등장인물과 산만한 구성 때문에 비평가로부터 크게 인정받지 못한 작품이지만 『벽을 통한 길』은 이차대전 직후 값싼 전원주택의 보급으로 급속히 교외지역화가 진행되면서 일어난 변화에 대한 갈등과 불안을 잘 보여준다. 잭슨은 『벽을 통한 길』을 통해서 교외지역이라는 특수환 환경이 그곳에 거주하는 사람들의 내면에 미치는 부정적인 영향을 드러내고, 20세기 미국 중산층 백인 사회의 물질주의, 순응주의, 그리고 타자에 대한 위선과 차별적 태도를 비판한다.

『벽을 통한 길』은 작가가 1923-33년 사이에 살았던 샌프란시스코의 교외에 위치하며 백인 중산층이 주로 살았던 벌링게임Burlingame을 모델로 만들어낸 상상의 공간, 카브릴로를 배경으로 하여, 1920-30년대의 초기 교외지역의 모습을 담고 있다. 실제로 이야기의 주 무대가 되는 페퍼가 부근의 지형과 등장인물들의 모습은 잭슨이 살던 포리스트뷰 애비뉴 1906번지 근처의 지형, 이웃들과 거의 일치한다. 하지만 소설에서 가장 중요한 사건－페퍼가 한 쪽을 막고 있던 벽이 사라지고 막힌 길이 뚫리게 된 일－과 그로 인한 주민들의 불안과 공포는 작가가 소설을 쓰던 1945-47년, 즉 미국에 급속히 대규모의 교외지역화가 일어나던 바로 그 시기에 교외지역의 물질주의와 순응주의를 비판하던 지식인층의 태도를 반영한다. 이러한 보편적 특성으로 인해 이 소설이 샌프란시스코의 교외지역을 모델로 하고 있음에도 불구하고 뉴욕의 교외지역을 배경으로 한 교외 고딕 문학을 논할 때 충분히 참조가 가능하다. 물론 실재 장소와 구체적 사회 문제를 염두에 두고 쓰였으므로, 조안 와일리 홀Joan Wylie Hall의 경우처럼 지나친 일반화 또한 경계해야 할 것이다. 홀은 『벽을 통한 길』이 이차대전 이후의 위기 상황을 반영하기는 하지만, 실제 사건과 소설의 사건이 일치하지 않으므로 『벽을 통한 길』은 사실적인 사회비판이라기보다 초현실적인 풍자로 봐야 한다고 주장한다(25-26). 하지만 『벽을 통한 길』은 초현실적이라고 하기엔 너무나 사실적인 역사적 근거들을 갖고 있다.

벌링게임시는 캘리포니아에서 가장 오래된 전원도시 중의 하나로 그

역사는 19세기에 전원생활을 즐기기 위해 대규모로 영지를 구입한 상류층 사람들로 시작된다. 1906년 샌프란시스코의 대지진 때문에 많은 인구가 벌링게임으로 이주한 결과 1908년에 도시로 승격되었다. 잭슨은 바로 이 벌링게임과 "상점, 비즈니스, 인도, 가로등, 교회, 아파트, 전차나 버스라고는 하나도 없는. … 백만장자의 도시" 힐즈버러Hillsborough가 만나는 경계에 살았고(Chapin 83), 길 건너 대저택이 위치한 힐즈버러로 이사할 날을 꿈꾸는 야망에 찬 부모 밑에서 자라났다. 하지만 잭슨의 전기 작가 주디 오펜하이머Judy Oppenheimer가 잭슨의 부모의 야심에 대해 기술한 것처럼 "교외지역의 풍족함과 진짜 부富의 간극은 아주 넓고, 깊어서 건널 수 없었다"(16). 벌링게임과 힐즈버러의 1930년 주소록에 의하면 잭슨의 이웃은 『벽을 통한 길』의 등장인물들처럼 은행직원, 보험사직원, 일용노동자, 회계사, 미장공, 상인, 음악 교사, 매니저, 부기 담당자, 출납원, 정원사 등 다양한 직업을 가지고 있었다("Burlingame, Hillsborough, San Mateo City Directory, 1930"). 하지만 길 건너 힐즈버러에는 투자가와 잭슨의 아버지가 일하던 회사 사장을 위시한 자본가들이 살고 있었다. 소설에서처럼 페퍼가 사람들과 대영지에 사는 상류층 사람들의 경계에 벽과 게이트가 존재했는지는 분명하지 않다. 하지만 벌링게임시의 역사를 저술한 조앤 게리슨Joanne Garrison의 이메일에 의하면, 잭슨의 거주지 근처에 있었던 뉴마 영지Newmar estate의 게이트가 지금까지 남아있다고 하며 이는 벽이 실제로 존재했을 가능성을 시사한다. 설사 벽이 없었다 하더라도 벌링게임과 힐즈버러의 크나큰 경제적 간극은 벌링게임 시민들에게 심리적 장벽이 되었을 것이다. 문제는 소설 속에서 이러한 1930년대의 견고한 공간분할이 해체되면서 페퍼가 사람들에게 일어나는 불안과 공포가 이차대전 이후의 그것과 흡사하다는 점이다. 게리슨에 의하면 힐즈버러의 대규모 영지들이 소구획으로 나뉘어 팔려나간 것은 이차대전 이후의 일이다. 잭슨은 과거의 기억과 현재의 사건이 만나는 그곳에 불안과 공포의 그림자를 드리움으로써, 악이 인간의 내부에 이미 항상 존재하지만 그것을 불러일으켜 비극을 초래하는 것은 결국 사회·역사적 조건임을 보여준다.

머피에 따르면 『벽을 통한 길』에서도 다른 교외 고딕 문학과 마찬가지로 공포가 내부에서, 즉 페퍼가에서 시작이 된다. 즉, 가장 큰 위험은 "같은 교외지역 사람들, 가족들, 그리고 사적인 결정"(Murphy 2) 안에 도사리고 있으며, 악은 "인간의 마음속에 있지 인물들이 살고 있는 자족적인 거리의 벽돌과 모르타르 속에 있지 않다"는 것이다(Murphy 19). 소설 속에서 인물 간의 뒤틀린 관계들이 보여주듯이, 악은 종종 페퍼가 사람들 가운데서 발견된다. 데즈먼드 부부는 메릴린 펄만을 동네 아이들이 모여 셰익스피어를 읽는 모임의 명단에서 뺀다. 그들은 아이들이 『베니스의 상인』을 읽을 경우 유대인인 메릴린이 상처받을지도 모르기 때문에 메릴린을 배려해서 빼는 것이라고 자신의 반유대주의를 합리화한다(78). 그들은 마틴가의 아이들도 제외하는데, 말로는 둘째 아이가 너무 어려서라고 하지만 실제는 그 가족이 가난하기 때문이다. 미스 필딩은 정신지체장애가 있는 동생을 애타게 찾고 있는 프레드리카에게 자신이 그녀의 동생을 봤다는 이야기를 해주지 않는다. 프레드리카와 행여 이야기가 길어지면 만들고 있던 차가 너무 진해질까 하는 사소한 걱정 때문이다. 랜섬-존즈 부인과 그녀의 병약한 언니 미스 타일러는 서로에 대한 질투와 원망을 숨기고 살면서 겉으로는 늘 상냥하고 상대방을 배려하는 척한다. 미리엄 부인은 딸 해리엇이 쓴 글을 모두 태우게 만들고, 도날드 씨 부부는 막내 토드가 캐롤린을 죽였다는 혐의를 받고 있을 때도 토드를 지지하거나 돕지 않는다. 캐롤린이 사라진 날 밤, 마을 사람들은 흥분과 기쁨 속에, "아무도 캐롤린 데즈먼드가 무사히 집에 돌아오기를 바라지 않았다"(180). 대신, "밤의, 정글의 테러가 그들의 안전하게 불 밝힌 집에 가까이 와서 거의 그들을 건드릴 뻔했다가 떠났다는, 한 집만 빼고는 모두 무사히 위험을 벗어났다는 그런 기쁨을 느꼈다. 모두들 고통처럼 날카로운 신체적 쾌락을 느끼면서 데즈먼드 씨를 게걸스럽게 쳐다보다가 곧 죄책감에 눈을 돌렸다"(180). 이웃이 겪는 끔찍한 사건이 자신과 자신의 가족만은 무사하다는 흥분과 기쁨의 원천이 된다는 것은, 그들이 중요하다고 생각해 마지않는 이웃 공동체가 처음부터 불안정한 기반에 서있다는 점을 시사한다.

이처럼 페퍼가 사람들은 겉으로는 평화로운 삶을 영위하지만 물질주의에 빠져 경제적 신분 상승을 꿈꾸며 자신보다 경제적으로 못 사는 이웃을 차별하고 공공연히 유대인 가족을 따돌리는 위선자들이다. 겉으로 드러나지 않던 위선과 차별, 불신과 감정의 결핍은 어느 날 갑자기 벽이 철거되어 이제까지 막다른 길이었던 집 앞 길이 벽 너머로 이어지면서 많은 외부인들이 그 길을 드나들게 되는 순간 본격적으로 그 모습을 드러낸다. 벽이 이제껏 페퍼가 사람들을 외부의 침입으로부터가 아니라 실제로는 그들을 그들 자신으로부터 보호하고 있었다는 것은 아이러니다. 소설은 어린 소녀의 의문사와 살인 혐의를 받은 12세 소년의 자살, 그리고 살인자에 대한 여러 억측들로 끝을 맺는다. 머피가 말한 교외 고딕 문학의 모든 요소들이 페퍼가 사람들의 물질주의와 순응주의, 평화로운 풍경 뒤에 숨은 불안과 불만, 가족들만의 비밀, 타자에 대한 공포와 차별, 유아 살해자의 존재 등의 형태로 발현한다.

소설은 프롤로그에서 페퍼가 사람들을 물질주의와 순응주의의 전형으로 소개한다.

> 일부일처제가 좋아서 결혼한 사람이 없는 것처럼 정말 집을 원해서
> 집을 산 사람은 아무도 없었다. 하지만 [페퍼가에 사는] 모든 남자들
> 은 결혼을 했고 대부분 집을 소유했으며 자신을 합리적이고 사심이
> 없으며, 심지어는 책임감 있는 사람들이라고 여겼다. 모두 페퍼가에
> [경제적으로] 살만하기 때문에 그곳에 살았고, 비록 페퍼가가 매력적
> 이고 상당히 비싸며 게다가 아주 편안하게 외진 장소임에도 불구하
> 고 다른 곳에 살 만큼 더 능력이 있었다면 아무도 그곳에 살지 않았
> 을 것이었다. (7)

그들은 특별한 생각 없이 남들이 사는 방식대로 결혼을 하고 자신의 경제
적 수준에 맞는 집을 사서 그곳에 살고 있으며 경제적으로 충분히 준비가
되면 언제라도 더 비싼 거주지로 옮겨갈 사람들이다. 인용문에서 잘 드러
나듯이 그들의 인생을 결정하는 가장 중요한 요소는 경제력이다. 개인의
취향이나 거주지의 환경과 상관없이 어느 정도의 경제력을 갖추고 어느
계층의 사람들이 거주하는 곳에 사는가가 그들의 행복의 척도가 된다. 페
퍼가의 "귀족", 데즈먼드 가족은 벽 너머의 대사유지에 있는 대저택으로
이사할 날을 꿈꾸며 이미 아이의 학교와 골프클럽 등을 통해 대사유지의
사람들과 교류하면서 미래를 준비할 만큼 야심에 찬 가족이다. 교외지역
의 확대로 벽이 헐리고 페퍼가에 많은 인파가 드나들게 되면서 그들을 불
안하게 만드는 것은 외부인의 침입만이 아니다. 벽 하나를 사이에 두고
가까이 존재하던 상류사회가 카브릴로 서쪽의 샌프란시스코부터 시작된
교외화로 인해 더 멀리 떠나가고 그곳에 페퍼가와 같은 교외지역 주택들

이 들어서면서 페퍼가는 거대한 교외지역에 완전히 묻혀버릴 위험에 처하고 그들이 비밀스럽게 품어왔던 벽 너머의 대사유지로 이사할 희망, 즉 계급 상승에 대한 희망도 요원해지는 것이다.

머피가 말한 것처럼 악이 교외지역의 풍경 자체에 있는 것은 아니다. 하지만 벽의 파괴가 인물들의 내부에 잠재한 악을 일깨우고 공동체를 파괴하는 전환점이 된다.

처음으로 페퍼가의 안전에 쐐기를 박은 것은 벽의 파괴였다. 그 안전이라는 것이 워낙 약한 것이어서 한 번 삐걱대자 몇 주 안에 산산조각이 났다. 그날 밤 처음으로 데즈먼드 씨는 이사에 대해 심각하게 생각해보았다. 주의 깊게 은행계좌를 살핀 결과 게이트 너머로 이사할 만큼 충분한 준비가 되어있지 않아 이대로 이사할 경우 이사해서 좋을 게 거의 없을 만큼 돈 문제에 신경을 써야 할 것이었다. 데즈먼드 씨는 대출은 딱 질색이었지만 게이트 너머가 아닌 다른 곳으로의 이사는 퇴보나 마찬가지였다. (130)

갑자기 페퍼가 사람들은 "그들의 삶이 신비로운 멀리 있는 힘에 의해 조용히 다스려지고 있다는 사실"(127)과 "페퍼가에 일어나는 모든 변화는 그들의 통제 밖에 있다"(129)는 사실을 깨닫는다. 그들의 운명이 그들 손에 있지 않다는, "신비로운 멀리 있는 힘", 즉 더 큰 경제적 논리와 더 많은 돈을 가진 사람들의 결정에 좌지우지된다는 깨달음이 그들을 불안하게 한다. 한때 안전한 장소였던 페퍼가는 이제 바깥의 위협에 노출된다. 해리엇은 벽을 부수는 공사장 일꾼들 앞을 지나갈 적마다 정신이 곤두선다. 캐롤린은 의문의 살인을 당하고 미리엄 씨는 외부에서 떠돌다 온 어느 부랑자가 살인범일 거라고 추측한다. 그녀는 한때 아이들의 놀이터였던 개울가가 이제 "부랑자들이 돌아다니기 좋은 장소"가 되었다며 불평한다 (189). 이처럼 페퍼가 사람들은 처음으로 자본이 이끄는 대로 사는 삶에 대해 공포와 불안을 느끼지만 이미 시스템 바깥을 상상할 수 없는 그들이 취할 수 있는 가장 적극적인 대응책은 데즈먼드 가족처럼 빚을 내서라도 다른 곳으로 이사하는 것뿐이다.

「로터리」를 읽었거나, 조금 더 나아가 지금까지도 꾸준히 판매되고 있으며 세 번에 걸쳐 영화로 만들어진 『힐 하우스의 유령』까지 읽은 독자라면 잭슨이 자신의 픽션을 구체적 시간과 장소에 한정시키지 않음으로써 인간의 내면에 보편적으로 잠재한 악과 광기의 본성을 파헤치려 한 작가로 기억할 것이다. 잭슨의 고딕 소설을 사회·역사적 현실과 유리된 심리적 드라마로 파악한 것은 비단 일반 독자만이 아니다. 주요 인물의 심리적 경험과 초자연적인 사건들 간의 경계가 모호한 특성 때문에 잭슨이 쓴 고딕 소설에 대한 이제까지의 비평은 정신분석학의 도움을 받아 주로 심리적인 관점에서 잭슨의 소설을 분석해왔다. 이러한 경향에 반하여 나는 잭슨이 시·공간적 배경을 구체적으로 밝힌 『벽을 통한 길』을 중심으로 잭슨이 공간과 사회·역사적 맥락을 연결하는 방식, 즉 한 장소에 두 개의 상이한 시간성을 교차시키고, 배경의 사실적인 묘사와 소설을 집필하던 시점의 사회·역사적인 맥락을 반영한 상상적인 사건들을 중첩시키는 방식을 분석해보았다. 이는 잭슨이 이후의 소설에서 그려내는 인간의 내면이 제반 사회 문제에 대한 잭슨의 통찰력에서 비롯된 것임을 시사한다. 이제 교외 고딕의 또 다른 대표 작가 리차드 매티슨Richard Matheson의 소설을 통해 20세기 중엽에 가정적인 남자라는 교외의 삶에 적합한 새로운 이상적 남성상과 전통적인 남성성에 대한 향수 사이에서 오갔던 당시 남자들의 심리가 지상과 지하라는 서로 다른 공간에서 어떻게 다른 양상으로 나타나는지 살펴보고자 한다.

2_ 『줄어드는 남자』에 나타난 1950년대 남성성의 위기와 상상적 해결

리차드 매티슨은 2013년 타계하기까지 28권의 소설과 수많은 단편소설과 TV시리즈, 영화 시나리오를 썼지만 한국 독자에게는 생소한 작가다. 영화화된 작품을 언급하거나 그가 시나리오를 쓴 영화 혹은 TV 시리즈 제목을 대면 그때야 알아차리는 경우가 보통이다. 『지상의 마지막 남자』The Last Man on Earth, 1964, 『오메가 맨』The Omega Man, 1971, 『나는 전설이다』I Am Legend, 2007는 모두 그가 1954년에 출판한 『나는 전설이다』를 각색한 것이다. 냉전시대 미국인의 불안을 잘 그려내었다고 평가받는 『환상특급』The Twilight Zone, 1959–64 시리즈 중 그가 총 16편의 에피소드를 썼고 『스타 트랙』Star Trek 오리지널 시리즈의 한 에피소드를 쓰기도 했다. 그는 또한 일상생활의 익숙한 장면을 공포의 장소로 바꾸는 특별한 능력으로(Murphy 34), 후대의 공포소설 작가들에게 큰 영향을 미쳤다. 2013년 매티슨의 사망 소식을 듣고 스티븐 킹Stephen King은 매티슨이 "유럽의 고성이나 러브크래프트Lovecraft의 우주가 아닌 … 미국적인 장면을 배경으로 공포소설을 씀으로써 [그의] 상상력에 불을 지폈으며" 자기도 그와 같은 글을 쓰고 싶었다고 회고하였다. 매티슨이 긴 세월에 걸쳐 발표한 방대한 양의 작품 세계를 한마디로 요약하기는 어려우나, 매티슨 자신의 입을 빌려 표현하자면, 그의 작품은 "위협적인 세상에서 고립된 개인이 생존하고자 벌이는 모든 시도"("Dream/Press Introduction, 1989" 7)에 대한 것이다. 공상과학소설, 환상문학, 공포소설로 주로 분류되는 그의 작품의 특성상, 외부의 '위협'은 강한 상징성을 띄기 마련이다. 예를 들어, 이책의 6장에서 좀 더 자세히 다루겠지만, 전염병으로 뱀파이어만 남은 세상에 홀로 남은 한 남자의 생존 투쟁을 그린『나는 전설이다』는 냉전시대의 전쟁에 대한 공포, 그 당시 작가가 살던 백인중심의 캘리포니아 교외지역에 이주하기 시작한 유색인종에 대한 불안, 혹은 가정생활에 묶인 남성의 남성성에 대한 위협을 상징적으로 반영한다고 평가받는다.

『줄어드는 남자』는 중산층의 안정적 삶을 꿈꾸며 서부에서 뉴욕의 교외지역으로 이사 온 스콧 캐리Scott Carey라는 남자가 살충제와 방사능 오염으로 인해 매일 7분의 1인치씩 줄어들면서 겪게 되는 위기와 불안, 고뇌와 갈등, 그리고 그중에 그가 벌이는 생존을 위한 투쟁과 극복을 기록한 소설이다. 이 소설은 1956년에 출판되어 1957년에『놀랍도록 줄어드는 남자』The Incredible Shrinking Man라는 제목으로 영화화되었고, 개봉 당시 560만 명의 관객을 동원하고, 1957년 박스오피스 67위에 올라 B급 영화로서는 큰 성공을 거둔 영화의 명성에 묻히고 말았다. 데이비드 모렐David Morrell이 지적한 것처럼 사람들은 영화를 보고 더 이상 책을 읽지 않았고, 때문에 이 소설만의 독특한 실험적 구조에 대한 적절한 평가가 이뤄지지 않았다(95). 때문에 영화는 그 "문화적, 역사적, 미학적" 가치를 인정받아 2009년 국립영화보존소National Film Registry에 등록되는 등 지금까지도 관심을 받고 있지만, 소설은 소수의 비평가를 제외하고는 관심 갖는 이가 없게 되었다. 마크 앤코비치Mark Jancovitch가『합리적 공포: 1950년대 미국의 호러물』Rational Fears: American Horrors in the 1950s에서 한 챕터를 매티슨의 소설에 할애한 것을 제외하고는 비평적 주목을 거의 받지 못하다가 머피가 그를 교외 고딕 문학의 주요 작가로 지목하면서 매티슨의 소설에 대한 학계의 관심이 조금씩 증가하고 있다.

앤코비치와 머피 모두 매티슨의 인물들이 교외의 가정생활과 대기업에 소속된 남성들─소위 윌리엄 와이트William H. Whyte, Jr.가 "조직인the organization man"이라고 부른─이 느낀 불안과 공포를 드러내고 있다는 점을 지적하고, 그 불안의 가장 중심에 남성성의 위기 문제가 있다고 주장한다. 앤코비치는 『줄어드는 남자』의 영화를 분석한 바바라 크리드Barbara Creed가 스콧과 거미의 대결을 남성성과 여성성의 대결로 파악한 것을 비판하면서, 스콧의 진정한 두려움은 "실패에 대한 두려움"(158)이라고 말한다. 이어서 앤코비치는 스콧의 불행이 그가 "남자로서 자기 가족을 부양하고 1950년대의 부유한 중산층에게 기대되는 모든 것들을 제공해야만 한다"(158)고 믿는 데서 비롯된다고 말한다. 한편, 머피는 이 소설이 가부장으로서 권위를 누려야 할 집이라는 공간에서 차츰 권위를 잃어가는 스콧의 모습을 통해 "남성적 권위라는 것이 내재한 사물의 질서라기보다는 단순히 크기와 힘에 달려있다는 점에서 보기보다 얼마나 취약한 것인가"(35)를 드러내고 있다고 말한다.

이처럼 『줄어드는 남자』의 핵심적인 문제가 1950년대 남성성의 위기임은 분명하지만, 매티슨의 소설을 재평가하기 위해서는 소설만의 독특한 형식이 어떻게 그 문제를 그려내는 데 기여하는지에 대한 분석이 필요하다. 50년대 남성이 느낀 위기의식에 대해서만 논하려 한다면, 스콧이 6피트의 신장을 가진 보통 남자에서 7분의 1인치보다도 더 줄어들어서 무한히 작은 세계로 새로운 여행을 떠날 때까지의 과정을 시간의 추이에 따라 그려낸 영화의 분석만으로도 충분하기 때문이다. 『줄어드는 남자』의 독특한 구조는 1950년대 남성이 겪었던 가치의 혼돈을 반영하며, 동시에 그들이 찾고자 한 지리멸렬한 일상으로부터의 상상적 출구를 제시한다.

이차대전 이후 미국 사회의 중산층 남성이 그가 속한 조직과 교외지역의 가정생활에서 겪는 가치의 혼돈과 생활의 패턴을 잘 그려내어 베스트셀러가 된 『조직인』의 저자 와이트는 취직이나 승진을 위해 성격테스트를 치르는 남성들에게 다음과 같은 조언을 한다.

어떤 질문에든 가장 득이 되는 답을 하려면 다음의 사항을 명심하십시오

a. 나는 나의 부모님을 사랑했지만, 나의 아버지를 좀 더 사랑했다.

b. 나는 지금 이대로의 것들에 대해 상당히 만족하는 편이다.

c. 나는 결코 지나치게 걱정을 하는 일이 없다.

d. 나는 책이나 음악을 별로 좋아하지 않는다.

e. 나는 아내와 아이들을 사랑한다.

f. 아내와 아이들이 회사 일에 영향을 미치지 말아야 한다. (405)

이상의 내용을 통해 유추해보면, 50년대에 조직이 원한 바람직한 남성은 오이디푸스 콤플렉스를 무사히 극복했고(따라서 조직이라는 위계질서 속에서 문제를 일으키지 않으며), 보수적이고 낙천적이며, 미학적인 가치를 추구하지 않고(따라서 실질적인 가치를 중시하고), 가정생활과 사회생활을 모두 완벽하게 수행해 낼 수 있는 사람이다. 여기서 나는 e문항과 f문항 간에 일어날 수 있는 갈등에 주목하고자 한다. 가족에 대한 사랑과 회사에서의 성공적인 역할 수행이 양립 불가능한 일은 아니며, 또한 사회적 성공이 가족에 대한 가장의 부양의무와 직결되므로 둘은 결국 불가분의 관계에 있다. 그러나 가정적인 삶과 경제적 성공이 종종 서로 상이한 가치관과 욕망에 기반을 두고 있었기 때문에 50년대 남성들은 종종 갈등과

불안, 자책감, 불만족 등의 감정에 시달리게 되었다. 당시에 주인공이 가정의 행복과 사회적 성공 사이에서 갈등을 겪다 가정으로 돌아가는 것으로 끝을 맺는 『회색 플란넬 양복을 입은 남자』The Man in the Gray Flannel Suit라는 소설과 영화가 모두 크게 성공한 것은 우연이 아니다.

　　와이트는 1950년대의 서로 상충되는 두 개의 가치관을 "사회 윤리 social ethic"와 "청교도 윤리protestant ethic"라고 각각 이름 붙였다. 미국의 전통적인 가치관인 "청교도 윤리"는 개인주의적 윤리다. 즉, 개인의 "구원"을 "근면한 노동, 절약, 경쟁적 투쟁"(4)에서 찾는 것이다.48) 하지만 와이트는 이차대전 이후 "청교도 윤리"가 약화되고, "창조성의 근원이 집단에 있고, 개인이 궁극적으로 필요로 하는 것은 '소속감belongingness'이며, 이러한 소속감을 이루기 위해 과학적인 방법을 사용해야 한다는 것을 믿는"(7) 사회 윤리가 대두되었다고 말한다. 그러나 와이트도 지적했듯이 사회 윤리가 청교도 윤리를 완전히 대체한 것이 아니라 두 개의 윤리가 동시에 공존하면서 50년대를 사는 젊은 남성들이 갈피를 못 잡게 만들었다. 그들은 여가시간을 즐기며 사는 것이 바람직한 삶이라고 믿었지만 동시에 근면한 노동에 대한 가치도 저버리지 못했기 때문에 일은 일대로 하면서 여가생활을 즐기지 못하는 것에 대해 죄책감을 느꼈다(18). 헬렌 해커Helen M. Hacker가 적절히 지적하였듯이 50년대 미국 남성이 느낀 불안은 보통 생각하듯 그들이 이상적인 남성상에 따라가지 못하는 데서 비롯된 것이라기보다는, "기대되는 역할에 대한 불확실성, 모호함, 혹은 혼동"(227)에서 비롯된 것이다. 그들은 모든 인간관계에서 전통적인 여성적 덕목―"인내, 이해, 자상함", 그리고 "따스함과 진심 어림"―을 보여줘야 하

---

48) 와이트가 "청교도 윤리"를 "어메리칸 드림"으로 바꾸어 불러도 상관없다고 말한 것처럼, 그가 말하는 "청교도 윤리"는 종교적 개념보다 경제적 개념에 가깝다.

지만, 남성이기에 감정적 취약성을 드러내서는 안 되며, 특히 아내에게는 늘 "굳건한 떡갈나무" 같은 남편이 되어야 하고, 동시에 밖으로는 "경제적 성공 혹은 다른 눈에 띄는 성취"를 이뤄야 한다고 생각했다(229). 앞서 e문항과 f문항은 서로 다른 가치, 다른 욕망에 의해 작동한다고 말했다. e문항에 대한 응답이 가족에의 소속감, 나아가 가정적인 남성을 이상적으로 여기는 사회 분위기에 대한 반응이라면, f문항에 대한 응답은 개인주의적인 성공을 지향하고, 이러한 성공을 통해 남성성을 실현하고자 하는 욕망을 반영한다. 그러나 성공의 사다리를 타고 오를 수 있었던 소수의 간부를 제외한 1950년대 대부분의 "조직인"들은 집을 개조하거나 고치는 등의 DIYDo-it-yourself 활동, 혹은 남성잡지의 구독 등을 통해 개인주의적인 남성성 실현에 대한 욕망의 출구를 찾았다.

이차대전 이후 급격하게 발달한 교외지역에 거주하는 젊은 직장인들이 많아지면서 교외지역은 순응주의의 상징적인 장소가 되었다. 바바라 켈리Barbara Kelly는 교외의 대규모 주거단지 개발의 대표적인 예라 할 수 있는 레비타운이 당시대의 내적 모순—"거친 개인주의rugged individualism적 수사법의 인기에도 불구하고, 시대적 가치는 절제와 순응적 태도를 강조하였다"(60)—을 반영하고 있다고 말한다. 즉, 전후의 경험을 "개척자 pioneers"의 경험에 자주 비유한다든지, 집을 장식하는 데 끝이 뾰족한 나무 울타리와 십자가와 성경의 모양을 본 딴 문을 사용함으로써 네모난 상자 모양의 천편일률적인 집에 청교도 사회에 대한 향수를 간직한 이미지를 부여하였다(63-64). 레비타운은 또한 사적인 생활을 존중하여 각 가구가 필요로 하는 모든 설비를 집집마다 따로 설치하였지만, 이것은 동시에 순응주의를 강화시키는 결과를 낳았다(65).[49] 또한 술집이나 소방서, 주

---

49) 예를 들어 레비타운에서는 주말에 빨래를 하는 것이 금지되었다. 빨랫줄에 널린

유소, 야구장같이 전통적으로 남자들이 모여 어울리는 장소의 부재와 가족이 함께 시간을 보내는 것의 중요성을 강조하는 사회 분위기로 인해 남성들은 점점 많은 시간을 집에서 보내게 되었다(70-71). 이러한 상황에서 집을 고치고 개조하는 DIY가 연간 6백만 달러의 수익을 올릴 정도로 크게 유행하게 되었다("Modern Living"). 캐롤린 골드스타인Carolyn Goldstein이 지적한 대로 DIY는 집에서 주말을 보내는 가장들에게 1950년대의 가치관—"가정적 삶, 여가, 그리고 독립성"—을 모두 충족하면서, 남성성을 드러낼 기회를 부여하여, 그들이 아메리칸 드림에 참여할 수 있도록 하였다(38).

한편 "조직인"들은 남성잡지를 구독함으로써 남성성의 상상적 충족을 꾀하기도 하였다. 데이빗 어얼David M. Earle은 1950년대의 남성잡지 표지대로라면 "남자들은 (피라나, 원숭이, 거미부터 나치가 훈련시킨 개코원숭이에 이르는) 야생동물들로부터 공격을 받고, 아마존이나 나치의 가학적인 여자경호원에 의해 감금당하고, 혹은 그들의 여가시간을 사파리에서 혹은 심해낚시를 하면서 보내거나, 나체의 여대생을 유혹하는 데 시간을 보내고 있어야" 한다며, 이러한 잡지들이 "남성성의 환상", 급변하는 시대에 남자들을 안심시키기 위한 "남녀차별적인 과장된 이야기들"(5)을 싣고 있다고 주장한다. 실제로 모험을 떠나거나 거친 야외활동을 할 수 없는 남자들에게 상상적인 만족감을 안겨주었던 이 잡지들은 남자들에게 "가족과 직장에서의 압박감으로부터의 도피처"(Earle 20)가 되었고, 남자들은 각종의 모험담이 실린 잡지를 보면서 "안락의자에 앉은 모험가"(an armchair adventurer 105)가 되었다.

빨래가 도심의 빈민지역을 연상시키기 때문이었는데, 이는 모든 여성이 전업주부라는 가정에 바탕을 둔 규칙이어서 문제가 되었다(Kelly 68-69).

『줄어드는 남자』는 이러한 "조직인"의 혼돈과 갈등, 욕망과 좌절, 자아의 상실과 상상적인 자아의 회복을 다루고 있다. 이 소설은 지상과 지하라는 두 개의 공간을 시간 차이를 두고 나란히 병치시키는 특수한 구조를 통해 사회 윤리, 가정적인 남성이라는 이상, 그리고 집단주의적, 순응주의적 삶이 지배적인 지상의 세계와 생존을 위한 처절한 투쟁이 벌어지는 거친 개인주의가 지배하는 남성적 세계를 대조시키고 있다. 스콧이 지상의 세계에서 타인과 자신의 끝없는 비교를 통해 자아를 상실해가는 반면, 지하의 세계에서는 식량을 구하기 위해 밧줄을 타고 암벽을 오르며, 거대한 거미와 목숨을 건 대결을 벌여 승리하는 등 영웅적인 모습을 보인다. 스콧이 지하에서 벌이는 투쟁과 승리의 장면만을 본다면 여느 다른 남성잡지에 실린 모험담과 다를 바가 없을 것이다. 이 소설의 미덕은 그 특수한 구조를 통해 이러한 남성성의 상상적 해결이 상상일 뿐이라는 점을 계속해서 상기시키고 있다는 점이다.

　　<표 1>과 <표 2>는 소설의 구조를 한눈에 볼 수 있도록 도표로 작성한 것이다. <표 1>은 1주-64주간 스콧의 키 변화를 챕터별로 기록한 것이다. 6장과 8장처럼 키가 명시되어 있지 않은 경우는 기록에서 제외하였다. <표 2>는 마지막 72번째 주 동안의 변화를 도표화한 것으로 <표 1>에 포함시키기에는 너무 작아 확대해 그린 것이다. 소설은 모두 17개의 장으로 구성되어 있고 1장과 16, 17장을 제외하고는 각 장마다 현재와 과거의 사건이 교대로 기술된다. 소설의 2장부터 시작되는 전체 스토리의 마지막 1주일의 첫날을 소설에서 소위 제라르 쥬네뜨Gérard Genette가 영도zero degree라고 부르는 "현재"의 시점이라고 한다면,[50] 스토리의 출발점

---

50) Genette, 36. "영도"라는 용어를 쥬네뜨의 논문에서 차용해 사용하긴 하였지만, 이 장에서 쥬네뜨의 이론을 본격적으로 이용하지는 않았다. 소설의 시간 분석을 위한 쥬네뜨의 연구방법론에 대한 자세한 내용은 같은 책, 33-160 참조.

이 되는 가장 과거의 사건—스콧이 형과 함께 요트를 타고 있는 동안 방사선 물질에 노출된 것—이 등장하는 1장 이후로 2장부터 15장까지 현재 시점 이전에 일어난 일을 시간의 흐름에 따라 순차적으로 제시한다. 때로는 플래쉬백을 통해서, 때로는 단순히 스콧의 키가 얼마인가를 표시함으로써 과거의 시점으로 돌아간다는 사실을 표시하는데, 표에서도 볼 수 있듯이 시간의 추이는 스콧의 키를 통해 추측 가능하다. 매티슨은 주인공의 키가 매일 7분의 1인치씩 줄어들도록 설정함으로써—관습적으로 인치는 1/8단위로 나누어 측정한다는 것을 생각할 때, 매일 7분의 1인치씩 줄어든다는 것은 몹시 인위적인 설정이다—전체 스토리에 시간이라는 변수를 계산하기 쉽게 만들었다. 1장부터 15장까지 각 장 간에 스콧의 키가 줄어드는 속도는 비교적 규칙적이다. 15장에서 이제 키가 7인치에 불과한 스콧이 새의 공격을 피하다 지하실에 빠지는 부분에 가서야 독자는 2장에서 만난 7분의 6인치에 불과한 스콧이 어쩌다 지하실에 갇히게 되었는지를 알게 된다. 과거의 내러티브가 64주간의 이야기를 다루는 동안, 2장에서 시작되는 현재 시점의 내러티브는 스콧이 7분의 6인치에서 7분의 1인치보다도 더 작아지는 마지막 일주일간의 이야기를 다룸으로써 상대적으로 느리게 진행된다. 과거의 내러티브와 현재의 내러티브는 소설이 진행됨에 따라 시간적 거리를 좁혀가다가 15장에 가서 서로 만나게 된다. 이처럼 『줄어드는 남자』의 특수한 구조는 특별한 내러티브 효과를 창출한다.

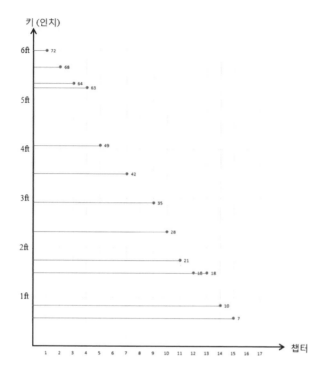

<표 1> 스콧의 키 변화 (1주-64주)—과거 · 지상의 내러티브

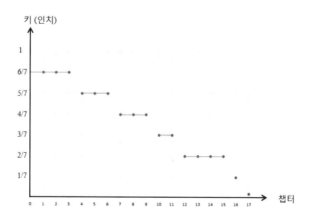

<표 2> 스콧의 키 변화 (72주차)—현재 · 지하의 내러티브

불안과 고독, 교외의 비-장소들   165

이러한 독특한 구조가 만들어내는 효과는 시간의 흐름에 따라 구성한 영화의 내러티브와 대조했을 때 분명히 드러난다. 영화는 전통적인 기승전결의 구조를 따르고 있다. 스콧의 키가 줄어들면서 생겨난 내적, 외적 갈등―경제적 부담, 가족과의 관계, 심리적 위축감, 불확실한 미래에 대한 두려움, 외로움 등―은 지하세계에서의 생존을 위한 투쟁과 거대한 거미와의 대적을 통해 극복되며 영화는 스콧이 미지의 세계를 향해 떠나는 모습으로 막을 내린다. 구조 면에서만 보자면 주인공이 거친 시련을 극복한 끝에 영웅이 된다는 비교적 단순한 내러티브로 요약할 수 있다. 이에 반해 두 개의 내러티브가 중첩되면서 스콧이 줄어드는 과정을 이중으로 그려낸 소설의 경우, 두 내러티브가 서로 미치는 영향 때문에 좀 더 복잡한 효과를 창출한다.

영화가 스콧의 영웅 만들기에 주안점을 두고 처음부터 전력을 다해 거미와의 전투 장면을 향해 달려가고 있다면, 소설은 지상과 지하의 공간적 차이와 과거와 현재의 차이를 통해 스콧의 생각과 현실 사이의 간극을 강조함으로써 집단주의와 개인주의 간의 갈등을 상기시키는 동시에 스콧을 영웅으로 만들었다가는 곧 다시 해체하고 마는 효과를 낳는다. 또한 스콧이 지상 세계에서 겪는 사회적 지위의 하락과 지하 세계에서 경험하는 성취감, 남성성의 상승이 수렴하는 16장에 이르러서야 스콧이 지하실을 벗어나게 된다는 설정은 영화에서처럼 지상에서의 삶이 주는 문제를 지하에서 해결한다는 단순한 공식의 성립을 방해한다.

『줄어드는 남자』는 통상 공상과학소설로 분류되어 왔지만, 소설의 핵심에 스콧의 심리적 갈등과 불안, 그리고 극복의 과정이 놓여있고, 스콧이 줄어드는 현상에 대한 과학적 근거가 부족하다는 점에서 이 소설을 50년대의 보통 남자가 겪었던 심리적 갈등과 불안의 알레고리로 읽는 것이 적절하다. 즉, 스콧이 매일 줄어든다는 현상을 공상소설이라는 장르의 관습에 따라 사실로 받아들이기보다 그의 사회·경제적 지위나 가정에서의 위상의 하락 혹은 그에 대한 두려움이 상징적으로 나타난 형태로 본다. 이 점에서 "자기가 줄어드는 것이 아니라, 세상이 커지고 있는 듯한"(11) 스콧의 환상은 바로 이러한 두려움을 극화한다.

『줄어드는 남자』는 특수한 내러티브 구조를 통해 50년대 "조직인"의 두 얼굴―집단적 가치를 좇는 일상의 삶과 거친 개인주의적 꿈에 대한 상상적 해결―을 교대로 보여주면서 스콧이라는 인물의 단선적 변화가 아니라 한 인물 안에서 싸우는 두 개의 가치와 욕망의 긴장관계를 드러낸다. 과거/지상의 내러티브와 현재/지하의 내러티브라는 두 개의 내러티브가 병치되면서 둘 간의 긴장이 15장까지 고조되다가 15장 마지막 부분에서 서로 수렴하고, 16장-17장에서 주인공이 마침내 지하실을 벗어나 미지의 세계로 떠남으로써 이야기는 끝을 맺는다. 과거/지상의 내러티브에서 스콧의 키가 줄어들면 줄어들수록 그가 겪는 좌절과 외로움이 커지는 반면, 현재/지하의 내러티브에서는 스콧의 키가 계속해서 줄어들고 있음에도 불구하고, 생존을 위한 투쟁이 그를 더욱 남성적인 영웅으로 단련시킨다. 이는 분명, 내러티브가 진행되는 속도와 관련이 있다. 과거의 내러티브가 요약과 회고, 단편적 대화를 통해 빠른 속도로 진행되면서 그의 사회적 지위의 급격한 실추에 초점을 맞추고 있다면, 현재의 내러티브는 아주 느린 속도로 진행되면서 스콧이 처한 상황과 그의 "모험"에 대한 묘사, 그리고 스콧의 자기성찰에 초점을 맞추고 있다. 서로 대조를 이루며 긴장관계를 만들어내는 이 특수한 구조는 경제적 걱정과 점점 줄어드는 자신의 위상 때문에 자기연민에 빠지거나, 아내에게 화풀이나 해대는 지상의 못난 남자와 모렐이 시지푸스에 비유할 만큼(99) 부조리한 상황에서도 끝없이 실존적 투쟁을 지속하는 영웅의 모습을 번갈아 제시한다.

앞서 잠시 언급하였지만 스콧은 (중산층의 꿈을 가진 백인 기혼 남성이라는 점에서) 1950년대의 "보통 남자everyman"라 할 수 있다.51) 스콧은 이차대전에 참전하였으며 아내와의 사이에 어린 딸이 하나 있고 그 당시의 많은 젊은이들이 그러했듯이 경제적 자립을 꿈꾸며 동부로 이주해왔다. 그러나 그가 "형의 회사에서 일하다가, 참전용사를 위한 융자를 받아 형의 파트너가 되고, 생명보험, 의료보험, 은행 계좌, 멋진 차, 옷, 마침내는 집"(9)을 마련하겠다는 계획은 그의 특이한 질환으로 인해 좌절되고, 그의 삶은 50년대의 보통 남자들이 꿈꾸던 안락한 삶으로부터 점점 멀어져 간다. 결국, 지상에서의 그의 삶은 재정 상태에 대한 강박적인 불안과 아내에 대한 원망, 성적 좌절감과 일탈적 욕망으로 점철된다. 다른 병원에 찾아가 보자는 아내의 제안에 의료보험이 없어 병원비 감당이 어려운 자신의 처지를 생각하며, 스콧은 "모든 청구서가 쇠사슬처럼 그를 무겁게 잡아 내려서, 무거운 사슬의 마디마디가 그의 팔다리를 거의 죄어오는 것"처럼 느낀다(9). 3장에서 64인치가 된 스콧은 자신의 불안과 공포를 아내에 대한 분노로 표출한다. 그는 아내에게 자신이 여전히 힘들게 가족을 부양할 의무를 지고 있다는 점과 그녀가 직업을 얻는다 해도 가정 경제에는 큰 도움이 안 될 것을 계속 환기시킨다. 실은 자신이 형과 동업을 하고 싶어서 동부로 온 것을 기억하면서도, 캘리포니아를 떠나오게 된 건 다 그녀가 부추겨서라고 우기며 그녀를 "안정충security bug"이라 부른다(14). 5장에서 49인치가 된 스콧은 성적 욕망에 시달리지만 아내 옆에서 스스로가 "정상인 여자를 유혹하려는 가소로운 난쟁이처럼 보잘것없고 우

51) 할란 엘리슨Harlan Ellison도 스콧을 "보통 남자"라고 지칭하였는데, 이는 스콧이 『배빗』의 배빗이나 『회색 양복을 입은 남자』의 톰, 『캐쉬 맥콜』Cash McCall의 캐쉬와 같은 인물들의 "토템화된 평범함, 유동적인 윤리"를 대변하기 때문이다(81).

스꽝스러운 존재"(33)로 여겨져 자기연민에 빠진다. 몇 주가 더 지나 아내와의 관계가 더 이상 불가능할 만큼 작아진 스콧은 딸을 봐주러 온 십대 소녀의 벗은 몸을 훔쳐보며 관음주의에 탐닉하고, 카니발에서 "난쟁이"로 출연하는 클래리스Clarice를 만난 날, 스콧은 그녀와 하룻밤을 보내기 위해 아내에게 "이렇게 매일 점점 작아지고, 점점 외로워지는" 자신의 처지를 토로하며 보내달라고 간청한다(135).

<표 1>에서 볼 수 있듯이 스콧의 키가 줄어드는 속도는 비교적 일정하지만, 눈에 띄게 속도가 달라지는 부분이 있어 키의 변화와 스콧의 남성성의 관계를 파악하는 데 중요한 실마리를 제공한다. 4장과 5장 사이에 스콧의 키는 14인치가 줄어, 평균 속도보다 거의 두 배나 빨리 줄어들었다. 반면 12장과 13장 사이에는 하룻밤이 지났을 뿐이다. 4장에서 비록 아내보다 작아져 버렸지만 불행 속에 우는 아내를 달래는 모습에서 그가 아직 남편의 역할을 수행하려 노력하는 모습을 볼 수 있다면, 5장에서 스콧은 아내가 자신을 어린애 취급하는 것에 분개한다. 또한 아내에 대한 성적 욕망과 자신의 우스꽝스러운 모습에 대한 자의식 사이에서 괴로워하면서도, 막상 아내와의 관계에서는 본인의 욕구만을 충족하는 데 만족하는 이기적인 모습을 보인다. 반면, 클래리스와 만나 하룻밤을 보낸 뒤, 13장에서 스콧은 자신이 "여전히 남자"라는 사실과 남자의 자존감은 결국 상대적이라는 것(137)을 깨닫는데 12장과 13장의 사이에 하룻밤이 지났으므로 그는 분명 7분의 1인치가 줄어있겠지만 소설에서는 그의 키에 대한 언급이 전혀 없다. 클래리스와의 관계를 통해 일시적으로 자존감을 회복한 스콧은 자서전을 집필함으로써 다시 가장으로서의 의무를 진다. 그가 원고료를 받은 날, 그의 아내는 그의 손을 잡고 "당신은 여전히 내가 결혼했던 그 남자예요"(139)라고 말한다. 스콧을 다시 그 "남자"로 만든

것은 가장으로서 그가 실행한 기능이다.

　스콧의 자존감, 그의 남성성은 여성과의 관계로부터 가장 큰 영향을 받으며, 그것이 상대적인 만큼, 항상 타인과의 비교 혹은 그가 수행하는 사회적 기능을 통해서만 증명된다. 소설에서 크게 부각되지는 않지만, 스콧이 형의 회사에서 더 이상 일할 수 없게 된 결정적인 계기도 형수가 자신을 무시한다고 느낀 스콧이 형수에게 모욕적인 말을 내뱉었기 때문이다. 그가 표출한 적대감은 사실 형수에 대한 것이라기보다, 자신의 사업을 운영하면서 어머니에게 꼬박꼬박 생활비를 부치고, 스콧에게도 일자리를 준 형과 자신의 보잘것없는 처지를 비교할 수밖에 없는 스콧의 열등감이 형수에게로 투사된 것이다.

　과거/지상의 내러티브에서 사회적 위치의 하락과 남성성의 상실, 성적 좌절감으로 고통받으며 집에 갇혀 지내는 스콧의 모습은 "항상 가족의 곁을 지켜야 한다는 압박"을 받았으며 "대중문화에서 종종 남성성을 상실한 모습"(Earle 105)으로 그려지던 1950년대 교외지역의 남성이 겪던 불안과 고립, 좌절감을 반영한다. 이 소설은 "정상인"이 아닌 스콧에게는 지상의 공간이 감옥이 되고, 지하실이 도리어 피난처가 되는 아이러니를 노정한다. 과거/지상의 내러티브에서 스콧은 돈 걱정과 해갈할 길 없이 점점 절박해지기만 하는 성적 욕구로 답답한 마음에 집을 나서보지만 기다리고 있는 것은 그의 위축된 남성성을 더욱 위협하는 요소들뿐이다. 동네 불량청소년들이 그를 위협하지만, 그에게는 "성인남자의 분노"에 걸맞은 "힘"이 없어서(82) 비굴하게 어린애 시늉을 한다. 정체가 밝혀져 매를 맞다 간신히 도망쳐 숨어 들어간 지하실에서 그는 "상처받고 겁먹은 어린아이처럼 차갑고 축축한 어둠 속에 쭈그려 앉아, 이 세상엔 더 이상 희망이 없다는 생각에" 울고 만다(86). 하루는 어느 술에 취한 남자의 차를 얻어

탔다가, 스콧을 어린 남자아이로 착각한 남자에게 유혹의 표적이 되기도 한다. 결국 항상 집에 머물 수밖에 없게 된 스콧은 이제 딸을 돌보러 오는 보모의 눈으로부터, 자기를 인형처럼 갖고 노는 어린 딸의 위험한 장난으로부터, 그를 언제든 할퀴고 집어삼킬 고양이로부터 끝없이 피하고 숨어야 하는 위치에 처하고, 결국 지하실이 그의 마지막 은신처가 된다.

한편, 현재 시점의 스콧은 일주일도 채 못 살고 완전히 사라질 것이라 생각하면서도 생존을 위한 투쟁을 멈추지 않는다. 몸에는 누더기 조각을 두르고, 수염과 긴 머리가 덥수룩한 모습으로 허기와 갈증, 추위와 두려움과 싸우며 지하실 속 "정글의 삶"(11)을 통해 지상에서 맛볼 수 없던 성취감을 맛보고, 존재의 의미를 찾는 스콧은 50년대 남성 잡지들이 독자들에게 팔던 환상 속의 영웅이 된다. 물에 비친 자신의 모습을 바라보며 스콧은 어쩌면 지하실의 삶이 더 편한 것이 아닌가 생각한다.

> 그는 자신의 얼굴을 오래 바라보았다. 매일을 두려움과 위험한 상황 속에서 사는 남자의 얼굴치고 대단히 평온해 보였다. 아마도 신체적인 위험에도 불구하고, 정글의 삶이 마음에는 편한 삶이었나 보다. 분명 자질구레한 불만과 사회의 잡다한 가치들이 그곳에는 없었다. 그곳은 인위적인 것들이나 궤양의 고통을 주는 스트레스가 없이 단순하였다. 정글 세계에서는 기본적인 생존만이 그의 책임이었다. 정치적 공모도 필요 없었고, 억지로 자리를 차지해야 할 경제적 각축장도, 사회적인 신분 상승을 위해 신경을 세우고 벌여야 할 경쟁도 없었다. 그곳에는 오직 죽느냐 사느냐의 문제만이 있을 뿐이었다.

'자질구레한 불만과 사회의 잡다한 가치들', 그리고 '정치적 공모'와 경제적 다툼을 위한 투쟁, 계급 상승을 위한 '속 뒤틀리는 경쟁'으로부터 해방되어 오로지 자기 자신의 생존만을 책임지면 되는 정글의 삶이 더 편하다는 그의 증언은, 성공의 사다리를 타고 오르지 못한 다수의 "조직인들"이 개인주의적이고 남성적인 자아실현의 욕구를 DIY 프로젝트에 몰두하거나 모험담이 실린 잡지를 읽으며 찾던 50년대 사회상을 반영한다. 지하실에서 스콧은 주위의 사물을 이용해 필요한 물품을 조달하고, 절벽을 오르고, 거미와 싸워 이기면서 자신감을 얻고 남성성을 회복한다.

주변의 사물을 이용해 필요한 도구를 척척 만들어내고, 암벽을 타고, 사막을 건너고, 거대한 괴물과 맞서 싸워 이기는 스콧은 DIY 산업이 부추긴 가정적이면서도 남성성을 잃지 않는 이상적인 남성상과 50년대 남성 잡지에 자주 등장한 과장된 남성성을 상징적으로 보여준다. 밤이면 성냥갑으로 만든 은신처에 숨어 거미로부터 몸을 피하고, 골무에 물을 받아 식수로 사용하며, 핀과 실을 이용해 암벽타기를 하듯 가구를 오르내리면서 식량을 구한다. 지상의 공간에서 점점 작아지는 몸으로 인해 아무 곳도 가지 못하고 제약을 받던 스콧이 그의 "지하 왕국cellar kingdom"(28)에서는 "등반가mountaineer"(64)가 되어 절벽을 오르고, 협곡과 동굴을 탐험한다. 마침내 지하실에 있는 동안 내내 그를 두려움에 떨게 한 검은과부거미black widow를 죽이러 가는 날, 그는 갈고리(핀)와 밧줄(실), 그리고 "창"—이것 또한 핀으로 만든 것이다—을 들고 절벽을 오르고, 사막을 건넌다(143). 그 거미는 스콧에게 있어 그의 삶의 모든 "염려와 불안, 두려움"이 "징그럽고 밤처럼 새카만 모습"으로 한 데 응축된 형상을 하고 있다(142). 다음 날 더 줄어들면 사라지고 말—실제로는 더 줄어들었을 뿐이지만 당시에 그는 그렇게 믿었다—운명에 처했으면서도 두려움을 극복하고 거미와 맞서 싸우는 그의 모습은 가히 영웅적이다. 그는 "사냥꾼들이 하듯"(152) 함정을 파고 거미를 유인해 목숨을 건 싸움 끝에 거미의 몸에 핀을 깊숙이 찔러 넣는 데 성공한다. 이제 거미에 대한 공포에 잠 못 들던 밤은 모두 지나고, 스콧은 승리의 쾌재를 부르며 전리품으로 챙겨온 빵조각을 먹은 뒤 지극한 평화 속에 잠든다.

그러나 소설은 스콧을 영웅적으로 그려내는 동시에 여러 가지 장치를 통해 그의 위상을 약화시킨다. 예를 들어, 지하공간에서 생존하기 위해 그가 이용하는 도구는 모두 그의 아내의 반짇고리 상자에서 나온 것들이다. 50년대에 DIY가 크게 유행하고 남자들이 집안일을 돌보는 데 많은 시간을 할애하긴 하였지만 집안일을 분담하는 데 있어서는 젠더가 중요한 요인이 되었다. 그 당시 광고나 잡지 등을 통해 확산된 이미지에 의하면, 통상 남편은 공구를 필요로 하는 어렵고 힘이 드는 일을, 아내는 타일을 붙이거나 페인트를 칠하는 등 남편이 마친 일에 장식을 더하는 역할을 하는 것으로 여겨졌다. 스콧의 영웅적인 행위와 무거운 공구는커녕 아내의 바느질 도구조차 힘겨워 절절매는 하찮은 모습 사이에서 독자는 스콧의 과대망상적 자기도취와 실재 간의 괴리를 발견한다. 또한 지하실은 그의 보잘것없는 존재를 상기시키는 사물들로 차 있다. 식량을 구하기 위해 힘겹게 등반을 한 끝에 테이블 위에 도달한 스콧은 스스로에게 뜨거운 자부심을 느끼지만(25), 테이블 위에서 예전에 자기가 사용하던 페인트 붓을 발견하고 그것의 10분의 1도 안 되는 자신의 모습에 자괴감을 느낀다(26). 간헐적으로 들리는 보일러의 천둥처럼 큰 소리는 늘 그를 공포에 질리게 하고, 추위에 떨다가 운 좋게 발견해 뒤집어 쓴 헝겊은 그가 페인트칠할 때 사용하던 아내의 분홍빛 낡은 속옷 조각이다(27).

그림 7. 『놀랍도록 줄어드는 남자』에서 스콧이 아내의 반짇고리에서 찾은 시침핀으로 거미와 사투를 벌이고 있다. [그림: 황은주]

그의 영웅적인 모습을 약화시키는 가장 중요한 장치는 무엇보다도 과거와 현재의 내러티브를 번갈아가며 제시하는 소설의 특수한 구조다. 각 챕터는 현재의 내러티브가 진행되는 중 스콧이 연상한 과거의 내러티브를 들여오는 형태로 구성되어 있는데, 과거의 내러티브는 종종 현재의 내러티브에서 스콧이 성취한 것을 무산시키거나 우스꽝스럽게 만들어 버리고 만다. 예를 들어 4장에서 불굴의 의지로 밧줄을 몇 번이고 던져 의자를 오르던 스콧이 의자 다리 중간에서 잠시 쉬는 동안 소설은 플래쉬백을 통해 스콧이 꼬마 취급을 받던 날의 기억을 되짚는다. 길을 걷던 그에게 날아온 공을 그가 집어 들자, 한 소년이 "꼬마야, 여기로 던져!"(21)라고 말한다. 전기충격이라도 받은 듯 깜짝 놀란 스콧은 화가 나서 있는 힘껏 공을 던지지만 도리어 "잘 던지는데, 꼬마!"(21)라는 칭찬을 듣는다. 현재와 과거의 두 사건은 표면상 아무 관련이 없다. 그러나 있는 힘을 다해 밧줄을 던지고 의자를 오르는 스콧의 행위는 "꼬마" 스콧의 무해한 보복행위—그로서는 "과격하게" 공을 던진 것임에도 상대방은 전혀 위협받지 않았다—와 나란히 제시됨으로써 그의 남성성을 확보하는 데 기여하지 못한다.

이처럼 각 챕터에서 현재의 내러티브는 곧이어 제시되는 과거의 내러티브를 통해서 반복적으로 침해된다. 스콧은 냉장고를 오르던 중 잡지 표지에 실린 여자의 반쯤 벗은 몸을 보고 강한 성욕을 느낀다. 그의 "왕국"을 정복하는 과정에서 그는 그녀의 이미지를 관음주의적으로 소비한다. 그녀는 그에 비해 여전히 거대하지만, 냉장고를 오름으로써 확보한 거리 덕분에 그는 그녀를 바라볼 수 있다. 그는 그녀의 살냄새, 다리의 곡선, 부드러운 가슴, 달콤한 입술, 와인처럼 따뜻한 숨결을 거의 느낄 수 있을 것만 같다고 느낀다(29). 그러나 바로 뒤를 잇는 과거의 내러티브는 그가 아내와의 관계에 있어 느꼈던 성적 좌절의 순간을 묘사하고 있다. 그를 어린아이 취급하며 그가 아직도 성욕을 가지고 있으리라고 생각하지 못하는, 그래서 그가 욕구를 표현했을 때 깜짝 놀라는 아내 앞에서 그는 강한 수치심을 느낀다. 상처받은 스콧을 보고 미안함을 느낀 아내가 그에 대한 동정심과 연민으로 그의 요구에 응한 그 날 밤, 그"는" 평화롭게 잠이 들지만(And for the measure of a night there was peace, there was forgetfulness. *For him*, 36 저자 강조), 내러티브는 스콧만이 평화롭게 모든 것을 잊고 잤다는 사실을 강조함으로써 자기만족밖에 모르는 그의 이기적 성향을 보여줄 뿐만 아니라, 아내를 성적으로 만족시킬 수 없는 그의 한계를 드러낸다.

스콧이 정상적인 신체를 지녔던 과거에 대한 기억에 의존해 인간으로서의 자신의 존엄성을 확보하려 하는 순간마다 너무나 상이한 현재의 상황이 기억이 가진 그러한 힘마저도 무력화시킨다. "그 사람으로부터 아무것도 기대할 수 없는 상황에서도 그를 사랑한다는 것이 진정한 사랑"(62)이기 때문에 아내에 대한 그의 사랑이 그를 인간으로 완성시킨다는 달콤한 자아도취에 빠진 스콧 앞에 갑자기 아내가 나타나지만, 그는 아내를 알아보지 못한다. 그녀는 "거인", "매머드 같은 몸집", "산 같은 존재"(62)일 뿐이어서, 그의 기억에 의지한 상상 속의 사랑은 산산이 부서진다. 아내의 "뛰는 고래와도 같은" 거대한 신발에 거의 밟힐 뻔한 스콧은 부서진 사랑의 기억 앞에 눈물을 흘린다(63).

현재/지하의 내러티브에서 생매장을 당할 뻔한 최악의 상황도 그가 과거/지상의 내러티브에서 겪어야 했던 수모에 비하면 아무것도 아니라는 점은, 스콧에게 있어 지하 공간이 상처받은 남성성을 회복하는 공간이라는 점을 시사한다. 아내가 지하실에 보일러를 고치러 들어온 덕에 스콧은 문이 열린 틈을 타서 지하에서의 탈출을 꾀하지만, 아내를 따라 들어온 고양이가 그를 공격하는 바람에 이리저리 도망치다 결국 "돌무덤sepulcher of rocks"에 갇히게 되는데, 스콧은 이것이 "지하실에서 이제까지 그가 처한 상황 중에 가장 최악의 상황"(74)이라고 생각한다. 이러한 상황은 그로 하여금 지상의 "최악의 상황"을 떠올리게 하는데, 그것은 아내가 자신을 동정하고 있다고 느꼈던 순간이다. 그는 그때 자신의 자존감이 "바닥을 쳤다"(77)고 생각한다. 남자에게 "동정의 대상이 되는 것보다 더 비참한 일은 없기"(77) 때문이다. 재미있는 점은 두 개의 최악의 상황 중에 지하에서 생매장을 당한 것이 더 극한 상황임에도 불구하고 그것이 결코 최악의 상황이라고 보지 않는다는 점이다. 과거의 내러티브로 돌아가기 전 마지막 문장은, 돌무덤에 갇힌 상황이 그로 하여금 "한때 그가 살았던 다른 삶에서의, 다른 최악의 상황을 떠올리게 했다"(74)라고 기술한다. 즉,

여전히 "동정의 대상이 되는 것보다 더 비참한 일은 없다"는 그의 생각은 유효하다. "동정은 무력한 존재들에 대한 것"(77)이기 때문이고, 지하에서 죽음의 위협과 매일 대면하면서 생존하는 스콧은 결코 무력하지 않기 때문이다.

　현재/지하의 내러티브에서 회복한 남성성이 과거/지상의 내러티브에 의해 침해당하는 구조는 15장에서 두 개의 내러티브가 수렴하는 순간까지 반복된다. 스콧은 10장에 이르러 실존주의적 영웅의 모습을 갖춘다. 이제 7분의 3인치까지 줄어든 스콧은 자신을 자로 재는 것에 염증을 느끼고 벽에 세워둔 자를 쓰러뜨린다. 더 이상 타인의 잣대로 자기를 재지 않겠다는 결의를 내리는 순간부터 "그는 더 이상 아무것도 개의치 않고"(88), 그가 잊고 있던 것, 즉 "정신이 있기 때문에, 그는 특별하다"는 것, "비록 거미가 그보다 크다 해도, 파리와 각다귀가 날개로 그를 가릴 수 있다 해도, 그에게는 여전히 정신이 있으며, 그것이 그의 형벌이었던 것만큼, 그의 구원이 될 수도 있다"는 것을 떠올린다(90). 하지만 그날 밤 열에 들떠 비몽사몽간에 떠올린 과거의 한 장면은 그를 다시 보잘것없게 만들고 만다. 그가 아내에게 소리를 지르며 화를 내자 아내가, "아, 그만 좀 찍찍거려요Oh, stop squeaking at me!"라고 말했던 일(93), 화가 나서 문을 박차고 나서자마자 고양이가 할퀴어 부상을 입고 그를 불쌍히 여긴 아내에게 간호를 받던 일, 결국 "마지막 피난처"(93)인 지하실에 숨어 마음을 달랬던 일 등은 그가 정신세계에서 찾는 구원이 결국 상상적 도피에 지나지 않는다는 점을 상기시킨다.

　식량을 구하고, 거미를 죽일 계획을 세운 스콧은 "진정한 만족감"과 "기억하는 한 오랜만에 처음 느껴보는 확실한 즐거움"(121)을 느끼지만 곧 과거/지상의 내러티브에 의해 개인적 성취와 상관없이 경제적 기능의 성공적인 수행 여부에 따라서 결정되는 남성성의 문제가 제시된다. 과거/지상의 내러티브에서 클래리스와의 관계를 통해 회복한 자존감을 바탕으로 자신의 경험에 대해 책을 쓰겠다는 결정을 내린다. 야구방망이만 한 연필로 책을 쓰고 출판하면서 스콧은 아내에게 오랜만에 남편 대접을 받는다. 어찌 보면 지하의 내러티브에서 스콧의 위상이 가장 높아지는 지점에 맞추어 지상의 내러티브에서도 스콧의 위상이 높아지는 듯하다. 그러나 그의 책의 내적 가치와는 아무 상관 없이, 그 책을 팔아 가족을 경제적으로 부양할 수 있게 되었다는 바로 그 사실만이 그를 다시 "남자"로 만들었다는 점은 개인적 가치와 상관없이 사회적 가치에 의해서만 한 개인의 위상이 매겨지고 마는 지상의 원칙에 철저히 스콧을 부속시킨다. 또한, 그의 책에 실릴 내용은 그를 단순한 흥미나 값싼 동정의 대상으로 만들 이야기에 지나지 않는다. 소설에는 "인형의 집에서의 삶Life in a Dollhouse"이라 제목을 붙인 스콧이 쓴 책의 마지막 챕터가 소개된다. 스콧은 피아노, 스토브, 냉장고부터 침대에 이르기까지 모든 것이 가짜고 "사는 게 사는 게 아닌"(149) 그 집에서, 낮에 딸아이가 두고 간 인형의 머리에 얼굴을 파묻고 흐느껴 운다(151). 모든 것이 가짜인 인형의 집에 갇힌 가장의 모습은 1950년대에 교외지역에 거주하던 백인 중산층 기혼 남성의 천편일률적인 삶에 대한 회의와 좌절감을 보여준다.

그가 목숨을 건 사냥에서 거미를 죽인 절정의 순간마저 지축을 흔드는 거인의 발자국 소리가 훼방을 놓는다. 그는 이 거인이 "수요일에 다녀간 그 거인[아내]과 같은 거인이 아니라는" 사실, 그가 자신의 형이고, 오늘 가족들이 이사를 나간다는 사실을 알게 된다. 그는 "가슴으로부터 흐느껴 울며" 왜 그가 승리를 거두자마자 바로 모든 것을 뒤집어 버리는 것인지 분해한다(163). 지하실을 빠져나갈 마지막 기회라는 생각에 탈출할 방법을 모색하면서도, 이제는 밖에 나가도 "지하실이 그의 전 세계가 되어버려서, 오랫동안 갇혀 있다 풀려난 출소자처럼 두렵고 불안'하지는 않을까 의심을 품기도 한다(164). 그는 용감하게 핀을 구부려 만든 갈고리를 형의 바지에 걸고 매달려 끝까지 탈출을 시도하지만 결국 계단에 머리를 부딪쳐 쓰러지고 만다. 하지만 그의 목숨을 건 탈출 시도는 형과 아내가 바짓단에 달린 핀을 보고 빼버린 뒤 "바로 잊어버린"(167) 것처럼 지상 세계에서는 하찮은 것이다.

이처럼, 15장에서 7인치의 스콧이 고양이와 참새에 쫓겨 지하실에 빠지는 순간까지 현재/지하의 내러티브와 과거/지상의 내러티브는 스콧의 영웅적인 모습과 보잘것없는 모습 사이의 긴장과 대조를 통해 50년대의 남성을 동시에 호출하던 두 가지의 가치관 사이에 존재하던 갈등과 그 당시의 남성이 겪던 혼돈을 그려낸다. 그러나 15장 마지막 부분에서 두 개의 내러티브가 수렴하면서 두 내러티브 간의 긴장은 해소된다. 스콧은 감옥처럼 자신을 가두던 집안의 공간을 탈출해 자유롭게 풀려나 미지의 세계를 향해 떠난다. 소설의 끝에서 스콧이 삶과 우주에 대해 보이는 태도는 랠프 에머슨Ralph Waldo Emerson이 「자기신뢰」"Self-reliance"에서 "남에게 보이기 위한 삶이 아니라 나의 삶 그 자체를 위한 삶"(33)을 살아야 한다고 강조한 개인주의의 그것이다.

그는 더 이상 세상의 잣대로 자신을 재단하지 않고, 남의 인정을 바라지 않으며, 상황을 받아들이되 모든 결정을 스스로 내리고 스스로 책임진다. 스콧은 지하의 세계를 정복하고, 너무나 가벼워진 몸 덕분에 거미줄을 사다리처럼 타고 올라 창문 밖으로 나갈 수 있게 된다. 그가 아무리 작아졌어도 하늘의 별은 그가 예전에 보던 것과 "여전히 똑같다"(180). 그가 "아무리 작다 해도" 이 거대한 우주 아래 지구도 "작긴 마찬가지"기 때문이다(180). 그는 죽음이 가까워진 것을 알면서도 두려워하지 않는 "진정한 용기", 즉 누군가의 동정이나 칭찬과 상관없이 스스로 자신의 삶에 책임지는 용기를 획득한다(180). 두려움도 희망도 없는, 평온한 만족상태에 이른 그는, 그 자신을 극복했기 때문에 이것이 "완전한 승리"라고 느끼며, 스스로에게 "잘 싸워냈어"(180)라고 말한다. "자신의 왕국에 스스로를 돌볼 수 없는 것들을 남겨두려고 구태여 애쓰지 않는 자연"(Emerson 42)의 섭리 안에서 생존함으로써 그는 에머슨이 말한 자기신뢰의 정신을 구현한다. 그는 더 이상 주위의 사물과 자신을 비교하지 않는다. 그의 앞에는 모험으로 가득 찬 미지의 세계가 펼쳐진다.

소설을 쓰던 당시, 매티슨은 뉴욕시 근처의 롱아일랜드에 집을 빌려 그 지하실에서 소설을 썼다고 한다. 그 지하실에 실제로 있던 사물들이─예를 들어, 간헐적으로 굉음을 내며 돌던 보일러 소리처럼─그의 상상력을 자극하였듯이 지하실의 사물에 대한 묘사는 지나칠 만큼 사실적이다. 그러나 그 안에서 일어난 스콧의 투쟁은 완전한 상상의 산물이다. 이 소설이 지상의 세계에서 사회·경제적 압박과 심리적 부담감으로 시달리는 1950년대의 남성이 혼자 DIY 프로젝트에 몰두하거나 남성잡지에 나오는 영웅들의 모험담을 읽거나 반나체인 여성의 이미지를 소비함으로써 "사회적 윤리"의 세계, 즉 가정적인 남성성이 지배하는 교외지역에서는 만족할 수 없는 개인주의적이고 남성적인 욕망을 상상적으로 해결하고자 벌인 시도를 상징적으로 그려낸 것이라고 볼 때, 이 소설의 결말은 해피엔딩이라고 볼 수 없다. 시간과 공간의 제약을 극복하고, 모든 인간관계를 넘어서며, 심지어는 죽음의 공포까지 초월한 주인공이 진정한 영웅이 될 수 없는 이유는 지상 세계의 문제는 하나도 해결하지 않은 채 다른 세계의 상상적 해결방법을 선택했기 때문이다.

20세기 중엽 자본이 도심에서 교외 개발로 이동·집중하던 시기에, 교외에 가면 도시의 공해와 범죄를 피해서 안전하고 평화로운 동네에 비슷한 사람끼리 모여서 쾌적하고 안락한 삶을 누릴 수 있다는 기대를 안고 대규모의 도시 인구가 교외로 빠져나갔다. 하지만 그들이 꿈꿨던 교외의 삶이 많은 사람들에게 있어 악몽이 되었고 교외 고딕은 바로 이 순간을 포착한다. 『벽을 통한 길』과 『줄어드는 남자』 모두 교외에 갇힌 사람들의 이야기로 읽을 수 있다. 벽을 허물어 길을 내면 인물들이 그들의 이동범위가 더 넓어지는 것이 아니라 언제 들어올지 모르는 외부 침입자를 경계하여 집집마다 더 견고히 (의심의) 벽을 쌓는다. 집에 갇힌 남자는 끝없이 탈출할 길을 찾기 위해 동분서주하지만 그의 탈출은 상상적 해결에 불과하다. 무비판적인 순응과 물질주의가 지배하는 교외의 삶에서 도주는 불가능해 보인다.

5장

비-장소의 지리학

돈 들릴로의 『화이트 노이즈』

"당신이 일요일 오후에 드라이브를 갔더라면 거의 벌거벗다시피 한 그가 길을 건너려고 424번 도로 갓길에 서있는 모습을 볼 수 있었을지도 모른다. 그랬더라면 당신은 아마 그가 범죄자들에게 당한 것은 아닌지, 차가 망가진 것인지 궁금해했을 것이다. 혹은 그가 그저 머저리일 뿐이라고 생각했을지도 모르겠다. 사람들이 차창 밖으로 던진 맥주 캔, 누더기와 벗겨진 타이어 조각들 사이에 서서 조롱받는 맨발의 그가 처량해 보였다. 그는 지도에서 본 것처럼 이 길이 그의 여정에 포함되어 있는 것을 이미 알고 있었지만 막상 여름의 빛 사이를 비집고 줄지어 달려오는 차를 대면하자 이에 전혀 준비가 되지 않았음을 깨달았다. 차를 타고 지나가는 사람들이 그를 비웃고, 조롱하고, 그를 향해 맥주 캔을 던졌지만 그에게는 이 상황을 모면할 위엄이나 유머가 없었다"

– 존 치버「수영하는 사람」

1_ 미국의 교외와 마크 오제의 비-장소

"교외의 체호프"라고 불리는 존 치버John Cheever의 「수영하는 사람」 "The Swimmer"은 네디 메릴Neddy Merrill이 친구 집에서 파티를 하던 도중 집으로 가는 길에 있는 모든 수영장을 헤엄쳐 집으로 가겠다는 결심을 하고 그것을 수행하는 과정과 결과에 대한 이야기다. 그는 "지도제작자의 눈"으로 지하의 "물줄기"를 마음속으로 그려보고 아내의 이름을 따서 그것을 루신다강이라 부른다(727). 하지만 그가 상상한 지도는 그로 하여금 고속도로에서 조롱과 굴욕을 겪게 한다. 부유한 중산층이 사는 교외에 집집마다 만들어 놓은 호화롭고 깨끗한 수영장을 자유롭게 드나들던 그의 특권이 끝나는 그곳에서 그는 일개 웃음거리로 전락한다. 그가 "원하던 것"을 모두 이루고 "피로감으로 완전히 얼이 빠져서" 마침내 집에 돌아왔을 때, 그의 집은 낡은 채 버려져 있고 굳게 닫힌 집 내부도 "어둡고 텅 비어" 있다(737). 이는 그가 헤엄쳐 온 "루신다강"이 실은 삶 그 자체였으며, 그 여정에서 그가 돈만 아니라 가족도 모두 잃었음을 상징적으로 보여준다(737).

　　이 이야기는 또한 미국 교외가 20세기 중반 겪었던 급격한 변화에 대한 상위 중산층의 불안을 드러내는 징후적 텍스트이기도 하다. 일찍이 교외에 자리를 잡았던 초기 이주자들은 대규모의 표준화된 교외 개발로 하위 중산층이 가까이 몰려들면서 교외의 실재와 상상적 경관이 급격히 바뀌는 것에 대해 위기감을 느꼈다. 로버트 뷰카Robert Beuka의 해석에 의하면 메릴의 수영은 "불릿 파크Bullet Park의 경관과 공동체를 자신의 이미지대로 다시 그려보려는 노력"(98)이었다. 하지만 그가 서로 떨어져 있는 수영장들을 다시 연결해서 하나의 물줄기, 하나의 공동체를 만들고 지도를 그리려는 시도는 카운티를 폭력적으로 가로지르며 공간을 분할한 고속도로로 인해 좌절된다. 고속도로를 지나가는 운전자들에게 메릴은 그의 위대한 기획에도 불구하고 잘해야 "머저리"일 뿐인 보잘것없는 사람이다. 동시에 거의 벌거벗은 메릴의 상태는 그가 개인의 역사나 어떠한 인간관계도 없이 정체성을 모두 잃은 실존적 위기 상황에 처해있음을 상징적으로 보여준다. 이 장에서 나는 이 고속도로와 같이 오로지 기능만을 위해 존재하는 장소로 변해버린 교외에 대해 생각해보고자 한다. 그곳은 한 사람이 그의 환경으로부터 떨어져 존재하는 곳, 따라서 그가 어떠한 사람인지가 무의미해지는 공간이다.

들릴로의 『화이트 노이즈』*White Noise*는 「수영하는 사람」에서 보이는 것처럼 이차대전 이후 시작된 교외의 변화가 1980년대에 이르러서는 그 환경을 완전히 바꿔버렸음을, 이제는 주민들에게 교외의 획일적이고 상업적인 공간이 자연스러운 서식지가 되었음을 보여준다. 즉, 중산층 삶의 이상적 공간으로 상상된 교외의 인위적 풍경이 일상적 풍경이 되고, 그 이미지가 다시 끝없이 재생산되면서 어떻게 교외공간에서 장소성이 탈락되었는가를 관찰할 수 있다. 슈퍼마켓이나 쇼핑몰, 차 내부, 심지어는 집과 일터까지, 소설의 주인공이자 화자인 잭 글래드니Jack Gladney와 그의 가족들이 자주 이용하는 장소들은 소비주의와 매스 미디어에 잠식당한 극히 일반적이면서 동질적인 공간으로, 잭은 이러한 장소에서 시스템의 "축복"을 느끼고, 자동현금인출기와 나누는 매끄러운 대화로부터 기쁨을 느낀다 (46). 잭은 블랙스미스라는 허구의 대학 소도시에 사는 대학교수로 "히틀러 연구"라는 분야를 처음 개척하여 히틀러 학과를 만든 스타 교수다. 그러한 자신의 이름에 권위를 더하기 위해 이름을 J.A.K.라고 표기하고 콧수염도 기르기 시작했을 만큼 실은 자기 자신에 대해 자신이 없고 스스로를 "이름을 따라다니는 가짜 인물"(17)이라고 부를 만큼 정체성의 불안을 느낀다. 하지만 잭은 아이러니하게도 자기 것이 아닌 자리를 차지하고 있다는 불안감에서 벗어나기 위해 그 불안의 원인을 제공하는 공간으로 더 깊이 들어가 그곳에서 위로를 구하는 악순환에 빠지고 만다.

『화이트 노이즈』의 배경이 되는 블랙스미스는 미국의 북동부에 위치하는 소도시로 추정된다. 소설에서 블랙스미스 근처에 대도시가 있다는 직접적 언급이 없음에도 불구하고 적지 않은 비평가들이 『화이트 노이즈』를 교외 소설로 분류해 왔다. 게리 키네인Garry Kinnane은 글래드니 가족이 "뉴욕의 전형적인 중산층 교외"에 살고 있다고 말하지만 이에 대한 증거가 불충분하다. 잭이 말한 대로라면 블랙스미스 "근처에는 큰 도시가 없고"(85) 가까이 아이언 시티Iron City가 있기는 하지만 쇠락한 산업소도시로 변변한 대중매체 하나 없는 곳이다. 하지만 비평가들은 블랙스미스를 미국 교외의 원형으로 보고, 이 소설에 "아주-미국적인 소설all-American novel"이라는 상징적 지위를 부여했다(Iyer 379).52) 시트콤과 흡사한 구조에 포스트모던한 주제를 많이 포함하고 있음에도 불구하고, 존 프로우John Frow가 말한 것처럼 『화이트 노이즈』는 "사실주의 소설의 클래식한 목적, 즉 전형성의 구성construction of typicality에 집착"(419)하여 미국 교외의 전형적인 삶의 양식을 재현한다. 피코 아이어Pico Iyer는 블랙스미스를 미국의 "애니타운"(380)53)이라 부르면서 그 도시가 "교외의 모든 소품들을 갖추고 있다"(379)고 말한다. 리 지머맨Lee Zimmerman은 잭의 "가짜 자아"(569)가 장소의 "구체적인 특수성이 사라진" 교외라는 환경, 그리고 개인과 환경 간의 상호작용 부재가 낳은 결과라고 말한다("Public and Potential Space" 566).

---

52) 안토니 디커티스Anthony DeCurtis는 들릴로와의 인터뷰에서 『화이트 노이즈』가 "교외의 중산층적 존재가 빠진 함정"에 대한 소설이라고 말한다(330). 앤지넷 위즈Annjeanette Wiese는 블랙스미스가 전형적인 미국의 교외 모습을 보여주고 있어서 "미국 교외의 어디든" 될 수 있다고 말한다(4).
53) 아이어는 블랙스미스가 미국의 어떤 교외 소도시더라도 상관없다는 의미에서 "애니타운"이라는 표현을 사용한다.

블랙스미스의 위치가 분명하지 않음에도 불구하고 비평계가 『화이트 노이즈』를 교외 소설로 간주한다는 사실은 미국의 교외가 더 이상 지리적 조건이 아니라 생활양식의 문제가 되었음을 보여준다. 하워드 쿤슬러 Howard Kunstler는 교외가 "시골도 도시도 아닌" 장소라는 점에서 "노플레 이스"(105)라고 부른다. 뷰카 또한 교외가 "동질적이며, 영혼이 없고, 플 라스틱 같은 미지근한 순응의 경관"을 보여준다는 점에서 "노플레이스"라 고 주장한다(4). "노플레이스"가 교외의 장소없음성placelessness에 대한 다 양한 문화적 재현물들을 논하는 데 유용한 개념이기는 하지만, 『화이트 노이즈』의 배경이 허구적 공간임에도 불구하고 실재하는 그 어떤 교외 공 간보다 더 사실적이어서 그 지형을 탐구하기 위해서는 이보다 더 세밀한 개념적 도구가 필요하다.54) 이에 본 장에서는 마크 오제Marc Augé의 비-장 소non-place 개념을 통해 『화이트 노이즈』가 그린 세계를 다각적으로 살펴 보고자 한다.

오제에 의하면, 비-장소는 "유통과 소비, 그리고 커뮤니케이션"의 공 간(viii)으로 "관계적이거나, 역사적이지 않고, 정체성과도 관련이 없 다"(63). 다시 말하자면, 비-장소는 "(운송, 이동, 상업, 레저 등의) 특정한 목적을 가진" 기능적인 장소(76)로, 그곳에서 개인은 다른 개인이나 그 장소와 의미 있는 상호작용을 나누지 못한다. 예를 들어, 공항에서 한 개 인은 승객으로서만 존재할 뿐이며, 다른 사람들과의 상호작용이 혹시 일 어난다 할지라도 그가 슈퍼마켓의 무인계산대와 맺는 기계적 상호작용과 크게 다르지 않은 수준의 것이다. 비-장소에서 개인은 잠시 머물다 가는

---

54) 『트루먼 쇼』(1998)의 대형 스튜디오나 『플레젠트빌』(1998)의 길이 끝나는 곳에서 다시 길이 시작되는 메인 스트리트—따라서 출구가 없는 폐회로적 공간—처럼, 『화 이트 노이즈』의 세계는 시뮬레이션의 공간이지만, 교외의 가짜 아우라를 탈자연화 시킨다는 점에서 실재하는 교외보다 더 실재적이다.

수준의 최소한의 상호작용을 유지한다. 오제는 비행과 철도, 자동차 도로, 비행기와 기차, 차량, 호텔 체인과 레저 공원, 대형 아웃렛 몰, 케이블 혹은 무선 네트워크 등의 예를 제시하지만(64), 사실, 비-장소는 상업적 장소에만 국한된 것이 아니다. 비-장소는 그 밖의 다른 장소들까지 침범하여 심지어 집과 같은 사적 공간조차 텔레비전과 컴퓨터가 "벽난로를 대체하게 되었다"(Augé viii). 오제는 "우리 시대의 진정한 척도"로서 비-장소의 특성을 다음과 같이 나열한다(64).

(1) 비-장소는 "고독한 계약성solitary contractuality"(76)을 만든다─개인은 비-장소와 사회적인 관계가 아닌 계약 관계를 맺는다.

(2) 비-장소는 말과 텍스트를 통해 공간을 침범한다(80)─개인은 일상 언어 혹은 도로 표지판이나 지도 같은 코드화된 기호로 된 텍스트와의 상호작용을 통해 비-장소와 연결된다.

(3) 비-장소는 "하나의 정체성이나 관계를 만들지 않고, 단지 고독과 유사성solitude and similitude을 만들 뿐이다"(83)─비-장소에서 개인은 승객, 고객, 혹은 운전자라는 공통의 정체성만을 가질 뿐 그 이상의 정체성을 갖지 않는다.

(4) 비-장소에는 역사가 없다(83)─역사는 구경거리로서만 존재한다.

『화이트 노이즈』의 세계는 이러한 비-장소의 특성을 반영하여 오제가 인류학적 장소라고 부르는 "정체성과 관계, 역사의 장소"(43)로부터 완전히 격리되어 있다. 카트리나 해랙Katrina Harack은 잭과 다른 인물들은 "더 이상 의미를 부여할 수 없는 특정한 장소에 머물면서, 모든 관계가 소비를 통해서만 이루어지기"(309) 때문에 "자신이 거주하는 세계를 이해할 수 없다"(308)고 말한다. 글래드니 가족은 소설 내내 비-장소에서 다른 비-장소로 옮겨 다닌다. 심지어 집에 있을 때조차 항상 대중매체와 소비주의가 그들의 의식과 무의식 모두 지배한다.

비-장소의 특성은 프레드릭 제임슨Fredric Jameson의 "포스트모던 하이퍼스페이스"라 부른 공간의 특성과 거의 일치하는 듯 보인다. 하지만 오제의 "프런티어" 개념은 비-장소가 제임슨의 하이퍼스페이스와 다른 공간임을 밝혀준다. 오제는 인류학적 장소나 비-장소가 절대적 개념이 아니라는 점을 지적한다. 프런티어는 비-장소가 인류학적 장소와 만나는 지점으로, 글로벌 시대에 글로벌한 것이 로컬한 것과 충돌하고, 시스템의 내부가 외부를 만나는 곳을 일컫는다.55) 하지만 프런티어는 "벽이 아니라 문턱"(xiv)이므로, 교차와 교섭이 가능한 장소다. 포스트모던 하이퍼스페이스 안에서 개인이 길을 잃고 당황하여 영역의 인지적 지도를 그리는 데 실패한다면,56) 비-장소에서는 모든 사람이 똑같이 느끼고 행동하지 않기 때문에 프런티어를 알아보고 넘어서는 것이 가능하다. 희박한 가능성일지라도, 교섭을 통해서 변화를 가져올 여지와 창의적 전유의 여지가 있는 곳이 프런티어다.

블랙스미스라는 장소의 특수성과 아무 상관 없이 살고 있는 인물들

---

55) 글로벌 시대에 있어서 시스템의 관점에서 보면, 글로벌한 것이 "내부에서 본 시스템"이며, 로컬한 것이 바로 외부적인 것이다(Augé xi). 또한 시스템을 교란시키고 외부로부터 변화를 가져올 힘을 가진 것은 바로 로컬한 것이다.

56) "이러한 공산에 있어 최근 일어난 돌연변이-포스트모던 하이퍼스페이스-는 마침내 자신의 위치를 파악하고, 즉각적인 주변 환경을 지각적으로 조직하여, 외부 세계 안에 자신의 위치에 대한 인지적 지도를 그릴 수 있는 인간 개체의 능력을 초월해버렸다"(Jameson 44).

을 통해 들릴로는 『화이트 노이즈』에서 미국의 교외를 장소없음 placelessness이 기본 생활양식이 되어버린 공간으로 그려낸다. 오제가 말한 프런티어는 거의 존재하지 않으며 존재한다손 치더라도 대부분의 인물들이 그것을 알아차리지 못한다. 하지만 잭은 이처럼 자족적이고 평화롭게 보이는 공간에서도 희미하게 어떤 위험이 외부에 도사리고 있다는 느낌을 받는다. 처음에는 한밤에 멀리 고속도로에서 들려오는 차 소리 같은 것이어서 잭이 거의 감지할 수 없지만(4), 나중에 잭은 비-장소의 생활양식에 속하지 않는 그 무엇인가를 느낄 때마다 그것을 얼른 억압해버린다. 하지만 독가스 유출사고 때문에 언제 죽을지 모르는 죽음의 위협에 노출되면서 프런티어를 직면하게 된다. 이 장에서 나는 잭이 프런티어를 발견하고 깨달음을 얻는 과정을 추적하고 『화이트 노이즈』에 나타는 비-장소의 특성을 고찰하고자 한다. 과연 잭은 역사성과 장소성을 결여한 이 불모의 땅을 벗어나 유목인의 길을 갈 수 있을 것인가? 이 질문에 대한 답을 찾는 과정에서 나는 또한 미국의 대표적인 포스트모던 작가 들릴로가 어떻게 사실주의적 신념을 가지고 미국 교외의 전형적인 삶의 양식을 묘사하고 비판했는지 살펴볼 것이다.

2_『화이트 노이즈』의 비-장소들

소설의 첫 장은 블랙스미스의 다양한 비-장소들을 나열하고 그것의 빛나는 외양을 찬양하면서도 그곳 주민들을 풍자적으로 묘사함으로써 소설 전체의 분위기를 조성한다. 소설은 "스테이션 왜건의 날"에 펼쳐지는 "구경거리"에 대한 묘사로 시작한다(3). 잭은 신입생 혹은 신학기를 맞아 학교로 돌아오는 재학생들이 사용할 물건들로 가득 찬 자동차들의 긴 행렬을 구경한다. 언덕-위의-대학the College-on-the-Hill에 학비를 댈 정도로 여유가 있는 학부형들은 외모를 잘 가꾸어서 심지어 "살짝 빛을 발하는 듯"(6) 보일 정도다. 챙겨온 물건들의 긴 리스트는 물건 주인의 생활양식만이 아니라 소비가 곧 소비자의 정체성을 결정한다는 소비사회의 정체성 형성 기제 또한 드러낸다. 오랜만에 만난 학생들이 서로 반갑게 인사를 나누지만 "코믹한 외침"과 "제스쳐"(3)뿐 진정으로 인간적인 상호작용이란 찾을 수 없다. "세심하게 태닝"을 하고 "막대한 보험을 가진"(4) 부모들은 "사방으로 자기 자신의 이미지만을 바라볼 뿐이다"(3). 이 그림에서 예외적인 인물은 하나도 없어서 잭은 이 무리에서 아무도 알아보지 못하며 학부형들은 "같은 생각을 가지고 같은 정신을 나눈 한 민족, 한 국가"(4)의 집합을 이룬다. 이곳에 역사를 위한 자리는 없다. 지난 21년간 같은 의식을 지켜본 잭도 과거의 행렬에 대해 어떠한 기억도 간직하고 있지 않고, 이 행렬에는 시간에 따른 어떠한 변화도 없이, 영원한 현재, 변하지 않는 동질성만이 존재한다. 잭은 이것이 "*변함없이*, 멋진 이벤트"이며, 학생들의 여름이 "*항상 그랬듯이* 죄라고 느껴질 만큼 신나는 일로 꽉 찼을"(3 저자 강조) 거라고 말한다. 블랙스미스시 또한 시간을 초월한 timeless 공간이다. 도시에는 "까마득히 오래된" 단풍나무부터 그리스식 건물과 고딕 건물들까지, 그리고 한때는 "숲이 우거진 깊은 골짜기"였으나 지금은 흔적도 없이 사라지고 그 자리에 들어선 막다른 골목길(cul-de-sac: 교외에서 가장 선호하는 주택 위치)의 현대적 주택까지 모든 것을 갖추고 있다. 그들의 집이 원하지 않는 사람들과의 상호작용으로부터 벗어나 "조용한" 곳에 위치한 것은 사실이지만, 예를 들어 고속도로의 소음처럼 항상 다른 종류의 소음에 노출되어 있다. 슈퍼마켓, 주차단속 차량, 그리고 사라진 개나 고양이를 찾는 광고들이 붙은 전신주처럼 진부한

"교외의 무대 소품"(Iyer 379)들이 전형적인 교외 소도시(4), 즉 비-장소적 공간의 풍경을 완성한다.

(1) 이행의 장소Transitional Places

이행의 장소란 사람들이 단순히 이동의 목적을 위해 지나가거나 일시적으로 머무는 "고도로 기능적인 장소"를 일컫는다(Gebauer et al. 13).[57) 슈퍼마켓, 쇼핑몰, 자동차 내부와 차도, 공항, 주차장 등 소설에 나오는 대부분의 비-장소들은 이 범주에 속한다. 글래드니 가족은 소비자로서 이러한 장소들을 끝없이 오가며 생활하지만 그들은 이런 환경에 완전히 적응했기 때문에 비-장소에서 아주 편안히 지낸다. 하지만 주인공 잭은 종종 소비자, 승객 혹은 운전자로서의 자기 역할에 대해 생각해 보기도 하고, 가끔 본인의 "정신과 육체가 잘못된 곳에 놓여 있다는 깊은 느낌을 경험"하기도 한다(Harack 313).

쇼핑몰은 비-장소의 대표적인 예다. 그곳에서 개인은 소비자로서 다른 사람과 사회적 관계가 아니라 계약에 의한 관계만을 맺고, 공간과의

---

57) 머잼 제바우어Mirjam Gebauer는 오제의 이론을 확대하여 비-장소를 모두 다섯 개의 종류로 구분한다. 이행의 장소, 중재된 장소mediated places(미디어를 통해 재현된 장소), 제한된 장소restricted places, 잃어버린 즉 잊히거나 버려진 장소lost-forgotten or abandoned-places, 그리고 상상의 장소imagined places가 그것이다. 하지만 제바우어의 비-장소에 대한 해석은 잃어버린 장소나 상상의 장소까지 비-장소의 범주에 포함시킨다는 점에서 지나치게 포괄적이다. 특히 잊혀서 사라진 장소와 상상의 장소는 사진이나 영화 등 비-장소의 재현에 대한 것으로 오제의 비-장소 개념과 일치하지 않는다. 이 장에서 나는 오제의 이론에 충실한 처음 세 개의 범주만을 사용하고자 한다. 각각의 범주는 서로 배타적이지 않으며 어떤 장소들은 다양한 범주의 특성을 동시에 보이기도 한다. 하지만 이 장에서 나는 『화이트 노이즈』에 나오는 각 장소의 가장 중요한 특성에 따라 장소를 분류하였다.

상호작용에 있어서 항상 텍스트의 중재가 필요하다. 물론 쇼핑몰 안에서 역사적 감각이 차지할 자리는 없다. 쇼핑몰은 모두에게 개방된 공간처럼 보이지만 사실 개인이 자본주의적 시스템 내부에 있으며, 구매력이 있음을 증명해 보여야 하는 사유화된privatized 공간이다. 잭은 현금인출기에서 든든한 잔고를 확인할 때마다 시스템이 자기를 "지지하고 인정"한다는 생각으로 "안도와 감사함이 물결"(46)처럼 밀려드는 것을 느낀다. 그가 시스템과 "조화를 이룬다"(46)는 사실이 그의 소비자로서의 정체성을 보장한다. 시스템과의 계약 관계가 겉으로 보이는 것은 아니지만, 소비자로서 잭의 자아가 "꽃 피는" 모든 과정이 그에 기반을 두고 있다(Zimmerman, "Public and Potential Space" 570). 이는 슈퍼마켓에서도 마찬가지다. 잭은 그곳을 자유롭게 들어가서 원하는 만큼 얼마든지 복도 사이를 돌아다닐 수 있다. 하지만 그곳을 떠날 때는 계산대를 통과하면서 본인의 결백과 지불 능력을 증명해야만 한다.

잭의 은행으로부터 날아온 편지는 잭이 시스템과 어떻게 텍스트를 통해, 좀 더 정확히 말하자면 코드를 매개로 하여 상호작용하는지를 보여준다.

주의하십시오. 며칠 후에 새 현금카드가 우편으로 도착할 예정입니다. 은빛 줄이 그려진 빨간 카드면, 비밀코드가 지금 현재의 것과 같습니다. 만약 회색 줄이 그려진 녹색 카드면, 카드를 지참하시고 지점에 가시어 새 코드를 등록하셔야 합니다. 생일과 관련된 코드가 인기가 많습니다. **경고.** 코드를 적어두지 마십시오. 코드를 직접 갖고 다니지 마십시오. **기억하십시오.** 고객님의 코드가 정확히 입력되지 않으면 계좌에 접근하실 수 없습니다. 코드를 알고 계십시오. 아무에게도 코드를 알려주시지 마십시오. 고객님의 코드만이 고객님이 시스템에 들어갈 수 있도록 합니다. (281 저자 강조)

모든 쇼핑 공간에서 잭에게 자유를 보장하는 잭과 은행 간의 계약은 그의 비밀 코드가 아무에게도 밝혀서는 안 되는 소비 사회로의 열쇠임을 주지시키고, 경고하고, 상기시킨다. 코드는 그가 시스템의 데이터베이스에 기록되고 디지털화된 그 자신과 동일함을 증명한다. 즉, 그의 코드가 바로 그의 정체성이다. 그의 코드는 그가 "시스템에 들어갈 수 있도록", 즉 쇼핑몰이라는 비-장소로 들어갈 수 있게 하는 비밀의 열쇠다.

이행의 장소인 쇼핑몰은 코드의 중재를 통해 잭이 "선물과 보너스, 뇌물과 팁baksheesh을 나눠주는 자, 베푸는 자benefactor"(84)로서 표면적 가족관계를 유지하게 한다. 동시에 쇼핑몰에서는 가족 간의 진정한 의사소통이 불가능하다. 그가 가족에게 돈을 펑펑 쓰며 느끼는 즐거움은 나르시시즘에서 비롯된 것으로, 몰의 어디를 가던 그는 가족이 원하는 것을 모두 베풀 수 있는 능력 있는 가장으로서의 자기 이미지만을 볼 뿐이다. 잭이 갑자기 돈을 맘껏 쓰고 싶게 만든 것은 사실 그가 몰에서 우연히 만난 아는 사람이 무심코 뱉은 말 한마디다. "[검은 안경과 중세 가운을 벗은] 당신은 정말 무해해harmless 보이는군요. 키만 크지 순하고 평범하게 늙어가는 그런 사람 같아요"(83)라는 말이 그가 애써 지켜온 정체성을 위협했기 때문이다. 잭은 맘껏 쇼핑함으로써 그의 무너진 "자존감self-regard"을 회복하고 심지어 자신이 "마음이 넓은" 사람이라고 느낀다(83). 잭은 몰에 온 다른 사람들을 떼를 지어 바삐 움직이는 곤충처럼 묘사함으로써 군중들로부터 거리를 두려고 노력하지만, 그의 "활기차고 행복한 거래"(84) 행위 자체를 볼 때 그도 쇼핑몰의 코드를 따라 특정한 방식으로 이동하고 소비하도록 길들여진 소비자 군중의 일부일 뿐이다. 잭과 그의 가족은 그들의 무리에 섞여 상점에서 상점으로 이동하면서 이것저것 냄새를 맡고 만지고 소비한다.

글래드니 가족이 몰에서 함께 어울려 다니면서 잭이 물건을 고를 때 조언을 해주긴 하지만, 그것이 그들 간의 유대를 공고히 하는 것은 아니다. 토마스 J. 페라로Thomas J. Ferraro는 소비문화를 공유함으로써 가족 구성원이 하나가 된다는 것이 환상에 지나지 않는다고 주장한다.

> [들릴로가 보기에] 소비주의는 개인 간의 연결성의 아우라라고 부를 만한 것을 생산한다. 즉, 연대감의 환상, 순간적으로는 기능하지만 지속적이지도 제한권도 없는 권력, 가족 연대의 성스러움 혹은 억압을 느끼지 못하도록 만드는 자극요인과 같은 것들 말이다. (20-21)

몰에서 일시적으로나마 그들을 하나로 묶는 것은 그들이 "순간적으로 기능하는" 소비자로서의 정체성을 공유한다는 사실뿐이다. 쇼핑을 마친 뒤 집으로 돌아가는 차량 안에서 맴도는 침묵과 "각자의 방"에서 "혼자 있고 싶은" 마음뿐인 그들의 상태는 그들이 피곤하다는 사실뿐 아니라, 쇼핑이 가족으로서의 유대감을 형성하는 데 기여한 바가 전혀 없다는 점을 시사한다.

잭은 쇼핑이 그의 정체성, 그의 개성을 회복시켰다고 생각하지만 몰에서 그가 확인한 정체성은 수많은 소비자들과 공유하는 일반적이고 일시적인 정체성이다. 폴 C. 캔터Paul C. Cantor에 의하면 잭은 "자기 자신의 가치와 정체성을 사러 다닌다"(53). 잭은 자기 정체성의 요소들을 외부, 즉 그가 몸에 걸치고 둘러싸기 위해 구매한 물건들에서 찾는다. "나는 나를 채우고, 나 자신의 새로운 면모를 발견하고, 존재한다는 사실을 잊고 있던 한 사람을 찾아냈다"(84). 쇼핑은 사실 그를 그 자신으로부터 더욱 소외시킬 뿐이다. 자기 자신이 쇼핑을 통해 채워야 하는 텅 빈 그릇과도 같이 느껴지기 때문이다. 그는 새로운 물건을 구입함으로써 자신에 대해 새로운 점을 배운다. 하지만 잭과 그가 쇼핑을 통해 자기 자신이라고 정의내린 그 "사람" 간의 거리는 그대로 남는다. 지머맨이 지적하듯이 잭이 얻는 것은 진정한 자신이 아니라 자신이 다른 사람과는 다르다고 생각하는 "구별에 대한 환상"뿐이다("Public and Potential Space" 570).

『화이트 노이즈』에서 쇼핑은 종교를 대신하고,[58] 모든 것을 새롭고 신선하게 새로 채워 넣는 성스러운 힘을 가진 자본주의의 신전 슈퍼마켓은 잭으로 하여금 죽음조차 잊게 만든다. 앤지넷 위이즈Annjeanette Wiese가 슈퍼마켓을 "포스트모던의 메카"(20)라고 불렀듯이, 글래드니 가족은 "새로 채워짐"과 "존재의 충만함"(20)을 느끼기 위해 슈퍼마켓에 주기적으로 들린다. 슈퍼마켓은 바깥세상으로부터 떨어져 나와 "봉쇄되고, 자족적sealed-off, self-contained"이며 "영원한timeless"(38) 장소로 그곳이 죽음으로부터 보호받고 있다는 환상을 갖게 한다. 미국환경과의 동료 교수 머레이 시스킨드Murray Siskind는 "이곳[슈퍼마켓]에서 우리는 쇼핑을 하지, 죽지 않아"(38)라고 딱 잘라 말한다. 독가스 유출사고 때문에 소개되었다 집으로 돌아온 이후, 잭은 도시 곳곳에서 "시간의 흔적"을 발견하지만, "물건이 가득 차있고, 음악이 흐르고, 조명으로 환한" 슈퍼마켓은 변화와 쇠퇴의 영향을 받지 않는다. 이곳에서 잭은 이제 "다 괜찮아졌고, 계속해서 그러할 것"이며, "슈퍼마켓이 있는 한 언젠가는 모든 것들이 더 좋아

---

58) 유정완은 신을 대신한 자본주의가 『화이트 노이즈』에 나타난 소비자들을 호출하고, 들릴로는 소비주체들이 그 호출에 대해 일상적으로 어떻게 반응하는지를 보여줌으로써 소비주의를 비판하고 있다고 말한다(88).

질"(162) 것을 믿는다.

　자동차는 글래드니 가족의 삶에 있어 중요한 또 다른 이행의 장소다. 글래드니 가족이 차에서 많은 시간을 함께 보낸다는 점을 고려해볼 때, 차는 단순한 교통수단 이상의 의미를 가진다. 그러나 차 안에서 그들의 대화는 산만해지거나 서로 빗나가기 마련이고, 가족 구성원 간의 상호관계 또한 종종 제한적이다. 물리적으로 함께 있다는 사실이 오히려 그들이 얼마나 서로 분리되어 있는지를 강조할 뿐이다. 글래드니 가족이 차 안에서 외식을 하던 날 밤의 에피소드는 이 기능적인 공간에서 그들이 물리적으로 함께 있지만 각각 따로 존재하고 있음을 보여준다. 그들은 "테이블을 두고 서로를 마주 볼 필요 없이" 단지 "위를 채우고 허기를 극복할" 요량으로 차 안에서 침묵 속에 모두 한 방향을 바라보며 저녁을 먹는다 (220). 잭은 "허기가 세계를 축소시켜서" 모두가 자기 손에서 1인치 떨어진 곳까지밖에 보지 못한다(221)고 말한다. 어둠과 침묵 속에서 그들은 닭튀김의 원하지 않는 부위를 바꿔 먹기 위해 "미묘하고 복잡한 신호와 코드가 서로 교차하는 네트워크"(220)를 만들되 아무 말도 하지 않는다. 스테피Steffie가 우주비행사에 대해 묻기 위해 침묵을 깨자, 마지못해 내놓은 몇 마디의 답변이 오가지만 그도 곧 끊기고 다시 모두 먹는 데 집중한다. 그들의 위가 모두 "차서" 배가 부르자마자, 그들은 바로 그곳을 떠나 집에 가고 싶어 안절부절못하기 시작한다.

　잭은 이러한 이행의 장소에서 시스템의 축복으로부터 소외당한 사람들이 길을 잃고, 미치거나, 혹은 죽기도 하는 시스템 바깥의 세계를 보지 않도록 보호받는다.59) 가족과의 일치감, 가족과의 진실한 의사소통에 대

---

59) 모든 사람들이 급변하는 비-장소의 환경에 잘 적응하는 것은 아니다. 블랙스미스에도 비-장소에서 소외된 사람들이 존재한다. 하지만 잭은 그런 사람들에게 관심을 보이지 않는다. 예를 들어, 실종이 되었다고 신고가 들어온 두 노인The

해 전혀 의심치 않으며, 정체성의 불안을 느낄지언정 자신이 만들어낸 이미지를 자기 자신이라 믿고, 죽음에 대한 막연한 두려움을 느끼지만 소비로부터 영원히 살 것 같은 환상을 찾는 잭은 실재하는 세계, 이행의 장소 바깥세상을 경험하지 못한다. 이러한 환상들은 중재된 장소에서 더욱 강화된다.

(2) 중재된 장소

중재된 장소들은 "인간이 예를 들어 영화와 텔레비전을 보거나, 컴퓨터 게임을 하거나 가상현실 시뮬레이션에 참여하는 등의 활동을 통해 [유/무선의 네트워크와] 상호작용을 하는 곳으로 인간은 이곳에서 상당히 많은 시간을 보낸다"(Gebauer et al. 14). 이상의 정의에 나는 개인이 이런

Treadwells은 쇼핑몰에서 나흘간 길을 잃은 채 헤매다가 잔뜩 겁을 먹고 탈진한 상태로 쿠키 판매대에서 발견되었다.

> 트레드웰 남매는 살아 있었지만, 고속도로 근처의 대형 쇼핑센터인 미드-빌리지 몰의 어느 버려진 쿠키 판매대에서 충격을 먹은 상태로 발견되었다. 그들은 쓰레기가 쌓인 키오스크로 피신하기 전까지 몰에서 길을 잃고 혼란에 빠져 겁을 먹은 채 이틀간 헤맨 것이 분명했다. … 그들이 왜 아무에게도 도움을 청하지 않았는지는 아직 아무도 몰랐다. 아마도 그곳이 너무 크고 낯선 데다 그들의 나이가 너무 많아서 멀고 위협적인 환경에서 무력해져서 표류하게 된 듯하다. (59-60)

잭이 정체성을 회복하기 위해 찾는 장소가 트레드웰에게는 악몽과도 같은 곳이다. 잭은 블랙스미스의 정신병원 환자들에 대해 아무것도 알지 못하지만 그 건물의 외양에 대해서는 자세히 알고 있다. 잭은 머레이와 농담을 주고받을 때를 빼고는 광장공포증을 가진 자신의 독일어 선생 하워드 던롭Howard Dunlop에 대해 아무런 인간적 관심을 두지 않는다.

종류의 비-장소와 상호작용하기 위해 사용하는 기호와 이미지들 또한 포함시키고자 한다. 이런 장소에서 개인은 텍스트의 중재를 통해 장소와 상호작용하고, 이 장소는 개인에게 "청자", "관객", 혹은 "고객"과 같이 한 장소에 모인 사람들이 임시로 공유하는 정체성을 부여한다. 소설에서 중재된 장소의 가장 좋은 예는 "미국에서 가장 사진이 많이 찍힌 헛간"과 잭의 집에서 찾을 수 있다.

미국에서 가장 사진이 많이 찍힌 헛간에 대한 에피소드는 어떻게 기호와 이미지가 관광사업을 증진하는 데 사용되는지, 그래서 어떻게 장소를 비-장소로 바꾸는지 보여준다. 헛간이 있는 곳까지 난 길에 선 다섯 개의 표지판은 관광객에게 무엇을 할지 지시한다. 부스에서 파는 엽서와 슬라이드에 나온 사진과 정확히 똑같이 사진을 찍을 수 있도록 올라가 사진을 찍을 수 있는 단상이 마련되어 있다. 헛간은 보지도 않은 채, 관광객들은 헛간의 사진을 찍는 모습을 사진 찍음으로써 헛간의 "아우라를 강화"시킨다(12). 그들은 프랭크 렌트리키아Frank Lentricchia가 적절히 표현하였듯이, "이미지의, 이미지에 의한, 이미지를 위한 사람들"(75)이지만 이 이미지도 "텅 빈 시뮬라크라"일 뿐이다(Weeks 290). 사람들은 이미 머릿속을 차지한 헛간의 표지판과 이미지를 통해 헛간을 보고 있으므로 사실은 헛간을 보지 못한다. 머레이가 말한 것처럼, "헛간에 대한 표지판을 한 번이라도 보면 헛간을 보는 일은 불가능"(12)해진다. 또한 중요한 것은 헛간 이미지의 재생산이지 그것의 과거가 아니기 때문에 이곳에는 역사가 들어설 틈이 없다. 머레이는 "처음 사진을 찍기 전의 헛간은 어떤 것이었을까" 하고 질문하지만 그 자신도 "아우라의 밖으로 나갈 수 없고" 그 또한 "아우라의 일부"(13)이기 때문에 답 찾기를 바로 포기한다. 잭은 이 장면에서 거의 존재감이 없다. 머레이가 미국에서 가장 많이 사진이 찍힌 헛간에 대한 이론을 늘어놓은 뒤, 자신의 이론에 대해 "대단히 기뻐하고 있다"는 점을 지적한 마지막 줄을 빼고는 머레이가 말하는 것을 기록하는 내내 침묵한다. 이 장면에서 잭의 침묵은 그 또한 다른 관광객들과 마찬가지로 헛간을 보지 못했다는 점을 시사한다. 잭은 비디오카메라처럼 이 현상에 대한 머레이의 해석을 단순히 기록할 뿐이며, 사실 머레이의 해석 또한 실은 「기계복제 시대의 예술 작품」에 나타난 발터 벤야민의 이론을 그대로 현상에 대입한 것이다.

집은 또 다른 중재된 장소다. 항상 켜있는 텔레비전이 아무 때고 맥락에 맞지 않는 소리를 내며 가족 간의 대화에 끼어든다. 인물들이 그 소리를 들었는지 못 들었는지 알 수 없는 가운데 뜬금없는 텔레비전 소리가 독자를 당황시키기도 한다. 텔레비전은 또한 글래드니 가족이 주말마다 행하는 일종의 의식에 중심이 된다. 이들은 으레 금요일 밤이면 중국음식을 시켜 놓고 텔레비전 앞에 둘러앉는 것이다.

> 그날 밤, 어느 금요일에, 우리 여섯은 중국음식을 시켜 먹으며 함께 텔레비전을 봤다. 이는 바베트가 정한 규칙이다. 바베트는 아이들이 부모 혹은 양부모와 일주일에 하룻밤쯤 함께 텔레비전을 보면 그 매체의 매력이 사라져서 그것이 가정을 위한 건전한 활동이 되는 효과라도 있는 것처럼 생각하는 듯하다. … 그날 저녁은 사실 우리 모두가 확실하진 않지만 일종의 벌을 받는 기분으로 앉아있었다. 하인리히는 조용히 앉아 에그롤을 먹었다. 스테피는 화면에서 누군가에게 수치스럽거나 모욕적인 일이 일어나려고 할 때마다 불쾌해했다. (16)

식탁 대신 텔레비전을 둘러싸고 앉아 있는 이들을 가족으로 만든 것은

"양부모"라는 단어의 삽입이 굳이 강조하는 것처럼 잭과 바베트의 결혼, 즉 법적 계약이다. 바베트는 금요일 밤의 의식이 그들을 한 가족의 일원으로 연결시키는 "가정의 건전한 활동"이 되기를 기대했지만, 실제로는 모두가 벌을 받는 기분으로 앉아있을 뿐이다. 하인리히는 조용하고, 스테피는 기분이 나쁘고, 잭은 저녁을 다 먹자마자 "밤늦도록 히틀러를 정독하기 위해" 슬그머니 사라진다. 텔레비전은 가족 구성원을 하나로 연결하는 데 실패한다.

게다가 텔레비전은 이들이 진정한 의사소통에 이르고 실재의 세계를 대면하는 것을 방해한다. 그들의 대화는 종종 텔레비전에 대한 퀴즈 사냥으로 빠져버린다. 데니스는 바베트가 정체불명의 알약을 복용하는 것을 발견한 이후로 바베트의 건강에 대해 걱정하고, 마침내 그 약에 대해 바베트에게 묻는다. (이 약은 바베트가 죽음에 대한 공포를 없애기 위해 실험 테스터가 되기로 자청하여 복용하기 시작한 다일라Dylar로 소설 후반부의 주요 플롯을 이끄는 역할을 한다). 하지만, 대화는 바베트가 본 어느 영화에 대한 것으로, 이어서 하인리히가 텔레비전에서 본 다른 영화로 흘러간다(Zimmerman, "Class Notes"). 이 대화를 관찰하면서 잭은 "가족이 세상의 모든 잘못된 정보의 요람"(81)이라고 생각하고, 머레이는 그것이 가족의 중요한 기능이며, "가족은 세계를 밀봉해 버리는 것을 목적으로 작동한다"(82)고 말한다. 텔레비전은 이 과정에 핵심적 위치를 차지한다. 어느 다른 금요일 밤, 앞선 텔레비전 시청 장면과는 대조적으로, 글래드니 가족은 텔레비전이 제공하는 재난의 이미지에 몰입한다.

우리는 늘 하던 대로 배달시킨 중국 음식과 함께 모두 텔레비전 앞에 모였다. 텔레비전에는 홍수와 지진, 산사태, 화산 분출 등이 나왔다. 우리는 금요일의 모임에서 이토록 우리의 임무에 집중해본 적이 없었다. 하인리히는 시무룩하지 않았고, 나도 지루하지 않았다. 시트콤을 보다가 남편이 아내에게 화를 내기만 해도 울 것 같던 스테피도 이 재앙과 죽음의 다큐멘터리 영상에 완전히 빠져들었다. … 집이 바다에 미끄러져 들어가고 밀려오는 용암 덩어리로 마을 전체가 탁탁 소리를 내고 불이 붙는 것을 보면서 우리는 반대로 침묵했다. 모든 재난은 우리로 하여금 더한 것, 더 크고 더 웅장하고 더 전면적인 것을 원하게 만들었다. (64)

그들은 "더한 것, 더 크고 더 웅장하고 더 전면적인" 재난을 보기 원하며 재난 장면에 결코 싫증 내는 법이 없다. 텔레비전은 재난을 당한 장소와 블랙스미스 간에 물리적, 그리고 심리적인 안전거리를 보장하면서 시청자로 하여금 불안과 죄책감 없이 끝없이 재난을 소비하게 한다. 잭의 동료, 미국환경학과의 학과장인 알폰스 스톰파나토Alfonse Stompanato에 의하면, 그들은 끊임없는 말과 사진, 사실의 흐름 때문에 텔레비전의 재난에 그토록 매료당하는 것이다. 그는 정보 시대에 "단지 재난만이 그들의 주의를 끌"고, 그들은 "재난이 자신들과 떨어진 곳에서 일어나는 한" 재난을 원한다고 말한다(66).

텔레비전은 그들의 세계와 재난에 휩싸인 실재the Real 세계와의 안전한 거리를 확보해주는 매체다.60) 텔레비전은 실재를 미학적인 경험과 재

---

60) 독가스 유출사고가 났을 때 잭은 텔레비전 쇼를 통해 얻은 잘못된 거리 감각에 의존한 반응을 보인다. 즉 "TV에서 본 홍수들"과 같은 텔레비전의 경험 때문에 잭은 가스 유출사고의 직접적인 위협을 부정한다.

이런 일은 위험에 노출된 지역에 사는 빈민들에게나 일어나는 일이야. 사

밋거리로 변화시키기 때문에 텔레비전에 나오는 재난들은 잭에게 잊을 수 없는 두려움을 주는 것이 아니라 오락거리가 될 뿐이다(Duvall 436-38). 실재는 일반적으로 한 개인이 상징계에 들어가는 과정에서 분리된 그 모든 것을 말하지만, 미디어와 이데올로기의 관계에 대한 존 두발John Duvall 의 논의는 그가 말하는 실재라는 것이 루이 알뛰세Louis Althusser의 "존재의 실재 조건", 즉 이데올로기들의 외부를 지칭한다는 점을 시사한다 (161). 텔레비전을 통한 "존재의 실재 조건"의 재현에 눈이 멀어서, 잭은 실재하는 현실을 재밋거리의 한 가지로 경험한다. 중재된 장소에서, 잭은 실재와의 직접적인 경험으로부터 효과적으로 분리된다. 재난과 끔찍한 죽음은 그의 세상 바깥에 있다. 하지만, 유한한 존재로서 그가 갖는 존재론적 불안은 그가 실재로부터 완전히 자유롭지 못하며 그가 그것의 존재를 감지하고 있다는 사실을 보여준다. 그가 아무리 깊숙이 비-장소에 파묻혀 지낸다 해도 그가 언젠가는 죽으리라는 사실을 부정할 수는 없다. 죽음에 대한 공포가 바로 잭과 실재, 즉 바깥 세계와의 경계를 이루는 프런티어다. 독가스Nyodene D에 노출되어 죽음의 위협을 직면하게 되기 전에도 이미, 잭은 "인간이 이해할 수 있는 영역 너머에서 떼로 몰려오는 생명의 어떠한 형태로부터 발생한 둔하고 위치를 파악할 수 없는 굉음"을 감지한다(36). 하지만 잭이 죽음에 대해 공포를 느낄 적마다 그는 비-장소로 도

회란 것이 본래 가난하고 못 배운 사람들이 자연 혹은 인간이 만든 재해에 주로 당하게 만들어져 있다고. 저지대에 사는 사람들이 홍수를 겪고, 판잣집에 사는 사람들이 허리케인이나 토네이도를 맞는 거야. 난 대학교수야. 대학교수가 홍수 때문에 보트를 타고 노를 저어 집 앞 골목을 빠져나가는 걸 텔레비전에서 본 적이 있나? 우리는 대학 근처에 있는 고풍스러운 이름을 가진 깨끗하고 쾌적한 도시에 살고 있어. 이런 일은 블랙스미스 같은 곳에서는 일어나지 않는다고. (112)

피한다.

화면의 이미지로부터 자신의 일상생활을 확실히 분리시키는 텔레비전의 기능 때문에, 텔레비전에 바베트가 등장했을 때 온 가족, 특히 잭이 가장 놀란다. 그 이미지, "흑백의, 움직이지만 동시에 평면적인, 멀리 떨어져 영원한 이미지로 봉인된 그 얼굴"이 하도 이상해서 잭은 "그건 바베트였지만, 바베트가 아니었어"(103)라고 말한다. 텔레비전이 거리distance의 매체라는 것을 알지 못하는 와일더만이 두려움 없이 텔레비전에 다가가 바베트의 이미지를 어루만진다.

텔레비전은 또한 집처럼 가장 사적인 공간을 상업적 메시지와 무작위적인 인용문의 형태로 침범한다.[61] 텔레비전의 변함없는 존재는 "신호와 메시지의 혼합체, 여러 소리를 균일하게 만든 하나의 모든-소리one all-sound", 즉 백색소음을 만든다(Yurick 366). 텔레비전 소리는 맥락과 상관이 없고, 가족 중 특정한 누군가를 향한 메시지도 아니어서 별 영향력이 없어 보인다. 하지만, 스테피의 잠꼬대가 증명하듯이 텔레비전은 글래드니 가족의 무의식에 영향을 미친다. 잭이 독가스에 노출되어 언제 죽을지 모른다는 소리를 들은 날 밤, 잭은 스테피가 자면서 "토요타 셀리카"를 반복해 말하는 것을 듣는다. 잭은 그 소리가 "설형문자로 석판에 새겨진 하늘나라 고대 신의 이름처럼 아름답고 신비롭다"고 느끼고, 그

---

61) 『화이트 노이즈』에 대한 비평은 대중매체가 만들어내는 소음의 주요 부분을 차지하는 텔레비전의 위치와 그것이 가족에 미치는 영향에 대해 오랫동안 다루어 왔다. 예를 들어, 톰 르클레어Tom LeClaire는 텔레비전이 "조절하고, 위로하고, 왜곡하고, 알리고, 심지어는 미스테리의 원천이 되기도 하는" 등 다수의 역할을 수행한다고 말한다(397). 두발은 텔레비전이 어떻게 시청자가 "소비의 미화된 공간으로 들어가게 함으로써 죽음으로부터 일시적으로 벗어날 수 있게 해주는지"(493) 고찰한다.

소리로부터 "멋진 초월적 순간의 충격"(149)을 느낀다. 소설 중간에 여러 상품의 이름을 이어붙인 어구가—예를 들어, "마스터카드, 비자, 아메리칸 익스프레스"(100)나 "다크론, 올론, 라이크라 스판덱스"(52)—만트라처럼 반복되기도 하는데, 이 되뇌임의 주체가 누구인지 분명하지 않지만 그것이 전달하는 메시지는 분명하다. 렌트리키아가 말한 것처럼 이 만트라를 무의식적으로 발화하는 주체가 이 소설의 화자인 잭이라면, 그는 그저 "말을 [전달]하는 매체medium일 뿐"(86), 소비주의가 그를 통해 발화·전파된다.

(3) 제한된 장소

제한된 장소는 "출입을 통제하는 주거단지gated communities, 감옥, 집단수용소"와 같이 "이용자들의 정체성이 확인되어야 하고 출입이 제한되는" 장소이고, 공항, 기차, 호텔과 같은 일부 이행의 장소들도 이에 속한다(Gebauer et al. 13).[62] 그의 책에서 오제는 난민 캠프를 비-장소의 하나로 언급하기는 하지만 그것이 어떻게 비-장소로 기능하는지 설명하고 있지 않다. 제바우어는 이러한 종류의 비-장소를 설명하기 위해 미셸 푸코Michel Foucault의 헤테로토피아 개념을 이용한다. 제바우어에 의하면 헤테로토피아적인 비-장소는 "일탈 그리고 배제와 표준화의 과정"과 "위기와 변화의 상황에 처한 사람들"에게 주의를 기울이게 만든다(13). 『화이트 노이즈』에서 글래드니 가족이 독가스 유출사고 때문에 피신해 머물게 된 대피 캠프도 대략 이러한 종류의 비-장소에 속한다. 그곳은 대피자들을 위해 준비한 장소로 막사와 간이침대로 이루어져 있으며 표준화되어있

---

62) 나는 제한적 공간에 대한 논의를 소설의 두 번째 파트에 나오는 대피 캠프에 대한 분석으로 한정하고자 한다.

다. 그들이 블랙스미스로부터 쫓아내야 할 "일탈자"인 것은 아니지만, 그들 중 하나가 말하듯, 그들은 "중세 시대의 나환자들처럼 격리수용되었다"(155). 대피 캠프는 앞서 말한 다른 장소들처럼 기능적 장소라는 면에서 비-장소지만 잭에게 삶의 실재 조건들을 드러내 보여준다는 점에서 그것들과 근본적으로 다르다. 그는 자신이 재난들로부터 안전하다고 믿어온 것이 착각에 지나지 않았음을 깨닫는다. 또한 시스템의 관점에서 그는 단지 데이터의 총합에 지나지 않기 때문에 자신이 죽어가는 과정으로부터 스스로 소외되었다는 사실을 깨닫는다. 캠프에서 사람들 간의 상호작용과 그곳의 환경은 블랙스미스에서의 "정상적인" 삶을 거울처럼 비춘다. 블랙스미스에서 보이지 않던 것을 볼 수 있게 되면서 잭은 중요한 변화를 겪는다.

대피 캠프가 블랙스미스와 기이할uncanny 만큼 닮았다는 사실 때문에 잭은 단 한 번도 의심해본 적이 없는 블랙스미스의 여러 문제들을 인식하게 된다.

> 작은 무리의 사람들이 어떤 남자들 주위로 몰려들었다. 이곳에 정보와 소문의 원천이 있었다. … 진실, 거짓, 그 밖의 다른 종류의 뉴스들이 이 밀집한 무리들로부터 기숙사로 퍼져나갔다. 한 번 말해진 것들은 영원히 떠다니는 상태로 존재했다. 그 어느 것도 다른 것들에 비해 더 혹은 덜 그럴듯하지 않았다. 사람들이 갑자기 현실에서 튕겨져 나왔기 때문에, 우리는 그것들을 구별해야 할 필요로부터 자유로워졌다. (129)

몇 남자들 주위로 돌아가는 상황에 대해 정보를 얻기 위해 군중이 모여든다. 그들이 모두 "현실에서 튕겨져 나왔"다면서 잭은 마치 이 상황이 현실이 아닌 것처럼 묘사하고 있지만 사실 이 상황이 진짜 현실이다. 그가 현실에서 갑자기 튕겨 나온 것이 아니라 바로 현실에 던져진 것이다. 동시에 그가 믿고 있는 것처럼, 블랙스미스에서 정보와 소문이 항상 구별이 되었던 것도 아니다. 그곳에서는 타블로이드판 신문이 소식통이 되고 사건 해결을 위해 심령술사가 경찰을 돕기도 한다.

이 공간에서, SIMUVAC—모의 대피 훈련simulated evacuation을 줄인 말—이 실제 상황을 시뮬레이션의 모델로 사용함에 따라 실재와 시뮬레이션이 서로 뒤바뀐다. 잭이 증상symptom이 "징후sign인지 그것thing(징후의 원인)"(123)인지 모르겠다고 말하는 것처럼, 실재를 우선시하고 시뮬레이션은 실재가 아니라고 생각했던 이제까지의 믿음이 뿌리째 흔들린다. SIMUVAC에서 파견된 남자와 잭이 나눈 대화는 어떻게 한 개인이 "기호symbols의 망" 속에서 "자기 자신의 죽음에 대해 이방인처럼 느끼게 되는지"를 보여준다(137). 잭의 역사에 "접속한taps into" 남자에 의하면, 잭은 단지 그에 대한 "데이터의 총합"에 지나지 않는다(136). 잭은 막연하게 자신이 언젠가 맞게 될 죽음이 "비폭력적이고, 소도시다우며small-town, 사려 깊은thoughtful"(76) 성격의 것이리라 생각했었지만, 죽음이 기대치 않게 갑자기 침범해 오면서, 그가 이제까지 어렴풋이 감지하기는 했지만 그 존재를 깨닫지 못했던 비-장소의 외부, 실재의 영역을 보게 된다.

대피 캠프와 같은 제한과 통제의 공간에 와서야 잭이 다른 사람들과 동일시를 하고 공동체에 소속감을 느낀다는 것은 아이러니하다. 죽음이 그에게 "들어와"서 이제 그의 "안에" 있다는 깨달음(137) 때문에 잭은 극적으로 변화한다. 캠프에서 잭은 그동안 블랙스미스에 살면서 주의를 기울이지 않았던 것들에 대해 깨닫기 시작한다. 그는 다른 사람들을 더 개방적으로 대하고 그들에 대해 이해심을 보인다. 그는 다른 "오도 가도 못하는 영혼들"과 동질감을 느끼고 "역사에서 사라진 습하고 벌거벗은 너른 회색 지역"이 "공동체의 열의와 목소리로 가득 차서 이제는 이상하게도 호감이 가는 곳"으로 변한 것을 경험한다(126). 바베트가 캠프 사람들에게 타블로이드 신문을 읽어주는 것을 들으면서 잭은 "우리가 미디어 재해의 공적인 일부가 되었다"는 것을 깨닫는다(141). 즉, 처음 독가스 유출사고가 나던 당시에 자신이 재해의 영향을 받을 수 있다는 가능성 자체를 부정하던 잭이 이제는 자기의 가족이 미디어 재해의 일부가 된 것을 인정하는 것이다.

3_ 프런티어-실재계의 침입

캠프에서의 깨달음 이전에도, 잭은 그가 살고 있는 세상 너머의 그 무엇인가를 느껴왔다. 하지만 비-장소로부터 축출된 것들을 직면하는 것보다 비-장소가 제공하는 것들이 주는 안위에 머무는 것이 더 쉽기 때문에 프런티어에 대한 잭의 이 모호한 느낌은 억압되고 잊혔다. 잭이 하루는 고속도로-고속도로는 중간에 다른 길로 새는 일 없이 사람을 한 장소에서 다른 장소로 이동하게 하는 고도로 기능적인 공간이다-를 달리다가 갑자기 고속도로를 벗어나 강가로 난 길을 따라가다가 우연히 "차량의 소음 너머에 있는"(97) 블랙스미스시의 옛 묘지를 방문하게 된다. 블랙스미스가 작은 마을이었을 때부터 있던 오래된 그곳은 "작고, 호칭이 붙어 있긴 하지만 잔뜩 얽고 곰팡이와 이끼로 뒤덮여 이름과 날짜를 알아볼 수 없는"(97) 아무도 돌보지 않는 묘비처럼 기념비로 남지 않을 역사의 장소다. 잭은 마치 무덤에 묻힌 죽은 자들의 목소리를 듣기라도 하려는 것처럼 몇 번이고 멈추어 서서 귀를 기울인다. 그는 "아마도 우리들은 그들이 꾸는 꿈"일지도 모른다고 생각한다(97). 그의 이런 상상은 잭이 그 묘지에서 죽음을 너무나 실재적으로 느낀 나머지 오히려 그의 삶이 그렇지 않다고 느꼈다는 점을 시사한다. 하지만 본인의 죽음을 연상시키는 이런 생각이 더 깊은 사색으로 이어지지는 못한다. 잭은 일상의 안온함으로 서둘러 돌아간다. 그는 "매일 매일이 목적 없이 지나가길. 계절이 그저 흘러가길. 계획에 따라 행동을 취하며 사는 일 없기를"(97) 소원한다.

프런티어는 도시의 주변에 있는 물리적으로 떨어진 곳에만 있는 것이 아니다. 잭의 집에도 프런티어를 상기시켜주는 존재가 있다. 바로 스물다섯 개의 단어밖에 모르는, 그리고 머레이의 말을 빌자면, 죽음에 대한 공포가 없기 때문에 인간의 "한계로부터 자유로운"(276), 아직 아장아장 걷는 나이의 와일더다. 와일더가 (아무도 모를 이유로) 74시간 시간 동안 쉬지 않고 울다가 갑자기 멈추자 글래드니 가족은 와일더를 경외에 차서 바라본다.

마치 와일더가 황량한 사막 혹은 눈 내리는 산맥같이 어디 머나먼 성스러운 곳 ─ 우리들의 평범한 노력으로는 경의와 가장 숭고하고 어려운 범주의 위업을 위해 아껴둔 감탄 없이 볼 수 없는 곳, 중요한 것이 말해지고, 보이고, 거리가 사라지는 그런 곳things are said, sights are seen, distances reached ─ 을 떠돌다 이제 막 돌아온 것 같은 기분이었다. (79)

잭은 막연하게 "중요한 것이 말해지고, 보이고, 거리가 사라지는 … 성스러운 곳", 감각이 현실로부터 차단되지 않고 진정한 의사소통이 일어나는 곳이 있다고 느낀다. 그날 아침 아직 울고 있는 와일더를 무릎에 앉힌 채 차에서 바베트를 기다리는 동안 잭은 와일더의 울음이 그를 "완전히 적시도록" 내버려 둠으로써 "그 안으로 들어가고", 마침내 "와일더가 길을 잃고 정지한 채 머물고 있는 그곳에서 그를 만날 수 있었다"(78). 잭은 이 경험을 통해 언어라는 매개 없이 이룰 수 있는 진정한 의사소통의 가능성을 얼핏 엿보지만 이것이 그를 더 나아간 자각으로 이르게 하지는 못한다.

잭은 프런티어의 존재를 감지할 때마다 비-장소가 제공하는 영원함과 안전이라는 환상으로 달아나곤 했지만 그의 죽음이 임박했다는 절박한 깨달음 이후 크게 변화한다. 그는 진정한 의사소통과 비-장소에서 보이지 않는 측면에 대한 지식, 시스템에 대한 저항을 추구하기 시작한다. 그는 그의 동료 교수들이 죽음과 병에 대해 가볍게 나누는 수다를 더는 견딜 수가 없다(207). 바베트와 다일라에 대해 진지한 대화를 시작해보려고 시도하고(213), "소비자 의식의 어두운 이면"을 살피고(247), 불우한 사람들을 향한 깊은 연민으로 광고의 뒷이야기를 상상하며(267), 자신이 소유한 것들을 내다 버리고(249-50, 280-81), 바베트에게 다일라를 주는 보답으로 섹스를 요구한 밍크 그레이를 죽일 계획을 세운다. 잭은 소비자로 살아온 이제까지의 그의 삶이 덫이 되어 그를 붙잡고 있다는 것을 깨닫는다. 그는 "낡고 싫증 난 물건들"(249)뿐만 아니라 "졸업장, 수료증, 상과 표창"(280) 또한 모두 내다 버린다. 그는 그가 버린 물건들이 "그를 지금의 궁지에 빠뜨렸다"며 그것들이 그를 "끌어내려서 탈출이 불가능하게 만들어 버렸"음에 대해 유감이라고 말한다(280). 밍크를 죽일 계획을 수행하기 위해서 아이언 시티를 향해서 떠나던 날 밤, 잭은 스스로에게 "시스템에 복종하기를 그냥 멈추자"(280)고 말한다. 잭은 단호히 블랙스미스의 안전지대를 뒤로하고, 아이언 시티의 "버려진 차들, 수거되지 않은 쓰레기, 저격-발사, 검게 그을려가는 소파와 부서진 유리창의 지역"을 지나, 주조공장 근처에 있는 모텔을 향한다(289). 아이언 시티의 풍경은 그것이 연상시키는 죽음과 쇠퇴, 즉 잭이 이제껏 대면하기를 거부해온 모든 것을 반영한다. 잭은 단호한 결심과 머릿속으로 수차례 반복한 리허설에도 불구하고 그레이를 죽이는 데 실패한다. 게다가 그레이가 피를 흘리다 죽도록 내버려 두는 대신 잭은 그를 끌고 병원으로 가 치료를 받게 한다. 이는 잭이 그와 마찬가지로 미디어와 쇼핑, 그리고 테크놀로지에 중독된 그레이에 대해, 그의 "또 다른 자야"(이정희 203)로서 무한한 연민을 느꼈기 때문이다.

소설이 끝날 때, 잭은 더 이상 비-장소가 주는 환상 속에 갇힌, 미디어와 쇼핑, 테크놀로지의 눈먼 중독자가 아니다. 캐런 윅스Karen Weeks는 잭이 전혀 바뀌지 않았으며 "다시 그의 루틴, 죽음에 대한 부정으로 돌아갔고 그래서 의사의 전화에 답을 하지 않는다"(205)고 주장한다. 하지만 의사의 전화를 받지 않는 것이 곧 죽음을 부정하는 것이라고 볼 수는 없다. 잭은 차크라바티 의사가 그의 특이한 상황을 본인 연구를 위한 데이터베이스에 수집하려는 목적으로 그에게 관심을 보이는 것을 알고 있다. 잭은 또다시 "이미지의 블록 … 그것의 자기장, 전산화된 세포핵의 파동"(309)에 삽입되기를, 즉 "데이터의 총합"이 되기를 거부하는 것이다. 소설의 마지막 장에서 잭은 독가스 유출사고 이후 경외심을 자아낼 만큼 장관을 이루는 석양을 보기 위해 저녁마다 사람들이 모이는 다리로 향한다. 그곳에서 그는 이제까지 블랙스미스에서 살고 있다고 생각하지 못한, 아마 보았어도 존재를 지각하지 못했던, "장애인과 무력한 사람들"(309)과 한데 섞여 석양을 바라본다. 그 다리는 비-장소로부터 벗어날 수 있는 예외적 공간이다. 그곳은 독가스 유출사고를 기억하는 동네 사람들이 모여서 그날을 기억하는 장소다. 그곳은 차로 이를 수 없고, 그곳에서는 아무도 라디오를 켜거나 그 밖의 소음을 내지 않는다.

허구의 교외 도시를 통해, 들릴로는 쇼핑몰, 슈퍼마켓, 자동차와 같은 이행의 장소, 미국에서 가장 많이 사진을 찍은 헛간, 집 같은 중재된 장소, 대피 캠프처럼 제한된 장소를 통해 비-장소의 지도를 제시한다. 이행의 장소에서 잭은 함께 쇼핑을 함으로써 가족과 하나가 된다고 믿는 환상 속에 고립되고 거짓된 삶을 산다. 미디어가 비-장소를 완전히 장악해서 잭은 집에서조차 대중 매체에 의해 방해받거나, 다른 데로 주의가 분산되어 가족과 진정한 대화를 가질 수 없다. 대피 캠프에서 잭이 경험한 것이 그로 하여금 다른 비-장소에서의 환상과 소외에 대해서도 눈을 뜨게 한다는 점에서 제한된 장소는 패러독스의 공간이다. 잭에게 있어 비-장소가 죽음과 혼돈, 즉 실재로부터의 피난처였다는 점을 고려할 때 더더욱 그러하다.

들릴로가『화이트 노이즈』에서 보여주는 지도는 비-장소만이 아니라 프런티어 너머의 장소도 얼핏 보여준다. 특히, 이 소설은 비-장소의 코드를 깸으로써 그것의 우주를 뒤흔드는 월경transgression의 궤적을 상상을 통해 그려낸다. 와일더가 세발자전거를 타고 고속도로를 건너는 장면은 위즈가 말하듯 "더 큰 맥락에서 설명을 하거나 일관성을 부여하려고 애쓰지 않기 때문에"(19) 종종 하나의 "기적"(Eaton 44)으로 여겨졌다.63) 와일더가 고속도로를 무사히 건너는 "기적" 이야기는 앞서 말한「수영하

---

63) 마크 이튼Mark Eaton은 "이 기적을 어떻게 이해해야 할지 전혀 알 수 없다"(44)고 하면서도, 이 장면이 소설에 영적인 차원을 더하면서 "들릴로의 교외 풍경이 역설적으로 세속적이면서도 영적인 의미, 초월적인 것, 기적에 대한 감각"을 갖는다고 말한다(45).

는 사람」에서 메럴이 겪은 온갖 어려움과 큰 대조를 이룬다. "기적"이라고 밖에 설명할 방법이 없긴 하지만, 우리가 더 관심을 가져야 할 것은 기적 자체가 아니라 와일더가 비-장소의 대표적인 공간, 고속도로에 어떤 현상을 초래했는가 하는 점이다.

> 운전자들은 이게 도대체 무슨 일인지 차마 이해하지 못했다. 벨트를 매고, 잔뜩 웅크린 자세로, 그들은 이 장면이 고속도로에서 질주하는 의식, 넓은 리본이 달린 모더니스트적 흐름에 전혀 어울리지 않는다는 것을 알고 있을 뿐이었다. 스피드라면 알겠다. 표지판과 패턴과 순식간의 삶도. 하지만 도대체 이 굴러가는 조그맣고 흐릿한 물체를 어떻게 이해해야 한단 말인가? 세계의 어떤 힘이 빗나갔다. 사람들은 방향을 확 틀고, 브레이크를 밟고, 경적을 길게 울려 본능적 탄식을 내뱉었다. … 차들이 재빨리 피해서 길을 벗어나 갓돌에 올라갔고 깜짝 놀란 사람들이 유리창으로 머리를 내밀어 무슨 일인지 살폈다. (307)

와일더가 고속도로를 건너는 행위는 "고속도로에서 질주하는 의식", 비-장소의 우주에 혼돈을 가져왔다. 자동차의 흐름은 끊기고, 운전자들은 "깜짝 놀랐다." 정체성 없이 맨몸으로 고속도로에 선 메럴은 비웃음과 조롱의 대상이 되었을 뿐이다. 하지만 와일더는 자신이 무엇을 했는지도 모르는 채 고속도로에 놀라움과 혼동을 가져왔다. 소설이 슈퍼마켓에서 상품의 위치가 다 바뀌었기 때문에 큰 혼란에 빠진 사람들의 장면으로 끝나는 것은 우연이 아니다. "파장과 방사선"이 있는 곳에, 위반과 소동이 있다.

4_ 『언더월드』—자본주의의 지도

이 책의 3장에서는 20세기 중엽에 자본이 도심에서 빠져나가 교외로 집중하면서 도심이 급격히 슬럼화되고, 다시 80년대에 도심의 큰 지대 격차를 노리고 자본이 도심으로 집중하면서 젠트리피케이션이 일어나는 과정을 살펴보았다. 4장에서는 20세기 중엽에 교외로 떠나간 사람들이 모두 꿈꾸던 대로 행복한 삶을 누린 것은 아니었다는 것, 교외 고딕 문학이 그러한 현실을 어떻게 재현해 드러내는지 논했다. 이어서 5장은 교외가 꼭 고딕 장르에서 보이는 것처럼 끔찍한 공간이 아닐지라 해도 그곳이 기억과 역사로부터 유리되어 개인이 어느 장소와의 관계를 통해 본인의 정체성을 확립하거나 가장 가까운 사람 사이조차도 진정한 관계를 맺기 어렵게 만드는 비-장소가 되었다는 것을 『화이트 노이즈』를 통해 밝혀보았다. 이제 2부의 결론을 대신하여 들릴로의 『언더월드』를 소개하려 한다. 이 작품이 『화이트 노이즈』가 미처 다하지 못한 비-장소로서의 교외에 대한 이야기를 담고 있을 뿐만 아니라 교외를 도시와의 관계, 자본과의 관계 속에서 조망할 수 있도록 하기 때문이다. 이것이 "소개"에 그치는 이유는 소설에서 교외 지역이 차지하는 부분이 『언더월드』의 방대한 스케일에 비해 아주 작기 때문이다.

『언더월드』는 1951년부터 1990년대까지 40여 년간 미국사회에 일어난 크고 작은 중요한 사건과 문화현상을 시공간을 넘나들며 다루고 있어서 일목요연한 플롯 요약이 불가능하다. 하지만 공간이라는 주제를 중심으로 거칠게 요약해보자면 이 소설은 주인공 닉 셰이Nick Shay가 뉴욕의 브롱스the Bronx에서 애리조나주 휘닉스Phoenix의 교외로 이동해간 궤적을 쫓아, 닉의 경험을 통해 기억, 이야기, 언어, 생각, 역사가 서로 한데 어울리며 만들어내는 "배치agencement"의 장으로서의 도시 공간과 장소성을 상실한 사회적 구성물로서의 교외 공간을 대비시키고, 이러한 대비를 통해 "부유하고 한가로운 교외의 요새와도 같은 공간과 그것의 기묘한 짝을 이루는 속이 다 파헤쳐진 도심 속 폐허의 지리처럼 상호모순적인 것들을 만들어내는 자본의 감춰진 논리를 파헤친다"(Heise 221).[64]

　교외의 삶은 닉으로 하여금 유년의 아픈 기억으로부터 안전거리를 확보할 수 있게 해준다. 과거를 박물관화하는 교외의 비-장소적 특성이 이것을 가능하게 한다. 비-장소는 과거를 "나열하고 분류하여 '기억의 장소'라는 지위를 부여"(Augé 63)하지만 그곳에는 역사가 끼어들 틈이 없다(Augé 83). 닉은 브롱스에서 나고 자랐다. 하지만 닉은 담배를 사러 나갔다 다시는 돌아오지 않은 아버지와 의도치 않은 살인, 그리고 소년원에 대한 기억을 뒤로하고 마치 "목격자 보호 프로그램에 속한 사람처럼" 과거와 단절하여 머나먼 휘닉스의 교외 지역으로 도망한다. 닉은 지금 살고 있는 곳에서는 역사가 "조심스럽게 박물관과 광장과 묘지에 안치"되어 그의 삶과 완전히 분리되어 좋다고 말한다(86). 박제가 된 과거는 더 이상 그를 위협할 수 없기 때문이다. 브롱스에 혼자 남았던 어머니가 애리조나에 와서 생의 마지막 몇 년을 보낸 뒷방은 닉의 과거가 묻힌 "묘"이자 "박물관"이 된다. 예를 들어 닉은 아버지가 영영 돌아오지 않은 것은 그가 갱스터의 총을 맞고 죽었기 때문이라고 믿는다. 하지만 어머니는 아버

---

64) "배치"는 들뢰즈와 과타리의 개념으로 영어로는 보통 assemblage로 번역이 되고, "배치" 개념을 사회·공간 이론에 들여온 마누엘 들란다Manuel DeLanda도 assemblage를 사용한다. 하지만 assemblage가 하나의 총체적 구성물을 가정하는 것에 반해 agencement 개념에서는 부분의 합이 하나의 총체를 만들지 않는다. 더욱이 이 글에서는 한 장소를 구성하는 부분들이 서로 상호 관계를 일으키는 가운데 그때그때 사람과 환경이 함께 만들어내는 역동적인 효과로 공간을 정의 내리는 킴 도비Kim Dovey의 관점에서 닉의 도시 경험을 설명하고 있으므로 "배치"가 agencement의 의미로 사용되었음을 분명히 하고자 한다.

지가 가족을 버렸다고 생각한다. 브롱스에 가서 만난 어머니와 브롱스의 장소성은 닉의 개인적 신화에 위협이 되지만, 브롱스를 떠난 어머니는 맥락을 제거한 기억과도 같아서 더 이상 위협이 되지 못한다. 뒷방의 박물관화는 어머니의 죽음으로 완성된다. 어머니가 보고 또 보던 옛 TV 쇼 "신혼부부들The Honeymooners"의 재방송처럼, 교외의 비-장소는 닉에게 맥락 없이 반복적이어서 오히려 안온한 삶을 제공한다. 그에게 있어 브롱스는 화석화된 기억의 장소이기도 하지만 동시에 교외의 삶과 대비되는 "실재the real"의 공간이다. 가끔 닉은 "무질서한 날들 ⋯ 진짜 거리real streets를 걷고, 뭐든 확 저지르고, 항상 화가 나서 [받을] 준비가 되어 있던, 남들에겐 위험하고 나 스스로에겐 머나먼 미스테리였던"(810) 그때를 그리워한다. 그곳에서 그는 항상 "성이 나있는 근육질의 멍청이"였지만 그때 그가 "실재"했다고, 진실로 살아있었다고 느끼기 때문이다(810).

　『언더월드』는 여러 시기에 거쳐 브롱스를 거친 사람들의 다양한 궤적을 담고 있어 교외의 삶과 대조를 이룬다. 닉과 닉의 가족, 닉의 과학 선생님이었던 알버트 브론지니Albert Bronzini, 알버트의 전 부인이자 한때 닉과 혼외관계를 맺었던 예술가 클라라 색스Klara Sax가 세계 이차대전 이전부터 브롱스에 살던 이태리계와 유대인계 주민들의 이야기를 들려준다면, 그래피티 작가 이스마엘 뮤노즈Ismael Muñoz와 집 없는 소녀 에스메랄다Esmeralda의 이야기는 브롱스가 완전히 슬럼이 된 이후 폐허가 된 브롱스에 남은 소수민족과 사회적 약자들의 이야기를 들려준다. 그들의 이야기가 시간의 흐름을 무시하고 소설 곳곳에 흩뿌려져 있어 브롱스라는 공간에 한데 던져져 있다고 느끼게 만든다. 그러나 동시에 그들이 경험하는 브롱스는 1950년대부터 90년대에 이르는 기간에 브롱스가 겪은 변화의 궤적을 반영하고 있어서『언더월드』속의 브롱스는 교외의 화석화된 기억과 달리 다양한 사람과 사건 간의 끝없는 협상 과정을 거쳐 변화하는 장소로 그려진다. 도린 매시Doreen Massey의 말을 빌리자면, 브롱스는 장소의 "함께내던져져있음throwntogetherness"이라는 특성을 가지고 있어 교외의 탈역사화되고 획일적인 비-장소와 확연히 구별된다. 매시는 장소가 "이전에 관계가 없던 것들이 함께 모여" 협상을 이끌어 내는 일종의 "사건event"이라고 말한다(141).

『화이트 노이즈』가 비-장소가 된 교외 사람들이 겪는 정신적 불모의 문제와 유목의 불가능성을 그려내고 있다면 『언더월드』는 이러한 교외의 삶이 어떤 맥락에서 생겨났는지, 자본주의와 어떤 관계가 있는지, 도심의 폐허와 함께 나란히 제시한다. 『언더월드』의 세계에서는 교외의 부와 도시의 빈곤, 자본의 자기증식과 쌓여가는 폐기물, 제1세계의 번영과 제3세계의 고통(닉의 회사는 카자흐스탄에서 핵폐기물 폭발을 "구매"한다)이 서로 밀접히 연결되어 있다. 이 거대한 시스템에서 인간이 변화를 가져올 수 있는 영역은 거의 없어 보인다. 범죄와 빈곤으로 폐허가 된 브롱스에서 죽어간 가엾은 아이들의 영혼을 위로하는 그래피티 벽화를 그리는 이스마엘에게서 실낱같은 희망을 발견할 뿐이다. 그는 거대한 광고판을 화폭 삼고 달리는 기차를 조명으로 하여 무참히 죽어간 에스메랄다를 "부활"시키고, 타인의 불행에 무감각해진 도시의 관중들을 일깨운다. 『마오 II』Mao II에서 예술과 테러리즘의 관계에 질문을 던지기 시작한 이래, 들릴로는 『언더월드』와 『폴링 맨』Falling Man에서 테러리스트처럼 시민의 눈을 "공격하는" 예술가들을 등장시킨다. 그들은 투자의 대상이 된 미술품과 예술가를 옥죄는 시장에서 벗어나 유목하는 예술가들이다. 진정 예술이 구원이 될 수 있을 것인가 들릴로는 질문한다. 소설 속에서는 유목하는 예술가들 모두 죽고 말았지만 들릴로의 소설은 남았다. 대답은 독자의 몫이다.

3부

뱀파이어—도시의 타자들

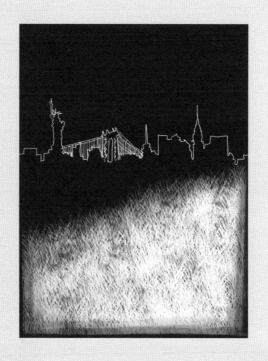

6장

뱀파이어와 내부의 외부인들

프란시스 로렌스의 『나는 전설이다』와 9/11 이후 미국의 국토안보[65]

이 책의 1부에서 뉴욕이 19세기에 이미 계급에 따라 "두 개의 도시", 다시 말해 중상류층의 도시와 제이콥 리스가 "다른 절반"이라고 부른 하층민들의 도시로 나뉘었다는 이야기를 한 적이 있다. 중상류층의 부를 지탱한 막대한 부동산 수익과 그들이 사용하는 모든 소비재의 생산이 모두 하층민들에게서 비롯되었지만, 서로 왕래 없이 거의 완벽하게 격리된 공간에서 살았기 때문에 중상류층은 리스와 같은 저널리스트의 글과 사진을 통한 지식 외에 하층민들에 대해서 거의 아는 바가 없었다. 계급에 따른 거주지의 양극화 현상은 지금도 여전히 변함이 없다. 한편 뉴욕은 수많은 이민자들이 거쳐 간 도시답게 미국의 그 어떤 도시보다도 다양한 종류의

---

65) 이 장에서는 미국이 자국을 홈랜드homeland라 부르며 국가와 미국의 영토, 안보와 관련된 표현을 모두 홈home이라는 파토스로 묶은 것을 지적하고 있다. 따라서 조국, 모국, 고국과 같은 번역어로는 의미가 잘 전달되지 않으므로, 국토안보Homeland Security를 제외하고 모두 원어 그대로 "홈랜드"라고 지칭하겠다.

사람들이 살고 있는 도시다. 비록 3장에서 살핀 것처럼 젠트리피케이션에 의해 각 동네neighborhood의 모습이 빠른 속도로 변해왔지만 그럼에도 불구하고 각 동네마다 나름대로의 역사와 개성을 갖고 있다. 19세기에 로어이스트사이드 안에서 이태리계, 아일랜드계, 독일계, 유대인계, 중국계 등 각 민족들이 각자 서로 모여 사는 구역들이 있었던 것처럼, 20세기에도 비슷한 사람들끼리 한 동네에 모여 살았고 서로 그 경계를 넘는 일이 거의 없었다. 우리는 이미 3장에서 20세기 중후반에 로이사이다를 지켰던 사람들, 푸에르토리코계열 주민과 그 밖의 주민들 간의 갈등과 반목, 연대와 투쟁에 대해 살펴보았다. 뉴욕을 가장 뉴욕답게 만드는 것 중 하나가 바로 이러한 각 동네마다의 독특한 역사와 개성, 그리고 그곳에 사는 주민들일 것이다.

3부에서는 뉴욕을 배경으로 한 뱀파이어 영화에서 어떻게 뱀파이어의 지리적 위치가 그 존재의 상징적 의미를 드러내는지 살펴보고자 한다. 이 장에서 다룰 프란시스 로렌스Francis Lawrence의 『나는 전설이다』I Am Legend, 2007에서 뱀파이어는 9/11 이후 미국에 살면서 국가의 보호를 받지 못하는 타자들을 상징한다. 최초의 감염자들을 맨해튼에 가두지 못해서 전 인류가 사라질 위기에 처했다는 시나리오는, 9/11 이후 잠정적인 테러리스트 집단으로 지목받은 사회적 타자들을 감시·통제·구속하고 이를 정당화하던 당시 미국 사회의 현실을 반영한다. 7장에서 다룰 『헝거』 The Hunger, 1983에서는 뱀파이어가 인종적, 계급적, 성적 타자로서 자기 길을 만들어 가며 도주하는 유목민을 형상화한다. 『헝거』가 『나는 전설이다』보다 시대적으로 앞선 영화지만, 『나는 전설이다』의 원작 소설이 1954년에 출판되고, 『지구의 마지막 인간』The Last Man on Earth, 1964과 『오메가 맨』 The Omega Man, 1971으로 이미 오래전 두 차례에 걸쳐 영화화되었으므로 『나는 전설이다』를 6장에서 먼저 논하고자 한다. 『나는 전설이다』에서 뱀파이어로부터 모든 인종적 표지들이 사라졌음에도 불구하고 영화 촬영지의 역사와 문화적 특색이 뱀파이어에게 인종화된 상징적 의미를 더한다. 이 현상을 이해하기 위해서는 "색맹적 국가주의colorblind nationalism"라는 한국 독자에게는 다소 생소한 개념을 먼저 경유해야 한다.

1_ 9/11과 색맹적 국가주의

이란과 이라크, 북한이 "악의 축"을 이루고 있다는 발언으로 유명한 2002년 미국 대통령의 새해 국정연설에서 조지 W. 부시는 "모든 인종과 신념의 차이를 넘어"서 미국이 하나로 단결할 것을 종용하였다.

우리는 절대 의심할 수 없는 진실을 알게 되었습니다. 악은 실재하며 우리는 그것과 맞서 싸워야 합니다. 모든 인종과 신념의 차이를 넘어서, 우리는 함께 슬퍼하고 함께 위험에 맞서면서 한 나라가 되었습니다. … 또한 비극에서조차, 아니 특히 비극을 겪으면서, 많은 사람들이 하나님이 가까이 계시다는 것을 다시금 발견하였습니다. … 우리의 적들이 남의 아이들에게 자살과 살인의 임무를 지워 우리에게 보냈습니다. 그들은 독재가 대의이며, 죽음이 신념인 자들입니다. 우리는 오래전 건국의 그날부터 그들과는 다른 선택을 하였고 오늘 다시 한번 확인하였습니다. 우리는 자유와 모든 생명의 존엄성을 선택하였습니다.

이 연설은 외부인을 "타자화"하고 국가 주체들 간의 공통된 지반을 강조하여 국가 공동체를 형성하는 이중의 과정을 드러낸다. 부시는 미국 내부의 차이를 상대화하는 한편, 선과 악이라는 이항대립을 이용하여 미국인과 그들의 적 사이에 결코 줄일 수 없는 간극이 있음을 강조한다.[66] 그 "사악한" 적들과 맞서기 위하여 미국인들은 한마음, 한 국가로 뭉쳐야 한다. 또 한편, 부시는 "모든 차이를 넘어서" 모든 미국인을 하나로 묶는 신념으로 미국 건국의 순간부터 전해 내려오는 가치이자 미국의 문화적 뿌리라고 할 수 있는 자유를 지목한다.

이 연설은 테러와의 전쟁을 미국의 이상과 역사적 사명을 실현하기 위한 수단으로 신성화한다. 하지만 "색맹적인", 즉 말 그대로 피부색을 구별하지 않으며 인종차별이 없는 국가주의가 국가 주체를 호출하는 방식이, 미국의 애국법the Patriot Act이 인종과 종교에 따른 차별적 자료수집, 감시, 공격적 법의 집행 등을 자행한 현실을 부정하는 데 사용한 수사법을 똑같이 사용한다는 점에서 기만적이다. 게다가 "우리"와 "그들"의 사이, 즉 미국시민과 비시민 사이를 가르는 일은 부시의 연설에서처럼 간단한 문제가 아니었다. 모든 시민을 단일한 국가적 주체로 호출하는 "색맹적" 수사법에도 불구하고 내부의 "모든" 차이들이 미국의 진정한 일부로 받아들여지는 일은 결코 일어나지 않았다.

로렌스의 『나는 전설이다』는 9/11 이후 미국의 색맹적 국가주의의 위선과 "우리"와 "그들"을 가르는 경계의 불안정성을 상징적으로 드러낸다. 이 영화는 매티슨이 쓴 동명의 원작 소설과 많이 달라서 뼈대가 되는 기본 플롯을 제외하고는 비슷한 점이 거의 없다. 영화는 인간이 만들어낸 바이러스에 의해 인구의 90퍼센트가 죽고 살아남은 10퍼센트의 감염자는

---

66) 국가 공동체를 생산하는 이중의 과정에 대해서는 Etienne Balibar의 *Race, Nation, Class: Ambiguous Identities*, 93-100 참고.

돌연변이를 일으켜 피에 굶주린 야행성의 괴물로 변해버린 세계종말 이후의 세상을 그리고 있다. 주인공인 로버트 네빌Robert Neville은 군 소속 과학자로 바이러스의 발원지Ground Zero인 맨해튼에 홀로 남아 감염자들을 치료할 백신을 개발 중이다. 네빌은 생존자인 아나Anna와 에단Ethan을 구하기 위해 자신을 희생하고, 바이러스를 치료할 백신을 발견해서 인류를 구원하여 "전설"적인 인물이 된다. 컴퓨터 그래픽을 통해 강조된 감염자들의 극단적인 "타자성"이 인간과 괴물, "우리"와 "그들" 사이를 분명히 가르고 있지만 그럼에도 불구하고, 감염자들을 타자화하는 과정에서 억압한 것, 즉 그 괴물들이 한때 "우리"와 같은 인간이었다는 사실이 영화 이곳저곳에서 분출한다. 원작과 가장 큰 차이가 있다면 이 영화의 배경이 소설에서처럼 로스앤젤레스의 교외에 있는 소도시 캄튼Compton이 아니라 뉴욕이라는 점이다. 병의 발원지인 뉴욕, "그라운드 제로"에 홀로 남아 백신을 개발하는 네빌은 소통불가능하고 난폭하기만 하여 인간성의 흔적이라고는 거의 남아있지 않은 괴물을 다시 인간으로 되돌리기 위해 노력한다. 물론 뉴욕이 이 질병의 "그라운드 제로"라고 불리는 사실만으로도 이 괴물이 9/11의 비극을 가져온 테러리스트를 상징한다는 사실이 꽤 분명해진다.

영화 속에서 감염자는 "국가 내부의 국가(지위) 없는 사람들the stateless within the state", 즉 국민국가nation-state의 영토 안에 놓여 있지만 국가로부터 법적인 보호는 받지 못하는 상태에 놓인, 즉 지위가 없는 소수자를 상징한다.67) 이런 의미에서 그들에게는 국가가 "없지만" 국가 권력의 지배를 받는다(Butler 34-35). 주디스 버틀러Judith Butler에 의하면, 국

---

67) 버틀러는 영어 단어 "stateless"의 의미 두 가지, 즉 국가와 지위를 모두 포함하는 개념으로 사용하고 있다. 나도 이상 설명한 의미로 사용하지만 편의상 앞으로 "국가 내부의 국가 없는 사람들"이라고만 표기하겠다.

민국가는 "국가 존립을 정당화하는 기반을 얻고"(33) 국민의식peoplehood
에 형체를 부여함으로써 국가 공동체 건설에 기여하기 위해서, 국가 없는
사람들, 즉 "내부의 외부인들interiorized outsiders"(16)을 주기적으로 생산한
다. 미국의 역사를 통틀어 시민과 비시민 간의 경계가 계속 변화해왔고,
비시민은 종종 국가 없음의 상태state of statelessness에 빠졌다. 종교, 인종,
젠더, 그리고 계급이 시민과 비시민의 경계를 결정하는 데 중요한 잣대가
되었다. 예를 들어, 시민의 자격에 출생지가 중요한 요소로 작용한 반면,
원주민은 시민도 아니고 외국인도 아닌 상태로 1924년까지 국가 없음의
상태에 놓여있었다. 이차대전 기간에 일본계 미국인을 강제 격리 수용소
Japanese internment camp로 보냈던 사실을 볼 때, 시민이라고 해서 그들이
모두 "미국인"으로 여겨진 것도 아니었다. 당시 수용소에 보내진 12만 명
의 일본계 수감자 중 3분의 2가 미국 시민권을 가지고 있었음에도 불구
하고, 1942년부터 1945년까지 그들은 잠정적 "스파이" 혹은 "적"으로서
취급받음으로써 국가 없음의 상태에 빠졌다. 『나는 전설이다』의 감염자들
은 일본계 미국인들이 "자기 나라에서 자기 나라의 정부에 의해 포로가
되는"(Tashima 8) 경험을 구현한다. 감염자들은 미국이 9/11 이후에, 불
법 이민자부터 국가에 대한 충성심을 의심받는 미국 시민에 이르기까지,
미국 국경 안에 머물지만 법적인 보호를 받지 못하는 내부의 외부인들을
상징한다.68)

---

68) 다수의 미국 시민들이 구금되거나(예. José Padilla, Yaser Esam Hamdi, Davino
   Watson) 심한 경우 추방을 당했다(예. Mark Lyttle, Pedro Guzman). 한 예로 관
   타나모 수용소에 근무하던 무슬림 중국계 미국인인 제임스 이James Yee는 미국에
   대한 충성심을 의심받아 간첩 혐의를 받았다. 테러와의 전쟁에 대해 비판적인 시
   민들도 거듭 불이익을 받았다. 예를 들어 테러와의 전쟁에 대한 영화 삼부작을 만
   든 미국의 영화감독 로라 포이트러스Laura Poitras는 거의 매번 미국에 입국할 때마

1954년 원작 소설부터 2007년 로렌스의 영화에 이르기까지 감염된 괴물은 각 시대마다 당시의 인종 정치를 반영하여 서로 다른 모습으로 재현되었다. 캐시 데이비스 패터슨Kathy Davis Patterson에 의하면, 매티슨의 소설에 나오는 뱀파이어들은 "1950년대 미국 백인들의 인종적 불안"의 징후이며 네빌의 불행한 종말은 "인종 분리주의의 불가피한 실패에 대한 은유"(25)이다. 패터슨의 독해는 1950년대에 캘리포니아 교외지역의 백인 주민들이 늘어나는 흑인 인구에 대해 품었던 적대감을 바탕으로 하고 있다. 실제로 소설의 배경이 된 당시 캄튼Compton의 백인 주민들은 동네로 흑인이 이사 오는 것을 막으려고 온갖 수단을 동원하였다(Sides 585-86). 크리스천 웬크Christian Wenk는 소설 속 뱀파이어에 대한 묘사 저변에 "강한 반유대주의가 흐르고 있음"(219)을 지적하면서 세계 이차대전 이후에도 백인 사회에 여전히 반유대적 정서가 남아있음을 밝혔다. 한편, 요한 호글런드Johan Hoglund는 바이러스 감염으로 인해 돌연변이를 일으켜 야행성이 되긴 했지만 흡혈을 하지 않는 생존자와 감염에 의해 죽어서 뱀파이어가 된 괴물을 가리지 않고 모두 인정사정없이 죽이고 다녔던 네빌이 가장 끔찍한 "괴물"임을 밝히는 결말이 이 소설을 독보적으로 만든다고 말한다(68-69). 금발에 푸른 눈을 한 전형적인 영국-독일계 남자 주인공 네빌이 가장 끔찍한 괴물이라는 설정은 이 소설이 당시 백인들의 인종차별적 태도에 대해 비판적이었음을 드러낸다.

매티슨의 소설을 각색해서 만든 세 편의 영화 중, 호글런드가 말한 전복적 특성이 남아있는 것은 『지구의 마지막 인간』뿐이다. 비교적 원작에 충실한 영화임에도 불구하고 소설에서 나왔던 모든 인종 관련 발언이 사라졌다. 네빌의 옛 친구이자 지금은 숙적이 된 빌 코트만Bill Cortman이

다 공항에서 억류되어 심문을 받았다.

소설에서는 유대인이지만 이 영화에서는 빌의 역할을 금발의 매력적인 이태리계 배우가 맡았다. 흑인의 인권운동이 정점에 달했던 시기에 어떤 괴물이 특정한 인종 혹은 민족 집단을 직접 연상시키게 만드는 것은 현명하지 못한 일이었다. 돌연변이 뱀파이어 부대의 "검은" 제복만이 영화 속 뱀파이어가 흑인 인권 신장에 대한 공포와 불안을 상징한다는 것을 간접적으로 암시할 뿐이다.

두 번째 영화 『오메가 맨』에서는 뱀파이어가 검은 망토와 후드를 뒤집어 쓴 알비노의 모습을 하고 등장한다. 아딜리푸 나마Adilifu Nama가 지적한 것처럼, 알비노 돌연변이들의 검은 안경과 화염병, 그리고 그들이 네빌을 "악마"라고 부른다는 점 등이 "블랙 파워Black Power의 급진파들과 네이션 오브 이슬람The Nation of Islam의 극단적인 블랙 내셔널리즘을 놀랍도록 닮아있다"(48).69) 네빌과 리사Lisa의 인종 차이를 초월한 연인 관계가 흑인의 동등한 권리를 지지하는 것처럼 보일 수 있으나, 이 관계는 네빌의 "백인 남성성에 대한 확신"을 강조할 뿐이다(Nama 51). 『오메가 맨』의 결말에서는 소설이나 『지구의 마지막 인간』과 달리 네빌이 인류를 위해 자신을 목숨을 바치는 영웅으로 그려진다. 2002년 윌 스미스Will Smith가 네빌 역으로 캐스팅될 때까지, 네빌은 자신의 "오랜 전통의 40도짜리 진짜 앵글로-색슨의 피"70)가 죽음에 이르는 역병의 치료약임을 자랑스럽게 말하는 푸른 눈과 금발의 남자 찰톤 헤스턴Charlton Heston의 이미지로 강하게 남았다. 따라서 9/11 이전까지만 해도 『나는 전설이다』의 네빌 역

---

69) 네이션 오브 이슬람은 1930년 디트로이트를 중심으로 생겨나 1950-70년대 초반에 전성기를 맞은 미국흑인운동과 그 조직을 일컫는다.

70) 네빌은 80 proof, 즉 40도짜리의 독한 증류주에 자신의 피를 비유한다. 알콜 농도로 피의 혼혈 정도를 의미한다기보다 자기 피가 얼마나 "화끈한" 술처럼 좋은지 자랑하느라 사용한 비유로 보는 것이 적절하다.

으로 톰 크루즈Tom Cruise, 멜 깁슨Mel Gilbson, 아놀드 슈왈츠제네거Arnold Schwartzenegger와 같은 백인 배우들만이 후보에 올랐다(Hughes 128).

이런 계보를 고려할 때, 갑자기 윌 스미스가 네빌 역을 맡게 되었다는 사실은 의미심장하다. 션 브레이튼Sean Brayton은 이 사실이 "생존을 인종적 혹은 민족적 차이에 달린 문제"로 보이게 하는 한편, "감염이 곧 백인성whiteness과 같은 것"으로 여기게 만들어, 스미스의 "흑인 예수"(69)와 같은 존재가 다문화주의를 고취시킨다고 말한다(72). 그러나 흑백 관계에 대한 이러한 이해는 9/11 이후의 미국 현실과 맞지 않는다. 흑인 영웅의 코드화는 9/11 이후 미국의 극심한 인종차별을 가리기 위해서 흑인을 미국의 소수인종이라기보다 미국인으로 호출하는 색맹적 내셔널리즘의 맥락에서 해석되어야 한다. 자나니 서브라마니안Janani Subramanian은 『나는 전설이다』가 흑인성을 견제하고 문화정치를 약화시키는 이중의 과정을 잘 보여준다고 주장한다. 서브라마니안에 의하면 스미스의 스타로서의 이미지가 "(백인의) 내셔널리즘적 규범"에 도전한다기보다, "9/11 이후 흑인성의 잠재적인 정치적 중요성을 배제"해버리기 때문에 『나는 전설이다』는 "이러한 '색맹적' 미국 내셔널리즘을 드러내는 동시에 악화시킨다"(45).

나는 서브라마니안의 통찰력을 바탕으로, 그러나 흑백 두 인종에만 제한적인 인종주의의 논리를 넘어서 다양한 인종 간의 관계를 볼 수 있는 보다 입체적인 관점에서 윌 스미스의 캐스팅을 재고함으로써 『나는 전설이다』의 색맹적 내셔널리즘을 재조명하고자 한다. 클레어 진 킴Claire Jean Kim의 "인종의 삼각분할racial triangulation" 이론은 아시아계 미국인 연구를 주목적으로 한다는 점에서 제한점을 갖고 있기는 하지만, 서브라마니안의 흑백 구도의 폭을 넓혀 다인종 간의 관계에 대한 역학을 구조적으로 사고할 수 있는 가능성을 제시한다. 킴은 각 소수 집단의 인종화가 다른 소수

집단과는 상이한 방식으로 그러나 동시에 서로 영향을 미치며 일어나고 있다고 주장한다. 예를 들어, 킴에 의하면, 아시아계 미국인은 흑인에 비해 모범 시민으로서 여겨짐으로써 상대적으로 가치를 인정받고, 따라서 흑인보다는 우월하고, 백인보다는 열등한 위치에 놓이지만, 흑인에 비해 이국적으로 여겨져 소외당한다("The Racial Triangulation" 107). 킴은 인종의 삼각분할이 현재 상태의 인종서열관계를 유지하는 기능을 한다고 주장한다. 흑백인종주의적 체계가 다인종주의 사회의 복잡성을 단순화시키고 서로 다른 인종, 민족, 종교 집단의 역동성을 놓치게 만든다. 특히 소수민족 중의 일부가 나머지 집단에 대해 내부의 적으로 여겨질 때는 더욱 그러하다.

로렌스의 『나는 전설이다』는 감염자로부터 모든 인종적 표지를 지움으로써 색맹적 국가주의를 표방한다. 그러나 일부 비평가들은 여전히 감염자의 피부색에 민감하게 반응했다. 예를 들어 머피는 감염자들이 "눈에 띄게 하얀 피부"(33)를 가졌다는 점을 지적한다. 하지만 머피는 그것이 무슨 의미를 가지는지는 설명하지 않았다. 슈테판 한트케Steffen Hantke는 영화가 감염자들의 백인성에 그 어떠한 특권도 부여하지 않음으로써 "인종적 차이를 모두 부인한다"(184)고 주장하지만 그것의 함의를 논하지는 않았다. 창백한 피부가 직접적으로 백인 혹은 백인성을 가리키고 있다는 해석은 지나치게 단순하다. 감염자의 창백한 피부는 일종의 가면처럼 그가 국가의 비체abject, 즉 "미국적"이지 않은 그 모든 것의 상징으로서 가지는 은유적 위치를 감추고 있다.71) 창백한 피부 외에, 인간의 것이라 할

---

71) 줄리아 크리스테바Julia Kristeva에 의하면, 비체는 상동한 자기를 지키기 위해 축출된 것들을 일컫는 말로, 자기의 경계를 표시할 뿐 아니라 동시에 그 경계를 교란시킨다. 크리스테바의 비체 개념은 국가가 하나의 국민의식을 고취하기 위하여 특정 집단의 사람들을 외부인으로 축출하는 과정을 사고하는 데 유용하다.

수 없는 낯선 생김새와 기괴한 움직임은 감염자가 인종, 민족, 종교적 타자들, 그리고 "내부의 외부인들"임을 드러내며, 관객들이 공포감을 느끼게 한다.

9/11 직후, 당시의 색맹적 국가주의 분위기 속에서 『나는 전설이다』는 감염자들의 "타자성"을 대놓고 인종 간의 차이로 드러낼 수 없었고 미국인들 간의 인종적 차이는 최대한 억압하면서 미국인과 비미국인의 차이를 강조하여 미국이 단일 국가라는 국가주의적 이상을 달성해야 했다. 영화에서는 감염자들의 상징적 의미를 지시하기 위한 모든 인종적 표지들이 지리적 표지로 대체되었다. 이 장은 영화 속의 감염자들로부터 인종적 타자성을 연상시키는 특성들을 모두 제거했음에도 불구하고 영화 촬영 장소의 문화지리학적 특성, 즉 지리적 표지를 통해 감염자들의 상징적 의미, 그들이 미국 국경 안에 있지만 법의 보호망 밖에 있는 사람들의 상징이라는 점이 드러난다는 것을 밝히고자 한다.72)

2_ 국토안보와 국가 내의 국가 없는 사람들

9/11 이후의 미국은 수많은 국가 내의 국가 없는 사람들을 만들어냈고 이 모든 과정이 국토안보를 위한 것으로 정당화되었다. 에이미 캐플란Amy Kaplan에 의하면, 강력한 국토안보 정책은 "토착민주의nativism와 반

---

72) "지리적 표지"는 대개 나무나 강, 호수와 같은 자연의 지형적 특성, 또는 컴퓨터 지도에서 보이는 위치 정보의 시각적 재현을 일컫는다. 그러나 이 장에서 나는 지리적 표지를 "인종적 표지"와 같은 선상에 있는 개념으로 사용하고자 한다. 즉 어느 장소를 차지한 사람의 정체성을 드러내는 표지로서 작동하는 위치의 시각적 재현을 말한다.

이민 감정과 정책을 소생시키고, 단순히 국경에서 외국인을 막는 방법이 아니라, 미국 전역에서 미국을 자신의 홈랜드homeland라고 주장할 수 있는 사람들과 이민자나 그 밖의 다른 나라를 홈랜드로 여기는 사람들 사이에 거듭해서 경계를 다시 그리는, 그래서 그들을 가차 없이 외국인으로 만드는 방식으로 국내와 국외의 경계를 감시·통제하였다"("Violent Belongings" 8-9). 캐플란에 의하면, 시민권이 내국인의 지위를 주장할 수 있는 충분한 근거가 되지 못하는 이런 상황에서 미국을 자신의 홈랜드라고 주장할 수 없는 사람들은 언제든 외국인이라는 낙인이 찍힐 수 있었다.

　9/11 직후, 아랍인이나 무슬림 신자들이 제일 먼저 체포와 구금 그리고 미국연방수사국FBI의 심문 대상이 되었다. 루이즈 캐인커Louise A. Cainker는 미국에 살고 있는 아랍인와 무슬림 신자들이 "미국이라는 국가의 일원으로 실제 받아들여지지 않았으며 … 따라서 국가가 보장하는 헌법상의 권리나 인권을 완전히 보장받지 못했다"(111)고 말한다. 캐인커의 인터뷰 응답자들은 "법의 보호를 받지 못하고, 시민권이 무의미해지는 경험을 했기" 때문에 정부가 두렵다고 말했다.73) 아랍인과 무슬림들은 외국인처럼 취급을 받고 인권과 헌법상의 권리를 부정당함으로써 홈랜드에서 도리어 위험"homeland insecurity"을 느꼈다. 이는 9/11 이후 미국의 색맹적 국가주의가 가지고 있던 진짜 위험이 무엇인가를 보여준다. 즉, 모든 개인이 "인종과 신념의 차이를 넘어서" 하나가 된다는 이념이 실은 인종, 민족, 종교에 따른 차별 과정을 거쳐 생산된 "타자들"을 체계적으로 배제하

---

73) 테러리스트로 의심을 받아서 구속되었던 아랍인과 무슬림은 무죄로 풀려난 뒤에도 낙인 효과에 의해 많은 불이익을 당했다. 단지 그들을 "'접촉'만 해도 테러리즘을 돕거나 사주했다는 의심을 받을 수" 있었기 때문에 고객, 손님, 동료, 그리고 같은 아랍·무슬림 공동체 구성원들이 그들을 외면했다(Cainkar 122).

는 과정을 수반한다는 사실을 드러낸다.

2005년부터 2009년까지 국토안보부 장관직을 맡았던 마이클 처토프 Michael Chertoff는 연방법원 판사직을 맡고 있던 2003년 당시, 미국 정부가 국가안보를 확립하기 위해서 더욱 냉엄한 수단을 강구해야 한다고 주장하였다.

> 9/11 이후 정부가 취한 조치는 역사 그리고 역사적 순간에 대한 하나의 의식을 반영합니다. 과거의 과잉은 되풀이되지 않았습니다. 균형을 추구했으며, 저 또한 정부가 균형을 이루었길 빕니다. … 하지만, 역사가 우리에게 가르쳐준 것이 있다면, 우리가 때때로 그 균형을 검토하고 필요에 따라서는 재조정해야만 한다는 사실입니다. 우리의 선조들, 그리고 우리 자신의 경험에 비추어 그리해야만 합니다.

정중함을 가장한 채 처토프가 실제로 주장하는 것은 정부가 시민의 권리와 국토안보 사이의 균형을 "필요에 따라서는 재조정"할 수도 있으며 결국 "과거의 과잉"을 반복할 수도 있다는 것이다. 그가 이차세계대전 기간 중 만들어진 재미 일본인의 강제 수용소를 "과거의 과잉"의 "가장 악명 높은 예"라고 부르고 있기는 하지만 국토안보를 위해서라면 과거의 실수를 기꺼이 되풀이하겠다는 의지를 발견할 수 있다. 처토프는 국토안보부 장관이 되자마자 급습, 구속, 추방을 포함하여 그가 자신의 사설에서 "특별한"extraordinary 수단이라고 불렀던 모든 방법을 동원했다. 그는 심지어 멕시코와의 국경에 700마일에 이르는 장벽을 만들고 카메라와 레이더 시스템을 이용한 가상 장벽을 만들기 위해 보잉사와 계약을 맺었다. 국토안보부DHS는 국경을 지키고 불법 이민자들 찾고 추방함으로써 테러리즘을 방지하는 막대한 책임을 맡게 되었다.

테러와의 전쟁은 이름만 다를 뿐 본질적으로 이민과의 전쟁이 되어, 에드워드 앨든Edward Alden이 말한 것처럼 "이민과 테러리즘은 둘을 분리하는 것이 불가능해질 만큼 서로 완전히 얽혀버렸다"(292). 전 국토보안부 변호사 에이사 허친슨Asa Hutchinson은 이 변화를 정당화시키기 위해 미국이 "경제적 이주민economic migrants으로부터 국경을 지키지 못한다면, 테러리스트로부터도 국경을 지킬 수 없다"고 궤변을 펼쳤다(Alden 257 재인용). 하지만 이 전쟁은 국경을 사이에 두고 치르는 전쟁이 아니라, 국경 안에서 경계선을 거듭 다시 그림으로써 내부에서부터 치러야만 하는 전쟁이었다. 제임스 나프지거James A. R. Nafziger는 미국 이민국경찰Immigration and Customs Enforcement, 이하 ICE로 표기에 의한 체포가 "2002년과 2007년 사이에 열 배나 늘었으며", 2003년과 2008년 사이 반라틴계 증오 범죄가 23퍼센트 늘어난 것이 예증하듯이 미국 내에 "외국인에 대한 불안감과 외국인을 대상으로 한 폭행이 놀랄 만큼 늘어났다"(558)고 말한다.

처토프는 오로지 불법 이민만이 국토안보부의 목표 대상이 되었다고 주장하겠지만, 집행 과정에서 이민법의 과잉 집행은 합법적인 거주자와 미국 시민들에게도 영향을 미쳤다. 이민 과정에는 거의 항상 인종 차별이 작동하였고 또한 많은 시민들이—친척, 친구, 이웃, 혹은 동료 등 어떠한 형태로든—알고 지내는 사람들이 국토안보부에 의해 직접적으로 삶에 영향을 받았기 때문이다. 2009년 센서스에 따르면 미국 인구의 33퍼센트가 본인이 외국에서 출생했거나 혹은 적어도 부모 중 하나가 외국에서 태어났다(Kandel). 2011년 추정되는 불법 이민의 수는 약 천백만 명이 넘는다(Hoefer). 이민법의 과잉 집행으로 가장 치명적인 영향을 받은 집단이 있다면 불법 이민 부모를 둔 아이들일 것이다. 수많은 아이들이 본인은 시민권을 가지고 있다고 해도 부모의 구금이나 추방으로 인해 무방비 상태로 법에 의해 발가벗겨진 채 세상에 내던져졌다("Over-raided, Under Siege" iv).

2005년, 처토프가 최대한 이민법을 강력하게 집행하기 시작하고, 국회가 국경보호, 반테러리즘, 불법이민통제법(소위 "Sensenbrenner Bill"이라 부르는 H.R.4437)을 통과시킨 바로 그해에 『나는 전설이다』의 원고를 다시 쓰고 영화 제작을 시작한 것은 우연이 아니다. 이 법안은 밀입국자를 범죄자로 간주하여 구속하거나 추방할 뿐만 아니라 이들에게 인도주의적인 도움을 베푸는 행위도 범죄행위로 간주하고 있어서, 2006년 미국 전 지역에서 대규모의 반대 시위를 촉발하였다. 이 법안은 나라를 내부의 "외국인들"에게 빼앗길까 하는 두려움과 "잃어버린" 홈랜드에 대한 노스탤지어적 욕망을 드러낸다.[74]

『나는 전설이다』가 그려낸 세계종말 이후의 세계는 영국에서 건너온 초기 정착민으로부터 물려받아 "도시화와 산업화 이전의 미국에 대한 노스탤지어"의 형태로 살아남은 미국의 "종말론적 감성"(Berger 133)의 색맹적 버전을 그려내면서 이러한 문제적 감정을, 혹은 과거와 단절하고 새 사회를 건설하고 싶은 욕망을 반영한다. "병든" 괴물들의 소굴이 된 도시의 정글로부터 멀리 떨어진 "건강한" 사람들이 사는 생존자 정착지를 "colony"라고 부르는 사실 자체가 암시하듯, 미국이 내부의 "외국인"들에

---

74) 캐플란은 홈랜드가 "디아스포라와 유배의 담론, 즉 상실감, 갈망, 그리고 노스탤지어와 관계를 가지고 있다"고 지적한다. 이러한 의미에서, "홈랜드는 안정되거나 안전하다는 느낌을 준다기보다, 쫓겨난 곳을 향한 욕망을 환기시킨다. 미국의 잃어버린 홈랜드에 대한 열망은 테러리즘이 미국인들로 하여금 성당한 열망을 하지 못하도록 끊임없이 위협을 환기시키는 것에 기인한다. 따라서 홈랜드에 대한 사고는 깊은 불안감을 만들어냄으로써 작동한다"("Violent Belongings" 9).

게 홈랜드를 잃어버리기 전 상태에 대한 노스탤지어를 상징한다. (물론 이 과정은 미국의 초기 정착민들이 원주민들로부터 그들의 "홈랜드"를 뺏은 역사에 대한 억압을 수반한다.)

『나는 전설이다』가 나오기까지 여러 번 다시 쓴 스크립트에서 감염자들이 재현되는 양상을 비교해보면 로렌스의 영화에서 색맹적 국가주의가 어떻게 기능하는지를 알 수 있다. 9/11 이전에 썼다 버려진 마크 프로토세비치Mark Protosevich와 존 로건John Logan의 스크립트는 9/11 이후 영화로 만들어진 아키바 골즈만Akiva Goldsman의 스크립트와 큰 차이를 보인다.75) 『나는 전설이다』의 극장판에서 감염자들로부터 모든 인종적 구분이 제거된 것을 발견할 수 있는 반면, 프로토세비치의 스크립트에 등장하는 감염자는 로렌스의 영화에서와 마찬가지로 창백한 피부를 가지고 있기는 하지만 "부족의 문양과 장신구"로 몸을 장식하고, 잡아먹을 비감염자가 희귀해지면서 자기 동족을 서로 잡아먹는 "식인"의 야만적 습성을 보이기도 한다. 빌 코트만은 샌프란시스코의 지하 터널에 감염자들의 식민지를 세운 "부족의 군지도자"로 식량 조달에 어려움을 겪는 그의 부족이 인간의 아이들을 가축으로 기르면서 정착해 살도록 지도한다. 로건의 스크립트에서도 이와 비슷하게 감염자들이 야만적이지만 동시에 지능을 가진 괴물로 나타난다. 특이하게도 그들은 "아랍 베두인들처럼 천을 휘감고" 다니며, 네빌은 서부영화의 영웅처럼 그려진다. 그는 도심의 앰배서더 호텔 스위트룸에 살면서 술을 마실 때면 벽에 걸린 존 웨인John Wayne의 초상에 대고 건배를 하고, 사막의 유령 도시까지 그를 추적한 흡혈 "전사들"

---

75) 프로토세비치가 1995년에 처음 스크린플레이를 썼지만, 1997년 리들리 스콧Ridley Scott 감독이 영화를 만들기로 하면서 로건이 새로 원고를 썼다. 하지만 결국 워너 브라더스가 이 영화는 상업적 성공을 거두지 못하리라고 판단함으로써 프로젝트가 전면 취소되었다.

의 떼와 맞서 싸울 땐 "『하이눈』*High Noon*의 게리 쿠퍼*Gary Cooper*"가 된다.

인종적 표지가 모두 사라진 로렌스의 『나는 전설이다』에서 괴물의 피부색은 전혀 문제가 되지 않는다. 그럼에도 불구하고 이 영화는 네빌이 뱀파이어를 대놓고 "검둥이 새끼들*black bastards*"이라고 부르는 매티슨의 원작 소설보다도 더 심하게 위험한 인종차별적 텍스트다. 이 영화에서 프로토세비치와 로건의 스크립트에 사용된 옷, 장식, 행동과 같은 모든 인종적 표지들은 지리적 표지에 자리를 내주었고, 서부영화처럼 전통적으로 인종적 담론이 지배적인 장르에 대한 언급도 모두 자취를 감추었다. 골즈만은 자신의 스크립트를 쓸 때, 사회에 대한 알레고리이면서 동시에 관객의 "구미에 맞았던*palatable*" 1960년대와 1970년대의 공상과학영화들로부터 주로 영감을 받았다고 밝혔다. 제작과 편집 과정에서 많은 것들이 바뀌었고 골즈만의 의도대로만 영화가 만들어진 것도 아니지만, 나는 이 영화를 9/11 이후에 인종화된 "내부의 외부인들"에 대한 두려움과 그들로 인해 "병든" 홈랜드를 되찾고 싶다는 욕망에 휩싸인 미국 사회의 알레고리로 읽어 보고자 한다.

(1) 캘리포니아에서 뉴욕까지: 차이의 지리적 표지들

로렌스의 『나는 전설이다』는 몇 가지 측면에서 매티슨의 소설과 근본적으로 다르다. 첫째, 소설에서 네빌이 어쩌다 보니 지구에 남은 마지막 인간이 되어버린 1950년대의 보통 백인 남자라면 영화에서는 자신을 희생하여 인류를 구원하는 군 소속 과학자며 흑인이다. 둘째로, 소설은 로스앤젤레스의 교외에 위치한 소도시 캄튼*Compton*을 배경으로 하지만 영화는 맨해튼을 주 무대로 삼는다. 골즈만과 로렌스가 이런 결정을 내린 이유는 뉴욕이 "잠시도 멈추거나 조용할 적이 없어서" 텅 비어버린 모습을 찍었을 때 그만큼 효과적으로 충격을 줄 만한 곳이 없었기 때문이라고 말한다 (Goldsman). 하지만, 이런 결정을 내리는 데 있어서 뉴욕이 시각적으로 인상적인 광경을 제공해서만은 아니었다. 네빌이 병의 발원지인 뉴욕을 떠나지 않겠다면서 거듭 뉴욕을 "그라운드 제로Ground Zero"라고 부른 사실이 암시하듯, 『나는 전설이다』는 9/11을 염두에 두고 만들어진 영화다. 영화는 9/11이 일어난 바로 그곳, 뉴욕에서 촬영되어야만 했다. 한편, 뉴욕이 촬영지가 되면서 오랫동안 이민의 관문 역할을 해온 뉴욕의 역사와 글로벌 도시로서의 지위가 "뱀파이어는 곧 테러리스트"라는 단순하고 도식적인 해석을 넘어서 괴물에 다층적인 상징적 의미를 더한다.

2010년 뉴욕주 감사관New York State Comptroller의 보고에 따르면, 2008년 뉴욕 인구의 36.4퍼센트가 외국에서 출생했고, 이들이 285,000명의 통근자를 포함한 뉴욕시 총 노동인구의 43퍼센트를 차지했다(Dinapoli and Bleiwas 1-2). 이 숫자는 푸에르토리코나 그 밖의 미국령 해외영토 출신 인구, 그리고 미국부모가 해외에서 낳은 아이들을 포함하지 않은 것이다. 한편, 만 5세 이상의 뉴욕 인구 중 48.5퍼센트가 집에서 영어가 아닌 다른 언어를 사용하고 있었다(U. S. Census Bureau State and County Quick Facts, data from 2007-2011). 그러나 "용광로"로서의 명성에도 불구하고, 뉴욕은 같은 인종·민족들끼리 한 동네에 모여서 다른 집단과는 거의 격리된 삶을 살고 있는 것으로 유명하다. 에릭 홈버거Eric Homeburger에 의하면 뉴욕시에서는 "백인, 라틴, 아시아인의 구역이 분명히 나뉘어 마치 군도처럼 서로 다른 집단 간에 왕래가 거의 없었다"(160). 2000년과 2010년에 실행한 센서스 조사 결과를 비교해 보면, 2000년에 해당 구역에서 가장 많이 사는 인종·민족이 2010년에도 여전히 가장 다수를 차지하는 구역이 85퍼센트에 달한다("New York City Demographic Shift,

2000 to 2010"). 특히 이민자들이 같은 동네에 모여 사는 경우가 흔하여, 뉴욕의 55개 동네 중에 인구의 50퍼센트 이상이 이민자인 경우가 9개, 이민 인구가 40-50퍼센트인 동네가 10개 있었다(DiNapoli and Bleiwas 2).[76]

개인을 집단에 포함하거나 배제하는 경계들이 끝없이 변화하고 서로를 넘나드는 이민의 도시 뉴욕을 배경으로 영화가 만들어지면서, 『나는 전설이다』에서 공간을 통해 차이와 배제의 경계가 나타난다. 뱀파이어들의 상징적 의미가 그들의 지리적 위치, 즉 촬영장소를 통해 드러나는 것이다. 그들은 9/11 이후 모든 "인종과 신념의 차이를 넘어" 단결하도록 국민국가의 일원으로 호출된 사람들의 주변부에 위치한 비체들이다. 그들은 비-미국인, 저주받은 사람들이고, 네빌의 모험이 펼쳐지는 세계종말 이후의 뉴욕은 제1세계 내부에서 "제3세계화된thirdworldified" 대도시다. 영화 오프닝에 등장하는 정글이 되어버린 타임 스퀘어 장면은 이민의 도시인 뉴욕의 오랜 두려움을 반영한다. "제3세계화thirdworldification"는 프리실라 왈드Priscilla Wald가 "전염병 서사outbreak narratives"를 설명하기 위해 사용한 단어로 특정한 병이 외국에서부터 기원한 것으로 보고, 그 병이 "영원히

---

76) 뉴욕은 또한 같은 인종 집단이 다시 하위 집단으로 분리되는 경우를 잘 보여준다. 예를 들어, 아프리카계 미국인과 아프리카계 캐리비안 간의 관계가 그러하고, 또 도미니카 사람들과 푸에르토리코 사람들 간의 사이가 그러하다. 이러한 "분리의 패턴은 … 가정의 수입에 따라 공간의 위계가 매겨지는 것과 일치한다"(Sassen 265). 사스키아 사센Saskia Sassen이 지적하듯 인종과 이민 신분이 분리의 패턴에 영향을 미치는 유일한 요인이 아니다. 가정의 수입이 다른 중요한 요인으로 작동한다. 수십 년간의 젠트리피케이션 뒤에, 특히 전문직종의 고소득자들이 맨해튼에 살기를 선호하면서부터 맨해튼의 부동산 가격이 치솟았고, 저소득층이 살 만한 곳이 줄어들었다. 뉴욕은 2009년에서 2010년 사이에 5만 명 이상이 노숙자 보호시설에 머물렀을 만큼 미국에서도 가장 노숙자 인구가 많은 도시다. 물론 이 숫자는 "보이지 않는" 노숙자, 즉 보호시설을 찾지 않는 수많은 노숙자를 포함하지 않는다.

과거의 시간을 사는 병든 '제3세계'의 화신이며 미생물을 통해 '제1세계'의 도시로 스며들어 현재의 '우리'를 원시적인 '그들'로 바꾸려는 위협을 가하고 있는 상태를 일컫는다(45). 왈드에 의하면 "제3세계화된" 가난한 지역에 살던 이민자들이 종종 전염병 발생의 원인으로 지목되곤 했다 (43-45). 미국에서 가장 오래된 "문지기gatekeeper" 도시로서 행여 "병자"가 입국하지 않도록 문단속을 맡아온 뉴욕의 긴 역사를 고려할 때, 밤이면 감염자들의 도시가 되고 마는 『나는 전설이다』 속 뉴욕은 이민자에 대한 뿌리 깊은 의심과 미국이 "제3세계화"되는 것에 대한 불안과 경계심의 표현으로 볼 수 있다.

영화에서 사우스 스트리트 항만의 검역 장면은 내부와 외부를 가르는 경계선을 긋는 것이 얼마나 어렵고 불가능한 일인지, 그 과정에서 어떠한 억압이 일어나는지를 효과적으로 보여준다. 이 장면은 20세기 초반 엘리스섬에서 시행되었던 눈 검사를 상기시킨다. 미국에 새로 건너온 이민자들은 도착하자마자 눈 검사를 포함하여 건강 진단을 받았고, 추가 검진을 요구받은 사람들의 절반 정도가 트라코마라는 눈병을 앓고 있었다 ("Medical Examination"). 이민자들에게 눈 검사는 큰 두려움의 대상이었다. 만약 트라코마에 걸렸다는 진단을 받으면 본국으로 바로 돌려보내졌기 때문이다. 눈병에 걸린 아이가 열두 살 이상이면 홀로 돌려보내졌고, 그보다 어릴 경우에는 부모 중 하나도 아이와 함께 입국이 거절되었다.

사진 3. 엘리스섬의 눈 검사, 뉴욕 1911. 미국 국회 도서관, LC-USZ62-40103.

영화 속 사우스 스트리트 항만 장면에서는 바이러스 감염여부를 판단하는 검역을 거쳐 비감염자만 맨해튼 밖으로 대피를 시킨 뒤 모든 다리를 폭파시켜 감염자만 남긴 채 맨해튼을 봉쇄하려는 작업이 진행 중이다. 비감염자와 감염자를 가르는 부두의 바리케이드는 국가가 계속해서 보호할 사람들과 맨해튼에 가두어 수용하되 사실은 죽도록 내버려 둘 사람들

사이에 만들어진 경계를 상징하며, 맨해튼에 버려진 뉴요커들은 국경 안에서 포로가 된 국민, 국가로부터 버림받은 국민, "국가 안의 국가 없는 사람들"이다. 영화 속 검역 장면은 이 경계가 얼마나 불안정한지를 보여준다. 군인이 섬을 빠져나가기 위해 몰려온 사람들의 눈을 하나하나 스캔하여 비감염자만 바리케이드를 통과시키는 이 장면은 오래전 엘리스섬에서 시행했던 트라코마 검사를 연상시킨다. 네빌의 아내가 처음에 눈 검사를 통과하지 못하자 네빌이 다시 스캔할 것을 요구하고, 두 번째 스캔에서는 정상적인 결과가 나와서 결국 바리케이드를 통과할 수 있게 된다. 두 번의 검사 결과가 다르다는 사실은 눈을 스캔하는 검사 자체에 대한 신뢰도를 떨어뜨려 "우리"와 "그들", 비감염자와 감염자, 내부인과 외부인을 가르는 경계가 이처럼 불확실하다는 것을 드러낸다.77) 이어지는 장면에서 바리케이드를 통과하지 못한 사람이 네빌에게 제발 그녀의 아이를 데려가 달라고 울며 간청한다. 그 손을 뿌리쳐야만 하는 네빌의 괴로운 심정을 드러내기라도 하듯 카메라의 시선은 한참을 그녀에게 머무른다. 자신의 아내도 스캔을 통과하지 못했던들 그 자리에 같은 모습으로 남았으리라는 것을 그는 알고 있다. 바리케이드 너머의 그녀가 죽을지, 돌연변이를 일으켜 살아남을지 알 수 없지만, 그녀는 결코 같은 인간으로 남지 못할 것이다. 그녀의 절망에 찬 피눈물은 네빌의 뇌리에 남아 그의 꿈속을 떠돈다. 그녀의 눈에서 눈물 대신 흐르던 피는 그녀가 감염되었다는 사실을 알리는 동시에 아직 남아있는 인간성의 흔적을 드러낸다. 그녀의 피눈물은 감염자를 비체로 만드는 과정에서 억압한 것들의 상징이다.

---

77) 눈을 스캔하는 모티프는 『블레이드 러너』Blade Runner, 1982에서 이미 사용되었다. "브왓-캠프the Voight-Kampff" 테스트는 동공 관찰을 통해 대상이 감정적 반응을 보이는지 살핌으로써 인간과 복제인간을 구별한다. 하지만, 이 영화는 "인간보다 더 인간적인" 복제 인간을 만들어냄으로써 인간과 비인간 간의 경계에 도전한다.

그림 8. 『나는 전설이다』에서 바이러스 감염여부를 확인하기 위해 눈을 스캔하고 있다.

[그림: 황은주]

　　만약 사우스 스트리트 항만 장면이 감염이 인간 사이에 새로운 경계를 만드는 방식과 더 나아가 그 경계가 임의적인 것임을 보여준다면, 감염자들의 "소굴"이 있는 장소로 미트패킹구역Meatpacking District을 선택한 사실은 감염자들의 상징적 의미를 밝히는 데 중요한 단서를 제공한다. 미트패킹구역은 19세기에 육류포장공장을 중심으로 형성된 동네로 20세기 중반 이후로 게이 바, 마약 거래, 그리고 성매매가 이뤄지던 곳이지만, 1990년대에 젠트리피케이션이 본격적으로 시작되면서 날마다 치솟는 임대료의 압박을 견디지 못하고 기존의 거주자들이 모두 떠난 뒤로 지금은 이름만 미트패킹구역일 뿐 뉴욕에서 최신 유행하는 레스토랑과 비싼 클럽, 부티크로 유명한 장소가 되었다. 하지만 『나는 전설이다』를 찍던 당시에만 해도, 도살장과 피로 물든 흰 코트를 입은 이민 도살업자, 게이 바, 그리고 섹스 클럽과 같은 미트패킹구역의 오랜 이미지들이 아직 남아있었다.78)

---

78) 영화가 만들어지던 당시, 온라인 소설이나 TV쇼에서는 미트패킹구역을 여전히 성매매, 범죄, 이민과 관련된 장소로 그려냈다. 맨해튼을 배경으로 한 온라인 좀비

『나는 전설이다』에서 미트패킹구역에 있는 감염자들의 소굴은 그들을 전통적으로 미트패킹구역과 연상되던 것들—피, 오염, 병, 비체, 외국인—과 연결시키고, 감염자들은 젠트리피케이션 과정에서 미트패킹구역을 떠나간 사람들을 상징한다. 한때 이곳은 빈민, 이민자, 블루칼라 노동자들이 살던 동네였지만 이들이 떠나면서 빈자리를 여피들이 채웠다. 고급 에스닉 식당들이 들어서면서 진정한 의미의 다문화주의가 아니라 말 그대로 "구미에 맞는palatable" 다문화주의의 장소가 되었다. 이곳에서 다문화는 오로지 소비될 뿐이며 여전히 존재하는 인종차별의 현실을 가린다. 『나는 전설이다』에 나오는 "제3세계화된" 미트패킹구역은 이전 거주자들에게 되돌려졌으며 역사의 악취로 가득하다.

『나는 전설이다』의 배경으로서 미트패킹구역은 감염자들의 타자성을 강조하기 위한 지리적 표지로 작용한다. 영화에서 미트패킹구역의 버려진 건물은 빈민(감염자들은 맨발에 누더기를 걸치고 있다), 스쾃터(버려진 건물에 다 함께 무단거주하고 있다), 마약중독자(미친 듯이 피를 찾는다), 성적 "도착자"(적어도 극장판에서는 일처일부의 이성애 관계를 맺지 않는다),79) 외국인(영어를 사용하지 않는다), 동화되지 않고 "외국인"으로 남

소설 『몬스터 섬』Monster Island에서 주인공은 미트패킹구역에서 날고기를 주렁주렁 달아 전시한 "웨스턴 비프" 푸줏간을 지나, "로터스"라는 이름의 댄스 클럽을 발견하고 이를 "또 다른 종류의 푸줏간"이라 부르는데(14장), 두 곳은 소설이 출판되던 2006년에는 이미 문을 닫은 뒤였다. 성범죄를 주로 다루는 범죄 드라마 『로앤오더: SUV』Law and Order: Special Victims Unit에서도 희생자나 범죄자가 종종 미트패킹구역에서 발견되곤 했다. 실제 촬영장소의 선택에 있어서도 시즌1에서 시즌13까지 미트패킹구역이 11개의 에피소드에 등장하여 가장 많이 이용되었다는 것을 볼 수 있다("Every Law and Order: SVU Location Mapped").

79) 『나는 전설이다』의 또 다른 엔딩은 극장판의 결말과는 본질적으로 다르다. 네빌은 감염자들이 우두머리의 여자 파트너를 구출하기 위해 자신의 집을 공격했다는 것

은 이민자(그들의 "역겨운" 식단을 보라!), 그리고 어두운 곳에 숨은 불법 이민—미국 전역에 걸쳐 이민국경찰ICE이 육류포장공장을 덮친 사실을 상기시킨다—을 위한 완벽한 서식지를 제공한다.80) 네빌이 "어둠을 좇는 자 Darkseekers"라 부르는 이 감염자들은 9/11 이후의 미국이 자신의 일부로 인정하고 싶지 않은 그 모든 것들의 현현이다. 한때 실내를 어둡게 해서 고기를 신선하게 유지하기 위해 길가를 따라 길게 친 천막이 이제는 빛을 피하는 감염자들에게 완벽한 거주 환경을 제공한다. 네빌이 건물 안에서 발견한 사슴의 사체와 그것이 흘린 피는 건물이 원래 사용되던 용도를 상기시킨다.

감염자들은 뱀파이어와 좀비 사이의 혼종적 존재다. 병을 옮기는 외국인을 상징하든 귀족적인 착취계급을 상징하든 간에, 뱀파이어는 전통적으로 "우리"의 피를 오염시키며 "우리"에게 기생하는 외부인을 상징한다. 하지만 뱀파이어의 이미지는 사회의 변화에 따라 계속 변화해왔다. 로맨틱하게 유혹을 해오는가 하면 자신의 존재 이유에 대해 고통스러운 질문

을 깨닫는다. 파트너를 찾아 서로 부둥켜안고 기뻐하는 모습을 보고, 네빌은 그들에게 사과한다. 감염자들은 네빌을 더 이상 공격하지 않고 집을 떠나고, 네빌은 아나와 이든과 함께 생존자들의 정착지를 향해 떠난다.

80) 육류포장 산업은 낮은 임금을 유지하기 위해 이민자 노동을 이용해왔고, 육류포장 공장이 있는 소도시들은 이민국경찰의 주요 급습 대상이 되었다. 2005년 7월 26일, 알칸사주의 알카델피아에서 쁘띠 장 계육가공 공장에서 일하던 119명의 노동자를 체포했다(Levine). 2006년 9월 1일 크리더 사의 계육가공 공장에서도 120명 이상의 직원이 체포되었다(Bynum). 2006년 12월 12일, 이민국경찰이 콜로라도주의 그릴리에 있는 스위프트 육류포장 공장을 습격한 결과 262명을 체포하였다 (Golash-Boza 52-54). 같은 해에 유타주의 하이럼에서 145명, 미네소타주 워딩턴에서 230명, 아이오와주 마샬타운에서 90명, 네브라스카주의 그랜드 아일랜드에서 261명, 텍사스주 캑터스에서 295명 등 스위프트의 다른 공장들에서도 직원들이 대거 체포되었다(Randall).

을 던지기도 하고(『뱀파이어와의 인터뷰』), 인간 대신 동물의 피를 섭취하는 "채식주의자"가 있는가 하면(『트와일라잇』) 피를 대신한 합성 음료를 마셔가며 인간사회에 동화하려는 노력을 보이기도 한다(『트루 블러드』). 케빈 웻모어Kevin J. Wetmore는 9/11 이후 출현한 일부 뱀파이어들이 "빠르게 움직이고, 위험하며, 두메산골 촌뜨기나 좀비보다는 한 단계 위의 괴물 같은 짐승들"(165)로 테러리스트를 상징한다고 주장한다. 한편, 좀비는 주술에 걸린 노예든(『화이트 좀비』), 살을 뜯어 먹고 다니는 시체든(『살아있는 시체들의 밤』) 간에, 영혼을 잃어버린 존재를 상징한다.81) 좀비들은 자기 자신을 잃어버리는 것, 즉 "자기self"가 없는 "우리us"에 대한 두려움을 반영한다. 많은 비평가들이 말한 것처럼 9/11 이후의 좀비들은 『28일 후』28 Days Later에서처럼 "뛰는 좀비"로 급속하게 진화했다. 웻모어는 9/11 이후의 영화에서 좀비들과 "이성적인 대화나 협상이 불가능하기 때문"(159-60)에, 그들이 "완전한 몰개성화를 재현"하며 동시에 "테러리스트의 빼어난 은유"라고 말한다. 하지만 『나는 전설이다』에서는 뱀파이어와 좀비의 종적 차이가 모두 사라진다.

　『나는 전설이다』에 나타나는 이 두 가지 괴물성의 조합은 완전히 외부인도, 그렇다고 내부인도 아닌 괴물을 만들어냈다. 그들은 국경 안의 외부인들, 국가 안의 국가 없는 존재들이며 "우리"와 "그들" 사이의 경계를 해체한다. 영화 속의 감염자는 뱀파이어처럼 야행성이고 피를 주식으로

---

81) 조지 로메로George Romero는 매티슨의 소설 『나는 전설이다』가 자기 영화의 영감이 되었다고 말한다. "내가 『살아있는 시체들의 밤』을 만들 때 나는 그것들을 사람 살을 먹는 악귀ghoul라고 불렀다. 그때까지도 내게 좀비는 벨라 루고시를 위해 더러운 일을 하는 캐러비안 남자들을 의미했다. 그들이 죽었는데 살아 돌아온 존재들이라는 발상은 리처드 매티슨의 『나는 전설이다』라는 소설에서 처음 얻었다"(McConnell, "Interview").

하지만 뱀파이어와 종종 연상되는 로맨틱하거나 귀족적인 모습과는 거리가 멀다. 그들은 좀비처럼 누더기를 걸치고 더러운 곳에 살며, 언어로 소통할 수 있는 능력을 잃었고, 떼를 지어 다닌다. 뱀파이어의 초자연적인 능력과 귀족적인 라이프스타일을 갖지 못한 채, 감염자들은 좀비들이 종종 상징하던 것, 즉 인종과 계급 문제로 일어난 폭도의 모습을 하고 있다. 그들은 9/11 이후 점점 많은 미국인들이 위험하고 미국 문화에 동화되지 않으며, 기생충과 다를 바 없다고 여기게 된 불법 이민자를 상징한다. 그들은 또한 한때 "우리"였으나 지금은 아무 생각 없이 "우리"를 공격하는 자들, 내부의 테러리스트들을 상징한다. 그들은 벽을 기어오르고, 자외선과 폭약을 설치해놓은 경계선을 넘어, 아파트의 천장을 뚫고 들어와 네빌을 향해 몸을 던진다.

영화 마지막 장면에 나오는 생존자 정착지는 인류를 감염자들로부터 지키기 위해 높은 담으로 둘러쳐져 있고 무장 병력이 항상 감시하고 있어서 "제3세계화된" 도시와 크게 대조적이다. 정착지가 버몬트주의 산지에 자리 잡고 있다는 설정을 논하기 전에, 플롯상 중요한 장면임에도 불구하고 삭제된 한 장면을 먼저 살펴보고자 한다. 이 장면은 이 영화가 9/11 이후 미국에 만연한 국가주의를 반영하고 있다는 흔적을 감추기 위해 삭제된 것이다. 메트로폴리탄미술관 안의 못에서 낚시를 하던 네빌이 갑자기 바이러스를 치료할 방법을 생각해낸다. 집에 달려가면서 그가 두 번 큰소리로 "얼음", 즉 "ice"가 필요하다고 외치는데 이는 분명 9/11 이후 만들어진 이민국경찰 ICE를 연상시킨다. 이 장면을 생략하는 데는 큰 부담이 따랐다. 왜 바로 다음 장면에서 갑자기 백신의 실험 대상인 감염자가 얼음 위에 누워있는지, 어떻게 갑자기 치료 백신을 발견할 수 있었는지 전혀 설명이 없기 때문이다. 감염자가 어느 특정 집단의 사람들을 상징한다는 단서를 제거함으로써 논쟁거리가 되는 것을 피하기 위해서라고 밖에는 삭제한 이유를 이해하기 힘들다. 앞서 말했듯이 영화가 만들어지던 당시 이민국경찰은 불법 이민자를 체포·추방하기 위해 적극적으로 집과 직장을 급습하곤 했다. 나프지거에 의하면 "이민국경찰에 의한 체포는 종종 인종차별적 수사에 의해 이뤄졌으며, 2002년부터 2007년 사이에 체포자의 수가 열 배로 늘었고, 2008년에는 가장 절정에 달했다"(558). 영화에서는 버몬트의 산에서 얼음ice이 바이러스가 더 퍼지는 것을 막아주는 덕분에, 그곳에 인류가 새로운 삶을 영위할 영토를 찾아 "언덕 위의 도시a city upon a hill"를 세울 수 있었다.

(2) 생존자들 – 인류의 영토를 찾아서

뉴욕시, 혹은 "그라운드 제로"는 네빌이 바이러스와의 전쟁에서 패배한 곳이다. 그곳은 또한 그가 가족을 잃은 곳이기도 하다. 그러나 그는 그곳에 머물 것을 고집한다. 단지 그가 워싱턴 광장을 바라보는 자리에 근사한 타운하우스를 가지고 있어서가 아니라, 아이러니하게도 그의 눈앞에서 그의 "집home"을 영원히 잃었기 때문이다. 네빌에게 뉴욕은 잃어버린 홈랜드, "그라운드 제로"가 되었다. 낮 동안에는 전 도시가 네빌 것이라도 된 것 같지만, 밤이면 모든 거리는 다시 감염자들의 것이 된다. 네빌의 잃어버린 홈랜드와 그것을 다시 회복하기 위한 노력은 9/11 이후 미국에서 국토안보를 위해 일어난 모든 현상들을 반영한다. 캐플란은 9/11 이전에는 정치가들이 사용하지 않던 "홈랜드"라는 어휘가 토착민주의적 감수성을 가지고 있어서 미국에 거주하지만 미국이 아닌 곳을 홈랜드로 둔 사람들을 제외시킨다고 말한다("Homeland Insecurities" 87). 그리하여 "홈랜드"는 "낯설고도 이상하리만치 친숙한 외국의 유령들이 출몰하여, 지금과는 반대 상황이 될지 모른다는[외국인이 도리어 다수가 될지도 모른다는] 위협에 노출된 근본적으로 기이한uncanny 곳이 된다"(Kaplan, "Violent Belongings" 9). 캐플란은 홈랜드 개념이 "이중의 신분dual identification"을 가진 사람들을 의심의 대상, 그리고 국가안보에 대해 잠재적인 위협적 존재로 만든다고 비판한다("Homeland Insecurities" 87). 이들은 미국에 자리를 잡고 살지만 다른 곳을 홈랜드로 두고 있어서 "우리"와 "그들"의 경계를 흐리는 자들이다. 네빌은 기이한 "외국의 유령들"이 모든 것을 다 휩쓸어버리고 모든 거리를 점령해버린 세계에 살고 있다. 백신을 만들기 위한 그의 끊임없는 노력 뒤에는 잃어버린 홈랜드에 대한 강렬한 노스텔지어가 존재한다. 그는 감염자를 다시 인간으로 만듦으로써 바이러스가 그의 모든 것을 빼앗아가기 이전의 시간으로 돌아가고자 하는 것이다.

"건강한 사람"과 "병든 자"의 사이를 분명히 가르고, 그것을 선과 악, "우리"와 "그들"의 구도 안에 넣어버리는 바이러스학자의 이미지는 보기보다 순수하지 않다. 영화에서 아나가 다미안 말리Damian Marley는 알면서 그의 아버지 밥 말리Bob Marley는 모른다는 무리수를 두어가며 네빌에게 밥 말리가 누구인지 설명할 기회를 준 것은 네빌을 그에 비유하기 위한 것이다.

그[밥 말리]는 이런 생각을 했죠. 바이러스 학자처럼 말이에요. 그는 우리가 인종차별주의와 증오를 치료할 수 있다고 생각했어요. 음악과 사랑을 사람들의 삶에 주입해서 말 그대로 치료하는 거죠. 한 번은 평화를 위한 집회에서 노래하게 되어있었는데 집회 이틀 전에 무장을 하고 집에 침입한 사람들에게 총을 맞았어요. 그래도 무대에 올라가 노래를 불렀어요. 누가 왜 그랬냐고 묻자, 그가 말했죠. "세상을

더 나쁘게 만드는 사람들은 하루도 쉬지 않는데, 내가 어떻게 쉬겠어
요?"라고요. 어둠을 밝혀라.

네빌은 1980년대와 1990년대에 미국의 음반 회사가 미국에 유행시킨 말
리의 대중적 이미지를 반복하고 있다. 말리의 앨범 『전설』Legend은 말리
의 사후 3년 뒤에 아일랜드 레코드사Island Records에 의해 미국에서 발매
되었다. 말리가 가진 1970년대의 혁명적 이미지를 지우기 위해 아일랜드
레코드사는 "미국의 인종 관계의 역사로부터 신비롭게 거리를 둔 채, 단
순한 보편주의적 이상에 기반을 둔 조화로운 인종 관계에 대한 비전을 상
징하는"(Stephens 142) 말리의 신화적 이미지를 강조했다. 이 전략은 "인
종적 차이를 통합하여 하나로 통일된 국가의 바디폴리틱을 이루는 데 기
반을 둔 북미 정체성을 지키도록 돕는다"(Stephens 142). 이 비유를 통하
여 네빌은 자신을 "음악으로 모든 차이를 통합하여 세상을 치유한" 말리
와 같은 전설적인 인물로 만들고 있다.

하지만 별문제 없어 보이는 이 비유에 사실은 큰 논리적 모순이 있
다. 감염자를 말리가 치유하려 했던 인종차별주의에 비유한 점이다. 감염
자가 인종, 민족, 종교에 따른 차별적 프로파일링 때문에 법적 보호를 받
지 못하는 국가 없는 내부의 "외국인"을 상징한다고 보았을 때, 그를 말
리의 "환자"인 인종차별주의와 동격으로 둘 수 없다. 네빌의 치료는 사실
감염자들을 다시 인간으로, 즉 "그들"을 "우리"로 만드는 것을 의미한다.
만약 이 색맹적 국가주의의 시대에 감염자들이 국가의 타자들이라면 네빌
의 치료약은 인종차별주의 자체를 없애는 치료가 아니라 모든 형태의 타
자성을 다 섞어서 초국가주의적 미국성hypernational Americanness을 만들어
차이 자체를 없앰으로써 미국의 다문화주의적 가치관과 9/11 이후 점점

더 강제적이 되어가는 국가보안 업무 간의 갈등을 화해해보려는 시도로 볼 수 있다.

감염자를 구하겠다는 그의 욕망과는 모순되게도 네빌은 치료방법을 찾는 과정에서 생체실험을 위해 감염자에게 폭력을 행사하지만, 영화는 그들로부터 인간성을 완전히 제거함으로써 네빌의 폭력을 정당화한다. 감염자들이 네빌의 집을 공격하던 날 밤, 유리 장벽 하나를 두고 감염자와 대치한 네빌은 그들에게 도움을 주겠다고 약속한다. 네빌은 말한다. "내가 너희들을 구하겠어. 도와주겠다고. 병든 너희들을.... 내가 고칠 수 있어. 내가 모두를 구할 수 있단 말이야." 하지만 인간의 지성과 언어를 잃어버려서 아무것도 이해할 수 없는 감염자와의 이성적 대화는 불가능하다. 먹잇감을 사냥하는 동물적 본능만 남은 감염자들은 네빌을 끝없이 공격하고, 네빌은 인류를 지키기 위해서 감염자들과 함께 죽는 방법을 택한다. 네빌의 이러한 죽음에서는 내부의 분열 없이 평화로운 방법으로 한 국가를 이루리라는 희망을 찾을 수 없다. "우리"와 "그들", 선과 악을 가르는 이항대립의 구조가 결말까지 지속되기 때문이다.

영화 전체에 걸쳐서, 네빌은 감염자들이 인간성을 완전히 상실했다고 확신하며, 그의 믿음을 거스르는 징후가 보일 때마다 그것을 바로 억압한다. 실험대상으로 감염자 하나를 납치하던 날, 감염자 무리의 대장이 그들에게 햇빛이 치명적임에도 불구하고 햇빛에 자신의 몸을 일시적으로 드러낸 것을 보고, 네빌은 그것이 "감염자들의 뇌기능이 저하되었기 때문"이거나 "갈수록 먹잇감이 희귀해지는 까닭에 기본적인 생존본능을 무시"하면서까지 자신을 잡으려 했다고 해석한다. 네빌은 또 "감염자들에게서 사회성이 완전히 퇴화했으며 전형적인 인간적 행위가 다 사라졌다"고 판단한다. 생략된 장면 중 하나에서, 그가 감염자의 덫에 걸렸던 장소를 아나와 함께 방문하는데, 네빌은 감염자가 자신이 사용한 방법과 똑같은 속임수를 사용할 만큼 지능적일 거라는 가능성을 부정한다. 네빌은 그들에게 생존 본능 이외에 "더 높은 두뇌기능이 없"어서, "놀거나, 미워하거나, 사랑하지 않는다"고 단언한다. 네빌에 의하면 한마디로, "그들은 그럴 수가 없다." 자기 아이를 제발 데려가 달라고 울며 애원하던 여성 감염자에게 차갑게 등을 돌리던 때와 마찬가지로, 그는 감염자에게 무엇인가 인간다운 것이 남아 있다는 사실을 직면하기 거부한다. 영화의 상업적 성공을 위해서 인간과 감염자, 선과 악, "우리"와 "그들" 사이의 경계를 가능한 한 유지해야 했기 때문에 괴물의 극단적인 타자성에 대한 회의는 가능한 한 억압되어야 했고 이 장면도 삭제되었다.

네빌이 예수처럼 인류를 위해 희생하는 극장판의 엔딩은 "그들"이 모두 "우리"처럼 되는 그날까지 혹은 "그들"이 모두 전멸하는 순간까지, "우리"와 "그들" 사이의 전쟁이 계속되어야 한다는 메시지를 전한다. 네빌은 아나와 이든을 살리고 백신을 생존자 정착지에 전달하기 위해 자신을 희생해가며 실험실에 들어온 감염자들을 모두 죽인다. 네빌이 감염자들을 "당신들"이라고 부르다가 "모두everybody"라고 바꿔 부르는 순간에 인간성과 괴물성 간의 경계가 잠시 흐려지기는 하지만(Boyle), 감염자들이 "개종"하기를 거부하자마자 네빌이 감염자들을 적대시하면서 경계는 다시 굳어진다. 네빌이 안전핀을 뽑은 수류탄을 들고 감염자들을 향해 자신의 몸을 던지는 행위는 유리벽을 부수려고 공격적으로 벽에 몸을 부딪치는 감염자들의 우두머리와 마치 거울 이미지처럼 대칭을 이루어 흡사 자살폭탄테러리스트를 연상시킨다. 이 장면은 전쟁의 과정에서 전사가 "괴물"로 변하고 마는 테러와의 전쟁에 내재한 위험을 징후적으로 드러낸다. 극장판에서 네빌이 죽는 장면은 9/11 이후의 미국이 "타자에 대한 두려움만이 아니라, 타자와 대면하는 과정에서 자신이 어떻게 변할 것인가에 대한 두려움"(Wetmore 5)을 가지고 있다는 사실을 보여준다.

상업성이 없다고 판단하여 막판에 극장판으로 바꾸어 다시 찍은 원래의 결말 부분은 "다른 결말alternate ending"이라는 제목의 부록으로 DVD 세트에 포함되었다. 이 원래의 결말은 매티슨 소설의 그것과 가까워서 "우리"와 "그들" 사이의 이항대립적 관계를 허물어 버리고, 따라서 인간과 비-인간, 영웅과 악당 간의 경계가 불분명해진다. 네빌은 감염자들이 서로 의사소통 가능하고, 감정을 느끼며, 그들의 사회적 구조를 가지고 있다는 것, 그리고 무엇보다 그들이 "치료되기를" 원하지 않는다는 사실을 깨닫는다. 한트케는 네빌이 "일부일처제의 이성애적 결합"을 통해서만 감염자의 인간성을 깨닫는다는 점에서 다른 결말 또한 극장판과 마찬가지로 "타자성에 대한 거부"(181)를 드러낸다고 말한다. 하지만 실험 과정에서 죽은 수많은 감염자들의 사진을 네빌의 시점으로 바라보는 장면은 네빌이 자신과 감염자 사이의 경계가 그다지 견고하지 않으며, 아마도 진정한 괴물은 감염자가 아니라 자기였을지 모른다는 사실을 깨달았음을 암시한다. 원래의 결말에서 네빌은 인류를 구원한 "전설"적 영웅이 아니라 매티슨의 소설에서처럼 지구상의 새로운 '인류', 즉 감염자들을 죽이는 괴물 같은 존재가 된다.82)

---

82) 매티슨의 소설에서와 마찬가지로 영화 속 네빌은 감염자들을 죽이는 것에 대해 조금도 회의하지 않는다. 영화 초반에서 납치해온 감염자에게 새로 만든 약을 주사하면서 그 약이 "분명히 그것it을 죽게 할 것"이라고 기록에 남길 때, 네빌은 조금도 동정의 기색을 보이지 않는다. 실험실 벽을 가득 채운 실험 중 사망한 감염자들의 사진에 대한 설명을 듣고 아나가 "오 하느님" 하며 탄식을 내뱉자, 네빌은 "하느님이 아니라, 우리가 한 일"이라고 말한다. 그에게 있어, 턱자에 누운 감염자는 분명 인간이 아니라 "그것it"일 뿐이며, 그들을 죽인 것은 네빌 개인이 아니라 "우리"다.

극장판에서 영화는 아나가 생존자들의 정착지에 도착하는 것으로 끝을 맺는다. "정착지"라는 명칭은 예전에 잃어버린 미국의 홈랜드를 되찾았음을, 그러나 먼저보다 훨씬 더 업그레이드되어 안보가 철저하고 전통적인 "미국적" 가치관들이 시민들을 하나의 국가로 통일시키고 있음을 암시한다. 한트케는 "버몬트의 '정착지'가 네빌에게는 없는 것들, 즉 가족, 높은 담, 기독교 신앙, 그리고 잘 조직된 군대에 의해 영원히 보호받는다"(169)고 말한다. 그렇다면 아나가 외부인의 출입이 통제되는 이 공동체로부터 환영받은 이유는 무엇일까? 『나는 전설이다』를 9/11 이후 미국에 대한 알레고리로 보았을 때 이 유토피아 공동체에 누가 받아들여지는지 살피는 일은 중요하다.

아나가 정착지에서 환영받은 사실은 미국이 이민자들의 나라라는 정체성을 유지하기 위한 일종의 제스쳐로서 중요한 상징적 의미를 갖는다. 흑인인권운동 이후 미국의 지도자들은 인종에 따른 차별이 불법이 되었으므로 따라서 인종차별이 종식되었다고 선포하고 다양성을 찬미하며 "이민들의 나라"로서 국가의 정체성을 다시 자리 매겼다.[83] 미국을 보호하겠다는 명분하에 국토안보부와 이민국경찰이 임의로 그은 경계들은 공식적으로 다문화주의를 표방하는 국가라는 미국의 신화와 모순되었다. 하지만 미국이 인종차별과 관련한 과거의 잘못을 모두 바로잡고, 사회 구성원 모두에게 인종과 상관없이 기회를 동등하게 부여함으로써 모두의 자유와 평등을 보장하는 나라가 되었다는 신화는 공식적으로는 평등을 앞세우면서

---

83) 미국의회 하원은 1999년 국회 결의안에서 미국을 "이민의 나라"로 정의내리고 있다("A Congressional Resolution to Celebrate One America", Kim의 "Imagining Race and Nation in Multiculturalist America" 144 재인용). 인종차별이 종식되었다고 믿는 승리주의 서사에 기반을 둔 공적인 다문화주의 담론에 대해서는 Kim의 같은 논문 193-98 참고.

도 실제로는 인종차별적 기제가 그 어느 때보다 더 극심하게 작동하는 현실과 공존하였다. 9/11 이후 미국은 국토안보를 위해 국경을 지키는 일에 신경을 곤두세웠지만 "이민자의 나라" 미국이 국경을 모두에게 닫을 수는 없는 노릇이었다.

이 마지막 장면은 아나가 게이트를 통과하자마자 정착민들이 그녀를 반갑게 맞이하는 것처럼 미국이 여전히 합법적인 이민을 두 팔 벌려 환영한다는 메시지를 담고 있다. 아나를 합법적인 존재로 만드는 것은 물론 바이러스에 대한 그녀의 면역력이지만 다른 감염자들로부터 그녀를 구별하는 것은 비단 그녀의 피만이 아니다. 그녀는 약간의 외국인 억양을 가지고 있지만 네빌과 의사소통에 있어 전혀 문제가 없을 만큼 영어에 능통하다. 무엇보다, 그녀는 기독교 신자이다. 아니, 그냥 기독교 신자가 아니라 베이컨을 먹는 기독교 신자다. 그녀는 무슬림에게는 금지된 베이컨을 "역사상 가장 환상적인 음식the most fantastic thing in history"이라 부른다. 이것이 그다지 중요하지 않은 세부사항일 수 있겠지만, 이 장면에서 아나가 베이컨을 상에 낸 것에 대해 네빌이 불같이 화를 내고 그것이 그가 베이컨을 아껴두고 있었기 때문이라는 핑계를 두 번이나 반복함으로써 베이컨 자체가 불필요할 만큼 집중적인 스포트라이트를 받는다. 아나의 브라질 국적도 임의로 선택한 것이 아니라 색맹적 국가주의의 맥락 안에서 "인종문제가 사라진" 미국의 이미지를 유지하면서 공식적인 다문화주의와 근본적으로 조화를 이루도록 조심스럽게 선택한 것으로 보인다. 멕시코나 온두라스 등 다른 라틴-아메리카 국가의 사람들과 달리 브라질 사람들은 미국 센서스 조사에서 비-히스패닉이나 비-라틴계로 분류된다(Marrow 431). 2005년까지 "브라질 사람들이 미국에서 국외추방을 당한 사람의 숫자로 상위 5위 안에 들고, 그중 대부분이 미국에 불법 체류를 한 까닭에 추방을 당했다는 점"(Golash-Boza 31)에도 불구하고, "반-라틴계 인종혐오가 드세어지던"(Fusté 814) 시기에 브라질 출신의 인물이 중앙아메리카처럼 불법 이민들이 대거 넘어오고 미국 시민들에게 공포의 대상이 되어온 곳에서 온 사람보다는 덜 위협적으로 여겨졌을 것이다. 브라질은 또한 (사실과 상관없이, 적어도 영화가 나오던 당시까지는) 모든 인종이 평등하게 함께 공존하는 인종 문제에 있어서는 천국이라는 평판을 오랫동안 유지해 왔다. 따라서 브라질에서 온 아나가 정착지에서 환영받는 결말은 암암리에 미국의 색맹적 국가주의를 지지하는 효과를 낳는다.

아나는 영화의 종교적 하위텍스트를 이끌면서 네빌의 마지막 행동에 종교적 차원을 더한다. 그녀가 네빌이 과학과 회의주의에서 기독교로 개종하도록 도운 덕분에 결국 네빌이 하느님의 말씀을 "듣고" 마지막에 자신을 희생하게 된다.84) 그녀는 "하느님이 그녀에게 말씀해주셨기 때문에" 생존자들의 정착지가 있다는 것을 알고, 영화 마지막에도 관객은 그녀가 말한 "하느님의 계획"이 맞았음을 목격한다. 영화에 아나가 처음 등장하는 순간 관객의 눈을 사로잡는 것도 차의 백미러에 걸린 십자가다. 그녀가 상파울로에서 왔기 때문에 그녀가 천주교 신자라는 것을 추측할 수도 있지만, 영화에서 그녀는 좀 더 넓은 의미에서 구교와 신교를 망라한 "기독교 신자"이다. 우리가 그녀의 교파에 대해 알지 못하도록 영화에서 모든 천주교와 관련된 세부사항들이 면밀하게 제거되었다. 예를 들어 아나, 이든, 네빌이 아침식사를 하기 전, 카메라는 네빌만을 비추어 아나가 식사 기도를 하면서 성호를 긋는지 여부를 볼 수 없도록 한다. 또한 영화에서 성 패트릭 성당 장면도 삭제되었다. 네빌이 흑인이라는 사실이 "색맹적

---

84) 영화의 종교적 하위텍스트와 아나의 근본주의에 대한 자세한 설명은 Kirk Boyle 의 "*Children of Men* and *I Am Legend*"를 참고.

인" 9/11 이후의 미국에서 중요하지 않듯이, 이슬람교를 가장 먼저 적대의 대상으로 지목한 9/11 직후의 미국 상황을 두고 판단할 때 아나의 종교가 천주교든 신교든 상관없었다.

3_ 결론

로렌스의 『나는 전설이다』는 느슨한 플롯과 일관되지 못한 상징의 사용 때문에 비판을 받을 구석이 많은 영화다.[85] 하지만, 9/11 이후 미국의 국토안보와 색맹적 국가주의의 맥락에서 보았을 때 "우리"와 "그들"을 가르는 과정에서 발생한 억압의 징후들과 미국 내부의 국가 없는 사람들에 대한 상징들을 발견할 수 있다는 점에서 중요한 텍스트다. 인종적 표지들을 모두 지리적 표지로 대체하면서, 영화는 흑인 주인공과 창백한 괴물들을 앞세워 "우리"와 "그들"−즉, 국민국가로서의 미국과 미국의 국토안보에 위협이 되는 모든 존재들−을 재현한다. 사우스 스트리트 항만 장면은 미국 내부에 세워진 새로운 경계를 보여준다. 감염자와 감염되지 않은 자들 사이를 나누는 불확실한 방식은 20세기 초반 엘리스섬에서 이민

---

85) 예를 들어, 나비의 모티프는 원래의 결말, "다른 엔딩"과 함께일 때만 영화 전체에 걸쳐 등장하는 나비 이미지들이 모두 연결되면서 의미를 갖게 된다. 즉 감염자의 우두머리가 유리벽에 나비를 그려서 네빌이 납치한 어깨에 나비 문신을 한 여자 감염자를 내놓으라는 의사표현을 하는 것과 네빌의 딸이 죽기 전 손으로 나비 모양을 만들어 보여주었던 것의 상징적 의미가 연결된다. 유리벽에 그려진 나비를 보는 순간 자신의 딸이 "나비를 봐"라고 말하던 소리가 들리면서, 네빌은 여성 감염자가 수많은 감염자 중의 하나가 아니라 개인성을 가진 존재이며 자신이 감염자들에 대해 잘못 이해하고 있었다는 것을 깨닫는다. 이와 달리 극장판에서 나비 모티프는 상징적 힘을 잃고 네빌의 어린 딸의 놀이로 축소된다.

자들의 눈을 검사하던 모습을 상기시킨다. 미트패킹 구역을 차지한 뱀파이어도 좀비도 아닌 혼종적 괴물의 모습을 가진 감염자들은 미국에 살면서도 미국을 홈랜드라 부를 수 없는, 그리하여 여전히 "외국인"이며 국가에 위협이 되는 존재로 치부되는 미국 내부의 국가 없는 존재들을 상징한다. 백신을 찾아 감염자들을 치료하려는 네빌의 외로운 여정은 9/11 공격으로 잃어버린 홈랜드를 회복하려는 욕망-경계 간의 구별을 믿을 수 없다는 사실을 감추기 위해 "우리"와 "그들" 사이에 경계를 거듭 새로 그리면서 국민국가의 통일성을 확보하고 지키려는 꿈-의 그것과 닮아있다. 맨해튼의 "제3세계화된" 정글에 "격리 수용된" 감염자들은 9/11 이후 새롭게 상상된 국가에서 더 이상 국가의 보호를 받지 못하지만 더욱 엄중한 국가의 감시와 통제에 사로잡힌 "내부의 외부인들", 비체들이다.

7장

뱀파이어와 자본주의 생태계, 그리고 공간의 퀴어화

스트리버와 스콧의 『헝거』[86]

토니 스콧Tony Scott의 『헝거』*The Hunger*, 1983는 위틀리 스트리버Whitley Strieber가 1981년에 출판한 동명의 소설을 영화화한 것으로 상업적으로 크게 성공을 거두지 못했을 뿐 아니라 비평계에서도 썩 좋은 반응을 얻지 못했다. 하지만 『헝거』는 "'가짜 레즈비어니즘fake lesbianism'이 종종 이성애자 남성을 위한 선정적 이미지"(Nixon 115)로 유용되던 기존의 뱀파이어 영화와는 다른 본격적인 첫 "레즈비언"(Hanson 183) 뱀파이어 영화로서 장르 영화사에 있어서 중요한 위치를 차지한다.[87]

---

86) 국내에서는 『악마의 키스』라는 제목으로 소개되었지만 영화와 소설에서 모두 원제의 중의적 의미를 살리는 것이 좋겠다고 판단하여 그대로 『헝거』라고 부르겠다.

87) 비평가들이 종종 미리엄을 "레즈비언"이라고 부른다. 그러나 니콜 리히터Nicole Richter가 지적한 대로, 미리엄이 인간 중에 남성과 여성을 번갈아가며 반려자를 구한다는 점에서 양성애자로 분류하는 것이 타당하다. 사실, 양성애자라는 범주 자체가 단 두 개의 "진정한" 성적 취향과 두 개의 "자연적인" 젠더와 생물학적 성sexes을 전제로 한다는 문제를 안고 있고(Fillipo 29), 미리엄의 종species을 뛰어

미리엄Miriam의 긴 개인사를 아주 간략하게 처리하여 영화의 플롯은 소설에 비해 비교적 간단하다. 뉴욕 맨해튼의 서튼 플레이스Sutton Place의 아름다운 저택에 살고 있는 미리엄(까뜨린느 드뇌브)은 젊고 아름다운 "기혼"여성의 모습을 하고 있지만, 실은 양성애자이며 "뱀파이어"다.88) 표면적으로는 이성애규범적heteronormative 사회의 이상에 가까운 삶을 살고 있다. 하지만 미리엄의 집 내부에는 살인의 흔적을 지우기 위한 지하실의 소각로부터 산송장이 되어 관에 담긴 과거의 반려자들을 쌓아둔 다락의 "납골당"에 이르기까지 이중의 삶을 위한 장치가 마련되어 있다. 미리엄은 자신의 피를 받아서 준pseudo-뱀파이어가 된 인간에게 "영원한 삶"을 약속하지만 그 "영원한" 삶에는 제약이 따른다. 즉, 이백여 년의 영원한 젊음과 건강을 누리지만 갑작스럽게 노화가 진행되고 결국 산송장이되어 미리엄이 준비한 관에 갇혀 영원한 굶주림에 시달려야 한다. 미리엄은 지난 이백 년을 함께 해온 파트너 존(데이비드 보위)을 "묻은" 뒤, 죽음을 치료 가능한 질병으로 보고 치료법을 찾는 사라 박사(수잔 서랜던)를 유혹한다. 미리엄은 사라와 피를 나눔으로써 사라를 자신의 동반자로만들려고 시도하지만 사라는 극심한 굶주림의 고통 끝에 자신의 남자친구를 죽이게 되고, 그 충격으로 자살을 시도한다. 소설에서는 이미 죽을 수조차 없게 된 사라가 관에 갇힌 채로 영원한 굶주림으로 고통받는 한편, 미리엄은 샌프란시스코에서 새 남자 파트너와 함께 새로운 생활을 시작한다. 영화에서는 이와 반대로 미리엄이 관에 갇혀 영원한 굶주림의 형벌을

넘는 사랑이 양성애적이라기보다는 "퀴어"하다고 부르는 것이 더 적절하겠지만 작품의 배경이 되는 70년대부터 영화가 만들어진 80년대 초반까지의 시대적 배경을 고려하여 당시에 통용되던 개념 그대로 미리엄을 양성애자라고 지칭하겠다.
88) 영화와 소설에서 모두 "뱀파이어"라는 말은 사용되지 않지만 미리엄이 인간의 피를 마시고 산다는 점에서 뱀파이어라고 부르겠다.

받고, 사라는 기적적으로 살아남아 양성애 뱀파이어의 다음 세대를 잇는다.

이전의 포르노그래피적인 레즈비언 뱀파이어 영화와 구별되는 독자적 위치에도 불구하고 『헝거』는 (영화와 소설 모두) 페미니스트 비평가들로부터 서로 상반되는 평가를 받아왔다. 어떤 비평가들은 이 영화가 소비주의를 찬양하고, 섭식 장애를 "멋지다chic"고 여기게 하는 육체 중심의 문화를 매혹적인 것으로 포장한다고 비판한다(Pharr 99, Auerbach 57). 한편, 일리스 한슨Ellis Hanson은 이 영화의 "성적 쾌락에 대한 모험적인 요구, 난잡함, 펑키한 스타일 감각, 신보수주의적인 '가족 가치관'과 전통적 페미니즘, 그리고 인습적 여성성에 대한 무시, 뱀파이어의 육체적·지적 능력에 대한 찬미, 우리에게 무한히 즐거움을 준다는 점"을 높이 평가하면서, 그로 인해 이 영화가 "호모포비아적이거나 여성혐오적이지 않으면서 기존의 체계에 균열을 가하는 퀴어적 쾌락"을 보여준다고 말한다(212). 소설에 대한 비평가들의 다른 입장들까지 고려하면 문제는 더 복잡해진다. 한슨에 의하면, 스트리버의 소설은 영화와 달리, "순전히 독자들에게 충격을 줄 목적으로 레즈비어니즘을 이용하고, 사라의 직업에 대한 헌신을 공격적이고 비여성적인 것으로 그려"내었으므로 "반페미니스트적"(211)이다. 한편, 아우어바흐는 영화가 미리엄을 "소품들에 종속"시켜 "화려한 불연속성의 아이콘"으로 축소시킨 것에 반해 소설 속의 미리엄은 "수 세기 동안 오만한 제국주의적 박해를 견뎌낸 지배적이고 우월한 의식"(57)의 소유자라고 말한다.

『헝거』에 대한 견해가 이토록 엇갈리는 것은 뱀파이어의 은유적 의미가 "귀족주의와 민주주의 사이를 오가며, 때로는 냉정한 엘리트주의자의 통제력을 보이다가, 때로는 일반적인 대중의 포식동물과도 같은 욕망을 드러내기"(Auerbach 7) 때문이다. 다시 말하자면, 뱀파이어가 종종 노동하지 않고도 귀족적인 삶을 누리는 유한계급을 상징하면서도, 동시에 불법 이민, 외국인 노동자, 사회복지제도의 수혜자와 같은 사회적 약자, 타자들을 상징하기 때문이다. 데이빗 맥낼리David McNally는 포스트모더니즘의 괴물에 대한 무조건적 찬미가 "서로 다른 사회적 특성과 가치들이 각축하는 장을 밋밋하게 만들어 버리는 것"에 대해 경계하며 "모든 괴물이 다 동등한 것은 아니"(10)라고 주장한다. 맥낼리에 의하면 괴물의 상징적 의미 간의 차이에 주목해야 한다. 마르크스는 그의 저작에서 뱀파이어를 자본주의에 비유하곤 했다. 예를 들어 그는 『자본론』에서 "자본은, 뱀파이어처럼, 산 노동을 빨아먹어야만 하는 죽은 노동이며, 오래 살수록 더 많은 노동을 빨아먹어야만 한다"(Neocleous 669 재인용)고 말한다.89) 몇 예외적인 텍스트들을 제외하고, 대부분의 뱀파이어들은 남들이 일하는 낮 시간에 잠을 자고, 해가 진 무렵에야 배를 채우기 위해 일어난다. 그들은 대부분 일하지 않고도 기적적으로 사치스러운 생활을 유지한다. 한편 뱀파이어가 계급적, 인종적, 종교적 타자의 상징이 되는 경우는 이미 6장에서 로렌스 감독의 『나는 전설이다』를 통해서 알아보았다. 이런 예는 곳곳에서 찾을 수 있다. 예를 들어 『마셰티』Machete, 2010에서 상원의원은 선거를 앞두고 지지도를 높이기 위해 외국인들을 적대시하면서 비특권층에

---

89) 마르크스는 산 노동을 자본(죽은 노동)이 착취하는 과정을 설명하기 위해 뱀파이어를 자본의 상징으로 여러 번 이용했다. "자본주의적 생산에 있어, 그렇다면, '산 노동living labour은 단지 물화된, 죽은 노동dead labour을 실현하기 위한—죽은 노동에 자신의 영혼을 불어넣음으로써 그것을 살려내고 자신은 죽는—수단으로서만 기능하는 것처럼 보인다.' 자본주의는 노동자의 생산력을 도용함으로써 산 노동이 죽은 노동에 자신의 영혼을 불어넣는 수단과 재료가 되게 만들고, 따라서 죽은 노동을 소생시킨다"(Neocleous 680 재인용).

속한 사회적 타자들을 뱀파이어에 비유한다. 그는 다음과 같이 말한다—
"외국인들, 침입자들, 외부인들, 그들이 지금 밤낮으로 국경을 넘어오고
있습니다. 그들은 우리의 피를 빨아먹고 기생할 것입니다. 그들은 우리의
도시, 카운티, 국가의 피가 다 사라질 때까지 우리가 피 흘리도록 할 것입
니다." 이 장에서는 노동계급에 기생하는 자본의 뱀파이어리즘이 『헝거』
에서 어떻게 재현되는지 살펴볼 것이다.

    이상의 두 가지 상반되는 의미를 더욱 복잡하게 만드는 제3의 요인
이 바로 섹슈얼리티다. 섹슈얼리티는 뱀파이어 인물의 특정한 상징적 의
미를 강조하거나, 상쇄하거나, 불안정하게 한다. 예를 들어 레즈비언 뱀파
이어의 대명사 격이 된 르 파뉘J. Sheridan Le Fanu의 『카밀라』Carmilla의 카
밀라는 원래 미르칼라 칸스타인 백작부인으로 영지의 양민들의 고혈을 착
취하던 귀족계급이며, 그녀가 유혹하려고 접근한 영국인 로라에게는 외국
인이고 외부의 침입자지만 소설에서는 그녀의 엘리트주의적 특성이 더욱
강조된다. 카밀라에게 있어 로라는 유혹의 대상이지만 하층민들은 단순한
"먹잇감"에 지나지 않는다. 카밀라와 로라의 퀴어한 섹슈얼리티는 카밀라
가 외부로부터의 침입자임을 강조한다기보다는, 지배계급의 자기도취적이
고 퇴폐적인 괴물성을 드러내는 기제로 작용한다. 카밀라/미르칼라의 형
벌—심장에 말뚝을 박는 행위는 주로 삽입성교에 비유되며 목을 자르는
행위는 프랑스 혁명기의 기요틴을 연상시킨다—은 양민을 착취하는 지배
계급에 대한 분노를 해소하며 동시에 이성애규범적 사회의 질서를 회복시
킨다. 『트와일라잇』Twilight와 『트루 블러드』True Blood에서는 공통적으로 로
맨틱한 이성관계가 주요 플롯으로 이용되지만 전자의 경우 상류계급이지
만 착취하지 않는 "채식주의자" 뱀파이어의 이미지에 이성애규범적 "매
력"을 더하여 관객의 선망을 자아내는 반면, 후자의 경우 이성애규범적

관계가 종적 타자로서 차별받는 뱀파이어의 휴머니티를 증명하고 인간과의 공존 가능성을 시사한다. 6장에서 본 것처럼 『나는 전설이다』의 극장판 결말에서는 원래의 결말을 바꾸면서까지 뱀파이어를 무성애적인 존재로 묘사하여 뱀파이어의 타자성을 극대화하고 그들이 상징하는 타자성에 대한 사회적 차별을 정당화한다. 일반적으로 뱀파이어의 "처벌"로 끝나는 장르의 특성상, 뱀파이어의 퀴어한 섹슈얼리티가 여러 종류의 타자성에 대한 긍정으로 이어지는 경우는 드물지만(예를 들어 『길다 이야기』*The Gilda Stories*는 길다의 퀴어한 섹슈얼리티가 인종적 타자성과 결합하여 인간에 대한 이해와 사랑으로 발현된다), 적어도 "처벌"의 결말에 도달하기 전까지는 이성애규범적인 가부장적 사회에 대한 비판의 가능성을 보이는 텍스트들이 존재한다(예를 들어 『피를 뒤집어 쓴 신부』*The Blood Spattered Bride*에서는 이성애규범적 관계의 폭력성에 대한 복수심으로 뱀파이어와 신부가 연대한다).

『헝거』의 경우 소설과 영화에서 모두 미리엄과 사라의 계급적 위치와 섹슈얼리티가 상호작용하면서 앞서 말한 뱀파이어의 상징적 의미가 역동적이고 불안정해짐으로써 자기모순적 균열을 통해 자본주의와 섹슈얼리티가 교차하는 지점을 드러낸다. 미리엄은 노동하지 않고 소비하며 귀족적 취향을 가진 상류계급의 인물로 "산 노동을 착취하는 죽은 노동", 자본의 상징이다. 한편, 학자들이 종종 "레즈비언" 뱀파이어로 분류하기는 하지만, 미리엄은 남녀를 번갈아가며 반려자를 찾는 "순차적 양성애자 sequential bisexual"로 이성애규범적 사회 질서에 위협이 될 뿐 아니라, 게이와 레즈비언과 같은 "단일섹슈얼리티monosexuality"의 정체성에도 부합하지 않는 퀴어성을 가지고 있다. 하지만 나중에 사라를 통해 구현될 "동시적 양성애concurrent bisexuality"와는 달리 한 파트너와의 지속적 관계를 유지하는 기간엔 이성애자 혹은 레즈비언으로 패싱하는 특성 때문에 미리엄이 "레즈비언"으로 기능하는 순간에 대한 비평가들의 분석은 대부분 유효하다. 바바라 크리드Barbara Creed 역시 미리엄을 "레즈비언" 뱀파이어로 분류한다. 크리드에 따르면, "레즈비언" 뱀파이어들은 이성애자인 남자 뱀파이어에 비해 더욱 위협적으로 여겨지는데 그녀가 "가부장사회를 지속하기 위해 꼭 필요로 하는 남성과 여성의 형식적이면서도 아주 상징적인 관계의 기반을 위협하기"(61) 때문이다. "레즈비언" 뱀파이어는 "괴물-여성monstrous-feminine"으로, 여자로 하여금 성에 눈뜨게 하고 남자는 거세 공포를 느끼게 하는 "성적 포식자sexual predator"이다(Creed 3, 62-67). 미리엄 역시 소설과 영화에서 이성애를 통해서는 채울 수 없었던 사라 내면의 "굶주림"을 일깨우고, 톰으로부터 사라를 뺏을 뿐만 아니라 급기야 사라가 톰을 죽여 그 피를 마시게까지 하는 위협적 존재다.

이 장에서 나는 『헝거』의 소설과 영화를 비교하면서, 특히 공간 사용의 차이에 주목하여 뱀파이어의 상징적 의미의 역동성을 통해 자본주의와 섹슈얼리티의 교차성을 조망하고자 한다. 소설과 영화가 여러 측면에서 많은 차이를 보이지만 가장 중요한 차이를 주목하자면 소설에서는 뉴욕이 중요한 배경으로 기능하여 뱀파이어의 상징적 의미를 정의하는 데 중요한 역할을 하는 반면, 영화에는 장소에 대한 감각이 거의 없다는 점이다. 뉴욕의 거리 장면 몇 컷을 제외하고는 영화의 대부분을 런던에서, 특히 미리엄의 집 내부에서 찍었기 때문이다. 소설에서 미리엄이 사는 "순진하게 빛나는" 그러나 실제로는 "역겨운 허위"(Streiber 87)로 가득 찬 서튼 플레이스와 존이 손쉬운 먹잇감을 찾기 위해 찾아간, 당시 성매매가 공공연히 이루어지던 시외버스터미널Port Authority 주변의 어두운 거리가 만들어내는 강렬한 대조를 영화에서는 찾아볼 수 없다. 영화 속 미리엄의 집은 철저히 외부로부터 고립되었으며, 미리엄의 심리를 반영하듯 미로와 같은 구조를 가지고 있고, 모든 일은 "밀실" 안에서 이루어지므로 소설에서처럼 이성애규범적인 공적 공간을 퀴어하게 만드는 일도 없다.

소설에서는 뉴욕의 지리를 십분 활용하여 숨겨진 자본주의의 생리를 드러내고 비판하는 동시에, 이성애적이고 공적인 공간이 퀴어화하는 순간을 통해 이성애규범적 공간의 모순을 드러낸다. 한편 사라의 "자살" 이후, 소설이 이성애규범적 질서로 되돌아가는 듯하지만, 한 번 깨어난 사라의 영원한 "굶주림"과 그 고통을 생각할 때, 사라의 "[이성애규범에 입각한] 진정한 사랑"에 대한 미리엄의 감탄이나, 사라가 자신의 "인간성"을 지켰다는 것에 대해 느끼는 안도감은 공허하기 그지없다. 소설에서 뱀파이어를 둘러싼 자본주의와 섹슈얼리티의 문제가 서로 만나지 않고 비껴가면서 각각의 상징적 의미가 서로 다른 층위에서 작동하는 듯하지만, 착취 대상의 어떠한 조건도 가리지 않는 자본의 놀라운 "식욕"과 섹스 상대의 생물학적인 성, 젠더, 성 정체성, 성적 욕망을 가리지 않는 뱀파이어의 퀴어한 욕망은 놀랍게도 서로를 닮아있다.[90] 구체적인 장소성이 결여된 영화에서는 상대적으로 섹슈얼리티가 더 강조되는 현상을 보이며, 외부가 사라진 실내 공간은 거의 모든 사회적 맥락과 분리되어 저 혼자 존재하고, 자본주의는 소비문화로 축소된다. 사라의 동시적 양성애가 부각되는 결말 부분을 제외하고는 미리엄과 사라의 퀴어한 섹슈얼리티가 자본주의의 소비

---

90) 조지 해거티George E. Haggerty에 의하면 "피는 생명의 보편적인 요소이므로 순수한 상태의 뱀파이어적 욕망은 종과 개인적 특성, [생물학적] 성의 모든 구별을 무시한다"(927). 그 누구의 피여도 상관이 없는 뱀파이어의 "식욕"과 착취 대상을 가리지 않는 자본주의의 탐욕은 『헝거』에서 상대의 "종과 개인적 특성, [생물학적] 성"과 상관없이 "다른 사랑"을 이루고자 하는 미리엄의 퀴어한 욕망과 유비 관계를 갖는다.

문화에 종속되는 양상을 띠면서 뱀파이어는 상류계급의 "스타일"을 상징하는 선망의 대상이 된다. 동시에 뱀파이어의 퀴어한 섹슈얼리티도 스타일과 소비문화의 일부가 되고 만다.

1_ 소설『헝거』에서 본 자본주의의 먹이사슬과 식욕 그리고 성욕

소설은 서로 "격리"되어 서로 왕래가 드문 뉴욕의 동네들이 실제로는 자본의 먹이사슬 안에서 아주 긴밀하게 엮여있다는 점을 보여줌으로써 뉴욕시를 하나의 자본주의적 생태계로 그려낸다. 1968년의 공정주거법Fair Housing Act에도 불구하고 대다수의 뉴욕시민들은 여전히 인종적, 계급적, 민족의 차이에 따라 서로 분리된 동네에 살고 있다. 특히, "시장의 보이지 않는 손"은 동네 간의 "경계"를 통제하는 합법적인 수단으로 작동해왔다. 비록 누구나 도시의 어느 곳이든 거닐 수 있는 자유가 있지만, 실제로 사람들은 직장과 집이 있는 동네에 국한되어 움직이는 경향이 있어서 서로 다른 집단에 속한 사람들 간의 상호작용이 일어나는 경우가 많지 않다. 또한 같은 도시 내에서 이사를 할 경우 연고가 없는 전혀 다른 동네로 이사하는 경우도 극히 드물다. 하지만 뉴욕은 언제나 부자는 더욱 부자가 되고 가난한 자는 더욱 가난해지는 적자생존의 장소라는 의미에서 일종의 "정글"이었고, 부자와 가난한 자는 좀처럼 서로를 마주치지 않고 지냈지만 실제로는 지척지간에 살면서 착취하고 착취당하는 관계에 놓여있었다. 가장 가난한 거리, 가장 작은 점포, 가장 싼 숙소의 실핏줄들이 모여 부동산업계의 거물들과 월가의 배를 불리는 거대한 동맥을 이루었다.[91] 자신

---

91) 뉴욕의 역사는 17세기에 네덜란드 상인이 원주민에게 조개껍질로 대가를 지불하고 맨해튼을 산 이래로 부동산의 역사였다(Blackmar 1). 엘리자베스 블랙마

의 욕심과 갈증, 허기를 채우기 위해서 여러 동네를 가로지르며 피를 빠는 뱀파이어는 산 노동을 먹고 사는 자본에 대한 적절한 은유다.

"먹이 사슬"의 꼭대기에 위치한 미리엄과 존은 하층계급의 노동으로 배를 불리는 자본주의의 상징이며, 뉴욕시와 그 교외지역은 미리엄과 존의 "사냥터"다. 소설의 배경이 되는 1970년대의 뉴욕 메트로폴리탄 지역은 많은 인구와 높은 인구회전율, 1950-60년대에 교외지역으로 중산층 인구가 빠져나가면서 급격히 높아진 도심의 범죄율, 그리고 개인주의적인 생활방식으로 인해 이 두 뱀파이어에게 완벽한 서식지가 된다. 미리엄과 존은 그들의 진정한 정체성을 숨긴 채 블레이락 "부부"로 행세하며 부촌에 살지만, 밤이면 누구 하나 사라져도 아무도 모르거나 곧 잊히고 말 도시의 다른 구역들을 떠돌며 사냥감을 찾는다. 그들의 궤적은 가깝지만 "먼" 공간에 떨어져 사는 사람들을 같은 희생자로 한데 묶어 자본주의 먹이사슬의 지도를 그린다. 롱아일랜드의 "성난 집"(2)에 사는 문제 가정의 십 대 소녀가 어느 날 홀연히 사라지지만 그 아이는 단지 "매년 가출하는 수천의 십 대 아이들 중의 하나, 또 하나의 통계 자료"(1)에 지나지 않는

Elizabeth Blackmar는 뉴욕의 독특한 토지 보유의 계층적 시스템tiered system of tenures에 대해 설명한다. 즉, 계약상 장기로 임대 기간을 정하고 임대인에게 투자의 자유와 계약 기간 동안의 토지 이용 권리를 보장함으로써 투자의 안정성을 보장하는 제도를 말한다. 그로 인해 여러 층위의 임대/임차 관계가 생겨났다. 토지를 대여하는 지주rentier, 그 토지에 건물들을 지어 세를 준 임대인leaseholder, 그로부터 건물을 빌린 집주인landlord, 그리고 마지막으로 집주인에게 자신이 빌린 공간에 대한 집세를 낸 세입자tenant 또는 전차인subtenant이 있다. 블랙마는 이 "체인을 따라 임대료가 아래로부터 위를 향해 흘렀다"라고 말한다(10). 블랙마는 또한 부동산 시장이 어떻게 소유주의 (지주만이 아니라 "임대한 토지와 자신이 개발한 지분에 대한 양도가 가능했기 때문"에 스스로를 소유주로 여겼던 임대인을 포함한다) 이익을 극대화하기 위해서 노동계급을 위한 테너먼트와 중산층을 위한 "모던 스타일"의 주택을 확연히 분리시켰는지 설명한다(10).

다. 존은 시외버스터미널 근처에서 성매매 여성을 만나 포주에게 십 분 어치의 대가를 지불하고 그녀로부터 "자줏빛의 진한" 생명을 빨아들인다 (84). 배를 채우고 집으로 돌아가는 이른 아침, 존은 "맨해튼이 다시 살아나기 시작하는 그 순간"(85)에, 고객을 찾아 43번가를 떠돌던 "밤의 인간들"이 한숨과 함께 거리에서 물러나고 "7번가 전철역으로부터 사람들이 쏟아져 나와" 오피스 타워로 몰려가는 순간(86)을 목도한다. 미리엄은 1970년대까지 슬럼지역이었던 웨스트 86가의 한 아파트를 방문하면서 지금쯤이면 그곳에서 몇 년 전 사라진 (실은 미리엄이 "해치운") 희생자에 대해서 아무도 기억 못 할 뿐만 아니라 이만하면 "또 한 커플이 집세를 떼먹고 도망칠 만한" 때가 되었으리라 생각한다(289). 교외지역의 문제 가정, 밤과 낮의 변화에 따라 도심지역에 들고 나는 서로 다른 집단의 사람들, 높은 인구회전율, 1960-70년대 범죄율의 급격한 증가 등이 모두 상이한 사회 문제로 보일 수 있지만, 이것은 모두 자본의 최대 이익을 위한 인구의 지리적 배치의 부산물이다.

미리엄과 존은 대략 19세기 초반에 "[영국보다] 체계가 덜 잡힌 사회를 찾아"(103), 즉 상대적으로 규제가 적은 곳에서 그들의 허기를 맘껏 채우기 위해 미국으로 이주해왔다.[92] 19세기 초의 미국은 1825년 이리운하의 개통과 도제제도에서 임금노동제도로 바뀌어 가는 중의 과도기였다. 제조업과 교역의 성장으로 도시가 급성장했고, 새로운 이민 임금 노동자의 유입, 노동계급을 위한 주거지 부족으로 인해 집세가 오르고 생활수준은 떨어졌으며, 범죄율이 계속 올라갔지만 이런 문제들을 해결할 수 있을

---

[92] 소설에 의하면, 1845년에 뉴욕시경찰국이 처음 만들어졌을 때 미리엄이 혹시 모를 위험에 대비하기 위해 십에서부터 이스트강의 부두까지 비밀 통로를 만든 것이 미리엄의 집에서 가장 먼저 일어난 일이다. 존이 18세기 말에 태어난 것을 고려할 때, 둘이 미국으로 이주한 것은 아마도 19세기 초반일 것이다.

만큼 아직 법체계가 정비되지 않았다. 미리엄과 존에게 서튼 플레이스는 이상적인 "요새"가 되었다. FDR 도로가 만들어지기 전까지는 미리엄의 개인용 부두가 있어서 위급할 때 집을 빠져나갈 수 있었고, 밤에는 블랙 웰섬으로(현재 루즈벨트섬)93) 사냥을 가기에 편리했다. 1875년까지 애비 뉴 A라고 불렸던 서튼 플레이스는 원래 육류포장 공장과 테너먼트가 있던 곳이었지만(Johnston), 1920년대에 앤 반더빌트Anne Vanderbilt와 그녀의 친구들이 이사를 오면서 뉴욕의 오랜 부자들이 모여 살게 된 곳이다. "서튼 플레이스 건너편, 막다른 길목"에 있는 미리엄의 집은 이스트강이 내려다보이는 뒤뜰에 정원이 있는 "작지만 우아한 건물"(21)로 집의 위치와 집에 대한 구체적인 묘사를 볼 때, 앤 반더빌트의 집을 모델로 했을 가능성이 높다. 미리엄의 집이 앤의 집을 모델로 했다고 해서 미리엄도 앤을 모델로 하여 만들어진 인물이라고 할 수는 없지만, 반대로 그렇지 않다고 말할 증거도 딱히 없으므로, 미리엄이 앤을 모델로 한다는 가설을 세워보고자 한다. 앤은 제1차 세계대전 동안 미국이 프랑스에 보낸 구급차 서비스의 경비를 지원하여 프랑스 정부로부터 훈장을 받은 것과 요크가York Avenue(지금의 요크빌)에 폐결핵 환자를 위해 400가구가 살 수 있는 아파트를 건축하는 등 자선사업에 헌신한 것으로 유명하다. 미리엄을 이런 자선의 "천사"와 비교하는 것 자체가 불합리해 보일 수 있다. 하지만, 세 번의 결혼을 통해 상류층에서도 가장 꼭대기에 오른 앤이 자본주의의 착취 구조와 무관할 리 없으며, 이 점에서 먹이사슬의 가장 상부에 있는 뱀파이어로서 포식자의 위치에 있는 자본을 상징하는 미리엄과 비교 가능하

---

93) 블랙웰섬은 뉴욕시의 소유로 감옥, 빈민구제소, 노역장, 한 개의 정신병원을 포함한 세 개의 병원을 가지고 있었다. 하지만 폭력과 약물 거래로 악명이 높아지면서 뉴욕시는 1921년 섬의 이름을 웰페어섬Welfare Island로 바꿨다. 1971년 섬을 주거지역으로 바꾸면서 다시 한번 이름을 현재의 루즈벨트섬으로 변경했다.

사진 4. 미리엄 집의 모델이 된 서튼 플레이스 1번지 [사진: 황은주]

다. 앤은 자본의 계층적 시스템에 의해 직접적 착취의 단계로부터 여러 단계 떨어져 있었기 때문에 자신의 손과 영혼을 더럽히지 않고도 상류층의 삶을 누렸으며 도리어 자선가로서 알려지게 되었지만 실제 그녀의 삶의 근간은 미리엄의 그것과 크게 다르지 않다.

알프레드 알란 루이스Alfred Allan Lewis는 앤이 "여러 번 남편의 상을 치르고, 점점 [재정적으로] 더 나은 사람과 결혼을 하면서, 갈수록 더 부유하고 큰 힘을 갖게 되었지만 말년에 이르기까지는 거의 행복을 모르고"(xv) 살았다고 말한다. 앤은 남편을 세 번 잃고, 첫 남편과의 사이에 낳은 아들마저 자동차 사고로 잃는 등, 개인적으로는 불행하지만 결과적으로는 엄청난 부를 누리게 되었다. 첫 남편은 내대로 뉴욕에서 금융업을 하면서 뉴욕의 대지주 애스터Astor의 재산 관리를 맡아 하던 집안의 자손이었지만, 젊은 나이에 승마 사고로 죽으면서 큰 재산을 남기지는 못했다. 하지만, 몇 년 뒤 그의 아버지가 사망하면서 손자들 앞으로 적지 않은 유산을 남겼다. 두 번째 남편도 부유한 집안의 자손으로 삼촌으로부터 막대한 땅을 물려받은 형의 부동산을 관리하는 회사를 운영했으며, 아버지가 사망하면서 본인도 큰 영지를 물려받았다. 두 번째 남편으로부터 앤은 이미 충분한 부를 상속받았지만, 뉴욕 최고 부호의 후계자인 윌리 반더빌트Willie K. Vanderbilt와 결혼을 하면서 비로소 맘껏 자선활동을 할 수 있을 정도의 막대한 부와 권력을 가지게 되었다. 반더빌트 집안은 윌리의 할아버지 코넬리우스Cornelius 때부터 페리와 기차 등, 운송업을 통해 부를 축적했다. 빈손으로 가문을 세운 코넬리우스에 대해 윌리엄 크로풋William Augustus Croffut이 쓴 당대의 전기문은 반더빌트 가문이 뉴욕과 교외지역에 선로를 깔고 도로를 정비하면서 부를 축적하게 된 과정을 묘사하면서, 코넬리우스가 사회 공헌의 차원에서 지역 개발을 위해 땅을 사고 건물을 지었을 뿐 절대로 투기를 목적으로 하지 않았다는 점을 여러 차례 강조한다. 비록 크로풋이 강조한 대로 투기의 목적이 아니었다 할지라도 코넬리우스가 투자한 곳에선 반드시 이익이 발생했다. 이 재산의 상당 부분을 앤이 물려받았다. 윌리 반더빌트가 사망하면서 앤은 막대한 액수의 신탁기금과 반더빌트 가문이 소유한 영지와 저택, 프랑스의 부동산 등을 처분하면서 그녀의 몫을 나누어 받았으며, 미국 내의 별장 두 채도 물려받았다. 그녀가 자선의 "천사"였음을 문제 삼는 것이 아니라, 그 자선이 가능했던 조건을 이해하자는 것이다. 자본주의 생태계의 가장 높은 "포식자"로서 앤은 그녀의 부가 어떤 착취와 희생 끝에 얻어진 것인지 이해하지 못했겠지만, 그녀는 민중을 흡혈하는 자본의 상징인 미리엄과 별반 다르지 않은 삶의 조건을 가지고 있었다.

미리엄과 존이 광활한 사냥터를 누비는 반면, 사라와 톰의 행동반경은 리버사이드 의학센터(97번가의 NYC Health and Hospital)와 요크빌Yorkville의 조합아파트 주변으로 극히 제한적이다. 스트리버가 그들의 아파트가 굳이 "엑셀시어 타워Excelsior Towers"라고 명명하고도, 그 건물이 서튼 플레이스가 아닌 (실제 엑셀시어 타워는 전통적인 좁은 의미에서의 서튼 플레이스에 포함되지는 않지만 현재는 서튼 플레이스에 속한 것으로 분류되며 앤 반더필트의 집으로부터 57번가를 따라 고작 두 블록 떨어져 있을 뿐이다) 요크빌에 있다는 것은 이러한 배치가 의도적이라는 점을 시사한다. 저자가 소설 전반에 걸쳐 뉴욕의 실제 지형을 사실적으로 이용하고 있다는 점에서 이것이 단순한 실수라고 보기는 더더욱 어렵다. 결국 이는 사라가 사는 건물이 다른 건물이 아닌 바로 엑셀시어 타워여야 하면서도, 서튼 플레이스가 아닌 다른 동네에 있어야 했다는 점을 암시한다. 엑셀시어 타워는 47층 조합 건물로 건물이 완공되던 1967년 당시 뉴욕에서 가장 높은 아파트였다. 미리엄과 사라의 완전히 다른 거주 형태는 둘의 근본적 차이를 드러낸다. 사라는 가장 최신의 주거형태를 택한 사람답게 현대적이고, 과학적이며, 야심 찬 모습으로 그려진다. 반면, 미리엄은 주변의 집들이 모두 고층 조합 건물들로 바뀌는 동안에도 자신의 옛집에 그대로 남아있는 것처럼 시대의 흐름에 뒤처져 있지만 영원한 삶을 사는 자답게 그것에 대해 크게 신경 쓰지 않는다. 미리엄이 키가 크고 힘이 세며 포식자로서 남성에게 위협적인 존재라면, 사라는 작고 왜소하며 의학박사라는 권위와 자신의 연구에 대해 크나큰 야망에도 불구하고 톰에게 의존적이다. 무엇보다 미리엄은 인간과 다른 "종"이기 때문에, 파트너를 택하는 데 있어 상대의 젠더에 구애받지 않는 만큼 본인의 성정체성에 대해 전혀 고민하지 않는 반면, 사라는 자신이 이성애자 여성이라는 자기

사진 5. 엑셀시어 타워 [사진: 황은주]

인식으로부터 끝까지 자유롭지 못하다. (영화와는 확연히 구별되는 지점이다.) 스트리버가 타워를 요크빌로 옮겨 묘사한 것은 물론 그 건물의 원래 위치가 미리엄의 집과 너무 가까워서이기도 하겠지만, 미리엄과 사라의 계급적 차이를 지리적 배치에 의해 드러내고자 했기 때문일 가능성이 크다. 즉 사라를 요크빌처럼 비교적 집세가 낮은 동네에 사는 젊은 전문직 여성으로 설정함으로써, 미리엄과 사라가 처음부터 불평등한 관계라는 점을 드러낸다.94)

퀴어 공간은 이성애규범성이 "종종 내부의 긴장과 갈등으로 분열되어" 다투는 분쟁의 장소(Massey, Duncan 150 재인용)이며, 어느 특정한 정체성을 가진 장소로 이해해서는 안 된다. 주류문화가 성소수자를 경멸조로 부르던 "퀴어"라는 용어의 부정적 함의를 전복하고 긍정적인 의미로 사용하면서 "퀴어"는 레즈비언이나 게이와 같은 성정체성을 가리키는, 여전히 젠더 시스템에 갇힌 개념이라기보다 이성애규범성에 대해 도전적인 태도를 일컫는 용어가 되었다. 이성애규범성이 편재하는 것처럼 퀴어도 이성애규범성이 있는 곳 어디에나 존재하여 긴장과 갈등은 내부에서 비롯된다. "퀴어 공간"도 따라서 성소수자가 다수인 공간 혹은 그들의 문화가 지배적인 특정 공간, 즉 게토화된 성소수자 공간을 일컫는 정체성의 개념이라기보다, 일시적이라 할지라도 퀴어함이 이성애규범성을 전복·지배하는 모든 공간을 일컫는 개념이며, 이러한 전복의 과정을 "퀴어화queering"라고 부른다.

미리엄은 소설에서 이성애규범이 지배적인 사적·공적 공간을 퀴어화한다.[95] 미리엄은 사라와의 첫 "접속touch"(일종의 심리적 연결 상태)을 시도하기 위해 사라와 톰의 침실로 숨어든다. 그곳에서 사라와의 "접속"

---

94) 앤 반더빌트가 기금을 마련하여 폐결핵 환자와 그 가족을 위해 모델 테너먼트East River Homes를 지은 곳도 요크빌이었다. 이곳엔 병원 진료실이 들어오고, 병원 직원들도 입주해 살았는데, 1923년에 자선기금이 해체되면서 결국 민영 임대아파트가 되고 말았다.

95) 앞서 지적했듯이, 미리엄은 "순차적 양성애자"인 반면, 사라는 이 장면에서와 같이 서로 다른 성의 파트너를 동시에 두어 양성애가 가시적으로 드러나는 "동시적 양성애자"가 된다. 동시적 양성애는 대부분의 레즈비언 뱀파이어 내러티브의 핵심 갈등요소인 "양성애적 삼각관계"(Weiss 92)에서 주로 나타나며, 남성의 승리와 레즈비언 뱀파이어의 (목이 잘리거나 심장에 말뚝이 박히는) 처벌, 그리고 이성애적 사랑의 회복으로 결말을 맺는 것이 보통이다.

을 시도함으로써 미리엄은 이보다 더 이성애적일 수 없을 만큼 이성애적인 공간을 퀴어화한다.

> 그[미리엄]가 침실에 다가가자 인간 섹스의 강렬한 머스크 향이 느껴졌다. 둘이 아주 격렬하게 사랑을 나눈 직후임이 분명했다. 미리엄은 욕을 내뱉었다. *다른 사랑other loves*을 위해 시라가 필요한 만큼, 헤이버[톰]의 존재가 몹시 성가시게 느껴졌다. (123 필자 강조)

이성애 커플에게 있어 가장 사적이며 이성애규범적인 공간인 침실에 미리엄이 "다른 사랑"을 들여온다. 같은 침대에 누운 톰 바로 곁에서, 미리엄은 자고 있는 사라의 성기에 입을 맞추고 애무하여 오르가즘에 이르게 한다. 비록 미리엄의 "강간"과—나중에 사라가 모르는 사이에 자신의 피를 주입한 것도 일종의 "강간" 행위로 볼 수 있다—필요 이상으로 자세한 포르노그래피적 묘사 때문에 소설이 사라의 몸을 대상화시키고 있다는 비판을 피할 수 없겠지만, 이 장면은 전적으로 이성애적인 공간 내에 분명히 "긴장과 갈등"을 가져오고 있다. 톰이 열정적인 섹스 후에조차 자신과 사라 사이에 "장벽"이 있다고 느끼는 것(116)과 달리, 미리엄은 사라의 몸만을 "만진" 것이 아니라 그녀의 꿈에 들어가 "부드러운 여자의 살결, 매끄러운 피부의 이미지를 사라의 마음속에 강제로 새겨 넣어 사라가 자신에 대한 열망으로 몸부림치게"(126) 만든다. 미리엄은 사라의 "내면의 자아", "진정으로 열정적인 연인을 향한 벌거벗었으며 여태 해결되지 않은 굶주림"(126)을 일깨운다. 그 굶주림은 톰과의 삶이 "사막"처럼 느껴질 때까지 사라의 가슴 속에 "꽃처럼 아름답고, 암처럼 쉼 없이 자라고 퍼져 나갈 것이었다"(126). 이 사실은 사라 내면에 톰과의 관계로는 만족시킬 수 없는, 항상 "벌거벗고 채워지지 않은" 굶주림이 있어왔다는 점을 시사하며, 미리엄이 실제 한 일이라고는 바로 그 사랑과 삶에 대한 굶주림을 일깨웠을 뿐이며, 그리고 그것이 궁극적으로 사라를 피에 대한 굶주림에 이르게 한다. 사라의 피에 대한 굶주림은 결국 이성애 관계를 통해서는 만족시킬 수 없었던 퀴어한 욕망에 대한 은유다.

미리엄과 사라가 다음 만났을 때, 위생적이고, 비개인적이며, 공적인 공간인 병원조차도 그들 간의 성적 긴장감으로 인해 퀴어화하는 모습을 보인다. 미리엄이 사라를 유혹할 목적으로 병원에 "환자"로서 찾아가던 날, 사라가 "채혈"을 하기 위해 미리엄의 피부를 만지는 순간 "섬뜩한 기분이 들었다. … 그녀가 바늘을 꽂자 미리엄이 사라에게 익숙한, 섹스 중 삽입의 순간에 자신이 항상 내는 그런 소리를 냈다'(157). "채혈"과 삽입 성교가 동일선상에 놓이면서, 뱀파이어의 "흡혈"과 식욕의 상징적 의미도 분명해진다. 식욕과 성욕이 서로 다르지 않은 정체를 알 수 없는 욕망의 범벅, 인간과 뱀파이어 사이의 퀴어한 욕망이 인간의 신체와 욕망을 "합리적"이고 "과학적"으로 분류하는 대표적 공간인 병원을 퀴어화한다. 미리엄의 아름다움에 감탄하면서도 사라는 계속해서 자신이 의사이며 자신이 여자에게 성적으로 끌리는 일이 있을 수 없다는 것을 되새긴다(158). 그녀의 이성은 계속해서 "'넌 의사야. 의사야, 의사라구! 오, 하느님, 이건 네가 아니야!'라고 외쳐대지만" 결국 미리엄의 아름다움에 "정신을 잃고 stunned" 미리엄의 손에 이끌려 그의 가슴에 입을 맞추며 "충격적인 쾌락"을 느낀다(159). 미리엄이 일깨운 "다른 사랑"은 사라의 마음을 기쁨으로 솟구치게 하면서도 한편 그녀를 수치심으로 가득 채움으로써 사라의 자기 정체성에 도전한다. 그녀는 의사로서 해서는 안 될 일ㅡ검사실에서 환자를 성적 대상으로 보았을 뿐 아니라 신체적으로 접촉했다는 것ㅡ을 했을 뿐 아니라, 욕망해서는 안 되는 대상을 욕망함으로써 이성애자로써의 자기 이미지에 위협을 느낀다.

영화에서 사라는 미리엄의 유혹에 적극적으로 반응하고 자신의 성정체성에 대해서 전혀 갈등을 보이지 않는 반면, 소설 속의 사라는 새롭게 생겨난 욕망으로 인해 괴로워한다. 사라는 미리엄에게 강하게 끌림과 동시에 그 사실에 대해 반발한다. 미리엄의 "잠든 채로 두는 것이 좋았을 욕망을 불러일으키는 힘" 때문에 사라는 미리엄과 얽히지 않고자 하지만, 그의 "무섭고 위태로울 만큼 매혹적"인 힘에 이끌린다(198). 미리엄이 사라를 준-뱀파이어로 만들기 위해, 잠든 사라에게 몰래 자신의 피를 주입한 이후부터 미리엄에 대한 사라의 욕망은 걷잡을 수 없게 된다. 미리엄의 모든 행동이 자신을 노리고 있으며, 그녀로부터 일종의 "촉수와도 같은 것이 뻗어 나와 자신을 만지고"(219) 있다고 느낀다. 밤에는 이해할 수 없는 굶주림이 사라로 하여금 거리로 나서게 하고, 그녀는 난생처음 맨해튼의 밤의 인파를 목격한다. 자정이 지난 맨해튼 86번가의 맥도널드는 테이블 사이에서 춤을 추는 트랜스베스타이트, 레더보이 등 "보통 남자 옷을 입은 사람부터 드랙 드레스를 차려입은 사람들"(244)까지 "사라를 제외하곤 온통 게이"(244)로 꽉 차 있었다. 칼 슈츠 공원을 향해 가는 도중 사라는 모든 건물들이 "낮에는 보이지 않던 그 무엇인가"를 갖고 있다는 것과(246), "모든 아름다운 것들—세상에 추한 인간 따위는 없다고 사라는 생각했다—에 대한 욕정"(247)을 느낀다. 곧 그 "욕정"은 "분노"로, 그리고 "무고한 인간을 부숴서 죽이고 싶은" 충동(248)으로 빠르게 바뀐다. 그녀는 "자신 안에 또 다른 누군가가 살고 있다"(248)고 느낀다. 아직 젖을 떼지 않은 어린 야수처럼, 사라는 이해할 수 없는 충동들에 의해 곧 자신의 사냥터가 될 도시 공간과 평소에 만날 일이 없었던 미래의 사냥감을 구경한다. 하지만 그녀는 아직 이성애규범과 퀴어적인 것들 사이, 인간과 인간이 아닌 것의 사이에 걸쳐 있다. 곧 정체를 알 수 없는 욕정과 분노, 공격적인 충동이 이전에는 탐하지 않던 "모든 아름다운" 대상들에 대한 식욕으로 발현하게 될 것이었다.

미리엄과 사라, 톰의 양성애적 삼각관계는 위생적이고 공적인 병원 공간에 긴장과 갈등을 야기한다. 사라가 자신의 변화와 미리엄의 접근에 대해 겁을 먹자, 그것이 도리어 톰의 "원시적인" 지배욕을 자극한다(221). "아무나 들어올 수 있는" 오피스는 싫다고 사라가 거부 의사를 밝혀도 톰은 그들이 섹스를 해야만 한다'we need it"며 강행하는데(221), 이는 자신이 차지한 공간이 이성애규범적임을 재확인하고 미리엄과 사라에 의해 퀴어화된 병원 공간을 되찾기 위한 것이다. 탐의 고집과, 사라의 묵종, 그리고 아무것도 눈치채지 못한 척 넘어가 주는 동료들의 묵인 모두 기능적이고 공적인 공간으로서의 병원도 이성애규범성으로부터 자유롭지 못하다는 사실을 드러낸다.

사라와 미리엄이 네 번째 만났을 때, 톰과 다른 동료들이 다 보고 있는 것을 알고 있음에도 불구하고, 사라는 자기도 모르게 미리엄을 향해 성적 친밀감을 드러낸다.

사라가 미리엄에게 가까이 가자, 미리엄이 그녀를 뚫어지게 바라보는 것을 톰은 보았다. 미리엄의 시선은 깊고 개인적이었다. 그리고 친밀했다. 지나치게 친밀했다. 톰은 사라가 거의 마치 "당신이 원하는 대로 하세요"라고 말하듯 손을 등 뒤로 돌리고 고개를 살짝 숙이는 것을 보았다. 그들의 침실에서 보았던 눈에 익은 포즈였다. (280)

미리엄의 혈액과 엑스레이를 분석한 뒤, 사라와 톰의 동료들은 미리엄을 "기생충parasite"(286), "그것it", 무성 생물이라 부른다. 한 동료는 "사라가 유혹에 넘어간" 것이며, "그것이 그녀를 원한다"고 말한다(284 저자 강조). 하지만, 미리엄을 "그것"으로 만든 것은 그녀의 이상한 피와 뼈의 구조 때문만이 아니다. 모든 "비정상성"이 관찰과 의심의 대상이 되는 병원이라는 공간에 그녀가 가한 위협, 바로 그것이 그녀를 괴물스러운 존재로 만든다. 미리엄은 무성의 "그것"이 되어야만 했다. 미리엄의 섹슈얼리티를 부정하는 것만이 사라의 양성애를 무마할 수 있는 유일한 방법이기 때문이다. 파멜라 라누티Pamela Lannutti가 말한 대로, "양성애자들에게 가시성은 본질적인 문제"로 "그들은 주어진 순간에 관계를 형성한 사람의 성에 따라 동성애자와 이성애자의 시각적 코드를 통해 읽히기 때문"(Richter 276 재인용)에 미리엄과 사라, 톰의 양성애적 삼각관계를 부정하는 가장 빠른 방법은 미리엄을 "그것"으로 바꾸는 것이다.

미리엄의 피를 사라에게 주입한 이후, 둘 사이의 성적 에너지가 급작스럽게 소설에서 자취를 감추고, 이어서 사라의 자살 시도로 사라와 미리엄의 관계를 통해 만들어진 모든 급진적 타자성 또한 거의 사라져 버린다. 뱀파이어가 착취 계급의 은유라고 보았을 때, 소설은 서로 분리되어 따로 지내는 듯 보이는 뉴욕시의 각 동네들을 자본주의의 먹이 사슬(계층적 시스템)로 엮인 포식자의 사냥터로 그려냄으로써 자본주의에 대한 중요한 문제를 제기한다. 한편 성적 타자 문제에 있어서도 소설 중반까지 이성애규범성에 대해 비판적 태도를 견지하지만 마지막 부분에 가서 갑자기 미리엄의 섹슈얼리티를 괴물스러운 것으로 소환하면서 톰-사라-미리엄의 양성애 삼각관계를 무효화시키고 이성애적 사랑에 대한 지지로 끝을 맺는다. 소설에서 축출되는 것은 바로 미리엄의 피에 의해 오염되고, 미리엄에 의해 잠재하던 "굶주림"이 깨어난 사라의 양성애적 존재다. 사라는 자살 시도 후에 죽은 것도 산 것도 아닌 상태로 관에 갇혔지만 "적어도 인간으로 남을 수 있었다. … 그녀는 이 지옥에서조차 자신의 내면을 들여다보는 것이 가능하며, 이전에 알지 못하던 평화와 사랑을 발견할 수 있다는 것을 깨달았다. 그녀에게는 멋진 추억들과 위대한 사랑이 있었다. 톰의 영혼이 그녀와 함께 있었다"(355). 천국도 지옥도 아닌 자신의 관 속에서, 영원한 굶주림을 겪으며, 사라는 톰의 영혼과 화해하는 "축복"을 누린다.

사라의 자기 위안과 사라의 진실한 (이성애적) 사랑에 대한 미리엄의 찬사로 맺는 소설의 결말은, 소설 전반에 걸쳐 조소의 대상이 된 이성애 규범을 지지하고 있어서(Auerbach 59) 심하게 자기모순적이다. 이러한 자기모순이 타자성을 제거하고 그에 대한 공포를 잠재우겠다는 하나의 목적을 향해 달리는 레즈비언 뱀파이어 장르 자체의 한계 때문일지도 모르겠으나, 문제로 남는 것은 과연 사라가 스스로를 위안하는 것처럼, 그녀의 마지막 상태가 진정 축복인가 하는 점이다. 배를 채우기 위해 톰을 죽이고 흡혈한 본인의 과오를 잊고 그와의 "멋진 추억들과 위대한 사랑"만을 기억하며 그의 "영혼"이 자신과 함께한다고 믿는 것은 자기기만일 뿐이다. 사라의 영원한 굶주림이 그것을 증명한다. 한 번 깨어난 퀴어한 욕망은 잠들지 못하고 그녀를 영원한 고통에 머물게 한다.

2_ 영화『헝거』─폐소공포적 퀴어 공간과 동시적 양성애의 구현

니콜라 닉슨Nicola Nixon은 스콧의 영화가 1980년대 초반의 사회 분위기를 반영하고 당시의 유행을 잘 따르고 있다는 점에서 1960년대 후반과

70년대의 레즈비언 뱀파이어 영화와는 확연히 구별되며(115), 따라서 "역사적 맥락에 기반을 둔 해석"이 가능하다고 주장한다. 하지만 영화를 "에이즈의 확장된 알레고리"(118)로 읽는 닉슨의 시도는 무의미하다. 영화가 나온 1983년에는 사람들이 에이즈에 대해 거의 알고 있지 못했기 때문이다. 사실, 영화는 시간을 알 수 없고, 이름도 알 수 없는, 장소성이 거의 존재하지 않는 공간에서 펼쳐진다. 스콧은 제작비의 제약 때문에 몇 개의 뉴욕 거리 장면을 제외하고는 대부분의 영화를 런던에서 촬영했다. 영화에서 뉴욕에 대해 언급한 것도 단 한 번, 미리엄과 경찰의 짧고 무의미한 대화에서뿐이다. 뉴욕의 실재 공간에 대한 감각이 거의 부재한다는 점을 고려할 때, 닉슨이 롱아일랜드의 어느 저택―실제 촬영지는 알 수 없지만 다음 날 새벽에 미리엄과 존이 탄 차가 고속도로에서 베이 쇼어 52번 출구 표지판을 지나 브루클린대교를 건너 맨해튼으로 돌아가는 장면을 고려할 때―을 "미리엄과 존의 세련된 맨해튼 집"(115)으로 오인한다거나, 마지막 장면의 런던 크롬웰 타워를 "맨해튼의 새 고층 건물"(116)로 오해하는 것도 무리가 아니다.

영화에서 찍은 뉴욕의 거리 장면은 사실 크게 중요한 장면이 아니라 영화의 배경이 뉴욕이며, 미리엄의 집이 아마도 서튼 플레이스 가까이에 있을 것이라는 점을 추측하게 하는 정도다. 사실 대부분의 중요한 사건은 미리엄의 집 내부에서 일어난다. 집 내부의 엘리베이터에는 세 개의 층만 표시되어있지만 지하에는 소각로가, 미로처럼 좁고 긴 계단과 복도를 통해서만 갈 수 있는 다락방에는 "납골당"이 있어 실제로 몇 층 건물인지 알 수 없다. 미리엄이 굶주림의 고통과 싸우고 있는 사라를 위해 유인해 온 "손님"이 미리엄을 찾기 위해 엘리베이터를 타고 층마다 멈추어 보지만 2층의 침대에 누워 앓고 있는 사라나 그를 덮치기 위해 기다리고 있는 미리엄을 보지 못한다. 미리엄의 집은 외부가 없이 (실제로 집의 입구가 영화에 나오기는 하지만 실제 촬영한 집이 런던의 체스터필드 가든 6번지였던 것에서도 알 수 있듯이, 철저히 외부와 단절되어있기 때문에 그 어떤 집이어도 상관없다) 안으로 계속해서 확장하고 늘어나는 공간이다. 영화에서의 고립되고, 미로 같으며, 폐소공포를 불러일으킬 만한 공간 사용 때문에 이 영화를 사회적, 역사적, 문화적 맥락에서 이해하기 어렵다.

장소성의 결여 때문에 미리엄이 소설에서처럼 자본주의를 상징한다고 해석하기도 불가능하다. 영화에서는 미리엄의 소비주의적 측면이 강조되어 그녀는 착취한다기보다 감각적이고 스타일리쉬하게 "소비"한다. 미리엄의 계급적 위치는 사라로 하여금 그를 더욱 매혹적으로 느끼게 하고, 미리엄이 소장한 고대의 미술품, 유럽 출신임, 무엇보다 그의 부는 사라의 감탄과 선망의 대상이 된다. 미리엄이 피아노를 치면서 "당신이 내가 거의 아무것도 하지 않고 지낸다고 생각할지 모르겠군요. 내 시간은 내 것이에요"라고 말하며 사라의 의중을 떠보자 사라는 "멋져요. 친구들과 많은 시간을 보내고, 점심 저녁엔 외식을 하고, MOMA에서 칵테일 파티를 하겠군요"라고 말한다. 미리엄은 아이러니하게도 자신이 가진 것이 (돈이 아니라) 시간이라고 말한다. 산 노동을 착취해 번영하는 죽은 노동의 상징으로서의 뱀파이어 이미지가 막 떠오르려는 순간에 사라가 부러워하는 반응을 보였다는 사실은, 영화에서 미리엄의 계급적 위치가 비판의 대상이 아니라 선망의 대상임을 드러낸다. 미리엄의 유혹에 사라가 기꺼이 적극적으로 응하는 데에는 미리엄의 우월한 계급적 위치가 영향을 미쳤음이 분명하다. 그날 저녁 톰과 식사하는 중, 봄이 미리엄에게서 받은 선물(미리엄과 존이 사람을 죽일 때 사용하던, 고대 이집트에서 내려온 목에 거는 작은 칼)에 대해 "그 사람이 너를 만나자마자 선물을 줬다고?"라며 회

의적으로 반응하자, 사라는 "미리엄은 그런 여자야. 유럽사람이거든"이라
고 답한다. 톰의 질문에 대한 사라의 비논리적인 답변은 미리엄과 사라
사이에 미리엄의 유럽적 배경이 상징자본으로 작용하고 있다는 것을 보여
준다. 미리엄은 "이방인alien"이지만, 그가 예술에 대한 고상한 기호와 무
엇보다 그것을 소유할 만큼 부유한 "유럽인"이기 때문에, 불법 이민이나
이민 노동자처럼 위협적이지 않다. 오히려 그녀의 유럽적 배경은 문화적
세련됨으로 재현되고 사라로 하여금 그를 선망하게 만든다. 다음의 대화
에서 볼 수 있듯이 미리엄을 먼저 떠보는 것은 사라다.

> 사라: 그게 [미리엄이 피아노를 치는 곡] 사랑 노래인가요?
> 미리엄: 말했잖아요. 두 여자가 부르는 노래라고.
> 사라: 사랑 노래같이 들려요.
> 미리엄: 그렇다면 아마 그렇겠죠.
> 사라: 블레이락 부인, 지금 나에게 연애를 걸려는 건가요?
> 미리엄: 미리엄이라고 불러요.
> 사라: 미리엄.
> 미리엄: (미소 지으며) 사라, 일부러 그런 건 아니에요.
> (사라가 미소짓는다).

두 여자가 부르는 노래를 고른 것은 미리엄이지만 그 노래를 사랑 노래로
들은 것도, 미리엄이 자기를 유혹하려 하는 것인지 슬쩍 떠보는 것도 사
라다. 영화 속의 사라는, 자신의 양성애에 대해 괴로워하는 소설 속의 사
라와 달리, 기꺼이 적극적으로 미리엄과 관계를 가질 뿐만 아니라, 자신의
피에 이상이 생겼다는 것을 발견할 때까지는 둘이 관계를 가졌던 것에 대

해 전혀 아무 문제를 느끼지 않는다.

한슨은 미리엄과 사라의 그 유명한 베드씬으로부터 "파격적인 퀴어적 쾌락"(212)을 발견할 수 있다고 말한다. 하지만, 안드리아 와이스Andrea Weiss에 의하면 "레즈비언" 뱀파이어의 성적 탈주escapades는 『헝거』의 이 장면을 포함해서 "언제나 이성애 남자들의 환상적 구미에 맞춘 것"(92)이라고 말한다. 사라가 반라의 모습으로 높은 힐을 신은 채 옆으로 길게 누워있고 검은 슬립을 입은 미리엄이 그녀에게로 다가갈 때, 카메라가 팬을 하면서 사라의 등 뒤에 있는 거울이 화면의 반을 차지할 때까지 옆으로 이동하여 사라와 미리엄 그리고 그들의 거울 이미지를 한 화면에 담는다. 이 장면은 얼핏 보아 와이스가 레즈비언에 대한 문화적 신화라고 부른 것과 일치하는 듯 보인다. 와이스는 레즈비언 뱀파이어 영화가 (1) "섹슈얼리티와 폭력이 시각적으로 결합"하며(미리엄과 사라는 서로 피를 교환한다) (2) "레즈비언은 나르시스적"이고(두 아름다운 여성이 서로를 바라보는 모습을 거울이 비춘다) (3) "레즈비언의 섹슈얼리티는 유아적"이라고 말한다(미리엄이 사라의 가슴에 입 맞추는 모습을 클로즈업한다)(94). 하지만, 이 장면은 둘이 피를 교환함에도 불구하고 폭력적이지 않다. 다른 레즈비언 뱀파이어 영화에서와 마찬가지로 미리엄과 사라가 서로를 닮았다고 주장하는 사람이 있을지 모르겠으나, 사라와 미리엄은 각자의 독특한 스타일을 가지고 있다. 미리엄은 차가운 외모에 클래식한 귀부인의 모습을, 사라는 주로 바지를 입고 머리를 짧게 자른 톰보이의 모습을 하고 있다. 해머 스튜디오가 만든 레즈비언 뱀파이어 영화에서 맥락과 아무 상관 없이 수시로 여배우의 풍만한 가슴을 드러내는 "유방 페티쉬breast fetishism"와 달리 사라의 가슴을 바라보는 카메라의 시선은 미리엄의 퀴어한 욕망, "다른 사랑"에 대한 갈망을 반영한다. 한슨은 또한 거울의 이미지가 결코 부정적인 의미에서의 나르시시즘을 드러낸다고 생각하지 않으며 오히려 이 장면이 사회적으로 비가시적인 존재를 가시적으로 만드는 것의 알레고리라고 주장한다. 즉 동성애자의 타자성이 뱀파이어를 통해 가시성을 획득한다는 것이다. 나아가 한슨은 뱀파이어가 "순수한 타자성, 이미지, 환상이 테크놀러지 특유의 포스트모던한 에로틱함을 통해 보고 만질 수 있게 된 것"으로 "거울과 사진의 피조물"(215)이라 말한다. 하지만 한슨이 높이 평가한 사라와 미리엄의 성적 타자성이 가지는 진보적 성향은 미리엄을 사회적 진공 상태, 초시간적이고 초현실적인 집안의 공간에 두었을 때만 드러나는 것으로, 뱀파이어가 자본주의 사회에서 착취계급을 상징한다는 점을 억압할 때만 가능하다. 집은 미리엄 자체가 된다. 다락방은 그녀의 상실과 기억, 회한, 슬픔을 보관하고, 지하의 소각로는 소비의 부산물, 그 찌꺼기를 태운다. 사라의 "자살"이 미리엄의 모든 상실에 대한 기억을 휘젓기라도 하듯, 이제껏 다락방에 모셔둔 그녀의 옛 연인들이 관에서 쏟아져 나온다. 그들이 구애를 하려는 것인지 미리엄에게 복수를 하려는 것인지는 분명하지 않다. 그러나 미리엄의 심리적 동요를 반영하듯 집이 마구 흔들리고 옛 연인들로부터 도망치듯 달려나간 미리엄은 계단에서 떨어지고, 결국 죽음보다 더한 형벌을 받게 된다.

소설에서와 달리 영화에서는 사라가 아니라 미리엄이 산 것도 죽은 것도 아닌 채로 관에 갇혀 영원한 굶주림의 형벌을 받는다. 영화의 마지막 장면에서 사라의 새로운 "삼중주"−미리엄, 존, 앨리스가[96) 연주하던 악기들 그대로 피아노, 첼로, 바이올린이 놓인 거실에서 한 젊은 여성이

---

96) 앨리스는 존과 미리엄이 음악을 가르치는 이웃집의 어린 여자아이로 동네에서 존과 미리엄이 "정상적"인 베로크 부부 행세하는 것을 돕는 기능을 할 뿐이다. 소설에서는 미리엄이 존의 "죽음"을 대비해서 앨리스를 다음 파트너로 주목하여 친하게 지내는 것으로 그려진다.

소파에 앉은 남자에게 입을 맞춘 뒤 테라스로 나와 사라에게 역시 입을 맞춘다—는 사라가 남자와 여자 파트너를 동시에 두고 새로운 "가정"을 꾸림으로써 동시적 양성애를 구현한다. 남자에서 여자로, 여자에서 남자로 파트너가 죽을 때마다 파트너의 성을 바꿔가며 새 파트너를 찾긴 하지만, 파트너가 정해지면 그 파트너와의 지속적인 관계를 유지하는 미리엄의 경우, 그 역사를 모르는 사람에게는 양성애가 드러나지 않는다. 미리엄의 양성애는 결국 이성애와 레즈비언의 정체성 사이를 이백 년 간격으로 오가는 형태를 띠고, 대부분의 사람에게 "모노섹슈얼리티"로 비친다. 반면, 두 파트너를 함께 두는 사라의 동시적 양성애는 "이성애자, 게이, 레즈비언의 욕망 사이, 그리고 이성애자, 게이, 레즈비언 공동체의 경계를 흐리는" (Hemmings 151) 양성애적 욕망을 가시화, 극대화시키므로 더욱 위협적이고 전복적이다.

영화의 마지막 장면의 로케이션으로 현대적인 고층 아파트, 런던 바비칸 단지의 크롬웰 타워를 정한 것은 임의적 결정이 아니다. 사라는 차세대 뱀파이어로 더 이상 아무도 그 안을 들여다볼 수 없고 또한 안에서도 밖을 내다볼 수 없는 실내에 갇힌 타자성을 거부한다. 사라는 먹이사슬의 꼭대기에 위치한 자에게 적합한 장소에서 런던 시내 전체를 굽어본다. 그렇다고 해서 그녀의 아파트가 외부로부터 쉽게 침범 가능한 것은 아니다. 브루탈리즘의 원리를 따라 지은 바비칸 단지는 "미래의 유토피아적 비전"을 반영하여 주차장, 극장, 콘서트장, 전시회장, 정원 등을 포함해 주민이 필요로 하는 모든 편의시설을 내부에 포함하여 "단지를 둘러싼 도시 환경으로부터 주민을 감싸 안고" 보호한다(Treggiden).

영화에서 뱀파이어가 자본주의의 상징으로 기능한다고 보기 어렵지만, 사라의 동시적 양성애를 통해 성적 타자성을 극대화함으로써 영화 『헝거』의 결말 부분은 소설보다 급진적일 뿐 아니라 다른 레즈비언 뱀파이어 영화와 확연히 구별된다. 반면 소설에서는 도시를 사냥터 삼아 이 동네 저 동네를 누비는 뱀파이어의 움직임을 통해 자본주의의 보이지 않는 핏줄의 지도를 그리지만, 결국 끝에 가서는 양성애를 축출해냄으로써 이성애만을 진정한 사랑으로 인정하는 한계를 보인다.

『나는 전설이다』에서처럼 9/11 이후 "내부의 외부인"이 되어버린 인종적 타자들부터 자본주의 생태계에서는 포식자의 위치를 차지하지만 동시에 퀴어한 섹슈얼리티를 상징하는 『헝거』의 뱀파이어까지 뱀파이어의 상징적 의미는 그들이 위치한 장소와 공간에 따라 달라진다. 이처럼 각자의 상징적 의미는 다르지만 이들이 공통적으로 보여주는 것이 있다면 아마도 하나의 동질성으로 묶을 수 없는 것들의 존재와 그것들이 가진 전복적 에너지에 대한 주류의 불안이다. 오늘은 미국 사회에 기여하는 건강한 주체지만 언제 국토안보에 위협이 될지 모르는 사람들, 색맹적 국가주의의 위선을 간파하고 그것의 주체로 호출되기를 거부하는 사람들, 이성애규범적 사회를 위협하며 제멋대로 흐르는 퀴어한 욕망 등, 뱀파이어는 하나의 뿌리로 수렴할 수 없어 밖으로 뻗어나가는 내부의 차이들이 괴물의 형태로 되돌아온 것이다. 뉴욕의 실재-와-상상의 지형 위로 색맹적 국가주의와 이성애규범이 파놓은 홈을 거슬러 분출한 잉여의 것들이 유목한다. 『나는 전설이다』의 극장판이나 소설 『헝거』의 결말은 서둘러 이들을 포획하려 하지만 이미 흘러넘친 것들을 다시 모두 주워 담을 수는 없다.

글을 마치며

이제까지 쓴 글의 요약을 대신하여 나는 잠시 서울의 한강 남쪽으로 아직 영등포구와 관악구, 강남구 이렇게 세 개의 구밖에 없었던 1970년대 이야기를 하려 한다. 종로구에서 관악구로 이사를 가면서 나는 내 인생에서 가장 권태로운 시기를 맞았다. 같은 골목길에 내 또래 여자아이 둘이 살았는데 이미 단짝이 된 그 아이들은 나를 놀이에 끼워주지 않았다. 둘이 노는 모습을 창밖에서 한참 바라보던 기억이 남아있다. 아직 학교를 다니지 않았으므로 두 살 터울을 둔 동생이 내 유일한 친구였다. 동생이라도 있어 다행이었지만 나는 또래 친구가 필요했다. 그때 그 아이를 만났다. 난주. 난주는 졸린 듯 약간 처진 눈에 도톰한 입술, 짧은 단발머리, 가늘고 긴 손가락을 가졌는데 씩 웃는 모습이 참 예뻤다. 난주가 먼저 내게 말을 걸었고 우리는 금방 친구가 되었다. 그 아이는 내 손을 잡아끌고 동네—자기가 아는 전 세계—구경을 시켜주었다. 그 아이의 집은 집 앞 공터 건너편 작고 허름한 집들이 다닥다닥 붙은 골목길에 있었다. 난 부모님이 일하러 가시고 언니 오빠들도 학교에 가서 늘 텅 빈 난주의 집에 가서 자주 놀았다. 길에서 문을 열면 부엌이고 문을 하나 더 열면 바로 안방인, 그리고 그 안방이 동시에 거실이며 아이들 공부방인 난주의 집이 내겐 하나도 이상하지 않았다. 그곳이 "하꼬방"이라는 이상한 이름으로 불린다는 것을 알기 전까지, 그리고 "하꼬방 아이들과는 놀지 마라"라는 할머니의 명령이 떨어지기 전까지, 그래서 난주와 몰래 만나서 노는 것이 점점 마음의 짐이 될 때까지 난 어른들이 없어 자유로운 난주의 집이 정말 좋았다. 결국 점점 만나는 횟수가 줄어들다가 다음 해 초등학교에 들어가면서 우리는 더 이상 만나지 않았고, 어느 날 갑자기 그 길에 난 무허가주택들이 다 헐리는 것을 보았다. 난 그렇게 내 인생의 첫 친구를 잃었다.

책을 요약하는 대신 개인적인 기억을 소환한 데에는 두 가지 이유가 있다. 서론과 본론에서 이미 하고 싶은 이야기를 다 하기도 했지만, 무엇보다 이 책의 요약이 실은 무의미하기 때문이다. 뉴욕은 미국에서 가장 많은 인구를 가진 가장 큰 도시일 뿐만 아니라 가장 다양한 사람들이 모여 사는 도시다. 그 다양성의 이면엔 기나긴 이민의 역사와 끝없는 자본의 자기증식의 역사가 있다. 뉴욕은 글로벌 경제의 중심지이며, 오랜 세월 문화와 예술의 중심 역할을 해왔다. 수많은 문인과 예술가들이 이곳을 거쳐 갔다. 뉴욕을 배경으로 한 서사와 예술작품의 리스트도 끝없이 길다. 이 책을 쓰는 일은 처음부터 실패를 예견한 여정이었다. 이루 다 읽을 수도 없을 만큼 많은 텍스트의 바다에서 어떤 기준으로 무엇을 골라 어떤 관점에서 분석할 것인가. 몇몇 텍스트를 통해 얻은 뉴욕에 대한 짧은 지식으로 내가 과연 감히 무엇을 안다고 말할 수 있을 것인가. 모든 것을 아우른다는 것, 모든 것을 알고 이해한다는 것은 처음부터 불가능했으므로 나는 매번 길을 더듬으며 한 발짝씩 앞으로 나아가야 했다.

텍스트 선정에 기준이 아예 없었던 것은 아니다. 뉴욕이 급성장하면서 이민인구가 급격하게 증가한 19세기 중엽부터 19세기 말까지, 그리고 교외화와 도심의 재정 위기를 겪은 20세기 중엽을 거쳐 젠트리피케이션과 국가안보 문제가 불거진 20세기 후반과 21세기 초반까지, 가능한 한 통시적으로 텍스트를 배치하고자 하였다. 또한 부족하나마 계급, 젠더, 섹슈얼리티, 인종 문제를 고루 살필 수 있도록 노력했다. 하지만 지리적으로는 뉴욕시의 다섯 개의 구 중 맨해튼만을 포함하여 텍스트 선정에 제한을 두었다. 물론 나는 이 책을 "19세기 중반부터 21세기 초 사이에 발표된 뉴욕과 교외지역을 배경으로 한 텍스트를 지리비평적 관점에서 분석했다"라고 요약함으로써 내 책이 뉴욕 연구에 있어 어떠한 대표성을 띠기라도 하는 것처럼, 마치 그 안에 어떤 답을 갖고 있기라도 한 것처럼 포장할 수 있다. 하지만 그렇게 하지 않는 이유는, 이 책의 요약 불가능한 산만함 속에서 독자가 스스로의 관심거리를 따라 책 밖으로 뻗어나가 그들 나름대로의 길을 만들어 가기를 바라기 때문이다.

글을 마치면서 개인적인 이야기를 꺼낸 두 번째 이유는 환대에 대한 이야기로 책을 마무리하고 싶어서다. 새로 이사한 동네에서 이웃집 아이들에게 환대받지 못했던 기억, 그래서 그림자처럼 그 아이들 주변을 맴돌던 기억, 난주의 환대로 낯설기만 하던 공간이 드디어 "우리 동네"가 되었던 것, 언제든 드나들 수 있던 난주의 집이 금기의 공간이 되어버린 것, 난주의 환대를 환대로 갚지 못한 것, 난주의 집이 어느 날 갑자기 사라진 것, 아마 이런 것들이 나로 하여금 도시와 환대의 관계에 대해 천착하게 했을 것이다. 글을 쓰면서 이따금 난주 생각을 했다. 난주와 그의 가족은 어디로 갔을까. 어디까지 밀려났을 것인가.

존재한다는 것은 한 장소를 차지하는 일이며, 우리는 환대받음으로써 비로소 자신의 실존을 확인한다.97) 그러나 도시는 약자에게 적대적인 공간이다. 주거취약계층에게 젠트리피케이션은 주거권에 대한 심각한 위협이 되고, 젠더·섹슈얼리티·인종적 타자에 대한 혐오 범죄는 이들의 생존권마저 위협하여 불안에 떨게 한다. 도시는 구매력을 가진 자에게 각종 소비재와 유흥을 제공하는 자유로운 공간이지만, 그 자유는 "소비의 자유"일 뿐이며 구매력을 잃는 순간, 도시는 차갑게 등을 돌린다. 계급·젠더·섹슈얼리티·인종적 타자들은 종종 공간 이용에 제약을 받는 경험을 한다. 그들이 제약을 경험하는 곳마다 중산층 이성애자 성인 백인 남성들에게는 보이지 않는 벽이 있다. 김현경이 『사람, 장소, 환대』에서 절대적 환대를 주장할 때는 이들을 사적인 영역으로 무조건 환대하자는 것이 아니라 공적인 환대의 영역을 마련하자는 것이다. 즉, 태어났으므로, 이미 존재한다는 바로 그 이유만으로 그가 머물 수 있도록, 그가 차지한 자리가 존중받을 수 있도록 시스템 자체를 환대의 영역으로 만들어야 한다는 것이다. 그래서 존재에 대한 환대의 문제는 결국 장소를 둘러싼 투쟁을 피해갈 수 없다.

둥글어지고 작아지는 지구 위에서 자리를 갖는 일, 또는 자리를 지키는 일은 지난하기만 하다. 그리하여 우리는 도처에서 장소를 둘러싼

---

97) 이 말은 김현경이 한 말을 조금 바꾸어 쓴 것이다. 김현경은 외국인의 성원권에 대해 논하면서 우리가 "타인의 환대 속에서만 자신의 사회적 성원권을 확인할 수 있다"(65)고 말한다. 나는 사회적 환대가 비단 성원권만이 아니라 한 개인이 자신의 실존을 확인하는 데 필수적인 요건이라고 생각한다. 아무도 환대해주지 않고 그 어느 곳에도 제 한 몸 쉬어갈 자리조차 없다면 그의 존재 자체가 부정당하는 것이다.

투쟁이 벌어지는 것을 본다. 죽음을 무릅쓰고 국경을 넘는 난민들, 골프장 건설에 반대하며 포클레인 앞에 드러누운 농민들, 구조조정에 저항하며 연좌 농성을 벌이는 노동자들. … 투쟁의 형식들은 어딘가 닮아있다. 점거, 누워있기, 앉아있기, 아니면 장소를 원래 정해진 것과 다른 방식으로 사용하기(계산대 위에서 잠을 자는 홈에버 노동자들). … 몸 자체가 여기서는 언어가 된다. … 그러므로 장소에 대한 투쟁은 존재에 대해 인정을 요구하는 투쟁이기도 하다. (285)

부동의 저항을 시작한 바틀비부터 뱀파이어가 상징하는 미국사회의 비체들에 이르기까지 이 책은 도시에서 환대받지 못하는 존재들이 살기 위해 만들어 나아간 길, 유목의 흔적을 찾으려 시도했다. 도시의 유목인은 길이 없으면 길을 내며 살 방도를 찾지만 그들의 길은 종종─사무실이든 감옥이든 바틀비가 마주한 것은 결국 벽이다─막다른 길에 이르고, 그들이 가로질러 가기에 자본이 파놓은 홈은 깊고도 넓다. 우리는 그들의 존재를, 장소를 둘러싼 그들의 투쟁을 어떠한 제도적 환대로 맞이할 것인가 자문해야 한다.

21세기에 뉴욕에서 일어난 장소를 둘러싼 투쟁의 중요한 예로 월가 점령 운동Occupy Wall Street이 있다. 이 운동은 2011년 9월 17일 뉴욕 증권거래소 가까이에 위치한 주코티 공원Zoccotti Park에서 극심한 경제적 불평등에 분노한 민중이 1퍼센트의 상류층에 대항하여 "우리가 99퍼센트다"라고 외치며 시작되었다. 그들은 공원에 텐트를 치고 노숙하면서 월가를 물리적으로 "점령"함으로써 자신들의 존재를 피력하고 소수의 자본가들이 다수에게 가하는 경제적 폭력을 고발하였다. 2011년 11월 15일 새벽, 경찰이 공원을 습격해서 시위대를 구속하고 공원을 통제하면서 시위대는 흩

어졌다. 지도자와 조직, 체계를 갖추고 구체적 요구사항을 내세우는 성격의 시위와는 달라서 딱히 이룬 것이 없어 "실패"한 기획이라고 생각하기 쉽지만, 월가 점령 운동의 경험과 기억은 사람들에게 경제적 불평등 문제의 심각성을 인지시키고, 이후 신자본주의에 반대하는 급진적인 정치가들에게 간접적으로 힘을 실어주는 결과를 가져왔다. 동시에 이 운동은 99퍼센트의 존재에 대한 인정을 요구하는 것이기도 해서, 신자본주의 체제하에서 개인이 일정 계급의 구성원으로 확고한 정체성을 갖기 어려운 상황에서 서로 이질적이고 비연속적인 개인들을 하나로 단결시킬 수 있는 가능성을 제시하였다.

월가 점령 이후, "우리가 99퍼센트다"라는 표어가 여러 운동에서 전용된 것처럼, 시위대는 주코티 공원을 물리적으로 차지했을 뿐만 아니라 퍼포먼스, 포스터 제작 등을 통해 뉴욕의 상상적 지형에 강렬한 상징적 유산을 남겼다. 10월 3일 백여 명의 시위대는 좀비 분장을 하고 월가를 행진하며 소수의 부유층이 99퍼센트의 민중을 산 채로 뜯어먹는 현실을 고발하였다. 이들은 영혼을 잃고 돈만을 좇는 대기업 간부와 자본가를 창백한 얼굴에 양복 차림으로 입에는 구겨진 돈을 물고 비틀대며 걷는 좀비에 견주었다. 당시에 제작한 크리스티 로드Cristy C. Road의 포스터는 썩어 들어가는 자본가를 전면에 내세우고 뒷면 가득 피켓을 들고 시위하는 민중을 담았다. 자본주의는 썩을 대로 썩었으나 여전히 돈을 숭배하여 멈추지 않는 허기로 누구든 물어뜯을 것이다. 내가 먼저 먹지 않으면 먹히고 만다는 절체절명의 위기감은 2007년의 서브프라임 모기지 사태 이후 더욱 심각해진 주택난과 개개인의 재정적 위기에서 비롯되었을 것이다.

그림 9. 크리스티 C. 로드. "부자를 먹어라: 월가를 점령하라Eat the Rich: Occupy Wall Street."
잉크, 마커, 디지털 칼라, 2011.

서론에서 잠시 언급한 디 모티카의 황소상에 대한 패러디도 다수 만
들어졌는데, 가장 잘 알려진 것은 처음 월가 점령 운동을 시작한 캐나다
의 비영리 단체 애드버스터즈Adbusters가 제작한 것이다.

그림 10. 애드버스터즈가 만든 월가 점령 운동 포스터 [출처: adbusters.org]

이 포스터에서는 무자비한 자본주의의 에너지를 상징하는 황소상 위에 발레리나가 포즈를 취하고 뒤로는 방독면을 쓰고 몽둥이를 든 자들이 자욱한 연기 사이로 달려온다. 들라크루아의 "민중을 이끄는 자유의 여신 La Liberté guidant le peuple"을 연상시키는 이 포스터에서 황소상은 발레리나 여신의 이미지에 제압되어 더 이상 자본주의가 아니라, 시위대-민중의 진격을 이끄는 자유를 향한 염원과 에너지를 상징한다. 황소와 시위대의 역동적 이미지에 비해 발레리나의 포즈는 놀랍도록 정적이어서 한 장소를 차지하고 움직이지 않음으로써 치르는 부동의 투쟁을 연상시킨다. 이 포스터를 본 사람은 "우리의 요구가 무엇인가?"라는 포스터 상단의 질문에 답을 얻기 위해 혹은 스스로 답하기 위해서 텐트를 들고 9월 17일 월가에 모이도록 호출되었다. 요점은 그 단 하나의 요구가 무엇인가가 아니라 요구의 주체인 "우리"를 만드는 데 있었고 여러 마디의 설득보다 포스터의 이미지가 사람들을 공원으로 불러들였다.

비록 11월에 시위대는 강제 해산되었지만 매년 기념행사를 통해 월가 점령 운동을 기리는 사람들이 있다. 월가 점령 운동을 기리기 위해, 2012년 5월 1일에 일, 학교, 은행업무, 집안일, 쇼핑을 모두 멈추는 총파업을 제안하는 포스터에는 바틀비의 고집스러운 언명, "난 하지 않고 싶습니다"가 쓰여 있다. 그 아래로는 쳇바퀴를 벗어난 햄스터가 바틀비처럼 부동의 자세를 취하고 있다.98) 뉴욕 최초의 "스쿼터" 바틀비는 이렇게 월가 점령 운동의 머나먼 선례로 다시금 태어나고, 무의미한 반복적 노동을 거부하고 자본주의적 리듬에 대해 불복종하는 투쟁의 영감이 되었다.

도시의 유목인은 환대받지 못하는 공간에서 환대받기 위하여, 존재를

---

98) 9월 1일이 노동자의 날인 미국을 제외하고 대부분의 다른 나라에서는 5월 1일이 노동자의 날이라는 점에서 이날을 총파업의 날로 선택한 것도 의미심장하다.

인정받기 위하여, 보다 인간다운 삶을 누리기 위하여, 세상이 미리 정해놓은 규칙대로 살지 않기 위하여 날마다 투쟁하는 바틀비의 후예다. 이들의 삶은 낭만적이지 않으며 그들의 요구는 거의 매번 좌절되어 이들은 멸종의 위기에 놓이기 십상이다. (멸종은 사회의 타자들이 모두 사라지는 것을 의미하는 것이 아니라 더는 아무도 투쟁하거나 도주하려 하지 않는 상황을 말한다.) 유목인에 대한 절대적 환대가 유토피아적 망상일지 모르겠으나, 그가 이미 태어났으므로, 그가 이미 우리 곁에 존재하므로 그 존재를 부정하거나 외면하지 말아야 할 것이다.

참고문헌

김재인. 『혁명의 거리에서 들뢰즈를 읽자: 들뢰즈 철학 입문』. 홍성: 느티나무 책방, 2016.

김현경. 『사람, 장소, 환대』. 서울: 문학과지성사, 2015.

르페브르, 앙리. 『리듬분석: 공간, 시간, 그리고 도시의 일상생활』. 정기헌 역. 서울: 갈무리, 2013.

이광진. 「허먼 멜빌의 「필경사 바틀비, 월가의 이야기」에 나타난 바틀비의 저항 대상 연구」. 『인문논총』 72.3 (2015): 249-84.

이명호. 「공감의 한계와 부정적 감정: 허먼 멜빌의 「필경사 바틀비」」. 『감정의 지도그리기』. 이명호 외 편저. 서울: 소명출판, 2015. 213-44.

이정희. 「징보화시대와 백인자아의 허상: 돈 들릴로의 백색소음」. 『미국학논집』 39.2 (2007): 183-212.

유정완. 「돈 들릴로의 쇼핑몰, 우리 시대의 신전: 『화이트 노이즈』에 나타난 소비자본주의 비판」. 『현대영미소설』 17.2 (2010): 85-109.

칼비노, 이탈로. 『보이지 않는 도시들』. 이현경 역. 서울: 민음사, 2007.

토스, 제니퍼. 『두더지 인간들』. 정해영 역. 서울: 메멘토, 2015.

한병철. 『피로사회』. 김태환 역. 서울: 문학과 지성사, 2012.

Abandoned Stations. Ed. Joseph Brennan. 2005. 10 Sept. 2011.
<http://www.columbia.edu/~brennan/abandoned>.

Abu-Lughod, Janet. *From Urban Village to East Village: The Battle for New York's Lower East Side.* Oxford: Blackwell, 1994.

AFI Catalog. "Batteries Not Included." 2019. 15 Jan. 2020.
<https://catalog.afi.com/Catalog/MovieDetails/57548>.

Alden, Edward. *The Closing of the American Border: Terrorism, Immigration, and Security since 9/11.* New York: Harper, 2008.

Althusser, Louis. "Ideology and Ideological State Apparatuses (Notes towards an Investigation)." *Lenin and Philosophy and Other Essays.* Trans. Ben Brewster. New York: Monthly Review P, 1971. 127-86.

Auerbach, Nina. *Our Vampires, Ourselves.* Chicago: U of Chicago P, 1995.

Augé, Marc. *Non-Places: An Introduction to Supermodernity.* London: Verso, 2008.

Augst, Thomas. *The Clerk's Tale: Young Men and Moral Life in Nineteenth-Century America.* Chicago: U of Chicago P, 2003.

Balibar, Etienne, and Immanuel Wallerstein. *Race, Nation, Class: Ambiguous Identities.* London: Verso, 1991.

Berger, James. *After the End: Representations of Post-apocalypse.* Minneapolis: U of Minnesota P, 1999.

Beuka, Robert. *SuburbiaNation: Reading Suburban Landscape in Twentieth-Century American Fiction and Film.* New York: Palgrave Macmillan,

2004.

Blackmar, Elizabeth. *Manhattan for Rent, 1785-1850*. Ithaca: Cornell UP, 1989.

Boyle, Kirk. "*Children of Men* and *I Am Legend*: The Disaster-capitalism Complex Hits Hollywood." *Jump Cut: A Review of Contemporary Media*. n.d. 14 Jan. 2013. <http://www.ejumpcut.org/archive/jc51.2009/ChildrenMenLegend/text.html>.

Brayton, Sean. "The Racial Politics of Disaster and Dystopia in *I Am Legend*." *The Velvet Light Trap* 67 (2011): 66-76.

Bryden, Inga, and Janet Floyd. "Introduction." *Domestic Space: Reading the Nineteenth-century Interior*. Ed. Inga Bryden and Janet Floyd. Manchester: Manchester UP, 1999. 1-17.

"Burlingame, Hillsborough, San Mateo City Directory, 1930." 1930. *San Mateo County Genealogy*. 10 Sept. 2010. <https://www.sfgenealogy.org/php/dbs/1930smd.php>.

Bush, George W. "The President's State of the Union Address." 29 Jan. 2002. 10 Oct. 2014. <http://georgewbush-whitehouse.archives.gov/news/releases/2002/01/20020129-11.html>.

Butler, Judith, and Gayatri Chakravorty Spivak. *Who Sings the Nation-State? Language, Politics, Belonging*. Calcutta, India: Seagull Books, 2010.

Bynum, Russ. "Immigration Raid Devastates Ga. Town." *The Boston Globe*. 16 Sept. 2006. 15 Nov. 2014. <http://www.boston.com/news/nation/articles/2006/09/16/immigration_raid_devastates_ga_town/>.

Cainkar, Louis A. *Homeland Insecurity: The Arab American and Muslim American Experience after 9/11*. Thousand Oaks: Sage, 2009.

JSTOR. 24 Oct. 2014.

Cantor, Paul A. "Adolf, We Hardly Knew You." *Don DeLillo:* White Noise. Ed. Harold Bloom. Broomall: Chelsea House Publishers, 2003. 51-72.

Catlin, Roger. "The Bitter Aftertaste of Prohibition in American History." 8 June 2018. *Smithsonian Magazine.* 15 Jan. 2020. <https://www.smithsonianmag.com/smithsonian-institution/bitter-aftertas te-prohibition-american-history-180969266>.

Castrucci, Andrew, and Nadia Coen, eds. *Your House Is Mine.* Tabloid. 1993.

Chapin, William, et al. *The Suburbs of San Francisco.* San Francisco: Chronicle Books, 1969.

Cheever, John. "The Swimmer." 1964. *John Cheever: Collected Stories and Other Writings.* New York: The Library of America, 2009. 726-37.

Chertoff, Michael. "Law, Loyalty, and Terror." *The Weekly Standard.* 1 Dec. 2003. 21 Dec. 2012. <http://www.weeklystandard.com/Content/ Public/Articles/000/000/003/419jwsgm.asp>.

Chodorkoff, Dan. *Loisaida.* Burlingame: Fomite P, 2011.

Crane, Stephen. *Maggie: A Girl of the Streets (A Story of New York).* 1893. Ed. Thomas A. Gullason. New York: Norton, 1979.

Creed, Barbara. *The Monstrous-Feminine: Film, Feminism, Psychoanalysis.* London: Routledge, 1993.

Cresswell, Tim. *Place: An Introduction.* 2nd ed. Hoboken: John Wiley & Sons, 2014.

Croffut, William A. *The Vanderbilts and the Story of Their Fortune.* Chicago: Belford, Clarke & Co., 1886.

Czitrom, Daniel. "Jacob Riis's New York." *Rediscovering Jacob Riis: Exposure Journalism and Photography in Turn-of-the-Century New York*. Ed. Bonnie Yochelson and Daniel Czitrom. Chicago: U of Chicago P, 2007. 1-120.

DeCurtis, Anthony. "Exploring *Libra* and the Assassination of John F. Kennedy." *Rolling Stones* 539. 17 Nov. 1998. n. pag. 20 June 2015. <https://www.rollingstone.com/culture/culture-news/qa-don-delillo-69452/>.

Deleuze, Gilles. "Bartleby; or, the Formula." *Essays Critical and Clinical*. Trans. Daniel W. Smith and Michael A. Grace. Minneapolis: U of Minnesota P, 1997. 68-90.

Deleuze, Gilles, and Félix Guattari. *Kafka: Toward a Minor Literature*. Trans. Dana Polan. Minneapolis: U of Minnesota P, 1986.

---. *A Thousand Plateaus: Capitalism and Schizophrenia*. Trans. Brian Massumi. Minneapolis: U of Minnesota P, 1987.

DeLillo, Don. *Underworld*. New York: Scribner, 1997.

---. *White Noise*. 1984. London: Penguin Books, 2009.

DiNapoli, Thomas P., and Kenneth B. Bleiwas. "The Role of Immigrants in the New York City Economy." Office of the State Comptroller Report 17-2010. New York City Public Information Office. Jan. 2010. 28 Dec. 2012. <https://www.osc.state.ny.us/osdc/rpt17-2010.pdf>.

Dovey, Kim. *Becoming Places: Urbanism/Architecture/Identity/Power*. Abingdon-on-Thames: Routledge, 2009.

Duncan, Nancy. "Renegotiating Gender and Sexuality in Public and Private Spaces." *BodySpace: Destabilizing Geographies of Gender and Sexuality*. Ed. Nancy Duncan. London: Routledge, 1996. 127-45.

Duvall, John N. "The (Super)marketplace of Images: Television as

Unmediated Mediation in DeLillo's *White Noise*." Osteen 432-55.

Earle, David M. *All Man!: Hemingway, 1950 Men's Magazines, and the Masculine Persona*. Kent: Kent State UP, 2009.

Eaton, Mark. "Inventing Hope: The Question of Belief in Don DeLillo's Novels." *The Gift of Story: Narrating Hope in a Postmodern World*. Ed. Emily Griesinger and Mark Eaton. Waco: Baylor UP, 2006. 31-50.

Ellison, Harlan. "Introduction to *The Shrinking Man*." *The Richard Matheson Companion*. Colorado Springs: Gauntlet P, 2008: 77-88.

Emerson, Ralph Waldo. *The Essential Writings of Ralph Waldo Emerson*. New York: Modern Library, 2000.

Ferraro, Thomas J. "Whole Families Shopping at Night!" *New Essays on White Noise*. Ed. Frank Lentricchia. Cambridge: Cambridge UP, 1991. 15-38.

Foley, Barbara. "From Wall Street to Astor Place: Historicizing Melville's 'Bartleby'." *American Literature* 72.1 (2000): 87-116.

Friedman, Lenemaja. *Shirley Jackson*. Boston: Twayne Publishers, 1975.

Frow, John. "The Last Things before the Last: Notes on *White Noise*." Osteen 417-31.

Fusté, José I. "Containing Bordered 'Others' in La Frontera and Gaza: Comparative Lessons on Racializing Discourses and State Violence." *American Quarterly* 62 (2010): 811-19.

Gandal, Keith. *The Virtues of the Vicious: Jacob Riis, Stephen Crane, and the Spectacle of the Tenement*. Oxford: Oxford UP, 1997.

Garrison, Joanne. "Re: Inquiry to Burlingame Historical Society." Email to the Author of *Burlingame: Centennial 1908-2008*. Burlingame:

Burlingame Historical Society, 2008.

Gebauer, Mirjam, et al. "The Absence of Place and Time: Non-Place and Placelessness." *Non-place: Representing Placelessness in Literature, Media, and Culture*. Ed. Mirjam Gebauer, Helle Thorsøe Nielsen, Jan T. Schlosser, and Bent Sørensen. Aalborg: Aalborg UP, 2015. 5-31.

Genette, Gérard. *Narrative Discourse: An Essay in Method*. Trans. Jane E. Lewin. Ithaca: Cornell UP, 1980.

Giamo, Benedict. *On the Bowery: Confronting Homelessness in American Society*. Iowa City: U of Iowa P, 1989.

Gilfoyle, Timothy. J. *City of Eros: New York City, Prostitution, and the Commercialization of Sex, 1790-1920*. New York: Norton, 1992.

Golash-Boza, Tanya Maria. *Immigration Nation: Raids, Detentions, and Deportations in Post-9/11 America*. Boulder: Paradigm Publishers, 2012.

Goldsman, Akiva. "Creating *I Am Legend*." *I Am Legend*. Dir. Francis Lawrence. 2 Disc Special Edition. 2008.

Goldstein, Carolyn. *Do It Yourself: Home Improvement in 20th-Century America*. New York: Princeton Architectural P, 1998.

Gomez, Jewelle. *The Gilda Stories*. Ann Arbor: Firebrand Books, 1991.

Hacker, Helen Mayer. "The New Burdens of Masculinity." *Marriage and Family Living* 19 (1957): 227-33.

Haggarty, George, ed. "Vampires." *Encyclopedia of Gay Histories and Cultures*. New York: Routledge, 2012.

Hall, Joan Wylie. "Fallen Eden in Shirley Jackson's *The Road Through the Wall*." *Shirley Jackson: Essays on the Literary Legacy*. Ed. Bernice M. Murphy. Jefferson: McFarland, 2005. 23-33.

Halttunen, Karen. "From Parlor to Living Room: Domestic Space, Interior Decoration and the Culture of Personality." *Consuming Visions: Accumulation and Display of Goods in America, 1880-1920.* Ed. Simon J. Bronner. New York: Norton, 1989. 157-89.

Hanson, Ellis. "Lesbians Who Bite." *Outtakes: Essays on Queer Theory and Film.* Durham: Duke UP, 1999. 183-222.

Hantke, Stephen. "Historicizing the Bush Years: Politics, Horror Film, and Francis Lawrence's *I Am Legend.*" *Horror after 9/11: World of Fear, Cinema of Terror.* Ed. Aviva Briefel and Sam J. Miller. Austin: U of Texas P, 2011. 165-85.

Harack, Katrina. "Embedded and Embodied Memories: Body, Space, and Time in Don DeLillo's *White Noise* and *Falling Man.*" *Contemporary Literature* 54 (2013): 305-36.

Heise, Thomas. *Urban Underworlds: A Geography of Twentieth-Century American Literature and Culture.* Brunswick: Rutgers UP, 2010.

Hemmings, Clare. "From Landmarks to Spaces: Mapping the Territory of a Bisexual Genealogy." *Queers in Space: Communities, Public Places, Sites of Resistance.* Ed. Anne-Marie Bouthillette, Gorden Brent Ingram, Yolander Retter. Seattle: Bay Press, 1997.

Hoefer, Michael, Nancy Rytina, and Bryan Baker. "Estimates of the Unauthorized Immigrant Population Residing in the United States: January 2011." Population Estimates. Department of Homeland Security. March 2012. 9 Aug. 2013. <http://www.dhs.gov/estimates-unauthorized-immigrant-population-residing-united-states-january-2011>.

Höglund, Johan. *The American Imperial Gothic: Popular Culture, Empire, Violence.* Dorchester: Ashgate, 2014.

Homberger, Eric. *The Historical Atlas of New York City*. 2nd ed. New York: Holt Paperbacks, 2005.

Huges, David. *The Greatest Sci-fi Movies Never Made*. Rev. ed. London: Titan Books, 2008.

Irving, Katrina. *Immigrant Mothers: Narratives of Race and Maternity, 1890-1925*. Champaign: U of Illinois P, 2000.

Iyer, Pico. "A Connoisseur of Fear." Osteen 379-84.

Jackson, Shirley. *The Haunting of Hill House*. 1959. New York: Penguin, 1987.

---. *The Road through the Wall*. 1948. Farrar, Straus and Giroux. New York: McFadden-Bartell, 1969.

---. *We Have Always Lived in the Castle*. 1962. New York: Penguin, 1990.

Jameson, Fredric. *Postmodernism, or, the Cultural Logic of Late Capitalism*. Durham: Duke UP, 1991.

Jancovitch, Mark. *Rational Fears: American Horror in the 1950s*. Manchester: Manchester UP, 1996.

Johnston, Laurie. "If You're Thinking of Living in Sutton Place." *The New York Times*. Archive. 1984. <https://www.nytimes.com/1984/05/27/realestate/if-you-re-thinking-of-living-in-sutton-place.html>.

Kandel, William A. "The U.S. Foreign-Born Population: Trends and Characteristics." Congressional Research Service. 18 Jan. 2011. 5 Jan. 2013. <http://fas.org/sgp/crs/misc/R41592.pdf>.

Kaplan, Amy. "Homeland Insecurities: Reflections on Language and Space." *Radical History Review* 85 (2003): 82-93.

---. "Violent Belongings and the Question of Empire Today: Presidential Address to the American Studies Association, October 17, 2003."

American Quarterly 56.1 (2004): 1-18.

Kelley, Wyn. *Melville's City: Literary and Urban Form in Nineteenth-Century New York*. New York: Cambridge UP, 1996.

Kelly, Barbara. *Expanding the American Dream: Building and Rebuilding Levittown*. Albany: SUNY P, 1993.

Kim, Claire Jean. "Imagining Race and Nation in Multiculturalist America." *Ethnic and Racial Studies* 27 (2004): 987-1005.

---. "The Racial Triangulation of Asian Americans." *Politics & Society* 27 (1999): 105-38.

King, Stephen. "Tribute to Richard Matheson." *News*. Stephenking.com, 25 Jun. 2013. 2 Feb. 2014. <https://stephenking.com/news/tribute-to-richard-matheson-399.html>.

Kinnane, Garry. "Shopping at Last!: History, Fiction, and the Anti-suburban Tradition." *Australian Literary Studies* 18.4 (1998): 41.

Kleinberg, S. J. "Gendered Space: Housing, Privacy and Domesticity in the Nineteenth-century United States." *Domestic Space: Reading the Nineteenth-century Interior*. Ed. Inga Bryden and Janet Floyd. Manchester: Manchester UP, 1999. 142-61.

Klimasmith, Betsy. *At Home in the City: Urban Domesticity in American Literature and Culture, 1850-1930*. Durham: U of New Hampshire P, 2005.

Kristeva, Julia. *Powers of Horror: An Essay on Abjection*. Trans. Leon S. Roudiez. New York: Columbia UP, 1984.

Kunstler, James Howard. *The Geography of Nowhere: The Rise and Decline of America's Man-made Landscape*. 1993. New York: Touchstone, 1994.

LeClaire, Tom. "Closing the Loop: *White Noise.*" Osteen 387-411.

Le Fanu, Sheridan. *Carmilla.* 1872. Syracuse: Syracuse UP, 2013.

Lentricchia, Frank. "Tales of the Electronic Tribe." *Don DeLillo:* White Noise. Ed. Harold Bloom. Broomall: Chelsea House Publishers, 2003. 73-96.

Levine, John. "US: Children Left Abandoned by Factory Immigration Raid." World Socialist Website. 5 Aug. 2005. 15 Nov. 2014. <http://www.wsws.org/en/articles/2005/08/raid-a05.html>.

Lewis, Alfred Allan. *Ladies and Not-so-gentle Women: Elisabeth Marbury, Anne Morgan, Elsie de Wolfe, Anne Vanderbilt, and Their Times.* London: Penguin Books, 2000.

Lubove, Roy, ed. *The Progressives and the Slums: Tenement House Reform in New York City, 1890-1917.* Pittsburgh: U of Pittsburgh P, 1963.

Luskey, Brian P. *On the Make: Clerks and the Quest for Capital in Nineteenth-Century America.* Kindle ed. New York: NYU P, 2011.

Markee, Patrick. "New Federal Data Confirms Rising Homeless Population in New York." Coalition for the Homeless. 26 Apr. 2011. 28 Dec. 2012. <http://www.coalitionforthehomeless.org/wp-content/uploads/ 2014/06/BriefingPaper-NewFederalDataConfirmsRiseinNYHomelessnes s4-26-2011.pdf>.

Marrow, Helen. "To Be or Not to Be (Hispanic or Latino): Brazilian Racial and Ethnic Identity in the United States." *Ethnicities* 3 (2003): 427-64.

Marsh, Margaret. "Suburban Men and Masculine Domesticity, 1870-1915." *American Quarterly* 40.2 (1988): 165-86.

Marx, Leo. "Melville's Parable of the Walls." *Bartleby the Inscrutable: A*

Collection of Commentary on Herman Melville's Tale "Bartleby the Scrivener." Ed. M. Thomas Inge. Hamden: Archon Books, 1979. 84-106.

Massey, Doreen. *For Space.* London: Sage Publications Ltd., 2005.

Matheson, Richard. "Dream/Press Introduction, 1989." *Richard Matheson: Collected Stories.* Vol. 1. 2nd ed. Colorado Springs: Gauntlet P, 2003. 3-12.

---. *I Am Legend.* 1954. New York: Tom Doherty Associates, 1995.

---. *The Shrinking Man.* Garden City: Nelson Doubleday, 1956.

McConnell, Mariana. "Interview: George A. Romero on *Diary of the Dead.*" Cinema Blend. 14 Feb. 2008. 20 Nov. 2014. <http://www.cinemablend.com/new/Interview-George-A-Romero-On-Diary-Of-The-Dead-7818.html>.

McNally, David. *Monsters of the Market: Zombies, Vampires, and Global Capitalism.* Chicago: Haymarket Books, 2011.

Mele, Christopher. *Selling the Lower East Side: Culture, Real Estate, and Resistance in New York City.* Minneapolis: U of Minnesota P, 2000.

Melville, Herman. "Bartleby, the Scrivener: A Story of Wall Street." *The Norton Introduction to Literature.* Ed. Allison Booth and Kelly J. Mays. 10th ed. New York: Norton, 2010. 534-58.

"Modern Living: The Shoulder Trade." *Time.* 2 Aug. 1954: 46-51.

Montgomery, David. *Citizen Worker: The Experience of Workers in the United States with Democracy and the Free Market During the Nineteenth Century.* New York: Cambridge UP, 1993.

Morales, Frank. "Interview by Amy Starecheski." OH.068. Taminent Library and Robert F. Wagner Labor Archives. Squatters' Collective

Oral History Project, 2009.

Morrell, David. "Afterword to *The Shrinking Man*." *The Richard Matheson Companion*. Colorado Springs: Gauntlet P, 2008. 89-99.

Moses, Robert. "The Living Heritage of Jacob Riis." *The New York Times*. 1 May 1949: 12.

Murphy, Bernice M. *The Suburban Gothic in American Popular Culture*. New York: Palgrave Macmillan, 2009.

Nafziger, James A. R. "Immigration and Immigration Law after 9/11: Getting It Straight." *Denver Journal of International Law and Policy* 37 (2009): 555-65.

Nama, Adilifu. *Black Space: Imagining Race in Science Fiction*. Austin: U of Texas P, 2010. JSTOR. 15 Oct. 2014.

Neculai, Catalina. *Urban Space and Late Twentieth-Century New York Literature: Reformed Geographies*. London: Palgrave Macmillan, 2014.

Neocleous, Mark. "The Political Economy of the Dead: Marx's Vampires." *History of Political Thought* 24 (2003): 668-84.

"New York City Demographic Shifts, 2000 to 2010." Center for Urban Research at CUNY. n.d. 5 Jan. 2013. <http://www.urbanresearchmaps.org/plurality/>.

Nixon, Nicola. "When Hollywood Sucks, or, Hungry Girls, Lost Boys, and Vampirism in the Age of Reagan." *Blood Read: The Vampire as Metaphor in Contemporary Culture*. Ed. Joan Gordon and Veronica Hollinger. Philadelphia: U of Pennsylvania P, 1997.

Oppenheimer, Judy. *Private Demons: The Life of Shirley Jackson*. New York: G. P. Putnam's Sons, 1988.

Osteen, Mark, ed. *White Noise: Text and Criticism*. New York: Penguin, 1998.

"Over-raided, Under Siege: U.S. Immigration Laws and Enforcement Destroy the Rights of Immigrants." Human Rights Network. Jan. 2008. 30 Oct. 2014. <http://173.236.53.234/~nnirrorg/drupal/sites/default/files/undersiege_web.pdf>.

Patterson, Kathy D. "Echoes of Dracula: Racial Politics and the Failure of Segregated Spaces in Richard Matheson's *I Am Legend*." *Dracula Studies* 7 (2005): 19-27.

Peiss, Kathy. *Cheap Amusement: Working Women and Leisure in Turn of the Century New York*. Philadelphia: Temple UP, 1986.

Pharr, Mary. "Vampiric Appetite in *I Am Legend*, *'Salem's Lot*, and *The Hunger*." *The Blood Is the Life: Vampires in Literature*. Ed. Leonard G. Heldreth and Mary Pharr. Bowling Green: Bowling Green State University Popular P, 1999.

"Physical Examination of Female Immigrants at Ellis Island, New York City." 1911. Library of Congress. 20 Dec. 2012. <http://www.loc.gov/pictures/item/95506353/>.

Pizer, Donald. "Stephen Crane's *Maggie* and American Naturalism." 1965. *Maggie: A Girl of the Streets*. Ed. Thomas A. Gullason. New York: Norton, 1979. 186-93.

Randall, Kate. "US Immigration Agents Arrest 1,282 in Raids at Six Meatpacking Plants." World Socialist Website. 14 Dec. 2006. 15 Nov. 2014. <http://www.wsws.org/en/articles/2006/12/raid-d14.html>.

Richter, Nicole. "Bisexual Erasure in 'Lesbian Vampire' Film Theory." *Journal of Bisexuality* 13 (2013): 273-80.

Riis, Jacob. *The Battle with Slum.* 1902. Mineola: Dover, 1998.

---. *How the Other Half Lives.* 1890. New York: Penguin Books, 1997.

---. "The Jews of New York." *The Review of Reviews* 13 (1896): 58-62.

---. "On Jews." 1911. The Papers of Jacob Riis. Microfilm. Box 5, Reel 4. The Library of Congress.

Robbins, Matthew. "Production Notes." *Batteries Not Included.* Dvd. Universal Pictures, 1987.

Rose, Joel. *Kill the Poor.* New York: Atlantic Monthly P, 1988.

Sassen, Saskia. *The Global City: New York, London, Tokyo.* 2nd ed. Princeton: Princeton UP, 2001.

Sides, Josh. "Straight into Compton: American Dreams, Urban Nightmares, and the Metamorphosis of a Black Suburb." *American Quarterly* 56 (2004): 583-605.

Smith, Neil. *The New Urban Frontier: Gentrification and the Revanchist City.* New York: Routledge, 1996.

Soja, Edward. *Thirdspace: Journeys to Los Angeles and Other Real-and-Imagined Places.* Oxford: Blackwell, 1996.

Starecheski, Amy. *Ours to Lose: When Squatters Became Homeowners in New York City.* Chicago: U of Chicago P, 2016.

Stephens, Michelle A. "Babylon's 'Natural Mystic': The North American Music Industry, the Legend of Bob Marley, and the Incorporation of Transnationalism." *Cultural Studies* 12.2 (1998): 139-67.

Strieber, Whitley. *The Hunger.* New York: Pocket Books, 1981.

Subramanian, Janani. "Alienating Identification: Black Identity in *The Brother from Another Planet* and *I Am Legend.*" *Science Fiction Film and Television* 3.1 (2010): 37-56.

Tashima, A. Wallace. "Play It Again, Uncle Sam." Keynote Address for "Judgments Judged and Wrongs Remembered: Examining the Japanese American Civil Liberties Cases of World War II on Their Sixtieth Anniversary." 2005. 10 Oct. 2014. <http://scholarship.law.duke.edu/cgi/viewcontent.cgi?article=1348&context=lcp>.

Thompson, A. K. "Introduction." *War in the Neighborhood*. Seth Tobocman. Toronto: Ad Astra Comix, 2016.

Tobocman, Seth. *War in the Neighborhood*. 1999. Toronto: Ad Astra Comix, 2016.

Toth, Jennifer. *The Mole People: Life in the Tunnels beneath New York City*. Chicago: Chicago Review P, 1993.

Treggiden, Katie. "The Lofty Ideals Behind the Creation of the Barbican Estate Are Explored in an Essay for a New Book, *Residents: Inside the Barbican Estate*." 21 Oct. 2916. <http://www.cityam.com/252014/lofty-ideals-behind-creation-barbican-estate-explored-essay>.

Von Hassell, Malve. *Homesteading in New York City, 1978-1993: The Divided Heart of Loisaida*. Westport: Praeger Publishers, 1996.

Wald, Priscilla. *Contagious: Cultures, Carriers, and the Outbreak Narrative*. Durham: Duke UP, 2008.

Ward, David. *Poverty, Ethnicity, and the American City, 1840-1925: Changing Conceptions of the Slum and the Ghetto*. Cambridge: Cambridge UP, 1989.

Weeks, Karen. "Consuming and Dying: Meaning and the Marketplace in Don DeLillo's *White Noise*." *Literature Interpretation Theory 18* (2007): 285-302.

Weinstein, Cindy. "How Many Others Are There in the Other Half? Jacob

Riis and the Tenement Population." *Nineteenth-Century Contexts* 24 (2002): 195-216.

Weiss, Andrea. *Vampires and Violets*. London: Jonathan Cape, 1992.

Wellington, David. *Monster Island*. New York: Perseus Books Group, 2004.

Wenk, Christian. *Abjection, Madness and Xenophobia in Gothic Fiction*. Berlin: WVB, 2008.

Wertheim, Stanley. "The New York City Topography of *Maggie* and *George's Mother*." *Stephen Crane Studies* 17.1 (2008): 2-12.

Westphal, Bertrand. *Geocriticism: Real and Fictional Spaces*. Trans. Robert T. Tally. New York: Palgrave Macmillan, 2011.

Wetmore, Kevin J. Jr. *Post-9/11 Horror in American Cinema*. New York: The Continuum International Publishing Group, 2012.

Wharton, Edith. *The House of Mirth*. 1905. New York: Norton, 2018.

Whyte, William H. Jr. *The Organization Man*. New York: Simon and Schuster, 1956.

Wiese, Annjeanette. "Rethinking Postmodern Narrativity: Narrative Construction and Identity Formation in Don DeLillo's *White Noise*." *College Literature* 39.3 (2012): 1-25.

Yablon, Nick. *Untimely Ruins: An Archeology of American Modernity, 1819-1919*. Chicago: U of Chicago P, 2010.

Yezierska, Anzia. "The Fat of the Land." *Hungry Hearts*. 1920. *How I Found America: The Collected Stories of Anzia Yezierska*. New York: Persea Books, 1991. 79-96.

---. "The Lost 'Beautifulness'." *Hungry Hearts*. 1920. *How I Found America: The Collected Stories of Anzia Yezierska*. New York:

Persea Books, 1991. 30-42.

Yurick, Sol. "Feeling Death in a World of Hyper-Babble." Osteen 365-69.

Zimmerman, Lee. "Class Notes." American Fiction 1950-Present. Hofstra University. New York. 12 Nov. 2014.

---. "Public and Potential Space: Winnicott, Ellison, and DeLillo." *The Centennial Review* 43 (1999): 565-74.

Zipp, Samuel. *Manhattan Projects: The Rise and Fall of Urban Renewal in Cold War New York.* Oxford: Oxford UP, 2010.

Zunser, Elyokum. "'Di Goldene Land' Performed by Paul Lipnick." The Yiddish Song of the Week. 14 Nov. 2018. An-sky Jewish Folklore Research Project. 28 July 2019. <https://yiddishsong.wordpress.com/2017/12/14/di-goldene-land-performed-by-paul-lipnick>.

▌영화

『28일 후』(*28 Days Later*). Danny Boyle, dir. DNA Films, 2002.

『8번가의 기적』(*Batteries Not Included*). Matthew Robbins, dir. Universal Pictures, 1987.

『나는 전설이다』(*I Am Legend*). Francis Lawrence, dir. Warner Brothers, 2007.

『놀랍도록 줄어드는 남자』(*The Incredible Shrinking Man*). Jack Arnold, dir. Universal-International Pictures, 1957.

『뉴욕의 노예들』(*Slaves of New York*). James Ivory, dir. TriStar Pictures, 1989.

『루프탑』(*Rooftops*). Robert Wise, dir. New Visions Pictures, 1989.

『마세티』(*Machete*). Robert Rodriguez, dir. 20th Century Fox, 2010.

『스톤 필로우』(*Stone Pillow*). Goerge Shaefer, dir. CBS, 1985.

『오메가 맨』(*The Omega Man*). Boris Sagal, dir. Warner Brothers, 1971.

『지상의 마지막 남자』(*The Last Man on Earth*). Sidney Salkow and Ubaldo B. Ragona, dir. American International Pictures and 20th Century Fox, 1964.

『트루 블러드』(*True Blood*). HBO, 2008-2014.

『트루먼 쇼』(*The Truman Show*). Peter Weir, dir. Paramount Pictures, 1998.

『트와일라잇』(*Twilight*). Catherine Hardwicke, dir. Summit Entertainment, 2008.

『플레전트빌』(*Pleasantville*). Gary Ross, dir. Larger Than Life Productions, 1998.

『피를 뒤집어 쓴 신부』(*The Blood Spattered Bride*). Vincent Aranda, dir. Morgana Films, 1972.

『헝거』(*The Hunger*). Tony Scott, dir. MGM, 1983.

『화이트 좀비』(*White Zombie*). Victor Halperin, dir. Halperin Productions, 1932.

찾아보기

감사의 글

이 책이 나오기까지 긴 여정을 함께 해주신 분들께 감사드린다. 먼저, 늘 바쁘다고 동동 대며 시간에 인색한 나를 기다려주고 보듬어준 가족, 특히 타인에 대한 배려가 무엇인지 몸소 행동으로 가르쳐주신 부모님과 따뜻한 사람으로 잘 자라준 조윤기, 그리고 항상 그 곁을 지켜준 조성만에게 감사의 마음을 전한다. 원고를 처음부터 끝까지 읽고 조언해주시고 격려를 아끼지 않으신 송효섭 선생님, 지리비평에 대한 책을 처음 소개해주시고 본문에 인용한 스페인어 텍스트를 번역해주신 Gilles Castagnès 선생님, 뉴욕을 방문할 때마다 반가이 맞아주시고 답사에 함께 하신 Lee Zimmerman 선생님, 작품의 이미지를 사용하도록 흔쾌히 허락해준 Seth Tobocman에게 감사드린다. 이화동 선생님들과 함께 읽은 책들과 대화가 이 책을 쓰는 데 큰 도움이 되었다. 무엇보다 이 책이 아직 하나의 씨앗에 지나지 않았을 때부터 함께 물을 주고 볕을 쐬어준 박미선 선생님께 감사드린다. 마음이 지치고 힘들 때마다 찾아갈 정다운 숲속 친구들—임상훈, 오수원, 박미선—이 있어서 끝까지 포기하지 않고 작업할 수 있었다. 일일이 이름을 다 적지 못하지만 나를 믿고 응원해준 여러 친구들과 학생들, 동료 선생님들께도 감사의 마음을 전한다. 특히 바쁜 학기 중에도 마지막 교정 작업을 기꺼이 도와준 문규리, 신이현, 그리고 내 마음에 꼭 들게 표지를 디자인해준 황은아에게 감사한다. 한국연구재단의 저술출판지원사업 덕분에 마음껏 자료를 수집하고 뉴욕 답사도 할 수 있었고, 서강대학교 트랜스내셔널 인문학연구소가 주최한 다양한 학술행사를 통해 배움에 대한 허기를 채우고 시야를 넓힐 수 있었다. 연구소의 임지현 소장님과 여러 선생님들께 감사드린다. 마지막으로 어려운 시기에 선뜻 책을 내주신 도서출판 동인의 이성모 사장님과 꼼꼼하게 편집을 해주신 박하얀 님께 감사드린다.

황은주

서강대학교 영문과 교수. 미국소설, 비평이론, SF 소설 등을 가르치고 있다. 윌리엄 포크너를 연구한 논문으로 미국 퍼듀 대학에서 박사학위를 받았고, 고딕 소설, 퀴어 문학, 공간이론, 도시인문학에 관심을 갖고 있다. 길눈이 어두워 가본 곳도 낯설어하고 걸핏하면 길을 잃지만 지도 들여다보는 게 즐겁고 나와 사람들이 살아가는 공간을 살피고 생각하는 일이 좋다.

도시의 유목인─뉴욕의 문화지리학

발행일 2021년 6월 30일
지은이 황은주
발행인 이성모
발행처 도서출판 동인
주 소 서울시 종로구 혜화로3길 5 118호
등 록 제1-1599호
TEL (02) 765-7145 / FAX (02) 765-7165
E-mail dongin60@chol.com
Homepage www.donginbook.co.kr
ISBN 978-89-5506-843-6
정 가 20,000원